KB123455

국토의 함락,
문인의 행보

── 만주국 문학론

숭실대HK+ 메타모포시스 번역총서 06

국토의 함락,
문인의 행보
― 만주국 문학론

류샤오리(劉曉麗) 저
천춘화 편역

보고사
BOGOSA

간행사

숭실대학교 한국기독교문화연구원은 1967년 설립된, 명실공히 숭실대학교를 대표하는 인문학 연구원으로 발전하여 오늘에 이르렀다. 반세기가 넘는 역사 동안 다양한 학술행사 개최, 학술지『기독교와 문화』(구『한국기독문화연구』)와 '불휘총서' 30권 발간, 한국기독교박물관 소장 자료의 연구에 주력하면서, 인문학 연구원으로서의 내실을 다져왔다. 2018년에는 한국연구재단의 인문한국플러스(HK+) 사업 수행기관으로 선정되어 또 다른 도약의 발판을 마련하였다.

본 HK+사업단은 "근대전환공간의 인문학-문화의 메타모포시스"라는 아젠다로 문학과 역사와 철학을 아우르는 다양한 인문학 연구자들이 학제간 연구를 진행하고 있다. 개항 이래 식민화와 분단이라는 역사적 격변 속에서 한국의 근대(성)가 형성되어온 과정을 문화의 층위에서 살펴보는 것이 본 사업단의 목표이다. '문화의 메타모포시스'란 한국의 근대(성)가 외래문화의 일방적 수용으로도, 순수한 고유문화의 내재적 발현으로도 환원되지 않는, 이문화들의 접촉과 충돌, 융합과 절합, 굴절과 변용의 역동적 상호작용을 통해 형성되었음을 강조하려는 연구 시각이다.

본 HK+사업단은 아젠다 연구 성과를 집적하고 대외적 확산과 소통을 도모하기 위해 총 네 분야의 기획 총서를 발간하고 있다. 〈메타모포시스 인문학총서〉는 아젠다와 관련된 연구 성과를 종합한 공저나 단독 저서로 이뤄진다. 〈메타모포시스 번역총서〉는 아젠다와 관련하여 자료적 가치를 지닌 외국어 문헌이나 이론서들을 번역하여 소개한다. 〈메타모포시스 자료총서〉는 숭실대 한국기독교박물관에 소장된 한국 근대 관련 귀중 자료들을 영인하고, 해제나 현대어 번역을 덧붙여 출간한다. 〈메타모포시스 교양문고〉는 아젠다 연구 성과의 대중적 확산을 위해 기획한 것으로 대중 독자들을 위한 인문학 교양서이다.

이 책 『국토의 함락, 문인의 행보: 만주국 문학론』은 중국 학자 류샤오리(劉曉麗)의 저서를 본 사업단의 천춘화 HK연구교수가 번역한 것이다. 〈메타모포시스 번역총서〉 6권으로 기획된 이 책은 '만주국 문학'을 개관한 것으로 국내에 '만주국 문학' 연구서를 본격적으로 선보인다는 점에서 의미가 있다. 무엇보다도 본 사업단의 아젠다에 걸맞는 저서를 번역하여 출간함으로써 아젠다 연구 심화에 큰 기여를 할 것으로 기대한다. 여섯 번째 번역총서 간행에 애써 주신 천춘화 교수님께 감사드린다.

동양과 서양, 전통과 근대, 아카데미즘 안팎의 장벽을 횡단하는 다채로운 자료와 연구 성과를 집약한 메타모포시스 총서가 인문학의 지평을 넓히고 사유의 폭을 확장하는 데 기여할 수 있기를 기대한다.

2024년 2월
숭실대학교 한국기독교문화연구원 HK+사업단장
장경남

　　1926년, 중국 다롄(大連)에서 활동 중이던 일본 시인 안자이 후유
에(安西冬衛, 1898~1965)는 「봄(春)」이라는 시를 발표한다. 이 시에서 시
인은 "나비 한 마리가 달단해협(韃靼海峽)을 날아 넘어"라고 쓰고 있
다. 상당히 모던하고 독특한 시구였다. 꽃나무들 사이를 날아다니며
노닐어야 할 나비가 어찌하여 파도가 흉흉한 망망한 대해(大海)를 건
넜을까! 2016년 개봉한 위안부를 다룬 영화 〈귀향(鬼鄕)〉에서도 한국
의 영화감독 조정래(趙廷來)는 나비 이미지를 차용하고 있다. 망망한
바다 위를 맴돌며 귀환하지 못하고 있는 나비 한 마리가 카메라에
포착되고 있다. 유라시아 대륙의 동쪽 끝인 중국의 동북 지역은 러시
아와 이웃해 있고 한반도와 인접해 있으며 일본 열도와는 바다를 사
이에 두고 마주보고 있다. 중국 동북, 얼마나 많은 허황된 생각들이
이로부터 만들어졌으며 또 얼마나 많은 피와 눈물을 흘리게 했던가!
근대 일본의 침략전쟁과 식민통치는 인류의 가장 암흑한 면을 폭로
하였고, 요행스럽게 생존한 사람들에게는 또 다시 전쟁과 식민의 결
과를 일방적으로 전가시켰다. 나비효과, 나비효과는 '동아시아의 격
동'을 초래했고 이는 지금까지도 이어지고 있다.

　　중국 동북에서부터 시작된 '동아시아의 격동'에 대한 탐구는 필자
의 오래된 연구 주제이다. 19세기 말, 중국 동북은 독특한 지리적 위
치와 풍족한 자원으로 전 세계 탐욕스러운 제국주의자들의 눈길을

끌었고 주변국가 무산계급자들에게는 생존을 도모할 수 있는 공간을 제공했다. 동아시아에서 가장 먼저 근대화의 길에 들어선 일본제국은 중국 동북을 그들의 '생명선(生命線)'으로 만들고자 망상했고, 이를 위해 일본은 거국적인 자원을 쏟아 부으며 러시아와의 동북 쟁탈전을 불사했다. 러일전쟁에서 요행스럽게 승리한 일본은 "달단해협을 날아 넘어"온 대륙의 "수호자"로 자처했고, 동북을 군사적으로 점령하고는 만주국을 설립했다. 이를 계기로 동북에서, 중국에서, 아시아에서의 일본의 야망이 만천하에 드러났고 중국의 동북, 즉 만주국은 '동아시아 격동'의 진원지로 대두되었다. 만주국은 "중국의 부분과 전체, 현재와 미래, 삶과 죽음의"[1]의 징표로 인식되었고, 일본의 대동아전쟁 발동의 책원지가 되었으며, 한반도 지식인들에게는 민족어와 민족문화를 보존할 수 있는 해외 거점이 되었고, 조국을 잃어버린 러시아 유민들에게는 그들만의 새로운 '나라'가 되었다.

만주국은 일본의 '동아일체(東亞一體)의 실험장'인 '대동아(大東亞)'의 원형이기도 했다. 만주국의 수도 신징(新京)에서는 일본식 지붕의 건물과 중국식 탑루(塔樓), 아치형의 인도식 창문, 타이식의 외벽 장식이 흔하게 목격되었고, 거리에서는 중국어, 일본어, 조선어, 러시아어, 몽골어 등 다양한 언어들이 사용되고 있어 하나의 '작은 동아시아'를 연상시켰다. 일본은 만주국에서 정치, 경제, 문화 등 다양한 방면에서의 실험을 진행하였고, 이러한 실험은 '대동아 건설'에 적극적으로 봉사하는 계기가 되었다. 일본 관동군이 참여한 만주국 '건국대학(建國大學)'[2]은 '아세아대학(亞細亞大學)'으로 개칭하여 '아세아연맹(亞

---

1   루쉰(魯迅),「『팔월의 향촌』 서문」, 샤오쥔(蕭軍),『팔월의 향촌(八月鄕村)』, 상하이(上海): 룽광서국(容光書局), 1935.

細亞聯盟)'을 위해 봉사하게 할 계획이었고, 주식회사 만주영화협회(株式會社滿洲映畫協會)의 기관지 『만주영화(滿洲映畫)』(1937)는 동남아를 포함한 일본의 기타 점령지에서의 '대동아영화권(大東亞電影圈)' 구축을 추진하면서 만영(滿影)의 스타 리샹란(李香蘭)을 '대동아의 홍보 모델'[3]로 부각시켰다. 만주국에서 추진된 '만주문학'은 '대동아문학'의 원형이었고, '대동아신질서'(1938)와 '대동아공영권'(1940)은 만주국을 그 이념으로 삼고 있었다. '동아시아 격동'의 중심지에서 우리는 일본 식민 패권의 위험성을 보았고 식민의 패권이 생성시킨 동아시아의 저항을 목도하였으며 동아시아의 참된 연대의 감정도 확인할 수 있었다. 때문에 만주국 연구를 시작한다는 것은 곧 '동아시아 격동'의 소용돌이에 휘말리는 것을 의미했다. 필자가 '만주국 문학'을 연구하고 동아시아 식민주의를 주목하며 만주를 사유하는 것은 바로 그것을 역사화하고 문제화하고 이론화하는 과정이며 이는 곧 중국 동북에서 시작된 '동아시아 격동'의 실타래를 풀어나가는 하나의 과정이기도 하다.

그중에서도 행운인 것은 필자가 '만주국 문학' 연구를 시작하던 무렵인 2002년 당시에는 만주국 시기를 경험한 노작가들이 아직 상당수 생존해있었다는 점이다. 오늘 이 자리를 빌려 내가 여러 차례 폐를 끼쳤던 노작가와 그 가족들에게 특별히 감사의 인사를 전한다.

---

2 야마네 유키오(山根幸夫) 지음, 저우치첸(周啓乾) 옮김, 「만주 건국대학과 일본(滿洲建國大學與日本)」, 『항일전쟁연구』 1993년 제4기.
3 셸리 스티븐슨(Shelley Stephenson), 「그녀의 흔적은 가는 곳마다: 상하이, 리샹란과 대동아영화권(到處是她的身影: 上海, 李香蘭與大東亞電影圈)」, 장잉진(張英進) 編, 『민국시기의 상하이 영화와 도시문화(民國時期的上海電影與城市文化)』, 北京大學出版社, 2011.

그들은 각각 린랑(林郞), 모난(沫南), 이츠(疑遲), 천디(陳隄), 메이냥(梅娘), 톈빙(田兵), 리민(李民), 리정중(李正中), 주티(朱媞), 양쉬(楊絮), 추이수(崔束), 즈위안(支援), 루치(魯琪), 류단(劉單), 장훙언(張鴻恩), 쉬팡(徐放), 류사(劉沙), 리양(里楊), 한퉁(韓彤), 위레이(于雷), 류창(劉暢), 황쉰(黃洵) 선생님, 그리고 산딩(山丁)의 부인 리쑤슈(李素秀) 여사, 구딩(古丁)의 아드님 쉬처(徐徹), 마자(馬加)의 아드님 바이창칭(白長靑) 선생님과 즈위안의 따님 즈잉(支鷹), 줴칭(爵靑)의 따님 류웨이충(劉維聰) 여사이다. 그들과 직접 대화하고, 그들이 들려주는 만주국 시기의 생각과 사상, 창작과 교우관계 이야기를 들으면서 필자는 마치 그때 그 시절의 사람과 이야기들이 역사적인 시공간을 뛰어넘어 눈앞에 펼쳐지는 것 같은 느낌을 받곤 했다.

　그들이 필자에게 전해 준 것은 문학적 현실에 대한 사실 확인만이 아니며 어떤 측면에서 그것은 일종의 생명의 계시이기도 했다. 왜냐하면 그들 덕분에 필자는 비로소 소중한 연구 동료들을 만났기 때문이다. 일본 수도대학(首都大學)의 오쿠보 아키오(大久保 明男) 교수, 타이완 칭화대학(靑華大學)의 류수친(柳書琴) 교수 그리고 캐나다 겔프대학(Universityof Guelph)의 노만 스미스(Norman Smith) 교수가 그들이다. 당시의 우리들은 모두 대학원 박사과정생들이었고 만주국이란 공통의 주제를 가지고 노작가들의 인터뷰를 진행하고 있었다. 이러한 공동의 관심사가 우리들의 학술적 우정을 오늘날까지 이어지게 하였다. 그리고 류수친 교수 덕분에 한국 원광대학교의 김재용 교수와 인연을 맺을 수 있었고, 2011년부터는 김재용 교수와 오오무라 마쓰오(大村益夫) 교수가 조직한 '동아시아 식민주의와 문학연구회'에 합류할 수 있었다. 우리가 합류하기 전, 이 학회에는 한국 학자, 일본 학자, 타이완 학자들 뿐이었다. 중국 본토 학자들은 이런저런 이유로 합류하지 못하고 있었던 시절이었다. 공통의 관심사를 가지고 있는 동료들과 함께 할 수 있다는 것은 학문의 길에서의 상당한 행운이었다. 2014년 필자가 주축이 되어 중국 본토에서 '동아시아 식민주의와 문학연구회' 두 번째 10년의 제1차 국제학술대회를 조직했고, 이를 시작으로 그후에는 중국 본토, 타이완, 일본, 한국 네 나라를 오가며 해마다 국제학술회의를 개최했다. 2024년은 '동아시아 식민주의와 문학연구회'의 두 번째 10년 제10차 국제학술회의가 한국에서 개최되는 해이다. 졸저『국토의 함락, 문인의 행보: 만주국 문학론』이 올해 한국에서 출간된다는 소식을 들으니 불현듯 이 모든 것이 오래전부터 은연중에 이미 계획되어 있었던 것은 아닌가하는 생각이 든다. 이 책의 출간이 그동안 필자가 인터뷰를 진행했던 노작가들에게는 작은 위안이 될 수 있기를, 그리고 우리의 '동아시아 식민주의와 문학연구회'에게는 설립 20주년 기념이 될 수 있기를 바란다.

'만주국 문학' 연구논문의 번역과 편집을 맡아준 천춘화 박사에게 특별한 고마움을 전한다. 천춘화 박사를 처음 만난 것은 2016년이었다. 당시 필자는 중국 해양대학교의 이해영(李海英) 교수와 함께 고려대학교 특강을 위해 한국을 방문 중이었고, 그 자리에서 천춘화 박사를 처음 만났다. 필자가 아는 한 천춘화 박사는 한국과 중국의 현대문학을 모두 공부하고 있었고, 그의 박사학위논문도 '만주국 문학'과 긴밀하게 연관되어 있었다. 그때부터 번역 계획이 있었던 것으로 기억하며, 마침 원광대학교의 김재용 교수도 번역서 출간을 적극 추천하던 차라 일은 생각보다 쉽게 성사되었다. 번역자로서도 천춘화 박사보다 훌륭한 사람은 없는 것으로 알고 있다. 무엇보다도 천춘화 박사는 이 분야의 전공자이고 필자의 연구에 대해서도 익히 잘 알고 있기 때문이다. 다만 천춘화 박사는 필자의 저서『이질적인 시공간의 정신세계(異態時空中的精神世界)』(2017년 수정판)보다 논문을 묶어내는 것이 더욱 중요하다고 생각하여 필자가 2006년부터 2019년 사이에 발표한 논문 10편을 추려서 번역을 진행했다. 필자가 미처 예상하지 못했던 것은 편집을 거치면서 이 10편의 논문이 일관성 있는 한 권의 훌륭한 저서로 만들어진 것이다.

본고에 실린 10편의 논문은 모두 국내외 학술지에 발표한 글들이다. 이 논문들의 게재를 허락해준 학술지와 편집장에게 고마움을 전한다. 그리고 이 글들을 발표했던 국내외 학술대회장에서 소중한 의견과 비평, 코멘트를 공유해주신 동료 연구자들의 지혜와 우정에 진심으로 감사드린다. 더불어 해마다 정기적으로 개최되었던 '동아시아 식민주의와 문학연구회'는 필자에게 있어서 더없이 소중한 학술적 충전소였음을 특별히 밝혀두고자 한다.

마지막으로 천춘화 박사와 보고사 그리고 숭실대학교 인문한국플러스(HK+)사업단에 다시 한번 감사의 마음을 전한다. 이 책의 출간이 한국에서의 학술적 교류를 활성화시킬 수 있는 하나의 계기가 되기를 바란다. 이 책의 연구 대상인 '만주국 문학'이 '방법으로서의 문학'이라는 시각에서 동아시아 문학을 새롭게 상상할 수 있는 하나의 기회를 제공할 수 있기를 바라며 이 책에서 선보인 식민지 문학을 해석하는 일련의 개념과 방법들이 다른 시기, 다른 지역의 문학을 독해하는 데에도 작은 참조가 될 수 있기를 바란다.

2024년 1월 8일 上海에서
류샤오리

차례

제4부 **만주국 문학의 또 다른 단면**

제1부

동아시아 식민주의와
만주국 문학

동아시아 식민주의와 문학

— 만주국 문단을 중심으로 —

1. 서언

19세기 말 20세기 초, 일본 군국주의자들의 식민지 확장에 대한 야욕은 날로 팽창하여 갔고, 일본은 차례로 타이완, 관동주[1], 사할린, 한반도와 남양군도를 무력 점령하였다. 그중에서도 중국 동북에 수립된 괴뢰국가 만주국은 여타의 지역과는 차별화된 통치 체제로 운영되는 가장 큰 규모의 식민지였다. 만주국은 만주사변[2] 다음 해인 1932년 3월에 설립되어서 중국이 항일전쟁에서 승리를 거둔 1945년 8월에 종말을 고하기까지 13년 5개월 동안 존속하였고, 그 영역은 동북삼성과 러허성(熱河省) 그리고 네이멍구(內蒙古)의 일부분을 포괄하였다.

만주국의 명의상 국가원수는 청 왕조의 선통황제(宣統皇帝) 푸이(溥

---

1 1905년 러일전쟁 후 일본은 차르 러시아로부터 중국의 요동반도 조차권을 할양받으면서 다롄(大連), 뤼순(旅順), 진저우(錦州), 푸란뎬(普蘭店) 이남 지역을 통틀어 관동주(關東州)라 명명하고 관동도독부(關東都督府)를 설립함과 동시에 관동군을 진주시켰다.

2 역주: '만주사변'에 대한 중국의 공식 명칭은 '9.18사변'이다. 원문에도 '9.18사변'으로 쓰고 있으나 이 책에서는 관례를 따라 '만주사변'이라 옮겼다.

儀, 1906~1967)였지만 실질적으로는 일본 관동군의 군사 파시스트[3] 체제 속에 통제되었고, 정부기관과 사회조직은 군사화된 시스템에 의해 운영되고 있었다. '국가의 정신적 자궁'으로 불리는 협화회(1932)[4]는 실질적인 전 국민 총동원기구였고, 하부조직으로 청년단(靑年團)과 국방부인회(國防婦人會)를 두고 있으면서 16~19세의 젊은이들과 사회적 지위가 있는 부인들까지 외곽 조직[5]에 포섭시키는 등 거의 모든 관리와 교사, 지방 유지들을 망라하고 있었다. 만주예문연맹(滿洲藝文聯盟, 1941)은 만주문예가협회(滿洲文藝家協會), 만주극단협회(滿洲劇團協會), 만주악단협회(滿洲樂團協會), 만주미술가협회(滿洲美術家協會)를 직속 하부기관으로 두었고, 1944년 만주예문협회(滿洲藝文協會)로 개편될 때에는 문예국(文藝局), 연예국(演藝局), 미술국(美術局), 음악국(音樂局), 영화국(電影局)을 설치하여 문예가들을 엄격하게 통제 관리하는 더욱 조직화된 파시스트 체제를 형성하여 갔다.

---

3 만주국의 성격에 대해서는 미국, 일본의 학자가 동일한 입장을 표명한 바 있다. 마크 피티(Mark R. Peattie)에 따르면 만주국은 군사 파시스트 통치 국가였다.(Mark R. Peattie, Ishiwara Kanji and Japan's Confrontation with the West, Princeton, NY: Princeton University Press, 1975.) 야마무로 신이치(山室信一)에 따르면 만주국은 괴뢰국가였을 뿐만 아니라 아우슈비츠 강제수용소나 벨젠 강제수용소와 흡사한 존재였다.(山室信一, 『キメラ-滿洲国の肖像』(增補版), 中央公論新社, 2004.) 프라센지트 두아라(Prasenjit Duara)는 만주국은 군사 파시스트 국가였지만 독일의 나치와는 구별되었고 그것은 민족 정화(게르만민족의 정화)와 같은 유사한 관념이 부재했기 때문이라고 보았다.(Prasenjit Duara, Sovereignty and Authenticity: Manchukuo and the East Asian Modern, Lanham, Oxford: Rowman and Littlefield, 2003.)
4 협화회와 관동군은 만주국의 대표적인 두 지주로서 협화회는 선전과 회유를 담당했고 관동군은 폭력적인 진압을 담당했다. 협화회의 사업 계획에는 정신공작(精神工作), 협화공작(協和工作), 후생공작(厚生工作), 선덕공작(宣德工作), 조직적인 동원과 흥아 활동(興亞活動) 등이 포함되어 있었다.
5 국방부인회의 구성원 대부분은 만주국 정부 관리와 고급 군관의 배우자들이었고 당시의 회장직을 맡고 있었던 사람은 만주국 총리대신 장징후이(張景惠)의 부인 쉬즈칭(徐芷卿)이었다.

그러나 조지 오웰의 『1984』에서와 같은 디스토피아적인 세상만 아니라면 어딘가에는 반드시 출구가 있기 마련이듯, 괴뢰국가 만주국과 같은 이질적인 시공간 속에서도 문학을 평생의 직업으로 삼는 사람들은 존재했다. 물론 그들도 예외 없이 협화회와 만주문예가협회에 소속되어 복잡하고 다양한 신분을 지녔다. 하지만 식민지 문학 전반에서 그들이 창작한 '국책문학(國策文學)'과 '보국문학(報國文學)'[6] 이 차지하는 비중은 높지 않았고 적지 않은 작가들에게 '헌납시(獻納詩)'와 '시국소설(時局小說)'[7]은 문학적인 제스처에 지나지 않았다. 식민지 작가들은 오히려 풍부한 의미를 함축하고 있는 다양한 작품들을 통해 식민지 치하의 일상생활과 정신세계를 그려냈다. 그중에는 정도의 차이는 있었지만 그들의 정치적 지향과 정신적 저항을 드러낸 작품이 있었고, 또 일부는 협력과 이용(利用)이 애매하게 혼재되어 있는 회색지대의 작품도 적지 않았다. 이러한 작품들은 식민지 텍스트 고유의 독특한 가치를 지님과 동시에 문학이라는 범주를 넘어 20세기 식민지시대에 대한 전반적인 성찰, 나아가 21세기의 현실에 대한 계시(啓示)와 연관되어 있다는 측면에서 더욱 주목된다.[8]

만주국의 식민지 문학 유산에 대한 청산을 통해 우리는 문학이란 반식민 투쟁의 한 구성 부분이자 그 과정이기도 하다는 것을 알 수 있었고 식민의 상처가 어떻게 식민지인의 정신세계에 깊이 각인되어

---

6 '건국문학'과 '보국문학'에 관해서는 刘晓丽, 『异态时空中的精神世界: 伪满洲国文学研究』, 上海: 华东师范大学出版社, 2008을 참조.
7 '헌납시'와 '시국소설'에 대해서는 刘晓丽, 「伪满洲国时期附逆作品的表里: 以"献纳诗"和"时局小说"为中心」, 『中国现代文学研究丛刊』 第4期, 2006 참조.
8 현재 세계 질서 속에서의 미국의 역할과 세상 사람들의 미국에 대한 저항과 협조를 생각할 때 식민지 텍스트와 오늘날 세계와의 관계에 대해 쉽게 이해할 수 있다.

갔는지도 확인할 수 있었다. 그리고 저항과 협력, 수동적인 수용과 자발적인 친화, 민족주의와 식민주의의 교직·교차 과정에서의 식민지 지식인의 내면세계를 들여다 볼 수 있게 됨으로써 동아시아 식민주의에 대한 더 깊을 성찰을 가능하게 했다.

만주는 중국의 동북 변방에 위치해 있으면서 러시아, 한반도와 인접해 있다. 이곳에는 식민자 일본인들뿐만 아니라 식민지인인 본토 중국인들이 생활하고 있었고, 이들과 함께 식민지라는 구조 속에서 살아가는 조선인과 러시아인도 있었다. 이곳에서 살아가는 사람들은 국가적 정체성과 민족적 정체성 그리고 종교, 계급, 언어 등 여러 측면에서 다양하게 분화되어 있었고, 이는 만주국 문학 속에서 '중국인 문학', '일본인 문학', '러시아인 문학', '조선인 문학'과 같은 다민족, 다언어의 특징으로 드러났다. 본고는 편의를 위해 당시 문단에서 통용되었던 '만계문학(滿系文學)', '일계문학(日系文學)', '선계문학(鮮系文學)', '아계문학(俄系文學)'이라는 표현을 그대로 사용하여 각 민족별 문학을 고찰하고자 한다. 다만 이와 같은 분류를 통해 각 민족별 문학의 양식/현상을 개관하고자 함이 아니고, 이들 문학에 대한 협력/저항의 이분법적인 구도를 명확히 하자는 것은 더욱 아니다. 그보다는 만주국에 의해 구획된 언어별 환경에 따른 각 민족별 작가의 작품에 깊이 접근함으로써 동아시아 식민주의와 문학의 관계를 자세히 고찰하고자 하는 것이 주목적이다. 이를테면 어떤 상황에서 어떠한 저항을 하고, 이러한 항쟁과 저항이 본인도 의식하지 못하는 사이에 어떻게 식민자의 논리 속에 함몰되고 있었는지, 어떠한 상황에서 어떻게 영합하고 협력하며, 이러한 영합과 협력의 이면에 식민주의와 구별되는 정치적 지향이 내재되어 있었던 것은 아닌지, 식민자의 정책을 이용하고자 그들과 교섭하는 위험한 시도 속에서 식민의 상처가 어떻게 식민지인들의 정신적 측면에 깊이 각인되어 갔는지 등에 대한 고찰을 통해 복잡하게 얽혀있는 괴뢰국가 만주국의 정신적 기록을 추적하고 동아시아 식민주의가 초래한 복잡하고 오래된 고난의 흔적을 정리하고자 하는 것이다.

2. 만계문학(滿系文學): 해식과 협력

괴뢰국가 만주국은 성립되면서부터 '다민족 근대 국가'를 표방하였고, '건국선언(建國宣言)'을 통해 '오족협화(五族協和)'[9]를 주창하면서 종족적 차별을 기반으로 하는 만주국 신분 제도를 확립하고자 했다. 그런데 이는 무엇보다도 동북 현지인들의 민족적 정체성을 혼란스럽게 했다. 그들은 한족(漢族), 만주족(滿族), 후이족(回族)[10]을 비롯한 동북 원주민들을 '만인(滿人)'/'만계(滿系)'/'만주인(滿洲人)'이라 불렀고 당시 통용되고 있던 중국어(漢語)를 만어(滿語)라 개칭하였을 뿐만 아니라 1932년 3월 이후 관내(關內)[11]로부터 유입된 한족, 만주족들을

9　최초의 '오족협화(五族協和)'의 다섯 민족은 일(日), 한(漢), 만(滿), 몽(蒙), 조(朝)였다. 이는 다섯 민족 소녀가 함께 춤을 추고 있는 그림이 만주국 국무총리아문(國務總理衙門)의 벽화로 그려진 데에서 확인할 수 있었고 후에 이 그림은 만주국 발행 우표에도 사용되었다. 나중에 또 다른 '오족'으로 일, 만, 몽, 조, 아(俄) 다섯 민족이 등장하기도 하였다. 오족의 하나인 '만'은 '만주족(滿洲族)'을 지칭하는 말이었고 당시 '만'은 한족(漢族)과 만주족(滿族)의 통칭이었다. 이러한 민족 구분은 당시 유행했던 포스터에서도 확인된다.

10　역주: 중국 소수민족의 하나로 이슬람교를 신봉하는 무슬림 민족 집단이다. 주요 거주지는 닝샤후이족자치구(寧夏回族自治區)이며 전국 지역에 가장 넓게 분포되어있는 소수민족의 하나이기도 하다.

11　역주: 관내(關內)와 관외(關外)는 만리장성을 기준으로 구분한 지역 명칭이다. '관내'는 산하이관(山海關) 서쪽과 자위관(嘉峪關) 동쪽 지역을 지칭하며 그 반대 지역은

일괄적으로 '중국인'이라고 통칭했다. 이와 같은 일련의 새로운 호칭들은 일본 식민자들의 중국 동북에 대한 야심을 가시화하였고, 이는 일부 명석한 중국인들을 도저히 참을 수 없게 하였다.

만주국 초기, 괴뢰국가의 수도였던 신징(新京)에서도 멀리 떨어진 북만(北滿)의 하얼빈(哈爾濱) 문단에서 반일반만(反日反滿)을 취지로 하는 용감한 문학활동이 활발하게 펼쳐졌다. 뤄홍(洛虹, 뤄펑(羅烽)), 바라이(巴來, 진젠샤오(金劍嘯)), 헤이런(黑人, 수췬(舒群)), 장춘팡(姜椿芳), 린랑(林郎, 팡웨이아이(方未艾)) 등을 대표로 하는 공산당 작가들과 산랑(三郎, 샤오쥔(蕭軍)), 차오인(悄吟, 샤오훙(蕭紅)), 류리(劉莉, 바이랑(白朗)), 량첸(梁蒨, 산딩(山丁)), 싱(星, 리원광(李文光)), 허우샤오구(侯小古), 진런(金人), 린위(林珏) 등의 열혈 문학청년들이 만주국 통치하의 하얼빈의 『국제협보(國際協報)』, 『대북신보(大北新報)』, 『헤이룽장민보(黑龍江民報)』와 신징의 『대동보(大同報)』를 무대로 일본과 그 괴뢰정권에 직접적으로 맞서 저항하는 민족주의 의식과 계급투쟁 의식이 뚜렷한 작품을 발표하면서 저항적 성격의 '반식문학'[12]을 탄생시켰다.

그러나 만주국 치안 감독 체제의 강화와 폭압으로 일부 작가들은 체포, 피살되고 일부 작가들은 탈출하였으며, 그 외 일부 작가들은 직접 항일 대오에 합류하였다. 만주국의 '반식문학'은 이렇게 외부적인 압력에 의해 강제로 중단되었다. 상술한 작가 중에서 오직 산딩(山丁)만이 계속 만주국에 남아있었고, 그 외 작가들은 중국의 전국 각지로 흩어졌는데 그중에서도 훌륭한 '항일문학'을 탄생시킨 '동북작가

'관외'라 부른다. 동북은 관외 지역이다.

12 저항문학에는 '반식문학', '항일문학', '해식문학'의 세 가지 형식이 존재한다. 구체적인 부분에 대해서는 이 책에 수록된 「'반식문학', '항일문학', '해식문학'」을 참조 바람.

군(東北作家群)'[13]이 가장 대표적이다.

만주국 거주 작가들이나 그곳에서 성장한 작가들에게 직접적인 저항은 이제 더 이상 불가능했고, 그들은 각자 나름의 방식으로 식민지 문화와의 공존을 도모하기 시작했다. 본고에서는 우잉(吳瑛)의「신유령(新幽靈)」[14]과 구딩(古丁)의 『신생(新生)』[15] 두 작품을 대상으로 문학이 식민지 문화 선전에 협력하는 과정에서 어떻게 정신적 상흔을 해소(解消)시키면서 협력해 갔는지를 고찰하고자 한다. 두 작품 모두

---

13 역주: 만주사변 후 일본 점령 하의 동북을 떠나 관내 지역으로 망명한 일군의 작가들을 지칭하는 말이다. 이들의 작품은 일본 점령 하의 동북인민의 비참한 삶에 대한 묘사를 통해 식민통치에 대한 강한 저항과 국토 회수에 대한 열망을 드러내고 있으며, 이와 함께 드러나고 있는 동북의 민족적 풍습 또한 중요한 특징으로 언급된다. 대표적인 작가로는 샤오쥔(蕭軍), 샤오훙(蕭紅), 수췬(舒群), 돤무훙량(端木蕻良) 등이 있으며 이중 샤오훙의『생사의 장(生死場)』과 샤오쥔의『팔월의 향촌(八月的鄕村)』이 대표 작으로 빈번하게 언급되었다.

14 우잉의 본명은 우위잉(吳玉瑛)이며 필명으로 우잉, 잉즈(瑛子), 샤오잉(小瑛) 등을 사용하였다. 지린시(吉林市)에서 태어났고 만주족(滿族)이다. 지린여자중학교(吉林女子中學校)를 졸업하였고 만주문예가협회 회원이었으며 소설집『양극(兩極)』으로 만주 국민간문예상(滿洲國民間文藝賞)인 문선상(文選賞)을 수상한 바 있다. 우잉은 문학 창작에 종사하면서도 반월간『사민(斯民)』,『만주보(滿洲報)』,『대동보(大同報)』,『만주문예(滿洲文藝)』등에서 기자와 편집을 역임한 바 있다.「신유령」은 처음『사민』에 발표되었고 후에 작품집『양극』(奉天文藝叢刊行會, 1939)에 수록되었다.(吳瑛, 李冉·諾曼 史密斯 編,『吳瑛作品集』, 劉曉麗 主編,『偽滿時期文學資料整理与硏究·作品卷』, 哈尔滨: 北方文艺出版社, 2017.)

15 구딩의 본명은 쉬창지(徐長吉), 쉬지핑(徐汲平), 쉬투웨이(徐突薇)이며 필명으로 구딩, 스즈쯔(史之子), 니구딩(尼古丁) 등을 사용하였다. 지린성(吉林省) 창춘시(長春市)에서 태어났고 만주국 국무원총무청통계처사무관을 지낸 바 있다. 1940년 관직을 떠나 창작을 시작하였고 예문서방(藝文書房)을 운영하면서 건국대학(建國大學) 강사로 활동하기도 하였다. 1941년에 만주문예가협회 대동아연락부 부장에 임직했다. 만주국 시기 대표적인 작품으로는 소설집『분비(奮飛)』, 장편소설『원야(原野)』, 문예잡문집『일지반해집(一知半解集)』, 잡문집『담(譚)』이 있다.『신생(新生)』은 처음『문예집』(1944.2)에 발표되었고 후에 단행본『신생』(문예서방, 1945.1)으로 간행되었다.(『中国沦陷区文学大系·新文艺小说卷(下)』, 广西教育出版社, 1998)에 수록된『新生』을 참조.)

'예술가 소설(藝術家小說)'이며, 모두 당대를 시대적 배경으로 개인적인 경험을 기록하고 있어 식민지 생활의 한 단면은 물론 작가의 내면 세계까지 들여다볼 수 있다.

우잉의 소설 「신유령」은 식민지의 '새로운 중간층'의 일상생활을 기록한 작품이다. 식민지는 현대적인 산업건설에 수반되는 근대식 가정과 함께 '새로운 중간층'의 생활양식도 동시에 탄생시켰다. 일정한 교육을 받은 식민지 청년들은 도시의 행정기관이나 공장, 회사에서 하급 관리나 기술자, 사무직으로 근무하면서 안정적인 수입을 보장받았는데 이들에 의해 형성된 것이 바로 '새로운 중간층'이었다. "사랑이 충만한 도시의 핵가족(核家族)", 이것이 바로 전형적인 '새로운 중간층' 가정의 모습이었다. 핵가족은 대체로 젊은 청년 부부와 귀엽고 활발한 한두 명의 아이로 구성되었다. 이 '새로운 중간층'을 주제로 하는 포스터들이 당시의 신징, 펑톈, 하얼빈과 같은 도시의 공공장소를 도배하다시피 했고, 이러한 선전 포스터는 한편으로는 현대 산업건설 분야의 노동자들을 불러 모으면서 다른 한편으로는 식민지 청년들로 하여금 '낙토(樂土)의 꿈'을 상상하게 하였다.

우잉의 소설은 이러한 신형 중간층의 베일을 벗겨내고 있는 작품이다. 소설은 두 개의 공간을 중심으로 구성되었다. 하나는 도시의 핵가족이고 다른 하나는 관청의 현대적인 사무공간이다. 그리고 이 두 공간을 연결하고 있는 인물이 관청의 하급 관리로 일하고 있는 대학생 출신의 남편이다. 가정에서 이 부부는 도무지 어울리지 않는 한 쌍이다. 집에 있는 아내는 울거나 야료(惹鬧)를 부리거나 그렇지 않으면 아들을 내세워 남편의 마음을 휘어잡을 생각에 빠져있고, 대학생 남편은 아내 앞에서는 순종적인 척하지만 뒤에서는 거짓말과 기방(妓房) 출입을 일삼는다.

　　관청의 사무실에서 함께 근무하고 있는 네 명의 직원은 일본어를
할 줄 아는 과장이 자리에 있을 때에만 열심히 사무를 보는 척하고
일단 과장이 자리를 비우면 편안하게 지냈다. 작품에 등장하는 현대
적인 사무공간은 그저 외양일 뿐이었고 실제 사무실에서의 일상은
과장의 고압적인 자세와 그런 과장의 태도에 어물쩍 넘어가는 직원
들의 대응으로 점철되어 있었다. 소설 속의 중간층에게 금실 좋은
부부와 화목한 가정은 존재하지 않았고 적극적인 근로봉공(勤勞奉公)
의 자세로 노력하고자 하는 현대적인 직장인도 존재하지 않았다. 우
잉은 이러한 신형의 중간층을 '신유령'으로 은유했던 것이다.

　　「신유령」은 이렇게 만주국이 최선을 다해 적극적으로 구축하고자
했던 '아름다운 생활'의 베일을 벗겨냄과 동시에 그 암흑면을 폭로함
으로써 식민지의 프로파간다를 해소시키고 있다. 이는 비협력적인
문학일 뿐만 아니라 저항적 의미를 가지고 있는 '해식문학(解殖文學)'[16]
이었으며 부식제마냥 식민지의 문화 선전을 해소하고 융해시키며 해
체시켰다. 또한 소설은 식민의 상처가 어떻게 식민지인들의 정신세
계를 침식하고 있는지도 보여주고 있다. 대학생 남편은 집에서는 아
내에게 건성이고, 직장에 출근해서는 상전인 과장 앞에서만 열심히

16　최근 학계에서는 탈식민 이론 중의 Decolonization을 해식(解殖)으로 번역하고 있다.
　　하지만 Decolonization은 식민지 이후의 식민주의와 식민의 트라우마 제거를 말하는
　　것으로서 필자가 보기에는 '탈식민화'로 번역하는 것이 더 적절하다고 본다. 본고의
　　'해식문학'은 Decolonization이 아니다. '해식문학'은 식민지 통치시기에 존재했던 문
　　학의 한 종류이며 식민 통치를 해소 융해시키는 작용과 역할을 하는 문학으로서 영어
　　로 번역하자면 Lyo-colonial Literature에 해당한다. '해식문학'은 식민지에 체류했던
　　작가들이 역사적 현장에서 식민지 일상과 식민지 트라우마에 대해 기록한 문학으로서
　　작가의 감정 개입이 절제되어 있는 것이 가장 큰 특징이다. '해식서사'는 식민지 문화
　　정책과 공존하고 직간접적인 저항이 존재하지 않지만 식민자의 선전과 요구에 어긋나
　　며 부식제마냥 점차적으로 식민 통치를 해소하고 융해시켰다.

일하는 척 한다. 그는 성의 없이 하루하루를 보내면서 실제로는 열심히 일하지도 않고 열심히 살아가지도 않는다. 오늘날 동북에서 흔히 사용하는 말 중의 하나인 "적당히 대충하지(應付鬼子)[17]"는 식민지 시기에 그 연원을 두고 있는 속어이다. 식민지인들의 생활태도를 지칭하는 말이기도 한 "적당히 대충하지"는 식민지 통치를 해소시키는 나름의 방법이기도 했지만 다른 한편으로는 식민지인들의 생활까지도 망가뜨리고 있었다. 그들은 실제 생활 속에서도 대충대충 얼버무리는 태도로 삶을 대하고 있었기 때문이다.

식민 통치가 약탈해간 것은 비단 물질만이 아니었다. 그것은 정신생활의 타락을 가져오기도 했다. 식민지시기 일본인들과 함께 일했던 중산층들은 시종일관 식민자들의 세도, 탐욕과 멸시를 대면해야 했고 그것을 감내하는 과정에서 겪게 되는 정신적인 퇴폐와 타락은 누구나 피해갈 수 없는 한 측면이었다. 그들은 "명철보신(明哲保身)"을 위해 "면종복배(面從腹背)"로 생활을 유지해 갔다. 식민이 남긴 정신적인 침해와 상처는 장기적이고 회복하기 어려웠으며 몇 대에 걸친 사람들의 치유를 필요로 하는 것이었다.

우잉의 「신유령」이 식민지 프로파간다를 해소시킨 작품이었다면 구딩의 『신생』은 협력적인 작품이다. 『신생』은 '민족협화', 그중에서도 '일만협화(日滿協和)'를 주제로 한 작품이었고 제2회 대동아문학상 아차상을 수상한 작품이기도 하다. 작품의 주요 내용은 다음과 같다.

---

17 역주: 원문의 표현은 "잉푸구이즈(應付鬼子)"이다. 여기서의 "잉푸(應付)"는 일을 대하는 태도 등이 성실하지 않고 무성의한 것을 지칭하는 말이다. "구이즈(鬼子)"는 일본인을 비하하여 부르는 속칭이다. 말하자면 "잉푸구이즈"는 식민지 시기의 중국인들이 일본인들의 일에 대해 성의를 보이지 않고 대충 얼버무려 넘기려 했던 그런 태도를 지칭하는 말이다. 본고에서는 문맥에 맞춰 "적당히 대충하지"로 옮겼다.

페스트가 한창 유행하던 시기에 주인공인 '나'의 이웃 일가족 전체가
결핵 감염으로 사망하자 우리 가족은 강제적인 격리에 들어가게 된
다. 격리 병동에서 '나'는 일본인들의 냉대를 받기도 하고 그들의 도
움을 받기도 하지만 결국에는 일본인 아키다(秋田)와 함께 서로 도우
면서 난관을 극복한다. 퇴원한 후에도 '나'는 바이러스 박멸의 관건은
일본인들과 함께 하는 '민족협화'라고 결론짓는다.

이 소설에 대해서는 서로 상반되는 두 가지 해석이 존재한다. 하나
는 일본의 세도에 굴복한 한간문학(漢奸文學)[18]이라는 비판이고 다른
하나는 그 이면의 곤혹스러움에 동정표를 보내면서 긍정적으로 해석
하고자 하는 입장이다.[19] 비판과 동정, 두 가지 해석 모두 각자의 시대
적 환경과 입장 그리고 문화적 배경에 의거하고 있어 의미 있는 작업
이라고 생각한다. 본고는 식민주의와 식민주의의 상흔에 대한 성찰
이라는 측면에서 이 작품을 독해하고자 한다.

만주국은 폭력과 회유, 두 가지 방식으로 통치되었다. 관동군이
침략과 진압을 대표하는 폭력적인 한 축이었다면 협화회는 선전을
담당했던 회유의 한 축이라고 할 수 있다. 특히 협화회는 '신만주(新滿
洲)', '오족협화', '왕도낙토', '근대 문명'(교육, 위생, 육아, 여성 의식) 등과
같은 이데올로기 담론을 만들어냈던 기관이었다. 식민자에 협조적이
었던 문사들은 이와 같은 이데올로기 담론들 속에서 진보, 평등을

---

18 東北現代文學史編寫小組 編, 『東北現代文學史』, 沈陽: 沈陽出版社, 1989; 鐵峰, 「古
     丁的政治立場与文學功績: 兼与馮爲群先生商討」, 『北方論叢』 第5期, 1993.
19 冈田英树, 『续·文学にみる「滿洲国」の位相』, 研文出版, 2013에서는 『신생』의 민족협
     화의 이면에는 지식인의 계몽적 관념이 뒷받침되어 있었다고 보았다. 한편 梅定娥,
     『妥协与抵抗: 伪满文化人古丁的创作及出版活动』, 哈尔滨: 北方文艺出版社, 2017에
     서는 구딩이 '민족협화'라는 이름으로 이제 곧 패망할 일본인들로부터 지식과 기술을
     전수받아 앞으로의 국가 건설을 위한 준비를 해야 한다고 주장했다고 보았다.

읽어냈고, 그들은 '민족협화'를 빙자하여 '민족평등'을 선전했으며, '근대 문명'을 빙자하여 '민족 진보'를 도모하고자 했다. 이것들이 바로 구딩 소설의 이면인 것이다.

이 소설은 구딩 본인의 체험을 기반으로 한 작품이기도 하다. 1940년 가을, 신징에 페스트가 유행하기 시작하였고 그의 이웃이 페스트 감염으로 병사하면서 구딩 일가는 한 달간의 강제적인 격리 기간을 가지게 된다. 이 한 달간의 병원 격리생활에 대해 구딩은 "지대한 정신적 충격을 안겨준 사건"[20]이었다고 술회하고 있다. "정신적 충격"이란 구딩이 격리 병동에서 직접 체험한 민족 차이와 민족 차별을 말하는 것이다. 구딩은 문학적 재능과 유창한 일본어 실력으로 만주국 문화계의 인정을 받고 있었던 유명 인사였고 적지 않은 일본 문인들의 존경을 받고 있던 인물이기도 했다. 그러나 격리 병동에서 이 모든 것은 아무런 쓸모가 없었다. 격리 병동에서 사람들은 오로지 '만인'과 '일본인'이라는 종족적 기준으로 구분되어 차별 대우를 받았다. 이러한 체험은 구딩으로 하여금 적극적으로 '민족협화'라는 이데올로기를 받아들이게 하였고, 이는 나중에 구딩이 식민지 협력 작품인『신생』을 창작하는 계기가 되었다.

한편 이는 베이징대학에서 수학하고 루쉰을 추종했던 구딩의 이력과 국민성 이론에 익숙했던 그의 지적 편력과도 무관하지 않다. 그의 논리에 따르면 '민족협화'의 실현을 위해서는 민족 평등이 필요하며, 민족 평등을 위해서는 국민성 개조가 우선되어야 한다. 소설 속에서 일본인들은 결핵에 대해 과학적이고 정확한 지식을 가지고 있었고 질서를 지키면서 조용하게 움직였지만 만인들의 경우는 세균이나 전

---

20 徐古丁,『譚』, 新京: 艺文书房, 1942, p.38.

염병에 대한 지식이 제로에 가까웠고 위생을 지키지 않았으며 소란스
럽고 무질서했다. 소설 속에서 '나'는 이웃인 구두장이 천완파(陳萬發)
에게 '페스트 박멸', '세균 감염', '백신 접종' 등에 대한 상식을 일러주
지만 천완파는 '나'의 말에 전혀 귀를 기울이지 않는다. 병원에서 간호
사들은 만인과 일본인을 구별하여 차별 대우했고, 이에 대해 작가는
"누굴 탓할 문제가 아니다."라고 말한다. 작가는 멸시받는 것은 저열
하기 때문이며 국민을 철저히 변화시키려면 개인부터 변화시켜야 한
다고 주장한다. 이러한 논리는 사실 식민주의자들이 극력 선전하고
있었던 "일본은 선진적이고 문명하지만 만주는 낙후하고 저열하며,
낙후하고 저열한 만주는 선진적이고 문명한 일본에 의해 통치되어야
한다. 이는 통치자와 피통치자의 공동의 염원이다."[21]라는 식민주의
논리이기도 했다.

『신생』은 결코 외부의 압력에 의해 쓰지 않으면 안 되었던 작품은
아니다. 오히려 자발적으로 식민주의자의 이데올로기에 협력했던 작
품이었으며 그 이면에는 국민성 계몽이나 국민성 개조, 평등 등과
같은 작가의 이상이 투영되었던 작품이었다. 그러나 모순으로 충만한
이 위험한 시도에서 협력자는 식민주의자의 논리 속에 쉽게 함몰되고
말았다. 근대성 이론에 심취한 문사들은 이 논리 속에 더욱 쉽게 빠져
들었다. 구딩은 '민족협화'에 협력한 또 다른 작품인 「서남잡감(西南雜
感)」에서 "민족협화의 힘으로 개발을 추진한다면 러허(熱河)는 우리
나라의 산업지구로 일약 성장할 것이고 나아가 동아시아의 산업지구
로 발전할 것이다."라고 쓰고 있다. 한편 러허의 앞날에 대한 구상은

---

21 刘晓丽, 「"新满洲"的修辞: 以伪满洲国时期的〈新满洲〉杂志为中心的考察」, 『文艺理
     论研究』第1期, 2013.

"수력발전소 건설, 지하에 매장된 희소 금속과 석탄, 철, 동의 발굴과 광업지구의 건설, 고가철도의 건설, 밝은 전등, 라디오의 구비, 흥아광공대학(興亞鑛工大學)의 설립, 온천여관과 요양소의 설립, 치즈목축업의 진흥, 각 부락 초등학교와 현(縣) 단위 건강소(健康所)의 개설, 방직공장의 설립, 살구, 배, 밤, 대추, 사과 과수원, 식목으로 조성된 소나무숲, 증기선의 정기적인 운행……"[22] 등으로 충만해 있다. 이렇게 근대문명에 대한 기대는 배금주의로 대체되고 그에 수반되는 식민의 폭력성은 외면당한 채 식민자의 억압 담론은 사회문명의 진보 가능성으로 치환되고 있었다. 만약 이에 대한 깊은 성찰과 폭로가 진행되지 않는다면 이와 같은 식민주의 논리는 또 다른 모습으로 둔갑하여 오늘날의 세계에 다시 등장할 것이다. 그것은 "만주국 시기는 동북 현대화 건설이 가장 급박하게 추진되었던 호시기였다."[23]라고 말하는 것과 동일한 논리인 것이다.

3. 일계문학(日系文學): 허망과 오만

만주국 건국 후 중국 동북으로 이주한 일본인의 수는 점차 증가하였다. 관동군을 제외한 일본인은 대체로 다음과 같은 몇 부류로 구분

---

22 古丁, 「西南杂感」, 『艺文志』 第9期, 1944.7, p.28, p.33.
23 费正清 主编, 『剑桥中华民国史(1912~1949)』, 北京: 中国社会科学出版社, 1993; 村上春树, 『边境 近境』, 上海: 上海译文出版社, 2011; 西泽泰彦, 『"满洲"都市物语』, 河出书房新社, 1996; 龙应台, 『大江大海1949』, 台北: 天下杂志股份有限公司, 2009. 이외 「当年的"满洲国"竟然会是如此的发达与富裕」(http://blog.sina.com) 등과 같은 글에서도 '신만주'의 신화를 만들어내고 있었다. 구체적인 내용은 刘晓丽, 「打开"新满洲"——宣传、事实、怀旧与审美」, 『山东社会科学』 第1期, 2015를 참조 바람.

이 가능하다. 식민 정부의 크고 작은 관직에 복무했던 관리들과 교육 기관에 종사했던 교사들, 식민지 폭력에 기대어 만주국에서 자본 축적을 도모했던 상인들, 일본의 대륙정책의 추진과 함께 만주로 이주했던 개척단 농민들이 그들이다. 그리고 이들 외에 처음부터 관동주에 거주하고 있었던 소수의 문인들이 있었다. 그러나 관동주의 문인들을 제외하면 당시 만주로 이주한 직업 문인들은 극히 적었다고 할 수 있다. 왜냐하면 당시 만주국에서 활동했던 일계(日系) 문인 대부분이 사실은 만주국에 의해 육성된 존재들이었기 때문이다. 그들은 원래 각자의 분야에서 자신의 업종에 종사하고 있었던 보통의 일본인들이었으나 만주국이라는 식민지 환경 속에서 식민자의 절대적인 우월성을 체득할 수 있는 기회를 가졌고, 이러한 인종적, 문화적 우월성은 그들로 하여금 무슨 일이든 해낼 수 있다는 착각을 가지게 하였다. 그들은 "일본 문학을 식민지 만주국에 그대로 이식하였고, 재만 일본인 작가의 작품 속에 만주의 지역적 특성을 가미시키면서 낙후한 만주 문화를 발전시키고자 했다."[24] 한편 일본인이라는 우월한 지위는 작품을 손쉽게 발표할 수 있게 하였으며 작품 발표를 포함하여 일본 본토에서는 쉽지 않았던 많은 일들을 만주국에서는 수월하게 성사시킬 수 있었다. 일부 일본인들은 이러한 유리한 조건을 이용하여 '작가'가 되었다. 이는 당시 만주문화회(滿洲文話會)에 소속된 일본 문인들만 300여 명에 달하였다는 통계 수치에서도 알 수 있다.[25] 소위 말하는 개척문학(開拓文學), 이를테면 대륙개척문예간화회(大陸開拓文藝

---

24 大谷健夫, 「地区与文学·关于殖民地文学」, 『满洲文艺年鉴』 第1辑, 1937. 본고는 辽宁社会科学院文学研究所 编, 『东北现代文学史料』 第5辑, 1982, p.236을 참조함.

25 封世辉, 「文坛社团录」, 钱理群主 编, 『中国沦陷区文学大系·史料卷』, 广西教育出版社, 2000, pp.237~242.

懇話會) 편찬의 『대륙개척소설집(大陸開拓小說集)』과 농민문화간화회
(農民文化懇話會)에서 편찬한 『농민문학 10인집(農民文學十人集)』에 수
록된 대다수는 모두 개척단 소속의 일본인 농민들에 의해 창작된 작
품이었다.

오늘 이러한 일계문학을 다시 읽는다는 것은 문학 감상의 측면에
서가 아니라 식민주의자들이 기록한 식민지의 일상과 그들의 내면을
들여다보기 위한 것이다. 앞서 언급한 바와 같이 만주로 넘어온 일본
인들은 각자 서로 다른 목표를 가진 각양각색의 인물들이었다. 그들
중에는 고위직의 식민자가 있는가 하면 어쩌다 흘러들어온 적빈자(赤
貧者)와 지식인들도 섞여있었고, 정치, 이데올로기, 군인 신분이 한데
어우러진 군국주의 문사[26]들이 있는가 하면 식민지 정책에 대한 성찰
적인 입장을 지닌 지식인들도 있었다.

본고에서는 우시지마 하루코(牛島春子, 1913~2002)의 「슈쿠렌텐(祝廉
天)」(「슈쿠라고 불리는 남자(祝といふ男)」로도 번역됨)[27]과 기타무라 겐지로
(北村謙次郎, 1904~1982)의 「어떤 환경(某个環境)」[28]을 대상으로 식민자

---

26 군국주의의 펜 부대에 대한 본격적인 연구로는 王向远, 『"笔部队"和侵华战争: 对日本
侵华文学的研究与批判』, 北京: 北京师范大学出版社, 1999가 있다.

27 우시지마 하루코는 일본 후쿠오카현(福岡縣)에서 태어났고 1936년 만주국 관리인 남
편 우시지마 하루오(牛島晴男)를 따라 만주로 왔다. 우시지마 하루오는 펑톈성 관리,
헤이룽장성 바이취안(拜泉)의 제4대 부현장, 총무청 기획처 참사관, 만주국 협화회
중앙본부 참사관 등 관직을 역임하였고 우시지마 하루코는 남편과 함께 여러 곳에서의
삶을 경험했다. 작품으로는 희곡 「왕속관(王屬官)」, 소설 「슈쿠렌텐」, 「쿨리(苦力)」,
「요원한 소식(遙遠の訊息.)」 등이 있다. 작품 「슈쿠렌텐」은 『신만주』(1941.6)에 처음
발표되었다.(大久保明男 等 編, 『伪滿洲国日本作家作品集』, 北方文艺出版社, 2017.)

28 기타무라 겐지로는 일본 요네자와시(米澤市)에서 태어나 관동주에서 소년시절을 보
냈으며 후에 여러 차례 일본 도쿄와 만주를 오가다가 1937년부터 만주국 수도인 신징
에 정착했다. 그는 신징에서 문예잡지 『만주낭만(滿洲浪漫)』의 책임편집을 맡고 있으
면서 『만주신문(滿洲新聞)』과 『만주일일신문(滿洲日日新聞)』을 비롯한 여러 신문과
잡지에 글을 발표하였다. 만주에서 발표한 소설들로 「귀심(歸心)」, 「달(月牙)」, 「춘렌

의 문학이 만주 생활을 어떻게 그려내고 있는지, 일본 식민에 대한 성찰과 깊이는 어떻게 드러나는지에 대해 고찰하고, 식민주의가 남긴 낙인을 살펴볼 것이다.

소설「슈쿠렌텐」은 '만인(滿人)' 통역관의 "청렴, 공정, 근면"한 형상을 그려낸 작품이다. 이 소설은 일본의 아쿠타카와상 후보에 오른 작품이기도 하다. 일계 작가들의 작품 속에서 '만인'은 흔히 "탐욕스럽고 지조가 없으며 게으른 인간"의 대명사로 등장한다. 구딩을 비롯한 만계 작가들의 작품 속에서도 '만인'은 우매하고 낙후한 계몽의 대상으로 등장하고, 선계와 러시아계 작품 속에서도 긍정적이고 정상적인 '만인'의 모습은 찾아보기 어렵다. 우시지마 하루코가 작품 속에서 형상화해낸 '만인'은 드세고 고집스러우며 개성이 뚜렷한, 말하자면 소설 속에서는 보기 드문 '만인'의 인물상이다. 반면에 오만하고 무식한 일본인 관리에 대해서는 "농아(聾啞)"라고 비꼬고 있다. 왜냐하면 언어가 통하지 않아 현지인들과의 소통마저 불가능한 존재들이었기 때문이다. 이를 통해 소설은 중국어를 할 줄 모르는 일본인 관리가 30만 현(縣) 주민을 통치하고 있는 공허함과 위험성을 폭로하고 있다. 우시지마 하루코는 "30만 현(縣) 주민들 위에 가까스로 세워진 정치는 …… 생각만 해도 등골이 오싹했다."라고 쓰고 있다.

만주에 부임한 일본인 관리의 아내였던 우시지마 하루코는 관찰자적인 입장에서 만주국의 식민 통치를 관망하고 있었고 그 어떤 토대도 갖추지 못했던 만주국에 대해서도 객관적이고 명석한 인식을 가지고 있었다. 언뜻 보면 해외를 웅비하고 있는 강대한 야마토민족

(春聯)」,「여신(旅信)」,「어떤 환경」 등이 있다.「어떤 환경」은 『만주낭만』 1939~1941에 처음 발표되었다.(大久保明男 等 編, 위의 책, 2017.)

(大和民族)이지만 실질적으로는 중국인의 상대가 되지 못했다. 이렇듯 분명한 인식을 가지고 있었음에도 불구하고 소설 말미에서 작가는 다시 '민족협화'라는 구렁텅이에 빠지고 만다. "청렴, 공정, 근면"한 슈쿠렌텐은 그 누구보다도 일본인 상사에 충성했고, 작가는 이러한 '만인'과의 협화를 통해서만 '새로운 만주(新滿洲)'를 건설할 수 있다고 강조했다. 이러한 논리는 만계 작가 구딩과도 흡사한 면이 있다. 한 사람은 국민성 개조를 목표로 하고 있었고, 또 한 사람은 일본인의 오만과 교만의 가면을 벗겨내고자 했다. 이에서도 알 수 있듯이, 식민주의자 고유의 우월성, 그것은 그 어떤 민족보다도 우월하다는 식민주의자의 맹목적인 자신감이었고, 그 이면을 지배하고 있는 것은 바로 식민주의 논리였다.

기타무라 겐지로의 「어떤 환경」은 일본인 소년 다다카즈(忠一)가 동경에서 만주로 건너와 식민지 환경에서 공부하며 일하며 생활하는 모습을 기록한 작품이다. 소년시절의 다다카즈는 관동주에서 공부하면서 현지인들과 아무런 거리낌 없이 즐겁게 어울렸지만, 성장하여 작가가 된 다다카즈가 만계 작가들과 교류할 때에는 늘 충돌했고 그에게 돌아오는 것은 고독뿐이었다. 작품은 다다카즈가 만주에 뿌리박기를 결심하는 데에서 막을 내린다. 만주에서 성장한 기타무라 겐지로는 만주 풍토에 남다른 애정을 가지고 있었고, 이는 그의 작품의 행간에 넘쳐나는 따뜻함으로 드러났다. 작품 속의 다다카즈는 진심으로 만계 작가와 교류하고자 했고 '만인', 백계 러시아인을 비롯한 서로 다른 환경에서 성장한 사람들과 자신의 차이를 인정하고 그들과 이데올로기를 넘어서는 협화(協和)를 실현하고자 했다.

소설은 또 만주국의 문예정책에 대해서도 비판적인 성찰을 드러내고 있다. 물론 작가의 감정, 그리고 주인공 다다카즈의 감정까지도 모두 진심 어린 개인적인 감정이라는 데에는 의심의 여지가 없다. 그러나 "나는 이곳을 사랑한다. 그래서 나는 이곳에 뿌리를 내릴 것이다." "내가 열정적으로 너와의 교제를 원하는 한 너도 이에 부응해야 한다."라는 논리 속에는 식민자의 제멋대로인 오만, 그리고 의식적이든 무의식적이든 고압적인 자세가 깃들어있다. 그리고 그것을 지배하고 있는 것은 그 자신도 미처 의식하지 못하고 있었던 심리, 그것은 태어나면서부터 그 민족의 지식인들 사이에 만연해 있는 놀라운 자신감, 즉 세계는 '우리 민족'을 중심으로 돌아간다는 놀라운 오만이었다.

우시지마 하루코와 기타무라 겐지로는 남다른 관찰과 냉정한 성찰, 그리고 뛰어난 문학적 표현을 통해 기타 일계 작가들이 미처 발견하지 못했던 우수한 중국인에 주목하고 만주국의 심각한 민족문제인 '오족협화'의 곤경과 허상을 발견하였으며 개인의 노력을 통해 이데올로기 차원을 뛰어넘는 협화를 실현하고자 했다. 우시지마 하루코의 또 다른 작품 「쿨리(苦力)」[29]는 일본인 감독과 중국인 쿨리 사이에 형성되는 민족을 초월한 신뢰관계를 그려내고 있다. 하지만 식민자의 신분으로 만주에 온 그들의 배후에는 잔인하고 폭력적인 침략자 관동군이 있었고 동북 인민들의 입장에서 그것은 강도들이 집안에 들이닥친 격이나 다름없는 사건이었다. 그들은 고향에서 목표해야 할 그들만의 '다민족 화합' 대신에 이국 땅 만주에서 '민족협화'를 실현하고자 했던 것이다.

식민지에도 이상적인 미래를 꿈꿨던 선량한 일계 지식인들은 존재했다. 한 개인으로서, 그들은 각자의 자리에서 성심성의를 다해 식민지 경제건설과 문화건설에 최선을 다했을지도 모른다. 그러나 그

---

29 牛島春子, 「苦力」, 『滿洲行政』 1937年 10月号.

들의 성의와 수고는 식민지라는 구조, 즉 침략/피침략, 점령/피점령, 노예/피노예라는 관계 속에서 수행되는 것이었고 비록 만주국에서는 타이완(臺灣)이나 조선에서 추진했던 민족동화정책 대신에 온건하고 근대적인 것처럼 보이는 '오족협화'를 실행했지만 식민성이라는 본질은 바뀌지 않았다. 만주국의 일계 문인들은 서로 다른 목적과 다양한 방식으로 일본어 신문잡지를 중심으로 문학 활동[30]을 전개했지만, 정도의 차이에도 불구하고 식민주의라는 논리에 함몰되어 있는 것은 마찬가지였으며, 지금까지도 그러한 식민주의를 초월하는 강인한 내면을 지닌 위대한 작품을 대면한 적은 없다. 한 민족의 허욕 (虛慾)은 문학의 오만에서도 확인할 수 있었다.

4. 선계문학(鮮系文學): 영합과 거부

만주국에서 조선민족의 정체성은 모호하고도 복잡했다. 만주국은 일(日)·한(漢)·만(滿)·몽(蒙)·조(朝)의 '오족협화'를 표방했지만 조선민족은 시종일관 '선계 일본인'이라는 신분으로 조선총독부의 통치를 받았다.[31] 다시 말해 그들은 만주국의 국책에 따르면 만주국 국민

---

30 동북삼성도서관이 소장하고 있는 자료 통계에 따르면 현재 동북지방문학 소장 자료 중 일본어 신문이 61종이며 일본어 잡지가 769종에 달한다. 이 중 문학, 예술 분야의 잡지가 30여 종에 달하며 일부 종합지나 전문잡지에도 문학면이 포함되어 있다.(東北地方文獻聯合目錄編輯組 編, 『東北地方文獻聯合目錄(第一輯報刊部分)』, 大连: 東北地方文獻聯合目錄出版, 1995.) 당시에 비교적 중요했던 일본어 문학지로는 『문학(文學)』(후에 『작문(作文)』으로 개제), 『예문(藝文)』, 『만주낭만』 등이 있다.

31 1910년 8월 22일, 조선에 있던 일본 군대는 경성의 황궁을 포위하고 대한제국 황제 이척(李坧)에게 한일병합조약 체결을 강요하였다. 이로써 일본은 조선 전체를 장악하게 되고 통감부가 총독부로 바뀌었으며 조선 총독은 일본 현역 육군 또는 해군 대좌가

이지만 한일 강제병합에 따르면 일본 국적을 가지고 있는 황민(皇民)
이기도 했다. 만주에 거주하고 있는 조선인들은 일본과 만주국의 이
중국적을 가지고 있었고, 이러한 모호한 정체성은 선계 작가들로 하
여금 만주국과 일본인 그리고 동북 원주민들을 대하는 태도에 있어
서 항상 일관적이지 못한 유동적인 태도를 취하게 했다.

　일부 선계 작가들에게 만주국은 자유의 땅이었다고 할 수 있다.
왜냐하면 일본은 조선에서 내선일체를 추진하고 황국신민화를 위한
민족동화정책을 실시했지만 만주국에서 조선인은 오족의 한 구성원
이 될 수 있었고 조선어로 창작이 가능했으며 창씨개명을 하지 않아
도 되었기 때문이다. 그래서 어떤 측면에서 조선인의 만주행은 선택
적인 행동이 될 수 있었고 반황민적인 자세일 수 있었으며 식민화의
더 높은 단계인 황민화운동에 대한 저항으로 나아가는 길일 수도 있
었다. 문제는 이로부터 일종의 패러독스가 형성된다는 것인데, 말하
자면 일부 선계 작가들은 한반도에서 일본의 식민정책에 저항하여
만주국으로 왔지만 궁극적으로는 일본인 또는 일본인을 이용한 만주
국의 식민정책에 영합하는 형국이 되었다. 동북의 원주민들에게 있
어서 선계는 간혹 '준(准)고등민족', '준(准)통치자'의 자세를 취하면서
그들 스스로가 반대하는 식민자의 논리를 드러내기도 했다. 즉 심리
적으로 스스로를 만주국 기타 민족들의 우위에 위치 짓고 있었던 것
이다. 이러한 뒤틀린 관념이 선계문학 중에 드러나기도 했다.

　김진수(金鎭秀)의 소설 「이민의 아들」[32]은 조선 개척단을 따라 만주에

담임하였다.

[32]　김진수(생몰연도 경력 미상)의 「이민의 아들」은 『만선일보(滿鮮日報)』 1940년 9월
　　14~27일에 처음 발표되었다.(崔一·吳敏 編, 『伪满洲国朝鲜作家作品集』, 哈尔滨: 北
　　方文艺出版社, 2017.)

온 조선 농민의 생활을 그린 작품이다. 일본은 중국 동북을 점령하고는 끊임없이 팽창하는 침략 야심을 실현하기 위해 대륙 침략 기획의 일부분이었던 점령지 한반도의 일부 조선 농민들을 선동하여 강제로 동북 지역으로 이주시켰으며 집단부락을 설립하여 황무지를 개간하고 벼농사를 짓게 하였다. 따라서 적지 않은 조선 농민들이 생존을 위해 만주로 넘어왔다. 소설 중의 돌바우 가족이 바로 이러한 개척단 이민가족이었고 그들이 살고 있는 동네가 바로 조선인 집단부락이었다.

소설은 이들 조선 농민의 일상을 세밀하게 그려내고 있다. 그들은 이민회사의 사람들에게 사기를 당했고, 도로도 없고 건물도 없는 곳에서 고단한 개간을 통해 살아나가야 했으며 만주의 겨울에 적응하지 못해 동사하고, 동상으로 장애를 얻으면서도 '국가'를 위한 근로봉공이라는 부역에 종사하지 않으면 안 되었다. 동시에 소설은 조선 농민의 정신세계도 함께 그려내고 있다. 이어지는 재해와 수확 미달 앞에서 그들의 근면함과 진취적인 모습은 사라지기 시작했다. 작은 동네에도 술이 필요해지기 시작했고 마을 사람들은 도박으로 그들의 나태를 숨기고자 했으며 서로 언성을 높이는 시비가 늘어갔고 웃음소리는 사라져갔다. 조선에서 금방 들어왔을 때에는 그래도 집집마다 일손이 부족하지 않았지만 3년이 지난 지금은 병으로 죽은 사람, 가산을 거덜 낸 사람, 제각각이었다. 이를 두고 작가는 말한다. 마을 사람들이 살길을 찾아 이 먼 만주로 찾아들었을 때 그들이 생각했던 것은 시빗거리가 아닌 이해관계였고, 그들이 원했던 것은 진실이 아닌 배불리 먹는 것이었으며, 사실 그들의 입장에서 그 이상을 생각할 겨를이 없었다고 말한다. 이러한 주장과 마주할 때에는 작가의 통찰력에 감복하지 않을 수 없고 진실을 묘사하는 용기에 탄복하지 않을 수 없다. 이런 측면에서 이 작품 역시 '해식문학'의 범주에 포함시킬 수 있는 것이다.

만주국의 엄격한 검열제도와 탄압정책 앞에서 사실적인 묘사 자
체는 곧 고발 행위이며 작가에게 있어서 이는 상당한 용기를 필요로
하는 행동이다. 그런데 만주국의 암흑면을 폭로하는 이런 작품 속에
서 동북 현지인과 일본인에 대한 다음과 같은 시선을 확인할 수 있다.

이 산골에서 이러다가 늙고 머리가 세고 죽어버리면 송장 질 사람 하나
없이 만주사람 시체와 같이 아모데나 내다버리면 개가 뜯어먹고…… 아
이 숭찍해 그는 몸을 움츠리며 떤다.[33]

덕순(돌바우의 아버지-필자 주)이는 돌바우가 일본사람과 무어라 말
대답을 하는 것을 보고 엇지할줄 모를만치 기뻐하였다.[34]

식민주의의 상흔은 식민지인들의 정신 속에 얼마나 깊이 각인되
었을까? 식민자의 관념은 각종 매체를 통해 다양한 방식으로 피식민
자의 의식을 서서히 파고들었고 똑같이 핍박받고 식민화된 조선 농
민들이지만 그들이 '만주인'을 대할 때에는 오히려 내심 고등민족의
자세를 취하게 되는 것이었다. 즉 그들은 죽어서도 '만주인'과 동일한
취급을 받고 싶어 하지 않았다. 반면에 자신을 기만한 일본인에 대해
서는 적극적으로 추종하면서 그들 중의 일원이 되고자 했고 심지어
는 그들과 가까이할 수 있는 사람이 되고자 했다. 식민지 청산 과정에
는 식민이 침투한 구석구석을 살피면서 어디가 침식당하고 무엇이

33 김진수, 「이민의 아들」, 김동훈·허경진·허휘훈 편, 『중국조선민족문학대계13: 김학
철·김광주 외』, 보고사, pp.352~353.
34 김진수, 「이민의 아들」, 위의 책, p.359.

은폐, 삭제되었는지를 확인하는 작업이 포함되어야 한다.

선계 작가와 선계문학은 만주국에서도 일본 본토에서도 모두 주변부에 속한다. 일본에서 간행된 『만주 각 민족 창작선집(滿洲各民族創作選集)』[35]에는 일계, 만계, 백계와 몽계 작가의 작품만 수록되었을 뿐 선계 작품은 보이지 않는다. 3회에 걸쳐 개최된 대동아문학자대회에서도 만주국을 대표하는 선계 작가는 단 한 명도 없었다. 만주국에서 선계 대표가 참석한 좌담회도 「내선만 문화좌담회(內鮮滿文化座談會)」가 유일하다. 이 좌담회에 참가한 선계 작가로는 협화회 홍보과의 박팔양(시인), 국무원 경제부의 백석(시인), 방송국의 김영팔(극작가), 만주문화회의 이마무라 에이지(今村榮治, 작가), 만선일보사의 이갑기와 사회부장 신언룡(申彦龍)이었다.

사회부장 신언룡이 먼저 선계 작가들이 지금껏 일만계 문화단체나 문화인들과 교류를 하지 못한 것은 상당한 유감이라고 생각한다[36]는 인사말로 좌담회를 시작했고, 선계 측에서는 이갑기가 먼저 선계도 문화회(文話會) 가입이 가능한지[37]를 질문했다. 이러한 발언은 사실 선계 작가들의 만주국 주류 문단에 합류하고자 하는 적극적인 의사를

---

35 『만주각민족창작선(滿洲各民族創作選)』의 편집자 서명에 따르면 현지(滿洲) 측 참여자는 야마다 세이자부로(山田淸三郎), 기타무라 겐지로, 구딩이며 내지(日本) 측 참여자는 가와바타 야스나리(川端康成), 기시다 구니오(岸田國士), 시마키 겐사쿠(島木健作)이다. 도쿄의 창원사(創元社)에서 발행되었으며 제1권은 1942년에, 제2권은 1944년에 발행되었다.

36 역주: 『만선일보』 원문. "從來 鮮系 側으로서도 內, 滿系 文化 團體 或은 文化人과의 接觸이 업섯든 것을 매우 遺恨으로 여겨오든 차에 滿日文化協會의 幹線으로 오날의 機會를 어든 것을 거듭 感謝하는 바입니다."(「內鮮滿文化座談會」, 『滿鮮日報』, 1940.4.5.)

37 역주: 『만선일보』 원문. "李甲基: 文話會에 鮮系도 入會할 수 잇슴니까."(「內鮮滿文化座談會」, 『滿鮮日報』, 1940.4.6.)

드러낸 것이라고 할 수 있다. 그러나 일계 작가 나카 요시노리(仲賢禮)
가 조선인 작가들의 일본어 창작을 두고 선계 작가들의 조선어 창작이
이단시(異端視) 되기 때문인지 아니면 그것이 주류이기 때문인지를 질
문[38]했을 때 이갑기는 추호의 망설임도 없이 명확하게 대답한다. 문학
의 국적을 구분하고 족보를 분류하는 것은 문학개론 수준의 내용이다,
그러나 이보다 중요한 것은 그 문학을 담아 내는 모어이다, '문학의
민족적인 정서', '작가의 족보', '다른 언어로 창작하는 경우', '작품의
소재적인 문제', '서사의 복잡성' 등과 같은 문제는 언어 다음의 문제이
다, 어찌되었든 '지나문학'이기 때문에 '지나어 문학'이 우선이고 같은
이치로 '조선문학'이기 때문에 '조선어 문학'이 우선시되어야 한다,
조선 작가들이 조선어로 창작하는 것은 이러한 맥락이며 여기에는
또 자기 언어에 대한 애착이 있기 때문이 아니겠는가[39]라고 했다.

　언어의 문제가 불거지자 좌담회에 참석한 만계 작가 줴칭(爵靑) 역
시 언어의 문제는 굳이 급하게 서두를 필요가 없다, 언어라는 것이
일조일석에 형성되는 것이 아니듯이 언어는 민족의 전통, 정서와 갈
라놓을 수 없는 문화적 징표이다, 때문에 만주인의 생활을 소재로

38　역주:『만선일보』원문. "鮮系 作家가 朝鮮語로 大槪 쓰고 잇는 것은 日本語로 쓰는
　　것이 異端視되기 째문입니까 或은 그것이 主流로 되어 잇기 째문입니 까"(「內鮮滿文
　　化座談會」,『滿鮮日報』, 1940.4.6.)
39　역주:『만선일보』원문. "李: 文學의 國籍이나 族籍을 분류할 째 아즉 文學槪論의
　　過程에 屬하는 일이나마 爲先 그 文學이 씌워진 言語의 族籍이 무엇보다도 第一의
　　문제가 아니겠습니까? 이렇게 決定하면 文學의 民族 情緖니 作家의 族籍이 다른 言語
　　에 依한 制作이나 또는 그 素材의 如何로 이야기는 相當히 複雜性을 가지나 무엇보다
　　支那文學이기에는 먼저 支那語 文學임이 必要함과 같이 朝鮮文學이기에는 우선 朝
　　鮮語 文學임이 第一의 條件이겠습니다. 그런 점에서 朝鮮 作家가 朝鮮文學을 한다는
　　의미에서 朝鮮語로 쓰게 되는 것이며 둘째는 역시 제 言語에 대한 愛着으로 그런
　　것이 아니겠습니까?"(「內鮮滿文化座談會」,『滿鮮日報』, 1940.4.6.)

하는 글에서 만주어를 사용하지 않으면 절대로 그 정서나 전통을 온
전하게 독자들에게 전달할 수 없다, 이는 조선 작가 장혁주[40]가 조선
인의 생활을 소재로 하고 있음에도 독자의 입장에서는 조선인의 생
활보다는 그가 사용하는 언어가 더욱 깊은 인상을 주는 데에서도 알
수 있다는 입장[41]을 표명했다. 식민지의 언어 문제에 있어서는 선계
와 만계가 같은 입장임을 볼 수 있다. 강력한 기세로 등장한 식민지
문화에 대적할 때, 식민지 작가들이 고수할 수 있는 마지막 보루는
민족 언어였고 어떤 언어로 창작하는가의 문제는 식민지에서 특별한
의의를 가지는 일이었다. 따라서 민족어 고수는 식민지 작가들의 저
항의 한 방식이었다고 할 수 있다.

　　현재 전해지고 있는 만주국 시기 조선인 작품은 200여 수의 시와 50여
편의 장·단편 소설, 600여 편의 산문과 일부 문학평론 및 희곡 작품들이
있다.[42]

조선어로 창작된 이상의 작품들은 조선민족의 식민 동화(同化)에
대한 저항의 한 표징이기도 하다. 그러나 당시 조선어 문학을 게재할

40　장혁주(1905~1997), 일본어로 창작활동을 한 조선인 작가. 일본, 조선, 만주 문단에서
　　활약한 바 있다. 1952년에 일본으로 귀화하였다.
41　역주:『만선일보』원문. "爵靑: 言語 問題는 그렇게 急히 할 필요는 업다고 생각합니
　　다. 言語란 原體가 一朝一夕에 通하야 될 것이 아니고 한 民族의 傳統이나 情緒와
　　씰녀도 씰 수 업는 文化的 表現인 만큼 滿洲人 生活의 素材를 滿洲 말 쓰지 안는다면
　　完全히 그 情緒 그 傳統을 傳할 수가 업슬 것 갓지요. 이건 朝鮮人 作家로서 張赫周가
　　朝鮮 사람을 素材로 取하나 보는 사람으로서는 朝鮮人의 生活이란 것보담도 그 用語
　　의 族籍이 가진 印象이 더 커요. 그럼으로 古丁 氏도 이 點은 熱心으로 主張하며
　　各自 特色을 各自의 言語로서 表現하야 充分한 發展이 잇슨 뒤에 비로소 最高의 理想
　　을 獲得할 수 잇다고 합니다."(「內鮮滿文化座談會」,『滿鮮日報』, 1940.4.9.)
42　崔一·吳敏 編,「导言」,『伪满洲国朝鲜作家作品集』, 哈尔滨: 北方文艺出版社, 2017.

수 있는 지면이 제한되어 있었던 관계로 현재 남아있는 것은 등사판
의 동인지 『북향(北鄕)』과 『만선일보(滿鮮日報)』 문예란의 글들뿐이다.
또한 선계문학에는 대량의 '잠재 창작(潛在創作)'[43]도 존재했는데 이를
테면 수십 년 동안 땅속에 묻어두었다가 2000년에 비로소 출판된 시
인 심연수(沈連洙)의 작품들이 이에 해당한다.[44]

5. 아계문학(俄系文學): 단순과 복잡

만주국 '건국선언'에는 다음과 같이 적혀 있다.

> 무릇 신국가 영토 내에 거주하는 사람들에 대해서는 종족적 존비귀천
> 의 차별을 두지 않으며 기존에 거주하고 있었던 한족, 만주족, 몽골족,
> 일본인, 조선인 등 민족 외의 기타 국적의 사람일지라도 장기적인 거주를
> 원한다면 평등한 대우를 약속하고 당연한 권리를 보장함과 동시에 추호
> 의 침해가 발생하지 않을 것임을 보장한다.[45]

이는 중국 동북에 살고 있는 러시아인들에게는 꿈같은 이야기였
다. 그들은 마침내 그네들의 봄날을 맞이하게 되었다고 생각했다.[46]

---

43 역주: 중국 문화대혁명 시기 수많은 작가들이 여러 가지 역사적인 원인으로 작품 활동
    을 하지 못했고 창작한 문학 작품들도 공개적으로 발표하지 못하고 있다가 문화대혁
    명이 끝나고 나서야 일부 발표되었다. 중국 문학사에서는 이 부류의 작품 및 그들의
    창작 행위를 '잠재 창작'이라고 부른다. '잠재 창작'은 중국 당대 문학사의 하나의 특수
    한 현상으로서 이 부류 작품들은 사회비판적인 경향이 강한 것이 한 특징이다.

44 『20세기 중국조족 문학사료전집 제1집』, 중국조선민족문화예술출판사, 2004.

45 吉林省档案馆 編, 『溥仪宫廷活动象(1932~1945)』, 北京: 档案出版社, 1987, p.296.

46 Victor Zatsepine, "An Uneasy Balancing Act: The Russian Émigré Community and

일부 러시아계 작가들은 만주국에 협력하는 것에 동의했고 적극적으로 당시의 문단 건설에 참여했다. 협화회는 만주 문화의 번영을 위해 오랜 문학적 전통을 가지고 있는 러시아인 커뮤니티와 협력하기를 원했으며 그들을 만주국의 '아계 작가'라고 불렀다. 1943년에는 일아 친선문화협회(日俄親善文化協會)를 설립하기도 하였는데 이 협회에 참여하여 활동한 사람만 500여 명에 달했으며 당시의 방송만 하더라도 일본어, 중국어, 러시아어 등 세 가지 언어로 진행되었다.[47]

문학 활동에 있어서의 '오족협화'는 일본인, 중국인, 러시아인 세 민족의 활동으로 전환되었고 만주, 몽골, 조선 민족은 거의 참여하지 않았다. 일본에서 출판된 『일만아 재만 작가 단편선집(日滿俄在滿作家短篇選集)』[48]에도 4명의 일본인 작가와 2명의 중국인 작가 그리고 2명의 러시아 작가의 작품을 수록하고 있고 앞서 언급했던 『만주 각 민족 창작선집』에도 일본, 중국, 러시아 세 민족 작가의 작품 외에 몽골 작가의 작품 한 편을 수록하고 있을 뿐이다. 이는 위에서 언급한 일아 친선(日俄親善)의 결과이기도 하지만 다른 한편으로는 종주국인인 일본의 오만과도 관련이 있다. 일본인들의 인식에 따르면 '만주족'은 '한족'과 함께 묶이는 중국인이었고 몽골족은 미개화한 종족일 뿐이었으며 조선인은 교화가 완성된 민족이었다. 따라서 만주에서 출판된 각종 문집이나 주류 문단에서 일본, 중국, 러시아 세 민족은 항상

Utopian Ideas of Manchukuo," *Journal of Northeast Asian History* 10, no. 1 (Summer 2013).

47 1936년 말 만주국 방송을 청취하는 가정은 43,300호(戶)에 달했고 각지 방송기관에서는 일본어(日), 중국어(滿), 러시아어(俄)의 세 가지 언어로 방송을 진행하였다.(『大同報』, 1936.11.20. 제5면 및 1937.2.27. 제11면.)

48 山田清三郎 編, 『日満露在満作家短篇選集』, 東京: 春陽堂書店, 1940.

단일팀이나 연합팀 형식으로 동시에 출현했다. 동북 지역에서의 러시아 작가들은 정부로부터 이러한 주목을 받은 적이 없었고 그들의 문화에 융합된 적은 더더욱 없었다. 그러나 이 모든 것은 그저 아계 작가들의 한 환상일 뿐이었다.

아계 작가 중에서 가장 많이 알려진 작가는 바이코프(Байков, Николай Апполонович, 1872~1958)[49]였다. 『바이코프 문집』 12권이 만주국에서 출판되었고 이중 다수가 일본어와 중국어로 번역되었다. 바이코프의 작품은 북만의 밀림(密林) 풍경 묘사를 중심으로 하면서 대량의 박물학(博物學) 지식을 삽입하는 방식을 취하고 있다. 「암호랑이(牝虎)」, 「위대한 왕(偉大的王)」 등과 같은 작품들은 독특한 문체를 선보이면서 일계 작가와 만계 작가들의 많은 사랑을 받았다. 일계와 만계가 바이코프의 문학을 사랑한 것은 비단 심미적인 문제 때문만은 아니었다. 바이코프의 작품 속에서 그들은 각자 원하는 것을 발견했다. 일계는 그의 작품에서 '독립적인 만주 문화의 특색'과 '독특한 만주 풍토'를 보았다. 오우치 다카오(大內隆雄)는 바이코프의 작품에 대해 "만주의 웅대한 대자연으로부터 생성된 것이다. 작품 속에는 만주 대자연의 동물이 자주 등장한다. 「위대한 왕」은 이러한 작품의 대표작이라 할 수 있다.", "웅대함과 강한 성격, 이러한 특징들이 만주문학의 독특한

---

49 바이코프는 일명 니콜라스 바이코프로 번역되기도 한다. 동물학자, 식물학자이며 작가이다. 중국 동북에서 35년간 생활했으며 1901~1914년 상트페테르부르크학원의 명을 받아 중국 동북 지역의 자연조사 사업을 진행했다. 이 경력이 훗날 그의 창작의 주된 소재가 되었다. 1915년 『만주 삼림(滿洲森林)』을 출판하였는데 이 책은 소설적인 필치로 중국 동북의 대자연과 삼림 속에 살고 있는 민족에 대해 기록하고 있다. 1920~1922년 아프리카와 인도 등지를 여행했고 1923년 이후부터는 오랫동안 중국 동북 지역에 머물면서 과학 연구와 문학 창작에 종사했다. 『바이코프 문집』 12권을 출간한 바 있다.

특색이다."[50]라고 평가했다. 이는 당시 만주국 정부가 선도하고 있었던 식민주의 풍토(風土) 담론에도 적확하게 부합하고 있었다.

반면 만계 작가들은 바이코프 문학이 선보이는 북만의 밀림 서사에서 자연법칙만이 최고의 주재자이며 아무리 강한 인류라 할지라도 대자연 앞에서는 보잘 것 없는 존재라는 것을 보았다.[51] 사실 이는 일본은 자연의 주재자가 아니며 일본 역시 만주의 다른 민족과 다를 바 없는 보잘 것 없는 인간 존재라는 인식과 심리를 드러낸 것이었다. 이는 식민주의를 공격하는 우회적인 화법이기도 하다. 바이코프 작품이 지닌 다층성은 식민자와 식민지인으로 하여금 각자 원하는 것을 읽어내게 하였던 것이다.

그렇다면 아계 작가로서의 바이코프 본인은 만주국을 어떻게 바라보고 있었을까? 1942년 바이코프는 '만주국 작가'의 신분으로 대동아문학자대회에 참석하였고 그 후 일본에 아부하는 시 「일본(日本)」을 창작하기도 하였다.

> 오만이라는 강적을 뿌리째 제거하고 / 마치 거인의 발이 진흙을 짓밟듯이 / 무사의 검은 밀링머신보다 더 예리하여 / 일본인의 마음을 단결시켰으니 / 동아시아에서, 깊은 바다 속에서까지 / 어둠 속의 천둥 같이 / 먼 곳을 향해 정의의 검을 투척하니 / 그것은 인민의 행복과 안전을 위해서니라.[52]

이 시는 강압에 의해 창작된 작품은 아니다. 앞서 서술했듯이 만주

50 大內隆雄, 「牝虎·序言」, 拜闊夫, 『牝虎』, 新京書店, 1940.
51 疑迟, 「拜闊夫先生会见记」, 『讀書人: 讀書人連叢(第一輯)』, 藝文志事務會, 1940.
52 拜闊夫, 「日本」, 『靑年文化』 第1卷 第3期, 1943.10, p.43.

에서 아계 작가들의 독특한 지위는 괴뢰국가 만주국을 그들의 유토
피아로 상상하게 하였고 식민주의는 그들의 생활 속에서 또는 그들
의 상상 속에서 구원자의 역할을 담당했으며 그들 또는 그들의 문학
은 식민지에서 저항과 협력이라는 이중성을 획득하게 하였다.

　아계 작가들은 만주국 문화장 또는 동아시아 문화장에서 그 특수
한 존재(백인종/황인종, 거류민/현지인, 망명자/식민자)와 독특한 문학적 양
식으로 인해 그 복잡성 자체만으로도 만주국이라는 이질적인 시공간
에서 동아시아 식민주의의 다양한 측면의 문제를 제시하고 있다.

6. 결어

　괴뢰국가 만주국의 식민지 문학은 국가 정체성과 민족적 정체성
그리고 언어 문제가 중층적으로 혼재되어 있는 다원적인 상태로 동
아시아 식민주의와 복잡하게 얽혀 있었다. 각 민족어 문학은 반식민
지적 욕구를 드러내고 있었고 그중에는 일계 작가들이 보여준 식민
주의에 대한 성찰도 포함하고 있다. 식민지에서 만계, 선계, 아계의
서로 다른 위상은 그들의 저항 목적과 방식, 그리고 강도(强度)의 차이
로 이어졌으며 여기에는 직접적인 '반식문학'이 있었는가 하면 우회
적인 '해식문학'이 있었고 또 식민 정책을 이용하려는 목적을 지닌
'협력문학'도 존재했다. 이 과정에서 우리는 문학이 어떤 상황에서
어떻게 저항했고 저항의 정도는 어떠했는지를 볼 수 있었고 동시에
이러한 저항들이 순식간에 식민자의 논리 속에 포섭되는 장면도 확
인할 수 있었다. 또한 문학이 어떤 환경에서 어떻게 협력하는지 확인
할 수 있었으며 이러한 협력은 외부의 압력에 의한 것이 아닌 식민주

의와는 구별되는 정치적 욕구에서 발원하는 적극적인 영합임을 알 수 있었다. 저항과 협력 과정에서 식민의 트라우마는 여전히 식민지인의 정신 깊은 곳에 각인되었고 식민주의가 동아시아 지역에 남겨준, 복잡하게 착종되어 있는 정신적 고통은 오직 내적인 깊은 성찰을 통해서만 치유할 수 있다는 것도 확인할 수 있었다.

현재 식민지를 연구하는 방법론으로는 민족주의와 탈식민주의가 있다. 식민지 문학을 해석함에 있어서는 모두 탁월한 공헌을 하고 있지만 동아시아 식민지 문학과 대면할 때, 이를테면 '만주국 문학'과 대면할 때 그 복잡성은 기타 유럽의 식민지 상황에 비할 바가 안 된다. 민족주의적인 시각에서 출발하여 식민지 각 민족어 문학에 대한 내적인 고찰과 분석을 진행하지 않을 경우 식민지 문학에 대한 전면적인 부정이라는 단순한 표상의 차원에 머무르게 된다. 반면에 강력한 이론적 생산력을 가지고 있는 서양의 탈식민주의 이론을 기반으로 할 때에는 경험에 대한 세밀한 접근과 성찰이 은폐될 수 있으며 심지어 이론적 폭력으로 인해 새로운 형태의 식민주의를 재생산할 수도 있다. 본고는 만주국의 문학에 대한 심층적인 분석을 진행함으로써 민족주의와 탈식민주의 이론을 극복하고 동아시아 식민주의와 문학의 복잡한 관계에 대한 투시를 통해 식민지 문학을 해석하는 새로운 방법론의 가능성을 제시하고자 했다.

'반식문학', '항일문학', '해식문학'

1. 시작하며

만주국의 건국에 대해, 그리고 만주국이 표방하고 있는 이데올로기에 대해, 5.4신문화운동의 환경 속에서 성장한 중국 지식인들은 일종의 태생적인 면역력을 지니고 있었다. 그들은 만주국이 일본의 괴뢰국가라는 것을 분명하게 알고 있었고, 일본이 동북을 강제로 점령했다는 사실도 잘 알고 있었다. 만주국 시기에 교육을 받은 젊은이들은 일상생활 속에서도 만주국이 평범하지 않음을 감지하고 있었다. 이 일군의 중국 지식인들이 문학 창작을 시작하였을 때, 그들은 서로 다른 형식과 강도로 만주국이라는 이 이질적인 시공간에 응답하기 시작했다.

본고는 만주국 시기의 신문과 당사자들의 구술기록, 그리고 당안자료(檔案資料) 등에 기반하여 만주국의 출현과 함께 생성된 동북문학을 탐구·분석·해석하고자 한다. 이를 위해 필자는 '반식문학(反殖文學)', '항일문학(抗日文學)', '해식문학(解殖文學)'이라는 개념으로 1932~1945년의 동북문학의 여러 경험을 고찰함으로써 전시(戰時)의 중국 현대문학과 동아시아 식민주의 문학을 해석하는 새로운 시각을 제시하고자 한다.

'반식문학'은 식민지에서 공공연하게 생성된 문학으로서 식민 통
치와 그들이 선전하는 이데올로기에 대해 분명한 반대 의사를 드러
낸, 작가 의식이 뚜렷한 문학이다. 그러나 '반식문학'은 식민지에서
간행되는 공공 출판물에 발표되다 보니 '서사적 은폐'가 그 중요한
특징으로 드러난다. 한편 '항일문학'은 식민지하에서 생산된 지하 저
항문학이나 일본의 점령지에서 멀리 떨어진 지역에서 출판된, 식민
침략에 대한 직접적인 저항을 표출한 문학을 일컫는 말이다. 이 부류
문학의 가장 큰 특징은 직접적인 감정 표출이다. '해식문학'은 식민지
에서 살아가는 작가가 역사적 현장에서 식민지 일상과 그 트라우마
에 대해 기록한 문학으로서 작가의 감정 개입이 전혀 드러나지 않는
객관적 서술이 가장 큰 특징으로 드러난다. '해식 서사'는 식민지 문
화 정책과 공존하며 직접적인 저항은 물론 은폐된 저항도 드러내지
않는다. 그러나 '해식 서사'는 식민자의 선전이나 요구를 뒤틀면서
부식제처럼 식민 통치를 점차 해소, 융해, 해체해 갔다.

2. '반식문학': 「연무 속에서」, 「코끼리와 고양이」

만주국 건국 초기 일련의 공산당 작가와 열혈 문예청년들이 하얼
빈(哈爾濱) 문단을 중심으로 일본의 동북 침략과 식민을 폭로하는 글
들을 만주국의 신문·잡지에 발표하였다. 이들 작가들은 좌익문학사
상으로 무장하고 있었고 만주국에서는 짧거나 길게 머물렀다. 그들
은 일본 제국주의와 유산계급을 반대하고 노동자계급을 동정해야 한
다는 명확한 이념을 가지고 있었다. 그러나 이러한 사상을 기반으로
한 작품들을 만주국 내의 신문·잡지에 발표하다 보니 그들의 이념적

지향을 직접적으로 작품 속에 노출시키지는 못했다. 대신에 그들은 이데올로기를 작품 곳곳에서 은유적으로 드러내거나 그렇지 않으면 은폐하는 방식을 택하기 시작하였는데 이로부터 형성된 것이 '반식 서사'라는 독특한 예술형식이었다.

만주사변 후, 사변 발생지 펑톈(奉天)이나 만주국 수도 신징과는 멀리 떨어져 있었던 하얼빈에서 반일반만(反日反滿)의 기치를 내건 용감한 문학 활동이 시작되었다. 뤄훙(洛虹: 뤄펑(羅烽)), 바라이(巴來: 진젠샤오(金劍嘯)), 헤이런(黑人: 수췬(舒群)), 장춘팡(姜椿芳), 린랑(林郎: 팡웨이아이(方未艾)) 등을 비롯한 공산당 작가들과 산랑(三郎: 샤오쥔(蕭軍)), 챠오인(悄吟: 샤오훙(蕭紅)), 류리(劉莉: 바이랑(白朗)), 량첸(梁倩: 산딩(山丁)), 싱(星: 리원광(李文光)), 허우샤오구(侯小古), 진런(金人), 린위(林珏) 등의 열혈 문학청년들이 주축이 되어 하얼빈의 『국제협보(國際協報)』, 『대북신보(大北新報)』, 『헤이룽장민보(黑龍江民報)』와 신징의 『대동보(大同報)』를 주요 근거지로 삼아 사실주의 창작 방법을 기반으로 하면서 민족주의 사상과 계급투쟁 의식이 뚜렷한 작품들을 발표하기 시작하였다.

하얼빈은 지리적으로 일본과 만주국 세력의 주변부에 위치해 있고 공산당 만주성위원회(滿洲省委員會)의 소재지[1]이기도 하다. 때문에 하얼빈에서 반일문학, 좌익문학 활동이 시작된 것은 이해하기 어렵지 않다. 그러나 『대동보』[2]는 관동군이 인수하여 만주국의 수도 신징

---

1 1932년 초, 중국공산당 만주성위원회(滿洲省委員會)가 선양(瀋陽)에서 하얼빈으로 이전하면서 군중조직인 반일회(反日會)를 조직하였다. 이 조직은 양징위(楊靖宇)가 직접 지도하였고 뤄펑(뤄훙)을 지부서기(支部書記)로 두었다.

2 『대동보(大同報)』는 1932년 3월 8일 창춘(長春)에서 처음 간행되었다. 이 신문은 관동군이 『대동보(大東報)』를 인수하여 개제한 것으로 원래의 제호는 『대동일보(大同日

에서 간행하고 있었던 중국어 신문이었고 신문의 제호 '대동(大同)' 역시 만주국의 연호에서 따온 것이었다. 이 신문에 발표된 문학 작품은 만주국 규정에 그대로 꿰맞춘 문학이라고 보아도 무방하다. 때문에 이런 신문에 발표된 '반식문학(反殖文學)'은 그 전형이라 할 수 있으며 이에 대한 분석은 '반식 서사'의 특징을 더욱 잘 드러낼 수 있다.

『대동보』에 발표된 '반식문학'은 주로 일요일 문예란(文藝副刊)인 〈야초(夜哨)〉[3]에 발표되었고, 〈야초〉의 작가들은 대개 모두 위에서 언급한 하얼빈 문인들이었다. 발표된 작품들로는 뤄훙의 단막극 「두 진영의 대치(兩個陣營的對峙)」(1933.8.6), 차오인(샤오훙)의 소설 「아노인(啞老人)」(1933.8.27, 9.3), 샤오쥔의 시 「역부(搬夫)」(1933.11.5), 진젠샤오의 단막희극 「예술가와 인력거꾼(藝術家與羊車夫)」(1933.11.12, 11.19), 산딩(山丁)의 소설 「코끼리와 고양이(象與貓)」(1933.8.20)와 「연무 속에서(臭霧中)」(1933.11.5, 11.12, 11.19) 등이 있다. 본고에서는 산딩의 작품을 대상으로 '반식문학'을 살펴보고자 한다.

산딩의 작품을 대상으로 '반식문학'을 살펴보는 것은 다음과 같은 이유에서이다. 산딩은 1943년 부득이하게 베이징(北京)으로 망명하기

報)』였다. 1년 후인 1933년 6월에 『대동보(大同報)』로 다시 개제하였고 시저(希哲, 왕광례), 도고 후미오(都甲文雄), 소메야 호조(染谷保藏) 등이 사장을 역임했다. 1943년 7월 『강덕신문(康德新聞)』으로 다시 개제하였고 만주국의 붕괴와 함께 종간되었다. 『대동보』에 대한 연구로는 蔣蕾, 『精神抵抗: 东北沦陷区报纸文学副刊的政治身份与文化身份——以〈大同报〉为样本的历史考察』, 吉林人民出版社, 2014를 참조.

3　『대동보』의 〈야초〉는 1933년 8월 6일부터 동년 12월 24일까지 총 21기를 발행하는 동안에 82편의 작품(발간사와 종간사를 포함)을 상재했다. 하얼빈의 문학자들이 이곳에 집중적으로 투고할 수 있었던 것은 『대동보』 문예란의 편집자 천화(陳華) 덕분이다. '야초(夜哨)'라는 이름은 샤오훙이 지었고 '암흑 속의 초소'라는 뜻이다. 진젠샤오가 〈야초〉의 타이틀을 장식했고 샤오쥔이 편집을 맡았다.(刘慧娟 編, 『东北沦陷时期文学史料』, 吉林人民出版社, 2008, p.27.)

전까지 대부분의 시간을 만주국에서 보냈던 작가이고 만주국에 머물렀던 10여 년간 지속적인 작품 활동을 통해 '반식문학'의 대표 작가로 거듭났던 인물이다. 그가 문예란 〈야초〉에 발표한 작품 「연무 속에서」는 훗날 개작되어 그의 소설집 『산바람(山風)』[4]에 수록되었는데 1933년의 〈야초〉에서 1940년의 『산바람』에 이르기까지 작품의 개작 과정을 통해 만주국의 문예 검열을 의식한 '반식문학'의 변화를 확인할 수 있다.

「코끼리와 고양이」[5]는 표면적으로는 가족의 윤리 문제를 다루고 있는 작품이다. 코끼리처럼 거대하고 비대한 방직공장 사장은 어느 날 여섯째 부인과 아들의 내연관계를 발견하고는 화가 머리끝까지 잔뜩 치민 채 오랫동안 냉대해 오던 다섯째 부인을 찾아가 정욕을 해소한다. 다섯째 부인은 온갖 아양과 애교로 사장에게서 지전 한 뭉치를 얻어내는 데에 성공한다. 그리고 남편이 떠나자 그녀는 지전 뭉치를 들고 "그녀와 나이가 비슷한, 점잖고 모던한 청년"과 함께 여관으로 들어간다. 이러한 이야기 전개를 지닌 작품 속에는 다음과 같은 선정적인 장면이 삽입되어 있다.

> 다섯째 부인은 장미처럼 아름다운 얼굴을 돼지배때기의 얼굴로 가져가 살포시 비볐다. 잠시 뒤 그녀는 남자의 품속으로 파고들기 시작했다. 그녀는 한 마리의 흰 고양이를 방불케 했다. 반질반질하게 윤이 나는 한 마리의 흰 고양이가 비대한 코끼리의 몸 위로 얌전히 올라앉았다. 그녀의 봉긋한 젖가슴이 남자의 높게 솟아오른 배에 밀착되어 갔다.
> 사장나리는 방금 전의 화가 조금 가라앉은 듯했다. 그는 다섯째 부인의

4   山丁, 『山風: 短篇小說集』, 益智書店, 1940.
5   『大同报·夜哨』, 1933.8.20.

날씬한 허리를 두꺼운 두 다리로 감싸고는 몸을 쭉 뻗어 입을 가슴으로 가져갔다.

그런데 이렇게 선정적인 이야기와 함께 전개되고 있는 것은 무산 계급 혁명의 투쟁 서사였다. 방직공장 노동자와 자본가의 대립 투쟁과 투쟁의 승리 과정이 그려지고 있기 때문이다. 예를 들면 방직공장 사장이 자기 방으로 오고 있는 것을 본 다섯째 부인이 머릿속에 떠올린 다음과 같은 한 장면이다.

> 또 공장에서 화나는 일을 당한 게지. 그렇지 않으면 끽다점에서 그 무뢰한들에게 당했거나. 심기가 불편하지 않고서야 나리가 내 방에 올 리가 있나. 지금도 기억하는데, 아마도 살구꽃 피던 계절이었지. 그때도 방직공장 일꾼들이 월급 때문에 파업을 하지 않았던가. H거리에 땀범벅이 된 일꾼들이 몰려 있었지. 위에서 내려다보니 셀 수 없이 많은 머리와 어깨들이 물결쳤고 머릿수건들이 흩날리고 있었단 말이야. 어떤 이는 날갯죽지 같은 빨간 깃발을 흔들어댔고 또 어떤 이는 행진곡 같은 것을 불러댔지. …(중략)… 이 소동은 장장 이틀이나 더 이어졌고 그사이 몇몇의 노인이 구둣발에 짓밟혀 죽었고 노동자 대표 한 명이 총격으로 살해되었으며 경찰 몇 명이 중상을 입었었지. 그런데 의외에도 이것이 사회적인 여론을 형성하면서 공포를 조장하지 않았던가. 결국 공장은 돈은 물론 명예도 잃어버리고 말았지. 나리는 화가 나서 펄쩍펄쩍 뛰면서도 결국 임금의 20%를 인상한다는 협의서에 사인을 하지 않으면 안 되었고, 거기다 늙어서 뒈진 그 가난뱅이들의 장례까지 치러주어야 하지 않았던가. 한결같이 계산이 빠른 우리 나리를 아주 멍청이로 만들지 않았던가.

다섯째 부인의 심리묘사인 인용문은 얼마 전의 파업에 대한 이야기이다. 작가가 심리묘사를 통해 자신의 감정까지 전달하고 있는 것을 확인할 수 있다. "셀 수 없이 많은 머리와 어깨들이 물결치고 있었고 머릿수건들이 흩날리고 있었지. 어떤 이는 날갯죽지 같은 빨간 깃발을 흔들어댔고 또 어떤 이는 행진곡 같은 것을 불러댔지." 역동적인 이 장면에 대한 묘사에는 파업에 대한 찬탄이 담겨 있고 "한결같이 계산이 빠른 우리 나리를 아주 멍청이로 만들지 않았던가"라는 말에는 복수와 통쾌함이 묻어난다. 자산계급인 다섯째 부인의 정서에 작가는 자신의 애증을 함께 투사하고 있는 것이다. 또한 분명한 암시가 드러나는 부분도 있는데, "끽다점의 그 무뢰한들"이라는 표현은 작가와 같은 일반적인 혁명가 지식인을 지칭하는 말이었고 노동자들이 파업을 하면서 흔들었던 "붉은 깃발"은 공산당의 당기를 말하는 것이었다. 그럼에도 작가는 암시가 부족했다고 생각했던지 소설의 말미에 다시 덧붙이고 있다. 방직공장 사장과 다섯째 부인이 시시덕거리는 중에 한 통의 전화가 걸려오고 전화를 받은 사장은 경직되어 말을 더듬는다.

> "뭐? 도련님이 체포됐다고? …… 그럴 리가, 무슨 일로? …… 공……공산당이 …… 사실이었군."[6]

소설은 도련님이 체포된 것이 그가 공산당이어서인지 아니면 공산당과 모종의 관련이 있어서인지, 또 그렇지 않으면 공산당의 모함을 받아서인지 끝내 밝히지 않고 있다. 체포 경위는 소설에 꼭 필요한 정보는 아니며 생략하여 여운을 남겨줄 수도 있다. 여기서 중요한 것은 '공산당'이라는 정보이다. 만주국의 건국 이념은 반자반공(反資反共), 즉 구미 자본주의를 반대하고 소련의 사회주를 반대하는 것이

---

6 『大同報·夜哨』, 1933.8.20.

다. 사정이 이렇다 보니 항일단체인 중국공산당에 대한 원한과 증오
는 더 말할 필요가 없는 것이다. 만주국의 신문잡지에서 "공산당" 세
글자는 흔히 "적비(赤匪)" 또는는 "×××"로 대체되었는데 문예란 〈야
초〉에서 간행한 산딩의 작품 중에서는 이 세 글자를 뚜렷하게 인쇄했
을 뿐만 아니라 소설의 한 장치로 설정하고 있다. 이에서도 알 수
있듯이 이는 만주국 당국을 향한 분명한 도전 행위였다.

「코끼리와 고양이」는 작가적 내공이 드러나는 소설이다. 작가 산
딩은 세속적인 가정 이야기에 작가 자신의 이념과 입장을 삽입하고
있었다. 그는 당국이 허용하는 서사적 범주 안에서 자신의 이념과
입장을 때로는 분명하게 때로는 은밀하게 삽입했다. 거시적인 서사
는 세속적인 가족 이야기이지만 이러한 세속적인 서사의 천박함을
돌출시키고 코믹 드라마적 효과를 조성하는 또 하나의 서사는 엄숙
하고 위험한 이야기였다. 이렇게 겹쳐지는 이중서사 구조는 소설을
해석할 수 있는 여러 가능성을 제공하고 있다.

'반식문학'에는 적어도 두 개의 측면이 존재한다. 하나는 「코끼리와
고양이」처럼 당국의 이데올로기에 대한 도전적인 면이고 다른 하나는
동북에 대한 일본의 식민 통치와 동북 인민에 대한 착취 사실을 폭로하
는 면이다. 이는 물론 만주국이 용납할 수 없는 작품이며 이러한 작품
을 창작 발표하는 것은 더욱 큰 용기와 기교를 필요로 하는 작업이다.
산딩의 소설 「연무 속에서」[7]가 바로 후자에 속하는 작품이다.

작품 「연무 속에서」는 「코끼리와 고양이」보다 더 담대하다. 작품

---

7 「연무 속에서」는 세 개의 판본이 존재한다. 각각 『대동보』의 〈야초〉(1933.11.5, 11.12,
  11.19) 판본, 단편소설집 『산바람(山風)』 판본과 『동북문학연구사료(東北文學硏究史
  料)』(第4輯)(1986) 판본이다. 세 개의 판본은 조금씩 다르다.

은 평범한 이야기 구조를 취하지 않고 노동자계급의 빈곤, 순박, 연약함과 유산계급의 몰락, 흉악, 난폭을 대조시키면서 계급적 대립을 직접적으로 작품화하고 있다. 양친을 여읜 친쯔(琴子)는 부잣집 류씨네 하녀로 들어가지만 그 집에서 호된 욕설과 폭력에 시달리다 결국 비참한 죽음을 맞는다. 친쯔 부친의 친구인 백정 라오루(老陸)가 류씨네로 찾아가 억울함을 호소하지만 라오루까지 류씨네 일꾼들에게 도둑으로 몰려 맞아죽는다.

이 소설은 인간세상의 암흑면을 폭로하는 작품인 동시에 일본이 자행한 고향 산천에 대한 침략을 고발하는 또 다른 이야기이기도 하다. 작품의 배경인 타오자시(陶家市)는 원체 비적의 출몰이 잦은 고장이었지만 군대가 진주하면서부터 지역 치안이 안정화되어 갔다. 그런데 문제는 이 군인들이 바로 친쯔의 억울한 죽음을 초래한 원흉이라는 데에 있다.

> 그 봄, 친쯔의 어머니가 짐승보다도 못한 주둔 군인들에게 유린당하고 화병으로 죽은 뒤 친쯔의 아버지는 직업을 잃고는 홧김에 비적이 되었다. 그리고 그녀는 세상에서 가장 불쌍한 아이가 되고 말았다.[8]

친쯔는 결국 치안대의 주둔으로 인해 아버지와 어머니를 잃었고 그래서 류씨네 하녀로 들어가게 되었던 것이다. 그렇다면 이 치안대는 어디서 온 것인가? 그들은 장갑차로 무장한 신형의 부대였고 소설의 제목인 '연무(臭霧)'는 바로 장갑차가 뿜어내는 배기가스를 가리키는 말이었다.

---

8 『大同报·夜哨』, 1933.11.5.

툴, 툴, 툴…… 장갑차가 꼬리에 매캐한 매연을 길게 끌며 지나간다. 1933년산(産) 특산품(아이)들이 외치고 소리치며 꽁무니를 바싹 쫓아간다. 장갑차가 타오자시에 나타난 것은 지난달의 일이다. 아이들의 눈에 그것은 괴물이지만 또 자선가(慈善家)이기도 했다. 왜냐하면 매번 장갑차가 나타나는 날이면 운이 좋을 때는 일본인들이 잔반이 들어있는 벤또를 차창문 밖으로 내던져주기 때문이다. 그럴 때면 단 한 숟가락 남아있는 그 잔반을 위해 아이고 어른이고 할 것 없이 길 한복판에서 고함치고 소리 지르고 구르고 쥐어뜯고… 한편에서는 경찰들이 발로 차고 박고……[9]

여기서 중요한 정보인 '일본인'은 이 소설을 해석하는 핵심이기도 하다. 친쯔 부모님, 친쯔, 그리고 라오루의 비극을 조성한 근본적인 원인은 바로 일본인이다. 주둔하고 있는 치안부대는 일본인이거나 그렇지 않으면 일본인이 관리하는 부대일 것이기 때문이다.

「연무 속에서」와 「코끼리와 고양이」는 이야기 속에 또 다른 이야기를 품고 있는 비슷한 구조를 가지고 있다. 이중서사라는 동일한 구조 속에 작가는 스스로의 감정과 관념, 의식을 작품 속에 삽입함으로써 만주국의 이데올로기에 도전하는 한편 일본의 동북 침략과 동북 백성에 대한 핍박을 폭로하고 있다. 이는 만주국 초기 '반식 서사'의 한 특징이기도 하다. 그러나 "직접적인 가리기"나 "간접적인 정보 삽입"이라는 이러한 이중 구조의 '반식 서사'는 만주국의 문학 네트워크 체제가 점차 완비되고 엄밀한 감시와 잔혹한 압박이 가중되면서 더 이상 동일한 방식의 창작물은 찾아보기 어려워진다. 대신에 '암시'나 '에둘러 말하기', '은유', '상징' 등과 같은 더욱 간접적인 수법을 통해서만 전달하고자 하는 반만항일(反滿抗日) 정보와 사회적 이

---

9 『大同報・夜哨』, 1933.11.5.

상을 표출할 수 있게 된다. 창작 또한 사실주의에만 의존하던 데에서
벗어나 상징주의나 '의식의 흐름'과 같은 모더니즘 창작 방식을 채택
하게 되면서 작품의 핵심은 더욱 정확하게, 전달은 더욱 은밀하게
완성시켜갔다.

1940년, 이미 만주국의 유명한 작가가 되어 있었던 산딩은 「연무
속에서」를 단편소설집 『산바람』에 수록하면서 아래와 같은 개작을
진행하였다.

> 친쯔의 어머니는 강간 당해 죽고 ……
> 친쯔의 아버지는 산속으로, 어딘지도 모르는 그곳으로 들어가 버렸다.[10]

> 툴, 툴, 툴 ……
> 여느 때와 마찬가지로 오늘도 그놈은 아침 햇살 속에서 매연 꼬리를
> 이리저리 늘어놓고 있다.
> 아이들은 새로운 장난감이라도 발견한 듯이 소리소리 지르며 꽁무니
> 를 바싹 쫓아가고 있다. 아이들의 눈에서 그놈은 장난감이었고 또 자선가
> (慈善家)이기도 했다. 매번 자동차가 나타날 때면, 운이 좋을 때에는 나무
> 로 만든 도시락 통이 차창으로부터 떨어져 나왔기 때문이다. 그러면 그들
> 은 이 한 숟가락의 잔반을 차지하기 위해 어른이고 아이고 할 것 없이
> 길 한복판에서 서로 쥐어뜯고, 소리 지르고, 외쳤으며 다른 한편에서는
> 빨간 몽둥이를 든 남정네들이 쫓고, 때리고, 욕을 해댔다.[11]

인용문 첫 단락에서는 친쯔의 어머니에게 몹쓸 짓을 한 상대가
사실은 '주둔군'이었지만 '주둔군'이라는 것을 명시하지 않고 있고 친

---

10 山丁, 「臭霧中」, 『山風: 短篇小說集』, 益智書店, 1940, p.22.
11 山丁, 「臭霧中」, p.25.

쯔 아버지의 행방에 대해서도 모호하게 처리하고 있다. 인용문 두 번째 단락에서는 맥락 이해의 관건인 "일본인" 세 글자를 삭제했고, 또 "일본 병사들이 쌀밥을 먹을 때 사용하는 벤또"[12]를 "나무로 만든 도시락 통"이라고 에둘러 표현했다.

이 시기에 이르면 만주국에서 '반식 서사'는 이제 더 이상 존속이 어려워진다. "직접적인 가리기"나 "간접적인 정보 삽입"식의 이중서사 구조의 반식 작품은 여러 가지 검열에 걸려들었다. 태평양전쟁이 발발한 후에는 만주국 정부의 감독과 감시도 더욱 강화되었다. 만주국을 경험한 작가 리정중(李正中)은 회고하기를 "동북윤함기(東北淪陷期)의 문예계에 있어서 1942년은 하나의 분수령과도 같은 시기였다. 구체적인 방법은 다음과 같았다. 1. 진보적 경향의 작가와 반만 이력이 있는 작가 모두를 검거하여 감옥에 처넣는 것이다. 2. 신문잡지의 문예면과 작품집 전체에 대해 엄격한 검열을 진행하고 각종 핑계로 소각하거나 페이지를 뜯어내거나 원고를 회수하는 방식으로 작가와 독자 사이에 장애를 만들었다."[13]라고 술회하고 있다. 자연경관을 주요 내용으로 하는 산딩의 장편소설 『녹색의 계곡(綠色的谷)』[14]은 단행본 페이지 일부가 뜯겨나갔을 뿐만 아니라 산딩은 이 책으로 인해 검열을 받고 가택 수색을 당하였다. 결국 산딩은 병환 치료를 핑계로 다른 사람에게 부탁하여 왕징웨이(汪精衛) 정부 대사관으로부터 출국증명(出國證)을 발부받아 산하이관(山海關)을 넘어[15] 베이징으로 탈출하였다.

---

12 일본 학자 오카다 히데키(岡田英樹) 역시 이 부분의 개작에 대해 지적한 바 있다.(岡田英樹, 『続・文学にみる「満洲国」の位相』, 研文出版, 2013.)
13 李柯炬・朱媞, 「1942至1945年東北文芸界一窺」, 『東北沦陷时期文学国际学术研讨会论文集』, 沈阳出版社, 1992, pp.405~409.
14 山丁, 『綠色的谷』, 新京文化社, 1943.

3. '항일문학': 『만보산』, 『팔월의 향촌』

'항일문학(抗日文學)'은 일본 제국주의의 중국 침략을 직접적으로
비판하고 일본 침략자들의 중국 대륙에서의 폭행을 폭로하며 그들에
대한 중국 인민의 저항투쟁을 찬양하는 문학이다. 만주국 문단과 관
련되는 '항일문학'으로는 '동북작가군(東北作家群)'의 '항일문학'과 동
북항일연군(東北抗日聯軍)[16]의 문학이 있다. '항일문학' 작가들 중의 일
부는 일본 식민 통치하의 만주국을 떠났고 일부는 한 손에는 총을
다른 한 손에는 펜을 든 항일연군의 전사가 되었다. 그들의 작품은
만주국 통치하의 간행물에 게재될 필요도 없었지만 게재될 가능성
또한 없었다. 창작 환경 역시 일본의 감시를 의식하면서 작품을 창작
했던 작가들과는 달라서 어떻게 하면 반만항일 이념과 정서를 작품
속에 은밀하게 드러낼 것인가를 고민할 이유가 없었다. 그보다는 어
떻게 하면 작품 속에서 반만항일의 정서를 거침없이 드러낼 수 있는
직접적인 감정 토로를 통해, 일본 침략자에 대한 민중의 통한(痛恨)을
불러일으키고, 동북 인민을 동정하고 중국의 항일무장투쟁을 지지하
는 그런 힘을 지니게 할 것인가를 고민하였다.

『대동보』의 문예란 〈야초〉를 통한 '반식문학' 활동은 5개월여를
지속하다 항일의용군의 이야기[17]를 작품화한 싱(星)의 소설 「길(路)」

---

15 梁山丁, 「我与东北的乡土文学」, 『东北沦陷时期文学国际学术研讨会论文集』, 冯为
群, 王建中, 李春燕, 李树权 編, 沈阳出版社, 1992, p.373.

16 만주사변 후 동북 인민들은 자발적으로 일본 침략자에 저항하는 각종 항일무장단체인
유격대(遊擊隊), 의용군(義勇軍), 구국군(救國軍), 산림대(山林隊) 등을 조직하였고,
후에 동북인민혁명군(東北人民革命軍), 반일연합군(反日聯合軍), 항일동맹군(抗日同
盟軍) 등이 동북항일연군(東北抗日聯軍)으로 발전하였다. 동북항일연합군은 중국공
산당 직속 관할하의 항일무장 대오였고 양징위가 총지휘를 맡고 있었다.

이 일본의 검열을 받게 되면서 결국 1933년 12월 24일 종간을 맞는다. 그 후 〈야초〉의 작가들은 바이랑이 조직한 하얼빈의 『국제협보』 문예란 〈문예주간(文藝週刊)〉[18]으로 자리를 옮겨 계속하여 '반식문학' 작품을 발표하였으나 만주국 당국의 치안관리 시스템이 강화됨에 따라 상황이 점점 더 위험해졌다. 산딩은 오자뎬(五家店)이라는 작은 시골마을로 피신했고, 1934년 3월에는 수췬이 동북을 떠나 칭다오(靑島)로 향하였으며, 6월에는 샤오쥔, 샤오훙이 칭다오를 거쳐 11월에 상하이로 옮겨갔고, 1935년 6월에는 뤄펑, 바이랑도 상하이로 도피하였다. 이상의 동북 작가들은 루쉰(魯迅), 마오둔(矛盾), 저우양(周揚), 셰간누(燮紺弩), 예쯔(葉紫) 등을 비롯한 상하이 문화계 인사들의 인정과 지지를 받았는데 그것은 동북작가군의 작품이 상하이 문단에 신선함과 전율을 선사하면서 수많은 비평과 찬양을 받았기 때문이다.

이로부터 만주사변 전에 동북을 떠난 동북 작가들도 일본 식민 점령하의 동북을 배경으로 하는 문학 작품을 집중적으로 창작하기 시작하였고, 만주국 통치의 잔인무도함을 폭로하고 동북 인민의 침략자 일본에 대한 저항과 투쟁을 그려내기 시작하였다. 리후이잉(李輝英)의 『만보산(萬寶山)』, 샤오쥔의 『팔월의 향촌(八月鄕村)』, 샤오훙의 「생사의 장(生死場)」, 돤무훙량(端木蕻良)의 「커얼친 초원(科爾沁草原)」, 수췬의 「조국이 없는 아이(沒有祖國的孩子)」[19]와 뤄빈지(駱賓基)의

---

17 "원광(文光)의 「길」은 1933년 창춘의 『대동보』 문예란 〈야초〉에 발표된 중편소설이다. 랴오양(遼陽) 일대에서 활약하고 있는 항일의용군의 투쟁생활을 그려낸 이 작품의 연재로 인해 〈야초〉가 정간을 맞았다."(梁山丁, 「受欢迎的缪斯: 〈烛心集〉前言」, 『烛心集』, 春风文艺出版社, 1989, p.13.)

18 『국제협보(國際協報)』의 〈문예주간(文藝週刊)〉은 1934년 1월 18일부터 1934년 12월 30일까지 약 11개월 동안 총 47기를 발행하는 동안 샤오훙의 「환난 속에서(患難中)」, 「도금의 학설(鍍金的學說)」 등과 같은 다수의 '반식문학'을 게재했다.

「변경에서(邊垂線上)」[20] 등은 중국 '항일문학'에서 중요한 비중을 차지
하는 작품들이다. 1936년 상하이생활서점(上海生活書店)에서 동북 작
가들의 단편소설집『동북 작가 근작집(東北作家近作集)』[21]을 펴내게 되
면서 이로부터 이들을 '동북작가군'이라 부르게 되었다.

본 절에서는 리후이잉[22]의『만보산』과 샤오쥔의『팔월의 향촌』을
대상으로 동북작가군의 '항일문학'을 분석하고자 한다. 리후이잉의
『만보산』은 실제 발생한 역사 사건을 소재로 한 작품이다. 일본의
대륙 정책에 따라 만주로 이민해 온 조선 농민들과 중국 농민들 사이
에 경작과 수로 개간 문제를 둘러싸고 분쟁이 발생하고, 여기에 일본
이 개입하면서 두 민족 사이에 원한이 맺어진다. 그리고 중국과 조선
에서 이민족을 배척하는 유혈사태가 연이어 발생한다. 당시 상하이
의 중국공학(中國公學)에서 공부하고 있었던 동북 학생 리후이잉은 관
련 보도를 보고는 "만보산사건에 대한 신문 보도를 근간으로 그 위에

---

19 수천의 창작집『조국이 없는 아이(沒有祖國的孩子)』(上海生活書店, 1936)에는 총 9
편의 작품이 수록되어 있다. 구체적으로「조국이 없는 아이」,「사막의 불꽃(沙漠中的
火花)」,「몽골 처녀(蒙古姑娘)」,「죽은 것과 아직 죽지 않은 것(已死的與未死的)」,「인
간구실(做人)」,「독생한(獨生漢)」,「샤오링(蕭爷)」,「이웃(鄰家)」,「맹세(誓言)」등과
같은 작품들이다. 이 작품들은 모두 만주사변 후 일본 점령하의 동북을 배경으로 하고
있으며 9편 모두 동북 인민의 일본 침략자에 대한 저항과 투쟁을 그려내고 있다.
20 駱賓基,『边陲线上』, 上海文化生活出版社, 1939. 이 작품은 만주사변 전후 훈춘(琿春)
일대의 중소변경의 토자계비(土字界碑) 부근에서 활동한 항일의용군의 이야기를 통해
일본 제국주의의 침략 폭행을 폭로하고 동북 인민의 항일투쟁 정신을 찬양한 작품이다.
21 光明半月刊社 編輯,『東北作家近作集』, 上海生活书店, 1936.
22 리후이잉의 본명은 리롄추이(李連萃), 만주족(滿族)이며 지린성(吉林省) 융지(永吉)
사람이다. 1930~1940년대에 항일작가로 활약하였으며 1950년 홍콩으로 이주하였다.
소설로『만보산』,『송화강에서(松花江上)』등이 있으며 학술서로『중국현대문학사(中
國現代文學史)』,『중국소설사(中國小說史)』등이 있다.『만보산』은 1933년 3월 상하
이후펑서점(上海胡風書店)에서 처음 발행되었다. 본고에서는『동북현대문학대계·장
편소설권(상)(东北現代文学大系·長篇小说卷(上))』(张毓茂 主編, 沈阳出版社, 1996)
판본을 참조하였다.

집을 짓기 시작하였다."[23] 이렇게 그는 두 달 반 만에 장편소설 『만보산』을 완성했고 딩링(丁玲)의 편집을 거쳐 후펑서점(湖風書店)에서 출간하였다.

소설 『만보산』은 다음과 같은 몇 가지 사건에 대해 집중적으로 묘사하고 있다. 하나는 중국의 관료, 상인, 지주가 조선인 담당자와 결탁하여 중국 농민과 이주 조선 농민들을 기만해 가면서 동북을 강점하는 과정이다. 이를 위해 작가는 떠돌이 상인 하오융더(郝永德)와 뇌물 받는 데에 이골이 난 염치없는 마현장, 교활하고 악독한 나카가와(中川) 경부(警部), 그리고 노예근성에 절어있는 조선인 담당자 이석창(李錫昶) 등의 인물을 부각시켰다. 다른 하나는 중국 농민들과 조선 농민들의 계급적 감정에 대한 서술이다. 여기서는 중국 농민 마바오산(馬寶山)과 조선 농민 김복(金福) 부자를 부각시키고 있다. 마지막으로 피압박계급(被壓迫階級)이 단결 협력하여 압박자(壓迫者)인 일본 제국주의자와 중국, 조선의 양국 정부 및 상인에 대항하는 모습을 그려내고 있다. 이외에도 작가는 일본 제국주의의 중국 동북 침략을 강조하고 민중을 일깨우기 위해 소설 속에 강연자(현성(縣城) 사범학교의 학생 리징핑(李竟平)과 중국 농민 '족제비' 그리고 조선 농민 김복) 역할을 삽입하고 있는데 그들의 연설이 곧 작가 리후이잉의 목소리다. 리징핑은 다음과 같이 말한다.

일본은 제국주의 국가입니다. 제국주의는 곧 다른 사람의 토지를 강점하고 주위의 가난한 사람들을 더 가난해지게 하는 나쁜 놈들입니다. 일본은 고려를 멸한 후에 전 영토를 강점하였고 이어서 랴오닝(遙寧) 그러니까

---

23 李輝英, 『松花江上』, 香港东亚书局, 1972, p.5.

펑톈의 많은 부분도 점령하였습니다. 이제 그들은 지린(吉林)을 점령하고자
합니다. 그들은 왜 이렇게 탐욕스러울까요? 이에서도 알 수 있듯이 현재의
우리들의 집사인 관리들은 너무 형편없습니다. 만약 그들이 진실로 백성을
위해 관리가 된 사람들이라면 우리의 땅을 일본이 점령하게 그냥 두겠습니
까? …… 게다가 가장 중요한 사실은 이미 동북삼성을 완전히 점령하고
기반을 다지고 이제 코주부들과 곧 전쟁을 한다는 사실이죠. ……
　사실 일부 조선인들은 우리네 사람들보다 명석합니다. 그들은 더 이상
일본의 괄시를 받을 수 없어 항상 일본에 저항할 생각을 합니다. 우리네
백성들도 조선인들과 마찬가지로 일본의 괄시를 받고 정부의 수모를 당하
면서 왜 하루빨리 저항하지 않습니까? 우리는 조선인들과 함께 생각하고
그들과 교류하면서 그들의 일상을 들여다보아야 합니다. 우리는 모두 제
국주의의 압박을 받는 사람들입니다. 반드시 긴밀하게 연대해야 합니다.[24]

김복은 중국 인민들이 하루빨리 각성하여 함께 저항에 나섬으로
써 투쟁의 범위를 확대하고 나아가 세계 피압박민중의 대혁명에 합
류할 수 있기를 바란다고 말한다.

　나라를 불문하고 지역을 불문하고 반드시 연합하여 대중이 한마음이
되어 맞서야 합니다. 대중이 한 마음이 되어 살인적인 제국주의를 공격하
고 투쟁함으로써 대중의 고유한 일체 권리를 모두 되찾아야 합니다.[25]

이 강연은 우선 적(敵)/아(我)를 분명하게 구분하고 있다. 여기에서
의 적은 일본 제국주의, 중국 관료(당시의 국민당 정부)와 조선인 담당
자이고 아(我)는 침략당하고 압박받는 대중, 즉 중국 농민과 조선 농

24　李辉英, 「万宝山」, 张毓茂 主编, 『东北现代文学大系‧长篇小说卷(上)』, 沈阳出版社,
　　1996, pp.474~475.
25　李辉英, 「万宝山」, pp.525~526.

민, 그리고 일본 국내의 가난한 사람들이다. 소설은 이렇게 일본 침략
에 저항하는 투쟁과 계급투쟁을 결합시키고 있고 농민들의 저항과
투쟁을 세계적인 범위로 확대시킨다. '코주부'는 소련을 지칭하는 것
이며 일본 제국주의의 최종적인 목적은 사회주의 소련을 멸망시키는
것이다. 때문에 나라를 불문하고 피압박대중은 연합하여 일본 제국
주의에 맞서야 한다고 강조한다.

소설은 동북 인민의 항일투쟁을 표현하고 있을 뿐만 아니라 이
투쟁의 위대한 역사적 의의를 설명한다. 리얼리즘을 신봉하는 리후
이잉은 소설이 현실에 기반한 창작이라는 점을 부각시키기 위해 작
품 중에 등장하는 다수 인물들의 이름을 실명 그대로 사용하고 있다.
또한 하오융더가 중국 지주와 교환한 계약서(pp.440~442), 하오융더와
조선인 담당자가 교환한 계약서(pp.444~446)까지 모두 실제 계약서를
그대로 인용하고 있다. 하지만 작가는 또 다른 현실을 미처 감안하지
못했다. 예를 들면 중국어를 구사하는 중국 농민과 조선어를 사용하
는 조선 농민들 사이의 교류는 어떤 방식으로 이루어지는가 하는 문
제이다. 만보산의 농민들이 조선인 학생의 계급투쟁 이론과 제국주
의 이론에 관한 일장 연설을 어찌 알아듣겠는가 하는 점이다. 그것은
사상이념 전달에 급급했고 대중의 계몽에 급급했던 작가의 조급함에
서 비롯된 결과이고 이야기 자체가 가지고 있는 일관성과 역사적 사
실을 미처 감안하지 못한 작가의 소홀함에서 빚어지는 것이다. 소설
은 이상적인 구호로 마무리된다.

> 그들(만보산의 농민들)은 누구 하나 다치지 않았다. 오히려 몇몇의 경
> 찰들이 장총을 안은 채 땅에 널브러져 있었다.
> 구호는 어둠 속에서 물결쳤다.

"중국 관료를 몰아내자!"

"일본 제국주의를 타도하자!"

"중한 피압박민족의 성공적인 단결 만세!"

"피압박민족의 해방 만세!"[26]

『만보산』의 간결성에 비하면 샤오쥔의 『팔월의 향촌』은 동북항일 투쟁의 간고함과 복잡성을 잘 드려내고 있다.[27] 『팔월의 향촌』은 만주국 하얼빈에서 창작하기 시작하여 샤오쥔의 첫 번째 망명 경유지였던 칭다오에서 완성되었으며, 1935년 상하이의 노예총서(奴隸叢書)의 하나로 출간되었다. 루쉰이 서언을 작성하였고 그 후 80년 동안 10여 종의 판본이 발행되었으며 일본어, 러시아어, 영어, 독일어 등 여러 언어로 번역되면서 일본, 소련, 영국, 미국, 독일, 인도 등 많은 나라에서 출판된[28] 비교적 광범위하게 알려진 항일소설이다.

『팔월의 향촌』 역시 동북인민혁명군과 항일의용군이 중국공산당의 지도하에 일본 침략자, 만주국 군대와 유격전을 전개했던 당시의 역사적 사실에서 소재를 취하고 있는 작품이다. 샤오쥔은 작품 속에서 인민혁명군 대오의 전투생활을 묘사한다. 혁명군 대오의 행군, 주둔, 공격, 패배, 근거지 이전 등의 전투생활과 그 과정에서 일본군과 유격전을 치르는 한편 군중을 동원하여 지주와 자본가를 처단하는

---

26 李輝英, 「万宝山」, pp.540~541.

27 샤오쥔의 『팔월의 향촌』은 여러 가지 판본이 존재한다. 1935년 상하이룽광서국(上海容光書局)에서 처음 발간되었고 1947년 하얼빈의 루쉰문화출판사(魯迅文化出版社)에서 재판되었으며 1954년에는 인민문학출판사(人民文學出版社)에서, 1978년에는 홍콩문교출판사(香港文敎出版社)에서, 1980년에는 인민문학출판사에서 다시 재판되었다.

28 메이냥(梅娘)에 따르면 그녀는 1940년 초 도쿄의 우치야마서점(內山書店)에서 샤오쥔의 유명한 항일소설 『팔월의 향촌』을 구매했다고 한다.(필자는 2003년 7월 베이징에서 메이냥을 직접 인터뷰한 바 있다.)

과정, 그리고 혁명군 대오에 합류하는 사람들의 희망과 실망, 용맹과 피곤, 유쾌와 상처, 인내와 기아, 그리고 수시로 죽음이 닥쳐오는 생활 등을 묘사하고 있다. 그들은 본시 농민이었지만 혁명전사로 단련되어 용감하게 항일전쟁에 투신하고 있는 사람들이다. 또한 작가는 직접적으로 감정을 토로하고 사상을 전달하기 위하여 혁명군 대오의 천주(陳柱) 사령관을 연설자로 설정하여 혁명의 방향성을 제시하고 있다.

동지 여러분, 우리의 조상들은 오래전부터 이곳에서 살아왔습니다. 저기 저 동네들을 보십시오, 저 우물들을 보십시오, 담벼락의 돌덩이 하나, 집안의 대들보 하나, 이 모두가 다 우리 조상들이 어렵게 일구어놓은 것들입니다. 우리의 조상들은 청나라 개자식들의 통치를 받아왔습니다. 그 놈들에게 세금을 내고 양곡을 상납하면서 황제를 시켜줬죠. 그런데 우리에게 과연 황제가 필요할까요? 후에 장쭤린(張作霖) 부자가 다시 우리를 통치했죠. 그들은 군대를 키우고, 전쟁을 치르고, 병기공장을 설립하면서 …(중략)… 그것은 그들 자신들만의 세상을 보호하기 위한 방편이었습니다. 그러면서도 우리들에게는 나라를 위하는 것은 곧 일본 놈을 물리치는 것이라고 속였습니다. 그런데 일본 놈들이 정말로 쳐들어오자, 글쎄 총 한 방 쏘지 않고 다 도망가 버리지 않았습니까. 그놈들은 가진 게 많아서 어디서든지 편하게 잘살 것입니다. 그놈들은 돈을 모두 외국은행에 저금해 둔다고 하지 않습니까.

지금 일본 놈들은 하루가 다르게 많아지고 있습니다. 일본 군인들도 하루가 다르게 악랄해지고 있습니다. 그놈들은 우리를 이 땅에서 완전히 몰아내고자 합니다. 그놈들은 우리의 집을 빼앗고 우리의 땅을 빼앗았으며 늙은 말과 소는 모조리 죽여 버리고 건장한 놈들만 끌고 갔습니다. …(중략)… 우리 조상님들의 무덤이 파헤쳐지고 있습니다, 우리의 자손들이 더 이상 이 땅에서 살아갈 수가 없게 되었습니다.[29]

천주는 일본의 동북 점령, 동북 국민군의 타협과 도주에 대한 통한
을 드러내면서 혁명적 대상을 명시하고 있다.

> 오늘날 우리가 반드시 파멸시키지 않으면 안 되는 적은 일본 제국주의
> 군벌과 정객(政客) 그리고 자본가들입니다. 일본 제국주의자들의 앞잡이
> 인 만주 군벌, 관리, 지주, 토호(土豪), 악질 지주 …(중략)… 그들은 염치
> 없는 놈들입니다. 그놈들은 고통받는 대중들의 혁명 발전을 파괴하고 방
> 해하고자 하며 약소민족과 고통받는 노동자, 농민, 병졸들이 세세대대,
> 대대손손 그들의 지옥 속에서 살아가게 하고자 합니다.[30]

작가는 항일전쟁이 침략자 일본에 대항하는 전쟁일 뿐만 아니라
고생하는 대중들을 해방하는 전쟁이며, 일본 제국주의를 패배시키는
것임과 동시에 현재의 사회 제도를 뒤엎고 새로운 세계를 개척하는
전쟁임을 연설을 통해 직접적으로 전달하고 있다. 물론 소설은 이러
한 선전식의 구호에만 치중하지 않고 혁명군 대오 내의 전사들에 대
해서도 주목하고 있다. 혁명군 전사들 중에는 농민 출신도 있고 구시
대 군인 출신도 있으며 마적이었던 자도 있고 학생 지식인도 있다.
그 어떤 상황에서도 동요하지 않는 강철전사(鋼鐵戰士) 천주 사령관과
톄잉(鐵鷹) 대장을 제외하면 기타의 전사들은 각자 약점을 가지고 있
으면서도 사랑스럽고 존경할 만한 인물들이다. 소심하고 고생을 싫
어하는 키다리 류(劉), 시름 놓고 담배 한 대 조용히 피울 수 있는
생활을 그리워하며 항상 얼굴이 빨간 '홍안이(小紅臉)', 사랑을 위해서
라면 군사 명령도 위반하는 탕(唐) 곰보, 그들은 모두 지극히 평범한

29 蕭軍, 『八月的乡村』, 人民文学出版社, 1980, p.83.
30 蕭軍, 『八月的鄕村』, p.118.

동북 사람들이다. 그들은 "동지", "찬성" 등과 같은 "진보적인" 언어를 잘 사용하지도 못했고, '거밍(革命)'은 곧 '거밍(割命)'[31]이라고 생각했으며, '군인이 된다'는 것과 '혁명 한다'는 것의 차이를 몰랐다. 만약 일본인들이 그들의 고향과 가족, 동네 사람들을 잔혹하게 살해하지 않았더라면 그들은 여전히 고단하고 피곤하지만 그 또한 즐거운, 그러한 삶을 즐기면서 평온한 시골 생활을 영위하고 있었을 사람들이다.

일본의 침략으로 그들의 조용한 생활이 부서지면서부터 그들은 본능적인 항일에서 조직적이고 규율적인 혁명전사로 성장하여 간다. 인텔리 출신의 샤오밍(蕭明)과 조선에서 온 안나(安娜)는 혁명 이론을 잘 이해하고 이론 선전에 있어서도 용감하고 열정적이다. 하지만 천주 사령관이 연애는 혁명에 손해라고 하면서 그들의 연애를 금지하였을 때, 샤오밍은 다른 사람으로 변해갔다. 여덟 명의 신참을 인솔하여 싱룽진(興隆鎭)에서 혁명군 본부인 왕자바오(王家堡)로 향할 때의 약삭빠르고 용감했던 샤오밍은 "꿈같은 비애 속에 빠져서는" 아무 생각 없는 굼벵이가 되어 있었고, 더 이상 혁명 사업에 관심을 가지지 않았으며 심지어는 만주국 군대와 일본군이 그가 거느린 부대를 향해 진격해 오고 있는 와중에도 별 반응을 보이지 않았다. 한편 안나는 동북혁명군을 떠나 상하이로 가고자 했다. 천주 사령관이 "그것은 개인행동이기 때문에 당 조직에서 허락할 수 없소."라고 하였을 때 안

---

31 역주: '거밍(革命)'은 '혁명'을 뜻하는 말이고 '거밍(割命)'은 '목숨을 끊는다'라는 뜻이다. 이 글에서는 교육을 받은 적 없는 사람들이 단지 두 단어의 발음이 비슷함으로 하여 '목숨을 끊다'와 '혁명'을 구분하지 못하는 상황을 전달하고 있다. 즉 혁명에 참가한 대중들에게 있어서 '혁명'이란 곧 '목숨 걸고 싸우는 일'이었고, 다시 말하면 그들에게 있어서 '혁명'은 '죽음'을 각오한 행위였음을 말해준다.

나는 "제 자신을 위해, 저는 자유가 필요합니다."라고 대답한다. 술에
취한 안나는 결국 다음과 같은 말을 내뱉는다. "술을 먹는 것이 혁명
보다는 훨씬 충실하군요. 혁명이 뭔가요? 혁명은 보물단지인가요?
그 안에 든 것은 고통일까요 속박일까요?"[32] 한편 적들이 공격해 오는
위기의 순간에 이미 강건한 혁명전사로 성장한 농민 리싼디(李三弟)와
'홍안이'는 상이 병사를 보호하면서 부대를 이끌고 전투를 이어갔다.

『만보산』과 마찬가지로 『팔월의 향촌』 역시 동북 인민의 항일투
쟁을 직접적으로 묘사한 작품이다. 작품 속에서 항일투쟁과 무산계
급혁명은 일체가 되었고, 지주, 자본가와 관리는 일본 침략자와 한
부류로 묶여 있었다. 또한 작품은 무산자들의 연대를 강화하여 일본
의 침략에 대항하고, 현존의 사회 제도를 뒤엎고 새로운 세계를 개척
하는 것을 목표로 하고 있다. 『만보산』이 단순하게 적군과 아군을
구분하고 아무런 거리낌 없이 혁명에 투신하는 모습을 그려냈던 것
에 비해 『팔월의 향촌』은 혁명군 내부의 복잡성과 다변성, 지식인의
우유부단함과 연약함을 그려냈으며, 어쩔 수 없이 혁명의 길에 들어
선 한 농민이 강경한 혁명군 전사로 성장해가는 과정을 묘사했다.

두 작품은 모두 상하이에서 출판되었고 독자들 대부분은 일본 식
민지였던 만주를 잘 모르는 관내의 민중들이었다. 간단명료한 이상
주의 서사는 동북이 침략당하고 있고 동북 인민들이 저항하고 있다
는 사실을 독자들에게 전달했고, 복잡하고 우회적인 사실주의 서사
는 동북의 항일유격전의 간고함과 항일군 내부의 문제를 보여주었
다. 이러한 이야기들은 당시 중국 민중들에게 일본이 동북을 침략하
여 지배하고 있지만 국민당 군대는 아무런 역할을 하지 못했다는 것

---

32 蕭軍, 『八月的鄉村』, p.172.

을 알게 했고 동북의 항일활동을 지지하게 하는 역할을 하였다.

또 하나 언급할 만한 것은 『팔월의 향촌』에서 제기되었던 문제들이 훗날 중국문학에서 반복적으로 문제시되었다는 점이다. 예를 들면 인민혁명군이 지주 왕싼둥(王三東)을 처단하는 장면이다.

> 그들(지주와 지주 여편네)의 옷은 갈기갈기 찢겨나갔고 두 사람은 사람들로 둘러싸인 채 벌벌 떨고 있었다. 흡사 털이 홀라당 벗겨진 두 마리의 살찐 돼지 같았다. … (중략) …
> 천주는 그들을 힐난하거나 하지는 않았다. 그저 샤오밍에게 간단하게 지시를 내렸다. '아무 데나 끌고 가서 총살하고 묻어버려!'" 샤오밍은 되묻는다. "굳이 총살할 필요가 있습니까?"[33]

이 장면과 이 질문은 연안문학(延安文學), 해방구문학(解放區文學)에 이어, 모옌(莫言)의 문학, 장웨이(張煒)의 『오래된 배(古船)』, 천중스(陳忠實)의 『바이루위안(白鹿原)』에서 반복적으로 그려진다.

동북항일문학의 또 하나의 중요한 갈래는 동북항련문학(東北抗聯文學)이다. 항련문학은 주로 중국공산당 영도하의 동북항일연군의 군사들이 전시 문예선전공작의 수요에 따라 창작한 작품들로서 시, 가곡, 가요, 콰이반(快板)[34], 샹성(相聲)[35], 벽보(壁報), 길거리 연극(街頭戲劇) 등

---

33 蕭軍, 『八月的鄕村』, p.110.
34 역주: 중국의 전통적인 설창(說唱) 예술의 일종이다. 송대(宋代)에 연원을 두고 있으며 박판(拍板) 또는 죽판(竹板)을 치며 비교적 빠른 박자로 대사를 섞어 노래하는 것이 특징이다.
35 역주: 흔히 '만담'으로 번역되고 있는 샹성은 중국의 전통적인 설창예술(說唱藝術)의 하나이다. 사전적으로는 재치 있는 말솜씨로 언어유희를 구사하거나 세상을 풍자하는 등 청중을 웃기고 즐겁게 하는 이야기라고 설명되고 있다. 중국의 화베이(華北) 지역에서 기원하였고 북경, 천진 지역에서 유행하면서 전국적으로 확산되었다. 시기적으

을 포함한다. 예를 들면 양징위(楊靖宇, 1905~1940)의 「동북항일연군제
일로군군가(東北抗日聯軍第一路軍軍歌)」, 「사계절 유격가(四季遊擊歌)」, 「중
조민중연합항일가(中朝民衆聯合抗日歌)」와 연극 「소몰이 왕샤오얼(王二小
放牛)」, 리자오린(李兆麟, 1910~1946)의 「동북항일연군제삼로군성립기
념가(東北抗日聯軍第三路軍成立紀念歌)」, 위톈팡(于天放)과 천레이(陳雷)의
합작품인 「야영의 노래(露營之歌)」, 저우바오중(周保中, 1902~ 1964)의
「십대요의가(十大要義歌)」, 「홍기가(紅旗歌)」, 「민족혁명가(民族革命歌)」,
「설창 9.18(說唱九一八)」 등과 같은 작품들은 항일연군 전사들 사이에서
널리 전해졌을 뿐만 아니라 동북 현지 백성들에게도 영향을 주었다.
또한 군중대회(群衆大會)가 개최될 때마다 회의 전과 후에 전사들은 노래
를 부르거나 그들 스스로 준비한 프로그램을 상연했다. 항련문학은 항일
연군 전사들의 생활을 반영했고 당시 항일군과 민중의 투지를 고무했으
며 낙관주의 정신으로 충만해 있었다. 이러한 정신은 옌안(延安)에 그
기원을 두고 있었고 연안에서 해방구문학으로 이어졌다.

　항일연군의 여건은 아주 간고했다. 종이는 물론 인쇄 설비까지 부
족하다 보니 작품 대부분은 구전(口傳)으로 전해졌고, 더 많은 작품들
은 당시 사람들의 기억 속에만 남아있었다. 연구자들의 시급한 수집
정리 작업이 필요한 부분이기도 하다. 지린성사회과학원문학소(吉林
省社會科學院文學所)의 펑웨이췬(馮爲群)과 리춘옌(李春燕) 두 연구원의
소개에 따르면 "사람들은 양징위가 시를 썼다는 사실에 대해서는 오
래전부터 알고 있었지만 그가 연극을 창작했다는 사실은 전혀 모르
고 있다. '4인방'이 무너진 후 동북 현대문학 사료를 수집 정리하는

로는 명청시기에 시작되어 당대에 전성기를 맞이하였다. 형식에 있어서는 1인(單口相
聲), 2인(對口相聲), 3인 이상(多口相聲)으로 구분된다.

과정에 우리는 당시 양징위의 경호원이었던, 아직 생존해 있던 2명의
간부를 인터뷰한 바 있다. 그 과정에서 두 사람이 양징위의 연극 「소
몰이 왕샤오얼」[36] 공연에서 주연을 맡았다는 사실을 알게 되었고, 그
들의 소개를 통해 더욱 정확한 창작 연도(1936)와 창작 배경, 연극의
소재를 비롯한 전체 극의 내용과 훈련 과정, 연극 복장과 공연 도구,
네 번의 공연 시간과 장소, 그리고 공연 효과를 비롯한 연극에 관한
구체적인 사항을 확인할 수 있었다."[37]라고 전했다.

　필자가 인터뷰한 바 있는 팡웨이아이[38]는 당시 90세의 고령임에도
자오이만(趙一曼)의 시 「빈강서정(濱江抒懷)」을 아래와 같이 정확하게
암송하고 있었다.

　맹세코 나라를 위한 일이지 집안을 위한 일은 아니었노라, 강을 건너
바다를 넘어 천하를 질주하노라/남아들이라고 어찌 모두 다 훌륭하고,
여성들이라 하여 어찌 남성들보다 못 하리오/일생의 충정으로 고국을

---

36 「소몰이 왕샤오얼」 일명 「소몰이 왕얼샤오」이기도 하다. 동북 방언으로는 '왕얼샤오'
　가 더욱 근접하다. 이 연극은 왕얼샤오 일가의 비극을 통해 일본 침략자의 죄행을
　폭로하고 동북항일연군의 용맹과 지혜를 찬양하고 있다.

37 冯为群·李春燕, 『东北沦陷时期文学新论』, 吉林大学出版社, 1991, p.76.

38 팡웨이아이 본명은 '팡징위안(方靖遠)'이며 필명으로 린랑(林郎), 팡이(方義), 팡시(方
　希), 팡시(方曦), 팡웨이아이 등을 사용한 바 있다. 랴오닝성(遼寧省) 타이안(臺安) 사
　람이며 샤오쥔, 샤오훙의 절친이기도 하다. 『국제협보』의 부간(副刊) 『국제공원(國際
　公園)』의 책임편집을 맡은 바 있으며 샤오훙의 소설 「왕아싸오의 죽음(王阿嫂的死)」
　을 펴내기도 했다. 만주사변 후, 하얼빈의 『상보(商報)』에 소설 「9월 18일 밤(九一八的
　夜)」과 신시(新詩) 「고련(苦戀)」을 발표하였고 후에 또 「봄날(春天)」, 「봉화(烽火)」,
　「동북풍운(東北風雲)」 등 소설과 시 「송화강에 묻노라(問松花江)」를 발표하기도 하
　였다. 1933년 동북을 떠나 소련에서 공부를 시작하였다. 1949년 후 산둥대학교(山東大
　學校) 외국어과에서 교직에 종사했다. 1955년 후펑(胡風)사건으로 투옥되었고 1979년
　복권되었다. 복권된 뒤에는 줄곧 랴오닝성 환런(桓仁)의 시골에서 생활했다. 샤오쥔은
　그를 일컬어 '대변혁시대의 작은 인물'이라 칭했다.

새롭게 하고, 가슴에 넘치는 뜨거운 피로 중화의 옥토를 가꾸리라/장백
산, 헤이룽장을 넘어 외적을 물리치고, 꽃송이 같은 붉은 깃발을 웃는
낯으로 맞으리라.

또한 팡웨이아이의 기억 속에 남아있는 자오이만의 이미지는 상
당히 아름다웠다. 그는 다음과 같이 기억하고 있었다.

> 고동색 양장에 짙은 갈색 하이힐, 귀밑기장의 단정한 단발에 왜소한
> 몸집의 여성이 웃고 있었소. …(중략)… 그녀는 혁명의 이치를 깨치고
> 있었을 뿐만 아니라 비교적 높은 문학적 소양도 가지고 있었다오. 나와는
> 루쉰에 대해 이야기하고 고리키에 대해서도 이야기했지요. 시도 아주 잘
> 썼다오. 내가 『국제협보』에 있을 때 그녀의 산문과 시를 간행한 적이 있
> 었소. …(중략)… 라오양(양징위)는 목소리가 높았고 고체시(古體詩)를
> 아주 잘 지었어요.[39]

항련문학은 전시의 전선문학으로서 동북을 떠난 동북작가군이 창
작한 항일소설과는 달랐다. 장편 대작은 창작하기 어려운 환경이었고
정교한 작품도 아니었다. 그보다는 짧고 명쾌한 방식으로 사람들을
고무하고 감동을 주는 데에 집중했다. 더욱 중요한 점은 이러한 작품들
이 동북이라는 지역과 긴밀하게 연결되어 있으면서 "신체가 곧 마이
크"가 되어 기억하는 몸을 통해 전승·전파되면서 중국 현대문학사에
서 독특한 한 지류를 형성한, 명기할 만한 문학이라는 점이다.

이외에도 '항일문학'에는 또 하나의 갈래가 존재한다. 바로 만주국
시기 중화민국 국민정부의 지하조직이 발행한 지하간행물에 발표된

---

39 刘晓丽, 「"系列采访: 寻访东北三四十年代作家"之〈我和萧军一起救萧红〉」, 『社會科
學報』, 2006.6.29.

지하문학이다. 동북통신사(東北通信社)는 국민당 지하조직이 1940년 11월에 비밀리에 설립한 조직으로서 산하에 19개의 통신부(通信部)를 두고 있었다. 통신부마다 1종 이상의 비밀간행물을 발행하고 있었고 그중에서 가장 대표적인 간행물이 『동북공론(東北公論)』[40]이었다. 이 분야의 자료는 추후 더 깊은 조사와 연구가 필요하다.

4. '해식문학': 「신유령」, 「강화」

식민지 문학을 사유함에 있어서 보편적인 접근 방식은 협력과 저항이다. 만주국 초기의 '반식문학'과 만주국 점령하의 동북을 떠났던 '동북작가군'에 의해 창작된 작품, 그리고 항일연군에 의해 창작된 '항일문학'은 높이 찬양받아 마땅하다. 그러나 이러한 찬양은 또 다른 결과를 초래하기도 한다. 하나는 식민지 일상에서의 창작이 가져야 할 합법적인 지위를 약화시키는 것이고 다른 하나는 식민지 문학 고유의 가치를 제대로 평가 받지 못하게 하는 것이다.

만주국이 설립된 후 일부 작가들은 펜으로 저항했고 일부는 직접 무기를 들고 전투에 뛰어들었으며 또 일부는 관내 각 지역으로 망명하여 일본 제국주의의 중국 동북 침략을 고발하였다. 그리고 또 다른 일부 작가들은 각자 다른 이유로 여전히 동북에 남아있었던 탓에 그들의 창작활동은 식민지 문화 정책과 공존할 수밖에 없었고 그들의 작품은 식민 정부의 관방 잡지에 발표될 수밖에 없었다. 따라서 그들의

---

40 『대동보』의 편집 리지펑(李季瘋)은 체포되었다가 탈옥하였고 도주 중에 국민당 지하 간행물 『동북공론(東北公論)』의 편집을 담당하기도 하였다.

작품은 '반식문학'이나 '항일문학'과는 달랐다. 그들은 작품 속에 저항이나 항일을 그리지 않았고 반일 이야기를 담아내지 않았으며 항일투쟁에 대한 직접적인 토로는 더욱 드러내지 않았다. 무산계급이 단결하여 구시대를 뒤엎는 이야기도 당연히 할 수 없었다. 제국 일본에 대한 애증을 포함한 일체 감정을 작품 속에 드러내지 않았고, 단지 식민지 일상, 그중에서도 중산층 남녀의 부패한 생활과 비참한 이야기를 담아냈을 뿐이다. 이런 남녀 주인공들에게는 웅장한 격정이 없었고, 의협적인 기개도 없었으며, 민족주의 정서는 더욱 찾아볼 수 없었다. 그들이 가지고 있는 것이란 의기소침과 공허한 가슴앓이, 그리고 가소로운 꼼수뿐이었으며 식민자의 압박 하에서의 '소심한 반항'과 '면종복배(面從腹背)'의 생존방식이 있을 뿐이었다. 식민지에 남아있는 한 그들은 시종일관 식민자의 방자한 위세, 탐욕과 멸시를 견뎌내야 했고, 생존을 도모하는 한 그들의 의기소침과 정신적인 타락은 이미 노정된 것이었다. 이런 이유에서 의기소침한 남녀들은 만주국의 적극적인 국책에서 멀어져갈 수밖에 없었다.

이에 대해서는 만주국의 일본인들도 인지하고 있었다. 다케베 우타코(武部歌子)는 "만주국에서 국가적 책임을 감당할 수 있는 중산층 여성은 극히 드물다."[41]라고 비판했다. 만주국 정부 역시 이러한 조짐을 감지하였던 것으로 보인다. 1941년 『만주일일신문(滿洲日日新聞)』에 발표한 문예 작품의 특정 소재를 제한하는 금지 조항 중에 "퇴폐적인 사상을 주제로 할 수 없다."[42]라고 명시하고 있기 때문이다. 만주국의

---

41 武部歌子, 「大东亚战争下青年妇女的觉悟」, 『青年文化』 第1卷 第3期, 1943, p.16.
42 『만주일일신문(滿洲日日新聞)』은 1941년 2월 21일에 총무청 참사관 벳푸 세이시(別府誠之)의 인터뷰를 중문으로 게재하면서 신문잡지의 문예작품에 대한 금지·제한 조항 8조를 발표하였다. 1. 시국에 저항적인 경향의 작품, 2. 국책 비판에 성실성이

신문잡지에 발표된 이 작품들은 식민지 일상 경험을 토대로 하고 있고
역사적 현장에서의 식민지 실제 풍경과 생활, 그리고 상흔을 기록하고
있어 만주국 관방의 선전과 식민지인들의 실제 생활 사이의 현격한
격차를 드러내고 있었다. 이 작품들은 만주국 문단에서 암암리에 전파
되어 갔으며 부식제와도 같이 만주국이 표방하고 있는 '오족협화'와
'왕도낙토', '아름다운 생활' 등과 같은 괴뢰국가의 이데올로기를 부식
시키면서 식민정권의 통치를 침식해 들어갔다. 본고는 만주국 문단에
서 대다수를 차지하는 이 유형의 작품들을 '해식문학', 즉 일본 식민
통치를 해소하고 융해시키는 문학이라는 의미에서의 '해식문학'이라
통칭하고자 한다. 본 장에서는 만주국의 유명한 여성 작가 우잉(吳瑛,
1915~1961)[43]을 예로 들어 식민지 언어 환경, 식민지 트라우마, 식민지
유산을 하나의 축으로 하여 분석을 진행하고자 한다.

　　우잉이 태어났을 때 동북은 장쭤린(張作霖)의 천하였다. 우잉 나이

부족하거나 비건설적인 경향의 작품, 3. 민족적 대립을 자극하는 작품, 4. 건국 전후의
암흑면을 전문적으로 그려낸 작품, 5. 퇴폐적인 사상을 주제로 하는 작품, 6. 연애나
스캔들을 그린 작품이나 쇼맨십, 삼각관계, 정조 경시 등 유희적인 연애와 정욕, 변태
적인 성욕, 정사(情事), 불륜, 간통 등을 그린 작품, 7. 범행에 대한 묘사가 지나치게
잔인하고 자극적인 작품, 8. 매파나 여급을 주제로 한 작품에서 홍등가 특유의 세태를
과장하여 묘사하는 작품 등이다. 여기에 다시 주석을 붙여 민족적인 대립을 조장하고
암흑면을 전면적으로 묘사하거나 홍등가에 대해 철두철미하게 묘사하고 있는 작품이
특히 많음을 강조하고 있다.(「最近的禁止事項: 關于報刊審査(上)」, 『滿洲日日新聞』,
1941.2.21; 于雷 譯, 『東北淪陷時期文學國際學術硏討會論文集』 第1版, 沈陽出版社,
1992, p.181에서 인용.)

43　우잉의 본명은 우위잉(吳玉瑛)이며 필명으로 우잉, 잉즈(瑛子), 샤오잉(小瑛) 등을 사
용하였다. 지린시(吉林市) 태생이고 만주족(滿族)이다. 지린여자중학(吉林女子中學)
을 졸업하였고 1935년부터 문학 창작을 시작하면서 월간 『봉황(鳳凰)』에 소설 「한밤
의 변동(夜里的變動)」을 발표한 바 있다. 1939년 소설집 『양극(兩極)』을 간행하면서
만주국민간문예상(滿洲國民間文藝賞)인 문선상(文選賞)을 수상하였다. 우잉은 문학
창작에 종사하면서도 반월간 『사민(斯民)』, 『만주보(滿洲報)』, 『대동보(大同報)』, 『만
주문예(滿洲文藝)』 등 신문잡지의 기자를 함께 역임하였다.

13세 때 장쮀린이 암살되었고, 그 후 동북은 역치(易幟)를 단행하여 중화민국의 청전백일기(靑天白日旗)를 내걸었다. 17세 때에는 괴뢰국가 만주국의 집정 푸이(溥儀)가 통령(通令)을 공포하여 중국 지도와 중국 국기를 금지하면서 도처에 만주국의 '오색기(五色旗)'가 걸리기 시작했다. 성루의 깃발이 바뀌어가는 중에 우잉은 지린성립여자중학(吉林成立女子中學)에서 학업을 마쳤다. 그리고 19세부터는 신징의 『대동보』 외근 기자로 사회생활을 시작하였다. 그녀가 입사하였을 때는 『대동보』의 문예란 〈야초〉가 압박에 못 이겨 정간된 지 얼마 안 되는 시기였다. 대동보사의 입사시험에 대비하여 우잉이 〈야초〉의 작품들을 읽었을 가능성은 매우 높다. 왜냐하면 몇 년 후인 1944년, 이미 만주국의 유명한 여성 작가로 성장한 우잉이 「만주 여성문학의 사람과 작품(滿洲女性文學的人與作品)」에서 특별히 차오인(샤오훙)과 류리(바이랑)가 〈야초〉에 발표했던 작품 「반역적인 아들(反逆的兒子)」을 언급하면서 그녀들에 대한 깊은 경의를 표시하고 있기 때문이다.

우잉은 샤오훙에 대해 "만주 여성문예를 개척한 일인자"이며 "여성의 예리한 관찰로 그 현실을 그려냈다."라고 평가했고, 바이랑의 작품에 대해서는 "당시 북만 특유의 창작 분위기에 호응하고 있었던 민감하고도 풍부한 역량을 소유한 작가"라고 평가했다.[44] 이외에도 우잉의 문학 소양에는 빙신(氷心)과 딩링(丁玲)도 한 역할을 하고 있음이 확인된다. 한 인터뷰에서 우잉은 학생시절에 빙신의 작품을 먼저 읽었고 후에 딩링의 작품을 읽었다고 토로한 바 있다.[45] 샤오훙의 작품을 평가하는 우잉의 기준은 빙신과 딩링이었다. 그녀는 샤호훙의 작품

44 吳瑛, 「滿洲女性文学的人与作品」, 『青年文化』 第2卷 第5期, 1944.5, p.23.
45 乙兵, 「女作家吳瑛氏访问记」, 『麒麟』 第3卷 第8期, 1943.8, p.137.

에 대해 "문조(文藻)와 시적인 문체는 빙신과 유사하지만 작품의 이데
올로기적 적극성에 있어서는 딩링에 더욱 근접했다."[46]라고 하였다.

　우잉은 21세에 창작을 시작하였고 24세에 첫 작품집 『양극(兩極)』
을 간행하였으며, 이 작품집으로 문선상(文選賞)을 수상하기도 했다.
1943년에는 두 번째 작품집 『백골(白骨)』을 간행할 예정이었으나 출
판하지 못했다. 만주국이 붕괴된 후, 30세의 우잉은 남편 우랑(吳郞)
과 함께 난징(南京)으로 이주하였고, 1961년 난징에서 별세하였다. 우
잉의 작품 활동 시기는 1936~1945년으로 채 10년이 되지 않는다.
그 사이 총 30여만 자에 달하는 작품을 창작하였고 다수의 작품이
일본어로 번역 소개되었다.[47] 1940년에는 만주국 편집기자 대표로 도
쿄에서 개최된 제1회 동아문필가대회(東亞操觚者大會)에 참석하였고,
1942년에는 만주국 작가 대표로 제1회 대동아문학자대회(大東亞文學
者大會)[48]에 참석하였다. 같은 해 다시 만주문예가협회(滿洲文藝家協會)
와 화베이작가협회(華北作家協會)가 공동으로 개최한 만화문예교환(滿
華文藝交歡) 활동에 참석하였고, 소설 「허원(墟園)」을 화베이작가협회
기관지 『중국문예(中國文藝)』(1942년 제6기)에 발표하였다.

　20대 초반의 우잉은 문학적 재능을 인정받아 식민지 정부가 주최
하는 각종 활동에 불려다녔고, 이러한 활동을 통해 만주국의 대표
작가로 거듭나면서 당시의 중국어 문학계에 중요한 작품들을 남겼

46　吳瑛, 앞의 책, p.23.

47　우잉의 소설 「백골(白骨)」은 탈고 후 아직 잡지에 발표되지 않은 상태에서 모리야
　　유지(森谷裕二)에 의해 일본어로 번역되었고 야마다 세이자부로(山田淸三郎)에 의해
　　그가 편찬한 작품집 『일만로 재만작가 단편선집(日滿露在滿作家短篇選集)』(日本春
　　陽堂書店, 1940)에 수록되었다.

48　우잉이 대동아문학자대회에 참석한 상황에 대해서는 李冉, 「吳瑛与"大东亚文学者大
　　会"」, 『汉语言文学研究』, 第2期, 2015 참조.

다. 그는 주로 사실주의적인 묘사(白描)[49] 수법으로 식민지 일상생활을 기록하는 데에 탁월한 재능을 가지고 있었다. 소설집 『양극』의 후기에서 우잉은 자신의 작품을 다음과 같이 평가하였다.

> 여기에 기록한 이야기들은 모두 이 땅에서 얻은 것이다. 나는 사람과 사물에 대한 묘사를 더 깊이 천착하는 과정에서 그녀와 그들이 인간으로 살아가는 방식과 생을 구걸하는 법칙을 체득할 수 있었다. 나는 이 일군의 인물들이 오랫동안 나의 기억 속에 남아있기를 바라며 대중들의 눈앞에서 살아 숨 쉬는 인물로 오래 기억되기를 바란다.[50]

우잉의 문학적 상상은 체험에서 오는 것이지 분석이나 비평에서 오는 것은 아니었다. 작가의 정서가 배제된 식민지 일상생활에 대한 묘사는 의식 또는 무의식적으로 식민 통치를 해소했고, 그것은 관념적인 비판이 아닌 저항과 항쟁으로 이어졌다.

소설 「양극」은 한 무리의 환영받지 못하는 인간, 의식주 걱정이 없는 남자, 여자, 하인, 주인, 신여성, 구여성 등 일군의 인물을 그려내고 있다. 그들은 사리사욕만 채우려 하고, 좀스럽게 따지며, 괴팍하고 인색한 데다가 잘난 맛에 사는 사람들인지라 다른 사람들이 자기들보다 잘사는 꼴은 절대 못 봐주는 인간들이다. 당시의 평론가 구잉(顧盈)은 비판적인 어조로 우잉의 작품을 다음과 같이 평가하였다.

49　역주: 백묘(白描)는 '백묘법(白描法)'에서 온 말이다. 미술에서 색채나 음영을 가하지 않고 철저하게 윤곽선만으로 대상을 그리는 기법을 '백묘법'이라고 한다. 문학에서는 소박하고 간결한 어휘로 대상을 묘사하는 수법을 '백묘'라고 지칭한다. 본고에서는 '묘사'로 옮겼다.

50　吳瑛, 「兩极·后记」, 『兩极』, 文艺丛刊行会, 1939, 附象 p.1.

대부분의 인물들은 몰락했거나 곧 몰락할 인간들이며 이 인물들은 다
시 완전히 죽어버린 또는 곧 죽어가는 환경에 둘러싸여 있다. 이러한 소
재적인 회색주의는 우리로 하여금 건강한 작가 의식, 정확한 작가 의식에
대해 의구심을 품지 않을 수 없게 한다.[51]

구잉은 제대로 된 평가를 하지는 못했지만 우잉 작품의 핵심을
잘 짚어내고 있다. "완전히 죽어버린 또는 곧 죽어가는 환경"이 곧
일본 식민지인 만주국이기 때문이다.

작품집 『양극』에 수록한 첫 작품 「신유령」[52]은 "완전히 죽어버린
또는 곧 죽어가는 환경" 속에서 살아가는 사람들의 일상을 그려내고
있다. 소설은 두 개의 생활공간을 배경으로 한다. 하나는 도시 소시민
의 핵가족이고 다른 하나는 관청의 현대적인 사무공간이다. 이 두
공간을 연결하고 있는 인물은 관청의 직원인 대학생 남편이다. 소시
민의 가정에는 베이징에서 대학을 다닌 '양복쟁이' 남편이 있고 글을
모르는 전족의 구식 아내가 있다. 대학생 남편은 그녀에게 '메이윈(美
雲)'이란 새로운 이름을 지어주었고, 그들 사이에는 다섯 살 난 아들
이 하나 있다. 관청의 사무실에는 4명의 직원과 1명의 과장이 있는데,
과장은 일본어를 조금 할 줄 아는 인물이다.

집에서는 "활등처럼 휜 감자 모양"의 두 발을 가진 아내와 "쿵쿵거
리는 구두 소리를 내는" 대학생 남편이 평화로운 모습으로 살아가고

---

51 顧盈, 「吳瑛論」, 陳因 編, 『滿洲作家論集』, 大连实业印书馆, 1943, p.197. 이 책은 만
주국 시기의 관동주에서 출판되었으며 출판 당시 출판연도는 "昭和十八年六月"로
표기되었다.

52 吳瑛, 「新幽灵」, 『两极』, 文艺丛刊刊行会, 1939, pp.1~22. 「신유령」, 「강화」 두 작품
모두 吳瑛, 李冉·诺曼 史密斯 編, 『吳瑛作品集』, 哈尔滨: 北方文艺出版社, 2017에
수록되어 있다.

있지만 두 사람은 좀처럼 어울리지는 않는 한 쌍이다. 아내에게는 자기 나름의 생활 방식과 행동 기준이 있다. 남편을 공경하고(그녀의 눈에서 남편은 그야말로 대단한 인물이었다.), 고생을 참고 견디며(식모를 부리는 돈이면, 그 돈이면 우리 집 한 달 식비인데), 시부모님을 공대하고(그 아버지(애 할아버지)란 사람은, 혼인하기 전, 내가 아직 아가씨였을 때부터 편지를 보내서는 전족을 요구했지.), 대를 잇고(다섯 살 난 아들애가 하나 있었고, 또 행진곡을 부르며 전진하듯 날마다 높아가고 있는 배), 남편을 잘 간수(캉[53] 에 앉아 엉덩이를 들썩이며 울고불고 난리를 치고 밥도 차리지 않고 잠도 자지 않고 밤이고 낮이고 울어대다가 울다 지치면 또 욕지거리를 퍼붓기 시작)하는 아내였다. 시골의 대가족 집안이었다면 그녀는 아마도 칭찬받는 지혜로운 며느리였을 것이다. 하지만 그녀는 남편을 따라 도시로 왔고 도시 핵가족의 주부가 되었으며 대학생 남편은 그녀의 마음, 그녀의 수단을 이해할 수 없었고 이해하려고도 하지 않았다. 왜냐하면 "하루가 멀다 하고 울고불고하는 데에는 그 어떤 불사신이라고 해도 도저히 당해낼 수 없었기 때문이다." 그렇게 남자는 슬금슬금 밖으로 나돌면서 자유로운 삶을 즐기기 시작했다. 남편은 퇴근 후에 전통극을 보러 다니고 기생집을 들락거리는 반면에 온종일 울고불고 행악질을 일삼거나 아들을 앞세워 남편을 묶어두고자 하는 아내는 관청이란 공간이 어떤 곳인지 도무지 알지 못했다. 관청에도 여자가 있다고 하니 "애 아빠가 툭하면 돈 잘 버는 아가씨 어쩌고 하는데, 퉤퉤……돈이고 나발이고 그 집 조상님들의 체면은 아주 말이 아니란 말이지. 태어날 때부터 천한 것들은 남의 첩이나 될 것들이지."라고 하며 덮어놓고 악담을 퍼붓는다.

---

53 역주: 캉(炕) 중국 북방 지방의 살림집에 놓는 방구들.

관청 사무실의 대학생 남편은 또 어떤 생활을 하고 있는가? 그는 매일 정확하게 시간을 맞추어 출근시간 5분 전에 사무실에 도착한다. 그렇게 하지 않으면 "평상시에 누구든지 한발만 늦으면 반드시 한바탕 그(과장)의 시달림을 받았기 때문이다." 그날 대학생 남편은 2분 전에 도착했고 과장은 이미 도착해 있었다. 대학생 남편은 서둘러 아침 인사를 했다. "오하요고자이아스(オハヨオ御座イアス)"[54]를 두 번이나 반복했을 때에야 벽을 바라보고 섰던 과장이 "그제야 고개를 돌려 끄덕이는 척했다." 이 광경을 본 동료는 쪽지까지 보내왔다. "웬일이래? 과장이 너한테는 왜 이렇게 신사다운 거야?" 고개를 까딱하였을 뿐인 과장의 뒤늦은 오만한 반응이 직원들에게는 마치 '성은(聖恩)'과도 같은 것이었다.

사무실에서의 하루 일과가 시작되었다. 대학생 남편은 어제 옮기다 만 통계표를 계속해서 옮기기 시작했고, 과장과 마주하고 앉은 샤오류(小劉)는 더욱 열심히 일했다. 그의 "열심히"는 열심히 도서를 정리하는 일이었다. 과장과 조금 떨어져 앉은 샤오천(小陳)은 제법 그럴듯하게 폼을 잡고 앉아있지만 사실 그는 그림을 그리고 있다. 과장과 샤오펑(小鳳, 기생)을 그리고 있는 것이다. 긴장된 분위기가 사무실 직원들의 얼굴에 어리어 있었는데 어디에선가 걸려온 전화 한 통이 과장을 밖으로 불러내자 사무실은 삽시간에 다시 흥성거리기 시작했다. 샤오천은 "아예 사무 책상에 올라앉아 입으로 종이를 질근거리면서 노래 '급행열차(特別快車)'를 흥얼거렸다." 사무실 사람들은 시끌시끌한 속에서 저녁 유흥거리에 대해 주고받았다. 전통극을 보고, 기생

---

54 "オハヨオ御座イアス"는 일본어 아침인사말 'おはようございす'를 중국식 발음으로 표기한 것이다. 일본어의 정확한 발음은 "おはようございます"이다.

집에 들르고, 그리고는 기생 샤오펑을 두고 서로 질투하는 농담들을 지껄였다. 이것이 관청 사무실의 하루였다. 과장이 자리를 비우면 직원들은 "후련한 하루"를 보냈고 업무에 있어서는 과장이 하고 싶은 대로 내버려두었으며 직원들 또한 과장이 지시하는 업무에 관해서는 일절 토를 달지 않았다. 과장 역시 직원들이 무엇을 하는지에 대해서는 일체 간섭하지 않았으며 그저 그럴싸하게 열심히 일하는 척만 하면 그만이었다. 관청의 사무실은 현대적인 공간이라는 껍데기에 불과했다. 과장의 꾸며낸 고압적인 자세와 그에 어물쩍 넘어가기로 대처하는 직원들의 일상이 매일매일 반복되고 있었다.

한편 시골 며느리들의 법도를 익힌 채 남편을 따라 도시로 올라온 그녀는 스스로를 도시의 가정주부로 변화시키고자 시도하기도 했다. 그녀에게는 '메이원'이라는 신식 이름이 생겼거니와 스스로도 새로운 생활양식을 익혀보고자 노력했다. 유행하는 젊은 여성들의 화장법을 배워 남편의 환심을 사고자 했고, 저녁식사 후에는 화장에 심혈을 기울였다.

설거지를 마친 춘화싸오(春華嫂)는 대야에 세숫물을 받았다. 참말로 귀찮단 말이지. 이게 다 그 화장 때문이 아닌가! 아니, 화장이 아니라 분단장인 게지. 춘화싸오는 다시 정정했다. 그리고는 어디서 구했는지 구이즈홍(鬼子紅)[55]같은 것을 이것저것 얼굴에 바르고 문지르며 한참을 씨름했다. 그중에서도 입술화장은 그녀가 절대 빼먹지 않는 한 부분이었다. 그 입술을 보시게나, 그것이 벌겋다고 하기에는 번지르르한 자줏빛이 도는

---

55 역주: 녹색의 결정체로서 물을 만나면 자홍색으로 변한다. 물보다는 알콜에 쉽게 용해되고 동북 민간에서는 주로 구강염 치료제로 많이 사용하였다고 전해진다. 주요 화학 성분은 염기성 푹신이다.

것이 예뻐 보이지도 않건만, 어쨌거나 우리 춘화싸오가 보기에는 혈색이
도는 것이 확실했다.[56]

양쪽 어디에도 속하지 못하는 그녀의 생활에 대해 대학생 남편은
물론 그녀 자신도 잘 이해하지 못했다. 이렇게 격변하는 일상생활
속에서 그녀는 어찌할 줄을 몰라 했고 자신의 위치를 찾지 못한 채
어떻게 사는 것이 격에 맞는 도시생활인지를 알지 못했다.

식민지는 근대 제도의 도입과 함께 근대식의 가정도 함께 유입시
켰으며 이는 사람들의 생활공간과 가정 구조에도 변화를 일으켰다.
강제적으로 이식된 식민지 근대는 신징, 펑톈, 하얼빈과 같은 대도시
를 건설해냈고, 이 도시들에서는 외래의 이주민을 중심으로 하는 핵
가족의 붐이 일기 시작했다. 그런데 그 가정의 주부들은 대개가 근대
교육을 받은 적이 없는 시골에서 성장한 여성들이었고 도시생활은
그녀들이 시골생활에서 깨우친 지혜를 발휘할 기회를 주지 않았다.
도시에서 그녀들의 일거수일투족과 일상적인 대화는 다른 사람들의
웃음거리가 되었고 그것은 고스란히 그녀들에게 자괴감과 상처를 안
겨주었다.

한편 사회에서 직장생활을 하는 관청의 직원들은 일본인 상사와
의 교류에서 어려움을 겪고 있었다. 그 첫 번째 난제가 수준 미달의
일본어 실력이었다. 대학생 남편의 인사말인 "オハヨオ御座イァス(오
하요고자이아스)"는 정말 이상한 발음이었고 우잉이 정확하게 "おはよ
うございます(오하요고자이마스)"라고 쓰지 않은 것은 이런 이상한 발

---

56 吳瑛,「新幽灵」,『伪满时期文学资料整理与研究 : 吳瑛作品集』, 北方文艺出版社, 2017,
   p.5.

음 표기를 통해 대학생 남편의 이상한 일본어 발음을 전달하고자 한 것이었다. 두 번째 어려움은 도처에 존재하는 민족차별이었다. 모든 업종에서 일본인은 높은 지위에 있었고, 일본인 노동자의 임금은 중국인 노동자의 세 배 이상이었다. 그리고 일상생활, 예를 들면 쌀, 밀가루, 설탕, 유제품, 식용유, 성냥, 소금, 심지어 니트류를 비롯한 의류 구매 과정에도 엄격한 민족 차별이 존재했다.[57]

관청의 '대학생들'은 집으로 돌아가면 말이 통하지 않는 아내를 대면해야 했고 출근해서는 상전과도 같은 상사를 섬겨야 했다. 그들의 생활이란 인내하는 것만으로는 버거웠을 것이다. 그럼 어찌해야 하는가? 출근해서는 적당히 얼버무리고, 조심스럽게 상전 같은 상사를 섬기지만 그 상사를 위해서는 절대 열심히 일하지 않았다. 우잉과 마찬가지로 만주국의 여성 작가였던 양쉬(楊絮)는 자신의 직장생활에 대해 이렇게 묘사했다.

나는 사무실로 돌아와 자투리 원고를 마무리하고 이번 호 잡지의 발행 준비를 서둘러 마쳤다. 내가 이렇게 조신하게 행동하고 모범적인 행동과 태도를 보이는 것은 일본인(日系) 상사에게 잘 보이기 위한 것만은 아니다. 좋은 게 좋은 것이라고 그저 무사태평을 바랄 뿐이기 때문이다.[58]

"적당히 대충하지", 오늘날 동북에서 이 말은 이미 속어가 되었다. 그 연원을 거슬러 올라가면 이 말의 근원이 바로 식민지 시기였음을

57 이에 관한 연구들로는 滿洲国史編纂刊行会 編, 东北沦陷十四年史吉林编写组 译, 『滿洲国史』(上, 下), 内部资料, 1990; 山室信一, 『キメラ 滿洲国の肖像』(增补版), 中央公论新社, 2004 등을 참조.
58 杨絮, 「生活手记」, 『落英集』, 新京: 开明图书公司, 1943, p.22.

알 수 있다. 관청의 직원들은 왜놈들의 간사함과 악랄함을 보고도
못 본 척했는데, 어떤 면에서 이는 그들이 식민 통치를 해소하는 하나
의 방식이기도 하지만 또 다른 측면에서는 그들 자신의 생활도 타락
시키고 있었다. 그들은 실제 생활에서도 대충 넘어가거나 적당히 얼
버무리는 "적당히 대충하지"식의 태도를 취했기 때문이다. 출근도 대
충 때우고 퇴근해서는 울고불고 난리 치고 아들을 들먹이며 자신을
옭아매고자 하는 무지하고 무식한 아내가 보기 싫어 전통극을 보러
가거나 기생집을 들락거렸고 마침내는 그것이 아주 정당한 소일거리
라도 되는 것처럼 생각하게 되었다. 식민 통치가 약탈해간 것은 물질
만이 아니었다. 식민 통치는 정신적인 타락도 함께 몰고 왔다. 식민지
의 일상을 살아갔던 사람들은 식민자들의 세도에 대해서는 명철보신
(明哲保身)을 위한 면종복배(面從腹背)를 선택하거나 또는 "앞에서는 한
마디도 못 하면서 뒤에서는 바가지를 긁는" 방식을 선택했다. 이러한
정신적인 트라우마는 몇 세대에 걸친 치유를 필요로 하는 것이다.

「신유령」이 전개시키고 있는 만주국의 일상생활은 식민자들이 줄
곧 선전해 오던 '오족협화'와 '왕도낙토'의 '신만주'를 해소했다. 가정
에서 부부는 철벽을 사이에 둔 사람들처럼 말이 통하지 않았고 사회
적으로는 민족적 차별을 뛰어넘을 수 없는데 '오족협화'란 도대체 무
엇이란 말인가? 아무런 준비 없이 강제적으로 변화된 생활환경 속에
서 사람들은 어찌할 바를 몰라 했으니, 이런 환경에서 '왕도낙토'란
도대체 무엇이란 말인가?

우잉의 다른 작품 「강화(僵花)」[59]는 또 다른 측면에서 식민지 현실
의 일상 체험을 작품화하고 있는 소설이다. 일본 유학에서 막 돌아온

---

59 吳瑛, 「僵花」, 『盛京时报』, 1942.1.24.~1942.2.27.

젊고 어여쁘고 제멋대로이며 응석받이로 키워진 아룽(阿容)은 칙칙하고 적막한 마당 깊은 이 집에 새로운 생기를 불러일으킨다. 과부 살이 여러 해 채인 어머니와 바깥세상에 관심을 끊은 지 오래인 진(珍) 서모까지도 그녀로 인해 희망을 가지게 되고, 아룽 자신도 꼭 좋은 직장을 찾을 수 있을 것이라고 자신만만해 한다. 그러나 얼마 지나지 않아, 집안은 다시 예전의 적막으로 돌아갔으며 설상가상 새로운 번민까지 더해진다. 아룽은 직장을 찾지 못했고 천국장(陳司長)에게 몸과 마음과 재물까지 뺏기고는 그만 앓아눕고 만다. 과부 살이 어머니와 사랑과 재물을 모두 갈취당한 진 서모는 새로운 근심걱정을 안고 다시 예전의 생활로 돌아간다. 소설의 서두는 한 편의 시로 시작되고 있다. "돌아간다!/백골이 묻혀있는 그 묘지로/묘지는 적막했다/여위고 약한 한 포기의 민들레가 무덤에서 고개를 내밀었다/그러나 하루 저녁의 바람과 서리에/돌연히 민들레는 시들어버렸다." 이 시는 곧 소설의 시적인 표현이며 이야기의 시작과 끝을 은유한 것이다.

아룽은 집에 돌아오자마자 극도의 염증을 표출한다. 오래된 집과 오래된 가구, 모든 것이 그렇게 진부하고 낡을 수가 없었다. 정원은 2년 전보다 훨씬 더 퇴락하였다. 소로는 군데군데 꺼지고 파열된 흔적이 선명했으며 색이 바랜 주위의 난간도 군데 군데 파손되어 있었다. 오랜 세월에 걸쳐 형성된 먼지가 구석구석 켜켜이 쌓여있었고, 낡고 오래된 주택은 이미 주인을 잃어버린 채 참담한 풍경으로 남아 있었다. "그것은 적막한 절간이었다." 끼니때에는 식기 문제로 가족들과 다투었다. 어머니는 정교하고 귀한 상아를 끼워 넣어 만든 젓가락을 내놓았지만 아룽은 고마워하기는커녕 아주 불만족스럽다는 어투로 "젓가락은 사람마다 자기 것을 정해놓고 사용해야 위생적인데"라고 하였다. 일본의 자유학원을 졸업한 아룽에게는 이미 현대적인

위생관념이 형성되어 있었다. 아룽은 그가 유학 가기 전에 읽었던
『꼬마 독자에게(喬小讀者)』를 책장의 가장 아래 칸으로 내리고 위 칸
에는 일본에서 가져온 『생활 개선(生活改善)』(시모무라 가이난(下村海南)
지음)과 요시야 노부코(吉屋信子)의 소설, 그리고 부인잡지 몇 권을 올
려놓았다. 일본 유학 4년을 경험한 아룽은 스스로를 위해 요코(容子)
라는 일본식 이름을 지었고, 그가 보기에 외국의 것은 무엇이나 다
좋다. 정교하고 적당하고, 모든 게 다 현대에 잘 어울린다. 낡고 퇴락
하고 우둔하고 낭비적인 우리 것과는 달랐다. 집안의 모든 것이 눈에
차지 않았고 그럼에도 미래에 대해서는 자신만만하고 희망적이었다.
"일본 유학생이 좋은 직업을 구하지 못 할 리는 없지." 아룽의 여자
동학들도 그렇게 생각했다. "여자 유학생인데, 너에게는 어울리는 고
급 직업이 있어야 해!"라고 했다.

아룽과 같은 만주국의 청년들이 낡은 것에 염증을 느끼고 새로운
것을 동경하는 심리는 전혀 근거 없는 것은 아니다. 만주국의 대중매체
는 도처에서 '낡은 만주'의 퇴폐를 강조하고 일본 유학생의 아름다운
생활과 앞날을 선전했다. 당시 만주 잡지계에서 독점적 지위를 가지고
있었던 『신만주(新滿洲)』는 창간과 동시에 연재소설 『신구시대(新舊時
代)』와 『협화의 꽃(協和之花)』[60] 연재를 시작하였다. 『신구시대』는 "구
시대와 이별하고 새 시대를 포용하자"를 표방하면서 구만주의 부패,
낙후와 신만주의 문명, 진보를 강조했다. 『협화의 꽃』은 일본 유학생
출신의 만주 청년과 일본 여성의 사랑 이야기로서 유학을 마치고 만주
로 돌아온 그들이 행복한 생활을 이어갔다는 줄거리이다.

---

60 陳蕉影,「新旧时代」,『新滿洲』第1 卷1~12期, 1939; 桂林,「协和之花」,『新滿洲』第1
卷1~6期, 1939.

『신만주』는 〈유학생 인터뷰〉라는 특별란[61]을 설치하여 유학생들의 인터뷰를 게재했다. 인터뷰에서 유학생들은 유학생활과 장래성 있는 생활을 소개했고 미래에 대한 자유로운 상상의 나래를 펼쳐 보였다. 잡지에는 또 만주국 민생부(民生部) 전문교육과장(專門敎育科長) 뤼쥔푸(呂俊福)의 보고서「전국 학생들에게 공개하는 보고서: 일본 유학을 희망하는 학생들에게(向全國學生公開的報告: 介紹給希望留日的學生)」[62]를 함께 게재하고 있다. 이 보고서는 일본 유학의 구체적인 조건과 수속 과정을 소개하고 있고 만주국 학생에 대한 일본의 특별 대우와 희망적인 미래에 대해서도 선전하고 있다.

「강화」의 아룽은 이러한 분위기 속에서 일본 유학을 갔다가 학업을 마치고 돌아왔기 때문에 그녀의 장래에 대한 자신만만함은 어쩌면 너무 당연한 것인지도 모르겠다. 그러나 「강화」의 아룽은 어쩌면 안고수비(眼高手卑)였는지 계속해서 마땅한 직업을 찾지 못했고 몸과 마음과 재물을 모두 바쳤지만 궁극적으로는 일자리 하나 해결하지 못한다. 소설은 아룽의 사촌오빠, "서양 물을 먹었다고 어디서나 거드름을 피우고 다니는" 딩피신(丁丕欣)까지도 직장을 구하지 못해 아쉬운 소리를 하고 돌아다니는 모습을 그리고 있다. 그리고 또 다른 일본 유학생인 원(文)은 지난 해 귀국해 결혼을 하였지만 그 남편이란 작자가 무희에 빠진 것을 알고는 이혼을 계획 중이다. 한편 유창한 일본어를 구사하는 여고등관(女高等官)은 천국장을 사이에 두고 아룽과 경쟁하는 것을 자신의 목표로 여긴다. 소설 속에 전개되는 어두운 앞날과 매체가 선전하고 있는 아름다운 전망은 큰 격차를 드러내고 있으며, 이 부분이 바로

61 记者,「留学生访问记」,『新满洲』第5 卷9~10期, 1943.
62 呂俊福,「介绍给希望留日的学生」,『新满洲』第3 卷8月号, 1941.

비평가 구잉이 우잉의 소설을 두고 "이러한 소재적인 회색주의는 우리
로 하여금 건강한 작가 의식과 정확한 작가 의식에 대해 의구심을
품지 않을 수 없게 한다."라고 비판한 이유이기도 하다.

우잉의 소설은 작명과 개명 모티프를 즐겨 사용한다. 「신유령」에
서 대학생 남편은 아내에게 '메이윈(美云)'이라는 새로운 이름을 지어
주지만 그 이름은 그저 대학생 남편 혼자 불렀던 이름일 뿐이었고
"우리의 춘화싸오(春華嫂)는 본인조차도 자신에게 그런 이름이 있었
다는 것을 까맣게 잊고 있었으니, 한낱 시골 아가씨였던 그녀는 이름
이고 무엇이고 신경 쓸 겨를이 없었던 것이다." 「강화」의 아룽 역시
자신을 위해 '요코'라는 새로운 이름을 지어주지만 이 이름은 그녀
혼자만이 아는 이름일 뿐이었고 그녀의 어머니는 "이름을 혼자 고쳤
다고?" "아룽아, 여자애 이름에 쯔(子)를 붙일 수는 없단다. 나는 너를
그렇게 부를 수는 없구나."라고 한다. 앞서 언급한 우잉이 처한 환경,
즉 동북이 장줘린의 천하에서 국민당의 중화민국으로 바뀌었고 다시
'만주공화국', '대만주제국'으로 '개명'되었다는 것을 생각할 때 개명
모티프가 그저 한낱 실없는 설정은 아닌 것이다.

5. 맺으며

중국 동북에서 1932년은 하나의 전환점이 되는 해였다. 물론 1932
년 이전에도 동북은 여러 세력들이 침투되었던 공간이다. 군벌이 있
었고 러시아가 있었고 일본, 독일, 미국의 침입이 있었다. 그러나
1932년 이후부터는 일본 제국주의 세력이 중심이 되었고 그들은 청
나라의 퇴위 황제와 옛 신하들을 부추겨 괴뢰국가인 만주국을 건국

하였으며 일련의 법령을 제정하고 대외적으로는 독립국가임을 선언
했다. 인도계 미국 학자인 프라센지트 두아라(Prasenjit Duara)는 '동아
시아 근대성'이라는 시각에서 만주국은 역사적으로 유일한 "근대 민
족국가의 실험실"[63]이었다고 평가했다. 그러나 이러한 거시적인 이론
적 상상은 만주국이라는 이질적인 시공간의 정신세계를 이해하는 데
에는 도움을 주지 못한다. 본고는 문학을 통해 만주국을 고찰했다.
만주국 정부는 문학을 통해 '근대 민족국가의 이데올로기'를 구축할
수 있기를 망상했고 '오족협화'의 '신만주-신국가', '신만주-신국
민', '신만주-신생활'과 번영창성하는 '왕도낙토'[64]를 날조해낼 수 있
기를 망상했다. 이를 위해 문학 창작을 고무하고 문학계간지 발행과
출판사를 지원하면서도 자신들의 통치가 합법적이지 않다는 것을 의
식하고 있어서 문학 작품을 통한 '불온한 행위'가 '국가의 기초'에 위
협을 줄까 경계하기도 했다. 이를 견제하기 위해 《출판법(出版法)》
(1932), 《사상대책복무요강(思想對策服務要綱)》(1940), 《문예지도요강(文
藝指導要綱)》(1941)과 같은 문학을 통제하는 각종 법규를 제정하는 등
14년의 통치 기간에 만주국 정부는 지속적으로 관련 조항들을 추가
로 제정하였다. 이는 그들의 제한적인 영향력을 확인시켜준 것임과
동시에 작가와 독자 모두 문학에 내재해 있는 전복적인 역량을 의식
하고 있었음을 말해준다. 만주국 초기 문단의 『대동보』, 『국제협보』

63 Prasenjit Duara(杜贊奇), *Sovereignty and Authenticity: Manchukuo and the East Asian Modern*, Oxford: Rowman and Littlefield, 2003. 두아라는 만주국 역시 군사 파시스트 정권에 의해 통제되고 있었지만 만주국의 민족협화는 순수 게르만 종족주의를 강조했던 나치의 민족 정화주의와는 구별되었다고 보았다. 또한 만주국은 전근대적인 국가와 달랐고 전통적인 식민지와도 달랐으며 동서양 문명이 융합된 동아시아 근대성을 가지고 있는 지역이라고 보았다.
64 刘晓丽, 「打开"新满洲": 宣传、事实、怀旧与审美」, 『山东社会科学』 第1期, 2015.

의 '반식문학', 만주국을 탈출한 동북작가군의 '항일문학', 만주국 통치하의 '해식문학', 이런 문학들은 때로는 물줄기처럼 때로는 샘물처럼 만주국이라는 이질적인 시공간의 곳곳에서 솟구쳐 올랐고 서로 다른 방식과 서로 다른 강도로 만주국의 존재에 반응하면서 적어도 문화에 있어서 만은 일본 식민 통치를 허망한 것으로 만들었다.

만주국 시기 만주에서 『만주낭만(滿洲浪漫)』의 책임편집을 맡았던 기타무라 겐지로(北村謙次郎)는 어느 술집에서 구딩(古丁, 1914~1964)[65]과 있었던 대화를 다음과 같이 회고하고 있다.

"신징에도 새 건물이 끊이지 않고 일어서고 있고 상당한 장관을 이루고 있습니다만 개중에는 썩 아름답지 못한 건물도 더러 있지요. 만인들이 보면 아마 눈살을 찌푸릴지도 모르겠습니다." 동석한 일계(日系) 작가들이 어떤 연유에서 그랬는지는 알 수 없지만 그들은 스스로를 은인으로 자처하면서 도발적인 실없는 소리들을 지껄였다.

그때 취기로 몽롱해진 구딩이 "어? 뭐라고요?"라고 하며 우리 쪽을 바라보며 냉소했다. 그리고는 추호의 거리낌도 없이 되받아쳤다. "별말씀을요! 그것들이 언젠가는 모두 돌아올 것입니다. 전혀 걱정할 필요가 없지요!" 말을 마친 그는 여급이 가져온 냉수를 벌컥벌컥 단숨에 들이켰다.

너무나 놀라운 일이었다. 구딩 선생이 얼마나 대단한 점술가이고 또 얼마나 대단한 예언가인지는 나는 잘 모른다. 중요한 것은 그는 시종일관 "그것들이 언젠가는 모두 돌아올 것"이라는 마음가짐으로 시국을 관조하고 있었다는 사실이다. 만주국도 좋고 협화정치도 좋다, 일본인들이 머리를 쥐어짜 가며 온갖 방법을 다 동원하여 중국인(漢人) 회유정책을 실시

---

65 구딩의 본명은 쉬창지(徐長吉), 쉬지핑(徐汲平), 쉬투웨이(徐突薇)이며 필명으로 구딩, 스즈쯔(史之子), 니구딩(尼古丁) 등을 사용하였다. 지린성(吉林省) 창춘시(長春市)에서 태어났으며 만주국 시기 주요 작품으로는 소설집 『분비(奮飛)』, 장편소설 『원야(原野)』, 문예잡문집 『일지반해집(一知半解集)』, 잡문집 『담(譚)』 등이 있다.

했지만 상대방은 전혀 받아들이지 않았고 언젠가는 중화 광복의 날이 올 것이라는 사실을 믿어 의심치 않았던 것이다.[66]

오자키 호쓰키(尾崎秀樹)는 기타무라 겐지로의 회고에 대해 다음과 같이 평하고 있다.

구딩은 애초에 이 130만 제곱킬로미터의 지역에서 지속적으로 발생하고 있는 가면역사극을 아예 안중에 두지도 않았던 듯하다. …… 일본이 '왕도낙토', '오족협화'라는 미명(美名)으로 추진한 대륙 침략이 그 순간에 완전히 전복되었다고 하겠다.[67]

수년 후 당시 관동군 헌병대 헌병이었던 쓰치야 요시오(土屋芳雄)는 동북의 광복을 다음과 같이 추억하고 있다.

최후의 시각이 다가왔다. 치치하얼(齊齊哈爾)과 작별을 고하기 위해 나는 헌병 제복을 착장하고 나의 애마(愛馬)에 올라탔다. 그리고 홀로 룽먼대가(龍文大街) 번화가로 향했다. 거리의 모습은 그 전날과는 완전히 달라져 있었다. 언제 준비를 하였는지 모를 중국 국기인 청천백일기가 집집마다에 걸려있었다. 사람들은 희열에 넘쳤고, 자전거를 탄 사람, 마차를 탄 사람 할 것 없이 모든 사람들이 중국 국기를 휘두르고 있었고 심지어 조선인들까지도 조선 국기를 들고 거리를 휩쓸고 다녔다.

그야말로 순식간의 변화였다. 이런 물건들을 도대체 언제 만들었단 말인가? 밀정들을 파견하여 눈을 커다랗게 부릅뜨고 매일매일 감시를 했건

---

66 北村謙次郎, 『北边慕情记』, 大学書房, 1960, pp.133~134. 덩리샤(鄧麗霞)의 번역에 감사함을 전한다. 구딩의 이 일화는 야마다 세이자부로, 아사미 후카시(淺見淵), 안도 료스케(安藤良介) 등의 회고에서 모두 언급되고 있다.

67 尾崎秀樹, 陆平舟·间ふさ子 译, 『旧殖民地文学的研究』, 台北: 人间出版社, 2004, p.92.

만 어찌 이럴 수 있단 말인가?[68]

식민자들은 매일같이 감시를 했지만 그들은 절대로 진실을 볼 수 없었다. 그들이 본 것은 그저 표면적인 복종일 뿐이었고 이곳의 사람들은 줄곧 해방의 그날을 기다려 왔던 것이다. 해방이 되자 그들은 즉각 준비해 두었던 중국 국기를 들고 나와 희열을 공유했다. "그것들이 언젠가는 모두 다 돌아올 것"이기 때문이었다.

68 野田正彰, 朱春立 译, 『战争与罪责』, 昆仑出版社, 2004, p.232.

식민지 문학의 '식민성'과 '해식성'

1. '해식문학'의 제기

오늘날의 우리는 식민지 문학에 대해 더 이상 유토피아적인 상상을 하지 않는다. 식민지 문학에 대해 얼마나 알고 있는지와 무관하게 사람들은 그 시기의 문학에는 회색지대가 넓게 존재했다는 것을 짐작하고 있으며 협력이나 저항과 같은 개념만으로는 의미 있는 해석을 이끌어내기 어렵다는 것도 잘 알고 있다. 일본의 식민지였던 동북의 만주국 시기 문학을 해석함에 있어서 필자는 '반식문학(反殖民文學)', '항일문학(抗日文學)'과 '해식문학(解殖文學)'이라는 식민지 문학 개념을 제안[1]함으로써 만주국 시기 문학 작품을 독해하고 해석하는 새로운 장을 열어보고자 한다.

'반식문학', '항일문학', '해식문학'은 만주국과 연관되어 있는 세 부류의 문학이며 이 중에서 '해식문학'은 그 복잡성이나 서술의 난이도에서 핵심을 차지하는 부분이다. 만주국의 '반식문학'은 하얼빈 문단과 신징(新京)의 『대동보(大同報)』 문예란인 〈야초(夜哨)〉를 중심으

---

1   刘晓丽, 「反殖文学·抗日文学·解殖文学——以伪满洲国文坛为例」, 『现代中国文化与文学』, 2015(2).

로 전개되었고 그 주역은 공산당 작가와 열혈 청년들이었다. 그들은 일본의 동북 침략/식민을 폭로하는 문학 작품을 만주국의 신문잡지에 발표하였고, 그 과정에서 작품의 뚜렷한 반식민성과 반이데올로기적 지향성은 은폐되었다. 이러한 '은미서사(隱微書寫)'는 '반식문학'의 중요한 특징으로 대두되었다.

'항일문학'은 일본 제국주의의 동북 침략을 직접적으로 비판하고 일본 침략자들의 동북에서의 폭행을 폭로하며 일본 침략에 대한 중국 인민의 저항을 찬양하는 문학이다. 유명한 동북작가군(東北作家群)의 작품과 동북항일연군(東北抗日聯軍)의 문학이 이에 포함되며 이 부류 문학의 가장 중요한 특징은 바로 직접적인 감정 토로였다.

'해식문학'은 식민지에 거주했거나 식민지에서 성장한 작가들이 식민지의 역사적 현장에서 창작 발표한 다양한 작품들을 포괄한다. 작가의 감정이 소거된 '영도(零度)의 글쓰기', 그 어떤 평가 의무도 실행하지 않으려는 방관자의 시선, 이것이 이 부류 문학의 대표적인 특징이다. 이 부류 문학은 식민 통치와 공존하면서 잡다한 문학 전통과 사상을 승계하기도 했다. 작가들은 별 볼일 없는 소소한 일상을 기록하고 역사적 이야기나 전설을 기록하기도 하였으며 지극히 개인적인 작은 비애와 희열을 묘사하거나 젠더, 청년, 향토, 생태 등의 문제를 작품화하기도 했다. 이 부류 문학이 그려내는 작품 세계와 정서는 복잡하고 애매모호하지만 그럼에도 그 복잡함과 애매모호함은 그대로 식민지 정신생활의 한 단면으로 남아있으며 또 가끔은 전혀 예기치 못한 지점에서 통치 이데올로기와 충돌하는 모습을 보여주기도 했다.

식민지에 있어서 '해식문학'은 잡초 같은 존재였다. 비천하지만 강인해서 적당한 환경만 충족되면 급속하게 성장했고 신속하게 확산되어 갔으며 부식제마냥 식민 통치를 해소하고 융해시키며 해체해 갔다. '해식문학'이란 명칭은 이런 특징에서 온 것이다. 여기서 한 가지 언급하고 싶은 것은, 근래에 일부 학자들이 탈식민이론의 Decolonization을 '해식(解殖)'[2]으로 번역하고 있는데 사실 Decolonization은 식민시대가 종결된 후, 즉 사후적으로 식민주의 문제와 식민의 트라우마를 해결하려는 접근이기 때문에 필자는 '탈식민화(去植民化)'라고 번역하는 것이 더욱 합당하다고 생각한다. 본고의 '해식문학'은 Decolonization을 말하는 것이 아니라 식민지 상황에서 생성된 문학의 한 부류를 지칭하는 것으로서, 식민 문화와 식민 통치를 해소하고 융해하고 해체시키는 것을 가리키며 또 그런 역할을 하고 있기 때문에 영어로 번역한다면 Lyo-colonial Literature에 해당한다고 하겠다.

'반식문학', '항일문학', '해식문학'은 식민지였던 만주국에서 병렬적으로 존재하는 문학 개념은 아니다. 이 세 부류의 문학에는 각각에 해당하는 이데올로기적 지향과 시공간적인 범주, 방법론적 의미가 존재한다. 만주사변 후와 만주국 건국 초기는 괴뢰국가 만주국의 운영 시스템과 관리 체제가 완비되지 않았던 시기였다. 이 시기에 일군의 각성한 동북 지식인들이 중국공산당의 지도와 국민당 정부의 암묵적인 지원 그리고 자발적인 조직으로 일본의 동북 침략과 식민을 반대하며 일어서기 시작했다.[3] 이 시기에 형성된 것이 바로 '반식문학'이었다. 그러나 만주국 정부의 감시 체제가 완비되어 감에 따라

---

2   许宝强·罗永生 选编, 『解殖与民族主义/Decolonization and Nationalism』, 中央编译出版社, 2004.

3   "1932년, 하얼빈시위원회 서기였던 양징위(楊靖宇)는 일찍이 당내 작가들에게 문학청년들을 집결하여 신문의 부간(副刊)을 창간하고 문학적 진지를 점령하라고 지시한 바 있다."(解学诗, 『伪满洲国史新编』(修订本), 人民出版社, 2015, p.269.)

'반식문학'은 더 이상 존재하기 어려워진다. 이에 일부 작가들은 일본 식민 통치하의 만주국을 떠나 관내로 망명하여 문학 창작을 계속하였으며 이들에 의해 창작된 것이 바로 그 유명한 동북작가군의 '항일문학'이다. 한편 또 다른 일부 작가들은 한 손에는 총을 다른 한 손에는 펜을 든 항일연군 작가로 재탄생했고 이들에 의해 생성된 것이 동북항일문학의 또 하나의 중요한 지류인 항일연군문학이다.

　이데올로기적인 측면에서 '반식문학' 작가와 '항일문학' 작가들은 뚜렷하게 주관을 드러냈다. 그들은 일본의 동북 침략을 반대했고 동북의 식민화를 반대하였으며, 민족주의 사상과 좌익문학 전통을 기반으로 하여 계급적 비판에서 민족 투쟁으로 발전하거나 그렇지 않으면 계급 비판과 민족 투쟁의 결합을 희망하기도 했다. 시공간적인 측면에서 '반식문학'은 만주국 건국 초기의 3~5년간 존재했다. 샤오쥔(蕭軍), 샤오훙(蕭紅), 뤄펑(羅烽), 바이랑(白朗) 등 작가들이 관내로 망명하고 『대동보』의 문예란 〈야초〉와 『국제협보(國際協報)』 문예란 〈문예주간(文藝週刊)〉이 폐간되면서 만주국 '반식문학'은 점차 소강상태에 진입한다. 동북작가군과 항일연군 전사들의 작품도 더 이상 만주국 관방 신문잡지에 발표할 필요성이나 가능성이 사라졌으며 '항일문학'과 만주국은 시공간적인 평행상태에 놓이게 된다. 만주국 관방 신문잡지 지면을 떠나면서부터 '항일문학'은 직접적인 감정 토로와 함께 반만항일 정서를 가감 없이 날것 그대로 드러내기 시작했다.

　한편 '해식문학'은 '반식문학'이나 '항일문학'과는 다르다. '해식문학'은 만주국과 시공간적으로 중첩되어 있을 뿐만 아니라 만주국 문학의 한 주체로 존재했다. 더욱 중요한 것은 '해식문학'의 창작 주체가 복잡하고 애매모호한 이데올로기를 내면화하고 있었기 때문에 독자들은 작가의 주관적인 의식에 기대어 작품의 감정적 지향을 판단할 수 없었고 또 그렇다고 언론에 공개된 발언에 기대어 작가의 실제 생각을 추측할 수도 없었다. 그들이 처해 있는 사회적 입지 역시 그저 하나의 참고사항이 될 뿐이었다. 다양한 가면을 쓰고 살아가는 모습은 식민지 일상의 한 단면이었다. 때로는 가면 뒤에서 다른 모습을 하고 있었고, 때로는 여러 가지 가면을 겹쳐 쓰고 있어서 어느 것이 가면이고 어느 것이 본연의 얼굴인지 판단할 수 없을 때가 있었으며, 또 때로는 가면이 진짜가 되어버려 벗겨낼 가면조차 사라져버려 깊이 숨겨둔 가면 뒤에 아무것도 남아있지 않아 실체가 없는 경우도 있었다. 때문에 '해식문학' 연구는 작가에 대한 분석은 우선 보류한 채 텍스트에 대한 접근에서부터 시작해야 했다.

'해식문학'은 식민지 문학의 한 부류일 뿐만 아니라 하나의 방법론이기도 하다. 여기서의 방법론은 영미 신비평에서 말하는 문학 텍스트 연구가 아닌 그보다는 문학 텍스트의 내외를 관통하는 새로운 연결고리를 구축하고자 하는 방향으로서 이는 시학(詩學)과 정치학이 결합된 하나의 전형이며 이를 통해 식민지 문학 이론에 대한 이해를 깊이할 수 있을 것이라고 생각한다.

'반식문학', '항일문학', '해식문학', 이 세 개념은 언뜻 보아도 여전히 협력과 저항이라는 사유의 범주에서 벗어나지 못하고 있는 것으로 보인다. 그도 그럴 것이 '해식문학'에 있어서 협력과 저항은 비껴가기 위한 대상이 아닌 오히려 우리가 감당해야 하는 현실이기 때문이다. 특히 식민지였던 동북 지역 출신의 연구자인 필자에게 있어서 식민지 문학을 재단하는 협력과 저항이라는 도식적인 개념은 태생적으로 체득하게 되는 것이었고 그 출구를 찾기란 결코 쉽지 않았다. 프라센지트 두아라(Prasenjit Duara)가 만주국 작가 산딩(山丁)의 『녹색의 계곡(綠色的谷)』에 대해 이 작품은 "도시적이고 자본주의적이며 근대적인 역량과 향토/지방 자원을 보호/보류하고자 했던 일련의 세력"[4] 사이의 투쟁을 그려낸 작품이라고 해석했을 때, 중국 학자들은 미국의 학술 풍토에서 성장한 인도 출신 국제 연구자의 독특한 해석에 놀라움을 감출 수 없었고, 동시에 협력과 저항을 무시하고 작품 자체에 내재해 있는 식민지적 정치 상황을 무시한 이러한 해석에 불만을 표시할 수밖에 없었다. 물론 두아라의 이러한 해석을 이해할 수 없는 것은 아니다. 만약 우리가 이탈리아 점령시기의 에티오피아 문학을 연구하게 된다면 우리 역시 현지 연구자들이 받아들일 수 없는 일련의 주장들을 늘어놓기 십상이기 때문이다. 식민지 외부의 관찰자와 연구자는 식민지를 경험한 세대와 그 후대 연구자들과는 다른 시각과 이론적 접근법을 가지고 있기 마련이다. 이 또한 식민지 문학 연구에서 유의해야 하는 한 지점이기도 하다. 연구자의 입지가 다름에 따라 식민지 문학에 대한 이해 역시 서로 다른 시각에서 이루어지는 것이며 절대적이고 객관적인 연구의 출발점이란 애초부터 존재하지 않는 것이다.

'반식문학', '항일문학', '해식문학' 개념의 대입은 협력과 저항이라는 층위를 우회하거나 또는 만주국 문학을 협력이냐 저항이냐의 이분법적 구도로 분명하게 구분하려는 것이 아니다. 그보다는 식민지의 역사적 현장에서 생성된 문학이 지닌 세부적인 측면과 사회적 범주 및 역사적 깊이에 근접하면서 식민지 작가의 협력적인 언론활동에

---

4 Prasenjit Duara, "Local Worlds: The Poetics and Politics of the Native Place in modern China", *The South Atlantic Quarterly*, 99(1), 2000; Prasenjit Duara, *Sovereignty and Authenticity: Manchukuo and the East Asian Modern*, Oxford: Rowman and Littlefield, 2003; 杜赞奇, 褚建芳 译, 「地方世界: 现代中国的乡土诗学与政治」, 王铭铭 主编, 『中国人类学评论』(第2辑), 北京: 世界图书出版公司, 2007, p.42.

매혹되지 않고 그들의 사후적인 자기변명도 무조건적으로 신뢰하지 않으면서 문학에 대한 세밀한 고찰을 통해 식민지 문학의 경관과 그 존재 의미를 파악하려는 것이다. 또한 식민지 문학의 이면을 깊이 파고들어 식민지 이데올로기와 문학 생산의 복잡한 관계, 문예정책과 문학의 관계를 세밀하게 살핌으로써 문학이 어떤 방식으로 식민 환경에 대응했고 식민의 경험을 어떻게 표상했으며 나아가 문학 전통과 외래문화의 흡수에 있어서는 또 어떤 방식으로 개입했는지를 밝히려는 것이다. 이로부터 확인할 수 있는 문학은 비단 식민주의에 대항하는 한 존재일 뿐만 아니라 인류 문명을 형성하는 하나의 방법이며 거기에는 젠더, 향토, 생태, 두뇌 게임 등을 아우르는 많은 문제들이 포함되어 있음을 알 수 있다. 이를 통해 우리는 식민지 현장에서의 문학 창작이 획득하게 되는 역량을 인식하고 나아가 식민지 문학의 존재 의미, 즉 식민지가 문학의 존재를 허락하는 한 그 '해식성'은 식민지 사회의 필연적 기제가 된다는 사실을 확인할 수 있게 될 것이다.

2. 식민 통치를 융해시키는 '해식문학'의 세 가지 방식

식민 통치에 대항하는 것은 민족주의 사상이다. 이는 이미 정해진 답이며 하나의 진리이다. 그러나 바로 이러한 절대성으로 인해 민족주의는 기타 사상 자원을 제한할 수 있는 가능성을 가지며 동시에 하나의 경직된 이데올로기로 남을 가능성을 동반하기도 한다. 민족주의는 방대하고 복잡하며 다면성을 가지고 있어서 통상적으로는 하나의 '역량형(力量型)', '분노형(憤怒型)'의 사상으로 인식되며, 특히 이민족의 침입으로 수립된 식민 정권은 민족주의의 존속 공간을 허락하지 않는다. 따라서 식민지 현장의 문학에는 '역량형', '분노형'의 문학이 흔치 않으며 이런 이유에서 식민지 문학은 협력문학이라는 잘못된 인식에 휘둘리게 된다. 하여 사람들은 식민지 문학의 실제 상황과 내부의 차이에 대해서는 더 이상 신경 쓰지 않았다.

이 글에서 제안하는 만주국의 '해식문학'은 초기의 '반식문학'이나 훗날 꾸준히 전개되어온 '항일문학'과는 구별된다. '반식문학'과 '항일문학'은 민족주의 자원에 기대고 있기 때문에 민족주의의 사상적 역량에 걸맞은 측면이 없지 않다. 하얼빈의 『국제협보』, 『대북신보』, 『헤이룽장민보』와 신징의 『대동보』를 토대로 한 초기의 '반식문학'이나 이후 동북작가군과 항일연군 전사들에 의해 창작된 '항일문학'들은 모두 기념비적 작품이라 할만하다. 샤오쥔의 『팔월의 향촌(八月的鄉村)』, 돤무훙량(端木蕻良)의 『대지의 바다(大地的海)』, 뤄빈지(駱賓基)의 『변경에서(邊陲線上)』와 수췬(舒群)의 『조국이 없는 아이(沒有祖國的孩子)』는 모두 '항일문학'의 걸작들이다. 이에 반해 '해식문학'에서는 이러한 에너지를 찾아보기 어렵다. 여러 가지 원인으로 여전히 만주국에 남아있었던 작가들이나 만주국에서 성장한 젊은 작가들은 식민지 제도로부터 이미 반 이상의 남성적 기개를 빼앗겨버렸고 식민지의 작가들은 다른 유형의 문학적 경험, 즉 민족주의 문학과는 구별되는 문학적 경험으로 식민 제도와 공존해야 했다. 그렇다면 '해식문학'은 무엇으로 식민 통치를 융해시키는가? 그리고 그것이 융해시키고 있는 것들은 식민자들의 어떤 의지인가? 먼저 언급해야 할 것은, 본고는 단지 '해식문학'을 분석하는 하나의 방법론을 제시할 뿐 '해식문학'의 모든 것을 귀납하고 정리하려는 것은 아니라는 점이다. 이후의 작업은 식민지 문학을 연구하는 연구자들이 함께 노력해야 하는 부분이다.

만주사변 발발 후인 1932년 3월, 괴뢰국가 만주국이 설립되면서 기존의 관내(關內)와 관외(關外)를 구분하는 경계선이었던 만리장성은 국경선이 되어버렸고, 이 국경선은 출입국을 통제하는 해관의 역할을 하였을 뿐만이 아니라 '문화 봉쇄선'으로도 작용하였다. 만주국 통치자들은 만주국의 '독립성'과 '합법성'을 과시하기 위해 관내와의 문화적 연대를 차단하고자 했고 이를 위해 만주국은 내적으로는 문화적인 언론 통제를 강화하면서 외적으로는 관외의 문화 정보를 차단하였다.

만주국은 1932년 10월 《출판법(出版法)》을 발표하였으며 "이때부터 만주국 정부는 출판물을 상대로 하는 대대적인 소탕전을 개시하였고, 그 과정에 일부는 발행 금지 처분을 받았고 일부는 수출입 금지를 당하였다. 1932년 상반기에만 600여만 부의 도서가 소각되었고 1934년 6월에만 30여 종의 신문잡지의 수입이 금지되었다."[5]고 알려진다. 소각된 도서와 수입 금지된 도서의 대다수는 중화민국 출간 도서들이었다. 1937년에 발표된 《영화법(電影法)》에도 관내의 영화를 금지하는 간접적인 규정이 포함되어 있었다. 그렇다고 하여 만주국이 문화 공백지대를 만들려고 했던 것은 아니다. 오히려 그와는 반대로 근대적인 국가 효과 달성을 위해 방대한 양의 문화상품들의 동원이 필요했다. 말하자면 한쪽에서는 소각하고 다른 한쪽에서는 수입하고, 한쪽에서는 금지하고 다른 한쪽에서는 격려하는 식이었다. 다만 문제적인 것은 수입된 것은 일본 문화상품이었고 고무, 격려의 대상이 되었던 것은 관내의 중국인 문화와는 무관한 문화상품들이었다는 데 있었다. 수입된 문화상품 모두가 군국주의를 기반으로 하는

---

5 解学诗, 앞의 책, p.268.

내용이 아니었다는 사실을 차치하더라도 어떻게 하면 중국 문화와는 상관없는 작품을 창작할 것인가의 문제는 중국어로 창작하는 작가들에게 있어서는 그렇게 쉬운 일은 아니었다.

역사소설 분야에서는 줴칭(爵青)의 「사마천(司馬遷)」이나 구딩(古丁)의 「죽림(竹林)」, 리지펑(李季瘋)의 「목장에서(在牧場上)」와 같은 작품들에 주목할 수 있다. 이들의 작품에 대해 우리는 현실도피라거나 또는 간접적인 현실반영이라는 평가를 내릴 수도 있다.[6] 그러나 작가의 가면 뒤에 숨겨진 진실을 확인할 수 없는 상황에서 우리는 다음과 같은 사실을 인정하지 않을 수 없다. 즉 이들 작품 모두가 중국 이야기를 다루고 있다는 점이다. 사마천(司馬遷), 죽림칠현(竹林七賢), 소무(蘇武)는 분명한 중국의 문화 기호이며 작품은 이를 통해 중국 고유의 문화 의식을 더욱 강화하고 있었다. 작가의 주관적인 의도를 잠시 제쳐두고라도 작품이 중국 문화와의 연대관계를 단절시키고자 하는 만주국 식민자의 염원을 조용히 침식시키고 있다는 사실을 확인할 수 있다. 사실 역사 소재의 작품들은 아주 쉽게 이러한 효과를 달성할 수 있다.

그렇다면 일상적인 소재를 취한 작품들도 의도치 않게 식민 의지를 융해시킬 수 있을까? 우리는 우잉(吳瑛)의 소설 「신유령」과 「강화」를 예로 들어 살펴본 바 있다.[7] 두 작품은 모두 만주국에서의 여성의

---

6 톄펑(鐵峰)은 역사소설은 현실도피적인 작품이라고 보았고(铁峰, 「沦陷时期的东北文学」, 『文学评论丛刊』, 1985) 일본 학자 오카다 히데키(岡田英樹)는 역사소설은 현실비판적인 작품이라고 보았다.(『圍繞东北沦陷区文学的论争─从文学法庭到文学研究』, 立命馆言语文化研究, 1992) 이에 관한 최근의 논의는 오카다 히데키의 「论古而及今─伪满洲国的历史小说再检证」, 『杭州师范大学学报』, 2015를 참조.

7 「신유령(新幽靈)」은 잡지 『사민(斯民)』에 최초로 발표되었고 후에 소설집 『양극(兩極)』(奉天文藝叢刊刊行會, 1939)에 수록되었으며 「강화(僵花)」는 1942년 1월 24일~2

생활을 소개하고 있는 글이다. 「신유령」은 시골의 구식 여성이 대학생 남편을 따라 도시로 올라와 이도저도 아닌 생활을 하는 광경을 보여주고 있고, 「강화」는 자신만만한 일본 유학생 출신의 여성이 귀국하여 직업을 찾지 못하고 있는 난처함에 대해 기록하고 있다. 두 작품 모두 만주국의 '왕도낙토'를 선전하지 않았다는 점을 염두에 두면서 두 작품 속의 몇몇 미세한 부분에서 관내 문화와의 연대관계를 살펴볼 필요가 있다.

「신유령」의 대학생 남편은 아이를 어르면서 춤을 추고 있었는데 당시 아이 앞에서 그가 춘 춤은 「달 밝은 밤(明明之夜)」과 「포도 선녀(葡萄仙子)」였다. 「달 밝은 밤」과 「포도 선녀」는 리진후이(黎錦暉)[8]의 1920년대 작품으로서 1930년대에 작품 활동을 했던 작가라면 모르는 사람이 없었을 정도로 엄청나게 흥행했던 민족풍의 아동가무극(兒童歌舞劇)이었다. 또 소설 「강화」에서 우잉은 스쳐 지나듯 아룽의 책꽂이에 꽂혀 있는 『꼬마 독자에게(寄小讀者)』를 언급하고 있다. 이처럼 어린이들을 달래고 있는 것은 중화민국의 아동극이었고 청년들이 보고 있는 것은 중화민국의 작품이었다. 이러한 사소한 언급은 작가 우잉의 무의식적인 기록이거나 그렇지 않으면 의도적인 언급일 수도

월 27일 『성경시보(盛京時報)』에 연재되었다. 두 작품은 모두 吳瑛, 李冉·諾曼 史密斯 編, 『吳瑛作品集』, 哈尔滨: 北方文艺出版社, 2017에 수록되어 있다.

8 리진후이는 중국 근대사에서 중요시되는 음악가이다. 그의 아동극 창작은 중국어 백화(문) 교육을 위한 것이었고 중국 전통문화의 정수를 전승시키기 위한 것이었다. 아동극 「달 밝은 밤」은 중국 전통희곡(傳統戱曲) 중의 "해운유수, 회풍유설(行雲流水, 回風流雪)"의 춤사위와 곡조를 차용하고 있다. 새로 발굴된 장아이링(張愛玲)의 「애증표(愛憎表)」에는 다음과 같은 서술이 있다. "매일 저녁 황혼 무렵이면 나는 항상 한창 유행하던 「포도 선녀」를 흉내 내며 노래하고 춤추면서 좁은 길을 건너 달려갔다."(장아이링, 「애증표」, 『수확(收穫)』 2016년 가을호, p.6.) 이로부터 당시 「달 밝은 밤에」와 「포도 선녀」가 얼마나 유행이었는지를 알 수 있다.

있다. 만약 그것이 무의식적인 행동이었다면 그것은 오히려 만주국과 관내 문화의 밀접한 관계를 더 한층 강조하는 결과가 되며, 만약 그것이 의도적인 언급이었다면 그것은 작가가 만주국과 관내 문화와의 연대를 의도적으로 드러낸 셈이 되는 것이다. 그것이 어느 쪽이든 이는 모두 중국 문화, 특히 5.4 이래의 중국 문화를 연속시키고 있는 것이며 나아가 일본 식민 통치하의 만주국 식민자의 의지를 융해시키고 있는 것이었다.

우잉은 만주족(滿族) 대가정에서 태어났고 만주국의 유명한 작가였으며 만주국의 다양한 문화 활동에 참여한 바 있다. 그는 만주국의 대표 작가 신분으로 대동아문학자대회에 참석하였고 그 장소에 부합하는 발언[9]을 하였다. 그러나 개인적으로는 종래의 관내 문화와의 연대를 회피하지 않았다. 1944년, 샤오훙과 바이랑이 관내에서 유명한 항일작가가 되었을 때 우잉은 글을 통해 두 작가에 대한 심심한 경의를 표한 바 있다. 그는 동북에서 탈출한 두 여성 작가의 존재를 만주국에 알리고자 했고 이와 동시에 아주 자연스럽게 딩링(丁玲)과 빙신(氷心)도 함께 언급했다. 우잉은 샤오훙을 "만주 여성문학을 개척한 제일인자"이며 "여성의 예리한 관찰로 그 현실을 묘사한 작가"라고 평가했으며, 바이랑의 작품에 대해서는 "당시의 북만 특유의 창작 분위기에 호응한 민첩하고 풍부한 역량을 갖추었다."라고 평가했다. 샤오훙의 작품을 평가함에 있어서도 빙신과 딩링을 그 준거로 삼아 "문조(文藻)와 시적인 문체는 빙신과 유사하지만 작품의 이데올로기적 적극성에 있어서는 딩링에 더욱 근접했다."[10]라고 평가하고 있다.

9   李冉,「吴瑛与"大东亚文学者大会"」,『汉语言文学研究』第2期, 2015.
10 吴瑛,「满洲女性文学的人与作品」,『青年文化』第2卷 第5期, 1944, p.23.

동북과 관내의 문화적인 연대를 끊어내고자 했던 것은 만주국 식민 통치의 일부였을 뿐이다. 비합법적인 만주국이라는 근대 국가에게 필요했던 것은 사람들을 매혹시키는 이데올로기적 담론 체계를 구축하는 일이었고, 이를 위해서는 각종 문화 자원의 선두적인 역할을 필요로 했다. 일본 식민자들과 만주국 정부는 '건국문학(建國文學)'과 '국책문학(國策文學)'을 적극적으로 제창함으로써 이데올로기를 위한 문학예술의 실질적인 봉사를 실현하고자 했다. 또한 만주국은 당시 통제 대상이었던 삼민주의(三民主義), 그리고 일본 제국주의에 의해 아시아를 위협하는 존재로 지목되었던 군벌, 백색 제국주의 및 부르주아주의를 반대하는 것으로 만주국의 핵심 이데올로기인 '오족협화'와 '왕도낙토'를 강조하고자 했다. 만주국에서 삼민주의와 공산주의 사상을 직접적으로 표출하는 작품은 '항일문학'과 동일한 운명에 처해졌고 공개적으로 발표될 수 없었다. 그렇다고 하여 만주국에서 공개적으로 발표된 작품 모두가 만주국 사회를 보기 좋게 포장해 낸 무의미한 작품이거나 '오족협화'와 '왕도낙토' 이데올로기를 선전하거나 그에 협력한 작품이라고 할 수는 없다.

문학은 고유의 전통과 자율성을 가지고 있어서 작가가 문학 창작을 시작하는 순간 문학 전통을 수용하게 되고 문학 자율성의 제한을 받게 된다. 따라서 이데올로기를 의도적으로 선전하고자 하는 작품이라 할지라도 이데올로기 영역을 넘어서는 내용이 표출될 것이며, 이런 초월적인 부분은 이데올로기와 무관하거나 또는 이데올로기와 반대되는 방향으로 나타나기도 하며 때로는 이조차도 작가의 통제를 벗어나는 경우가 있다. 1930년대와 1940년대의 가장 중요한 문학 양식은 리얼리즘과 모더니즘이다. 리얼리즘 문학 전통을 따를 경우 작가는 사실주의적인 창작 방법으로 당대의 생활을 묘사해야 하고 사실주의적으로 그려낸 작품은 자연스럽게 만주국의 암흑면을 폭로하게 된다. 반면에 모더니즘 문학 전통을 따를 경우 심리적인 감수성에서 출발하여 억압받고 왜곡된 인간을 드러낼 것이기 때문에 내용은 황당하고 주제는 절망적인 것이 된다. 이는 모두 만주국이 선전하는 고양된 '새나라(新國家)'의 이미지에 위배되는 것이다.

만주국에서 '해식문학'은 '중국어 문학(漢語文學)'을 포함할 뿐만 아니라 식민자인 일본인의 '일본어 문학'과 '조선어 문학', '러시아어 문학'까지도 포함한다.[11] 서로 다른 나라와 민족으로 구성된 작가들이 문학 창작에 종사하게 될 때 일정한 문학 양식을 채택하게 된다. 어떤 이는 진실을 추구하기 위해, 또 어떤 이는 모종의 서사적 효과를 달성하기 위해, 때로는 폭로하고 때로는 변형을 주면서 식민지 현장의 감정, 경관, 일상생활을 기록하게 되고, 이러한 문학은 만주국 관방선전과 식민지 현실 사이의 격차를 드러내기 마련이다. 일계 작가우시지마 하루코(牛島春子)의 「슈쿠렌텐(祝廉天)」(「슈쿠라고 불리는 남자(姓祝的男人)」로 번역)[12]은 만인 통역관 슈쿠렌텐(祝廉天)과 일본인 상사의 성공적인 협력을 작품화한 소설이다. 그러나 이 소설의 리얼리즘 창작 방법은 만주국 일본 관리들의 생존 환경을 그대로 보여준다. 만주국의 일본인 관리들은 언어 능력의 제한으로 현지인들과의 교류가 불가능했고, 만주국에서 "귀머거리"였고 "벙어리"였다. 이러한 일본인 관리가 30만 현(縣) 주민들을 관리하는 현실이 얼마나 허황되고 위험한 일인지는 상상이 가능하다. 우시지마 하루코는 "30만 현 주민

---

11 刘晓丽, 「东亚殖民主义与文学: 以伪满洲国文坛为中心的考察」, 『学术月刊』 第10期, 2015.

12 「祝廉天」, 『新满洲』 第3卷 6月号, 1941; 大久保明男 等 編, 『伪满洲国日本作家作品集』, 哈尔滨: 北方文艺出版社, 2017.

들 위에 가까스로 세워진 정치, …… 생각만 해도 등골이 싸늘했다."[13] 라고 쓰고 있다.

대륙을 방문한 적이 없는 일본인들과 비교했을 때 식민지 만주국의 일본인들은 분명한 인식을 가지고 있었다. 그들은 만주국이 기초가 다져지지 않은 국가이고 '오족협화'는 그저 슬로건일 뿐이라는 것을 잘 알고 있었고 이러한 분명한 인식은 그들의 작품에서 은연중에 드러나기도 했다. 이마무라 에이지(今村榮治)의 소설 「동행자(同行者)」[14]는 제목만 보면 '오족협화'의 이데올로기를 드러낸 작품으로 추정되지만 실제로는 '거리감'과 '절망'이 주조를 이루고 있는 소설이다. 「동행자」는 모더니즘 문학의 전통을 이어받아 주인공의 내면 심리를 중요하게 부각시켰다. 일편단심 일본인이 되고자 하는 조선 지식인 신중흠(申重欽)은 사람들이 그를 일본인이라고 착각할 정도로 유창한 일본어를 구사하지만 정작 일본인들은 그를 결코 동족으로 인정하지 않았고 오히려 위험한 '불령선인'으로 취급했다. 억압되고 뒤틀린 절망적인 상황에서 신중흠은 "흘러넘치는 눈물을 주먹으로 훔치며 권총을 으스러지게 부여잡은 채 다가오는 여덟 명의 남자들을 향해 눈을 부릅떴다."[15] 그리고 소설은 "까치가 버드나무 위에서 울어댔다."라는 문장으로 끝이 난다. 이와 같은 열린 결말은 모더니즘소설의

13 大久保明男 等 編, 위의 책, p.57.
14 「同行者」, 『滿洲行政』 第5卷 第6期, 1938; 大久保明男 等 編, 위의 책, 2017. 이마무라 에이지(今村榮治)는 조선인으로 본명은 장환기(張喚基)이다. 한반도에서 행해진 창씨개명 제도에 따라 창씨를 하였다. 전후 일본 연구자들은 그를 일계(日系) 작가에 포함시키기도 하였다. 오쿠보 아키오(大久保明男) 등이 편찬한 『위만주국 작가작품집(僞滿洲國日本作家作品集)』에는 이마무라 에이지의 작품을 수록하고 있다. 반면 한국 연구자들은 그를 식민주의에 협력한 친일작가로 분류하고 있다. 김재용의 『한국 근대문학과 위만주국(韓國近代文学与伪满洲国)』(北方文藝出版社, 2016)이 그 일례이다.
15 大久保明男 等 編, 위의 책, p.40.

또 하나의 창작 수법이기도 하다.

신중흠의 총구는 결국 어디를 향하였을까? 그 자신을 향하였을까 아니면 동족인 여덟 명의 조선인 항일투사들을 조준하였을까? 모더니즘소설은 독자들에게 명확한 결말을 제시하지 않는다. 게다가 소설은 첫 시작에서 다음과 같이 선언하고 있다. "(독자들 입장에서는) '도대체가 알 수 없는데'라는 원망이 쏟아질지도 모르겠다. 어쨌거나 우리의 주인공이 그렇게 믿어 의심치 않으니, 그렇다면 그는 진실로 막다른 골목에 이르렀을지도 모르겠다. 그러나 작가의 입장에서도 이에 대해 함부로 해석을 덧붙일 수는 없는 일이다."[16] 이와 같은 창작 수법과 작가의 선언, 그리고 열린 해석까지 모두가 모더니즘소설의 특징인 것이다.

인간 활동의 한 양식으로서의 문학은 완전히 폐쇄된 예술 활동은 아니다. 문학은 인간의 기타 여러 활동과 접촉해 왔고 근현대로 넘어오면서부터는 정치와의 관련성이 더욱 긴밀해졌기에 근현대문학 연구자들에게 있어서 정치/정치성은 이제 배제할 수 없는 한 요소가 되었다. 그러나 연구자들은 알고 있다. 문학은 결코 정치활동의 한 지류가 아니며 전반적인 측면에서 문학은 여전히 인류 문명의 발전에 기여하고 있다는 것을. 문학은 정치적인 요소 외에도 젠더, 향토, 생태, 두뇌 게임 등과 같은 기타 인류 활동에도 관심을 가지고 있다. 물론 범정치화라는 입장이라면 젠더, 향토, 생태, 두뇌 게임까지도 정치적인 범주에 포함시킬 수 있겠다. 그러나 젠더, 향토, 생태, 두뇌 게임은 민족, 국가, 정당, 식민 등의 정치적인 범주와는 다르다는 점을 유의해야 한다. 정치적인 이데올로기가 결코 생활의 전부는 아니

---

16 大久保明男 等 編, 위의 책, p.51.

기 때문이다.

　만주국 작가들도 기타의 인간 활동에 관심을 가지고 있었다. 메이냥(梅娘)과 우잉의 작품들은 여성의 젠더 의식과 생존에 관심을 보였고 러시아어로 작품 활동을 한 바이코프는 '박물소설(博物小說)'이라는 새로운 장르를 탄생시켰을 정도로 동북 원시림의 각종 동식물 생태에 관심이 많았다. 『대왕(大王)』[17]은 바이코프에게 세계적인 명성을 안겨준 '박물소설'이며 20여 개의 언어로 번역되었고 만주국, 일본과 유럽 등지에서 유행했다. 소설은 북만 원시림의 다투딩쯔산(大禿頂子山)에서 생활하고 있는 '대왕', 즉 호랑이의 삶을 다루고 있다. 호랑이는 행복한 유년시절, 방랑의 청소년기와 성년기의 연애를 거쳐 최종적으로 원시림의 통치자가 되었으며 멧돼지, 까치, 매 등의 동물들을 거느리고 원시림의 파괴자인 인간들과 투쟁하다가 끝내는 살해된다. 이는 물론 조지 오웰의 『동물 농장』식의 은유적인 소설은 아니다. 작가 바이코프는 동북의 밀림에서 오랫동안 생활했고 만주의 원시림에 익숙했으며 원시림을 사랑했다. 그는 인간들이 세상에 몇 남지 않은 원시림을 파괴하는 것을 원치 않았고 "자연은 자연으로, 인간은 인간으로" 돌아가기를 희망했다.

　샤오훙의 작품 「밀 타작마당(麥場)」[18]은 세상만물이 혼연일체가 된

---

17 『대왕』은 1936년 하얼빈에서 처음 발간되었다. 1940년 일본어로 번역되어 출판되었고 李延齡 主編, 『中国俄罗斯侨民文学丛书·兴安岭奏鸣曲』, 哈尔滨: 北方文艺出版社, 2002에 수록되었다.

18 「밀 타작마당」은 『국제협보(國際協報)』의 〈국제공원(國際公園)〉(1934.4.20~5.17) 란에 처음 발표되었다. 후에 이 부분이 만주국에 발표되면서 샤오훙의 『생사의 장(生死場)』에 편입되어 소설의 제1장 '밀 타작마당'과 제2장 '채소밭'이 되었다. 샤오훙의 소설 형식은 상당히 특별한데 「밀 타작마당」의 경우는 독립적인 완결된 이야기를 형성하고 있어 이 부분을 만주국 문학의 한 유형으로서 독해가 가능하며 『생사의 장』의 한 부분으로서도 독해가 가능하다.

시골의 자연생활을 그려내고 있다. 사람, 식물, 동물, 땅의 가치는 균등하게 설정되어 있고 종과 상전의 구분이 없으며 동물을 잃은 슬픔과 아이를 잃은 슬픔은 동등하게 그려진다. "어머니는 항상 그랬다. 딸을 아주 사랑했지만 딸애가 채마 밭을 축내면 이번에는 채마 밭을 사랑했다. 농가에서는 한 포기의 채소, 한 포기의 잡초도 인간의 가치를 초월했다." 샤오훙은 "상식에서 벗어나는 필치"와 민족국가의 서사 문법과 수사 범주를 넘어서는 곳에서 향토의 표현 방식을 찾아냈고 공간을 표현해냈다.

인간의 두뇌 게임을 대표하는 탐정소설도 만주국에서 유행했던 한 장르였다. 탐정소설작가들은 만주국의 특수한 창작 환경을 감안하여 의식/무의식적으로 윤리적인 요소를 배제하면서 탐정소설의 본연인 두뇌 게임에만 집중했다. 리란(李栄)의 탐정소설 「열차 참안(車廂慘案)」[19]의 중심은 범죄에 있지 않고 탐정이 도둑이 남긴 여러 단서를 추적하고 범죄 발생 현장을 탐사하고 분석하는 과정에 놓여있다. 탐사가 독특하고 분석이 합리적이지만 그 또한 서사의 핵심은 아니다. 도둑은 끊임없이 탐정에게 함정을 설치하고 탐정은 계속해서 도둑에게 끌려다니며, 이 과정을 몇 번을 거듭하는 과정에서도 사건의 경위가 밝혀지지는 않는다. 처음에는 절도사건인 줄 알았는데 나중에야 살인사건이라는 것이 밝혀진다. 탐정소설의 흥미성을 담당하는 중요한 요소는 두뇌 게임이며 지능이 월등한 쌍방의 싸움이어야 보는 재미가 있다.

만주국의 탐정소설은 정치적 이데올로기를 다루지 않았고 당국의 관념에 대항하거나 반대하지도 않았다. 그들은 '식민 서사', '반식민

---

19 「車廂慘案」, 『麒麟』 2卷 6月号, 1942.

서사'와 '민족국가 서사'의 외부 또는 그 틈새에서 현대문학의 또 다른 서사 유형과 수사법을 발견하였고 여성의 정체성 문제나 인류의 미래인 생태 문제, 문학의 문법과 문학적 수사(修辭), 인간의 순수한 두뇌 게임 등에 관심을 집중시키는 방식을 통해 '정치적 무관심'이라는 탐정소설의 중요한 특징을 드러냈다. 이처럼 만주국의 입장에서 영양가 없고 위해성 없는 작품들만 창작과 발행이 허용되었으며 이는 작가들에게 정치 이외의 인간 생활에 대한 관심과 탐색의 가능성을 열어주었다. 동시에 이는 작가들이 에로와 무협의 세계에 함몰되지 않게 하였고 생활양식으로서의 문학의 존재를 가능하게 하였으며 만주국의 독자들에게도 잡다한 읽을거리를 제공할 수 있게 하였다. 이 부류의 작품들은 상당한 생명력을 가지고 있어서 시공간을 초월하여 문학의 전통이 되었고 오늘날까지도 문학의 자양분이 되고 있다. 이 작품들은 넓은 의미에서 '해식문학'에 포함되며, 이러한 문학과 문학을 하나의 생활양식으로 향유하는 사람들은 만주국에서 반딧불 같은 존재가 되어 문학자와 독자들에게 한 가닥의 불빛이 되어주었고, 그들의 영혼이 숨을 쉴 수 있게 해주었으며 자신과 인류 문명이 연결되어 있다는 것을 느낄 수 있게 하였다.

만주국에서의 중국 문화, 특히 5.4 이래의 문화가 단절 없이 존속했기 때문에 식민 통치의 문화 보루는 쉽게 수립되지 못했고 만주국의 이데올로기도 그저 허상으로 남을 수밖에 없었다. 정신생활에서의 지적 추구 역시 단절된 적이 없었으며, 이는 무엇보다도 만주국이 문학의 존재를 허용하였을 뿐만 아니라 문학을 고무 격려하였던 덕분이었음을 확인했다. 만주국은 문학을 이용하고자 했으나 문학은 역으로 만주국을 융해시켰다. 식민지 문학을 통해 우리는 두 가지 불확정성, 즉 문학과 현실 관계의 불확정성과 문학의 이데올로기는 절대로 작가의 최초의 의도대로 전달/수용되지 않는다는 이데올로기의 불확정성을 문학이 시종일관 고수해오고 있다는 점을 확인할 수 있었다.

3. 문학과 현실의 관계에 대한 재사유로서의 '해식문학'

'해식문학'에 대한 이러한 해석은 결코 식민지 문학의 식민 책임에 대한 경각심을 없애려고 하는 것은 아니다. '해식문학'에 대해 사유하고 분석할 때 단지 식민 통치의 해소와 융해라는 한 측면만을 고려할 것이 아니라 '식민성'과의 관련성이라는 다른 한 측면도 함께 고려해야 한다. 또한 '해식성'이 존재한다고 하여 무조건 '식민성'을 제거할 수 있다는 것도 아니다. '식민성' 역시 식민지 문학에 내재해 있는 것이며 '해식성'과 얽혀있어 쉽게 제거할 수 있는 요소는 아니다. '해식성'과 '식민성'은 한 편의 작품 속에 다양한 방식으로 결합되어 있기 때문에 작품을 해석할 때 어떤 부분에 '해식성'과 '식민성'이 얽혀 있고 이들이 어떤 비율과 방식으로 작품 속에 공존하고 있는지를 밝혀내야 할 뿐만 아니라 '해식성'과 '식민성'이라는 두 가지 측면으로만 작품을 해석하는 방식도 지양해야 한다. 이외에도 식민지 문학의 특수성과 독특성을 포함한 얼마나 많은 다양한 요소들이 식민지 문학 내에 교직되어 있는지도 함께 고찰해야 한다.

식민지 문학에는 식민자의 이데올로기를 선전하는 부분이 포함되어 있으며 식민자는 문명, 진보, 유행문화 등으로 이데올로기를 포장하기도 한다. 그러나 식민지의 현장에서 창작에 종사하는 작가들은 전통적인 문학 양식을 선택하게 되어있고 작가는 본인이 선택한 전통적 문학 양식을 준수하면서도 문학과 현실의 관계, 문학적 수사, 문학적 형식에 있어서는 자신만의 방식으로 주위의 세계를 작품 속에 반영하며 때로는 자신도 의식하지 못하는 사이에 식민지 현실이 작품 속에 투영되기도 한다. 이 경우 식민지 현실의 실제 모습을 폭로할 가능성이 높아지며 식민지인과 식민자들의 실제 생활이 노출되기도 한다. 식민지 문학은 식민지 현실에 대한 사실적 묘사를 금지하며 현실 미화를 권장하거나 현실에서 동떨어진 문학을 허용한다. 만약 작가가 명령에 복종만 하는 순종적인 창작자(명령에 복종만 하는 순종적인 창작자가 존재할 수도 없다)가 되고 싶지 않다면 문학과 현실의 재현 관계를 탐색해야 한다. 이는 단지 창작자만의 문제는 아니며 당시의 독자들이 어떻게 작품을 받아들이고 어떻게 작품을 독해했는지의 문제도 포함된다. 따라서 이러한 작품이 특수한 식민지 문학을 해석하는 일련의 독법을 생성시키기도 한다. 자신과 주변 세계에 관심을 가지는 것은 인간의 본성이며, 식민지인들은 문학을 통해 현실을 이해하고 자신을 이해하고자 했다.

만주국 작가 줴칭의 사재소설(史材小說)[20] 「장안성의 우울(長安城的憂鬱)」[21]은 가상의 국가 우후라이화(五胡來華)의 장안성에서 발생한 비

---

20 역주: 잡지 『기린』에 발표되었던 역사 소재의 소설을 지칭하는 장르로서 전통적인 역사소설과는 다르다. 사재소설들은 연의체(演義体)가 아닌 대부분 짧은 분량의 단편 소설들이며 거대서사를 추구하지 않는다. 역사상의 비주류인물들을 대상으로 하고 있으며 역사와 밀접하게 관련되어 있지 않은 그들의 일상을 다루는 데에 더 치중한다. 또한 사재소설은 역사의 반복을 목적으로 하고 있지 않으며 그보다는 역사적인 시간, 인물, 사건을 빌려 자신의 이야기를 연역(演繹)하는 데에 더 치중하는 특징을 가지고 있다. 사재소설에 대해서는 이 책에 실린 류샤오리의 「잡지 『기린』을 통해 보는 만주국의 통속문학」을 참조 바람.

21 「长安城的忧郁」, 『麒麟』 2卷 8月号, 1942. 후에 「長安幻譚」으로 개제하여 예퉁(叶彤) 편찬의 『爵青代表作』(華夏出版社, 1998)에 수록.

극적인 사랑 이야기를 다룬 작품이다. 언뜻 보기에는 현실과는 관련 없는 것 같지만 당시의 독자들은 가상의 국가 우후라이화의 장안성의 번화함을 보면서 '오족협화'와 '왕도낙토'를 떠올리지는 않았을까? 그렇다면 소설의 비극적 사랑과 괴이한 이야기에 대해서는 서로 다른 해석이 가능해진다. '오족협화'면 어떻고 '번화'하면 또 무슨 소용이 있는가? '나'의 생활은 이렇게도 현실적이지 못하고 우울하고 황당한데 말이다.

쉐칭의 실험적인 텍스트였던 「사마천」은 단지 400자의 짧은 분량에 사마천이 『사기(事記)』를 작성할 때의 한순간, "시황본기를 쓰다말고 자리에서 일어났다."로부터 "자리로 돌아와 다시 시황본기 집필을 시작했다."까지, 그 사이의 심리를 묘사하고 있는 작품이다. 작품 속에서 사마천은 『사기』를 작성해야 할 이유를 깨우쳤던 것이 아니라 현실을 더욱 직시하게 된다. "남자의 뿌리(陽根)가 없으니 말을 해도 목소리가 궁녀 같고, 이 주체할 수 없는 수치심과 비통함을 어찌하리. 이대로 써내려 간다고 그 수치심과 비통함이 사라질 것인가?" 그러나 "쓰지 않는다면, 또 어떻겠는가?"[22] 이는 분명 『사기』를 집필할 때의 사마천의 심리인데, 그렇다면 만주국의 현실과는 어떤 관련이 있는가? 오히려 전혀 관계가 없기 때문에 사람들은 종종 의심을 품는다. 사람들은 이 작품이야말로 사실 그대로를 보여주고 있는 작품이 아닐까, 작가 쉐칭 자신의 내면을 은밀하게 드러내고 있는 작품은 아닐까 등의 질문을 한다. 사실 만주국은 쉐칭과 동족(漢民族)과의 혈연적인 관계를 단절시켜버렸다. 쉐칭은 매일 일본어를 하면서 말로 표현할 수 없는 수치심과 비통함을 겪었고, 그러니 대작가가 된들

---

22 爵靑, 「司馬迁」, 『麒麟』 3卷 8月号, 1943, p.115.

무슨 소용이 있겠는가? 그렇다고 쓰지 않는다면 또 어떻겠는가? 이 작품을 이렇게 해석하는 것은 필자만의 상상은 아니다. 만주국의 문화검열관 역시 문학을 이렇게 바라보고 있었기 때문이다.

잡지 『청년문화(靑年文化)』에 발표된 우잉의 소설 「명(鳴)」[23]은 독백의 형식으로 박정하고 의리 없는 남편을 향한 임산부의 하소연을 그려낸 작품이다. 만주국의 문화 검열관은 이 작품을 다음과 같이 해석한다.

원문: "너는 한 마리의 개만도 못하구나. 너는 나의 모든 것을 빼앗고 나의 육체까지 유린했지. 너는 너만의 만성적인 살인 방법으로 나를 굴복시키고 나를 박탈하려고 했다. 이제 나에게는 아무것도 남아있지 않다. 남은 것이란 이 목숨뿐이지. 나는 마지막 남은 이 목숨을 걸고 너에게 대항할 것이다."

분석: 만계민족에 대한 일본의 박탈을 암시하고 있는 부분이다.

원문: "생각을 좀 해 봐. 당신은 내가 소유하고 있는 우리 가족의 작은 재산에까지 눈독을 들이고 있었단 말이지? 다시 더 생각해 봐. 당신은 당신의 그 과분한 탐욕을 만족시키기 위해 얼마나 잔혹했는지. 당신은 우리 가족을 소멸하고자 했단 말이야."

"어느 날 내가 만약 아버지와 충돌하게 되면 당신은 당장에 나와 아버지를 단절시킬 테지. 당신은 내가 아버지와 만나는 것을 금지할 것이고 편지 왕래까지도 허락하지 않겠지. 나와 나의 혈족과의 관계를 단절시키고……. 이게 도대체가 무슨 세상이란 말인가?"

해석: 남편은 일본을, 아내는 만주를, 그리고 아버지는 중국을 상징한다. 본 장에서 말하고자 하는 것은 더없이 탐욕스러운 일본이 만주를 점

---

23 「鳴」, 『靑年文化』 第1卷 第3期, 1943.

령하고 나아가 중국을 침략함으로써 중화민족을 멸망시키고자 한다는 것이다.[24]

'해식문학'은 문학과 현실의 관계를 고도로 복잡화하고 문학과 현실의 관계를 재사유, 재구축하며 더욱 중요하게는 문학을 해석하는 특수한 방식을 만들어낸다. '해식문학'은 텍스트와 현실을 전반적으로 연관 짓고 있어서 식민지 문학 전체의 우화적이고 상징적인 색채를 조장하며 따라서 작품 속 평범한 인물의 우울까지도 독자와 검열관의 눈에는 그것이 만주국의 암울한 현실을 지시하는 것으로 보이게 하였다.

만주국 시기의 작가 구딩은『루쉰 저작 해제(魯迅著作題解)』의「역자 후기」에서 다음과 같이 쓰고 있다.

"우리의 문학과 문학자들에게는 단 두 글자가 있을 뿐이다. 바로 '소리 없음(無聲)'이다. 이 '소리 없음' 속에서 굳이 소곤거려야겠다면 그 고통은 가히 짐작이 가는 일이다. 그럼에도 그것은 다행스러운 일이다. 왜냐하면 '소곤거리기'라도 할 수 있으니까. 만약 이 '소곤거리기'조차 허용되지 않는다면 그때에는 어찌해야 하는가?"[25]

식민지에서 문학의 존재가 허용되는 한, 아무리 엄격한 문학 정책을 제정하고 아무리 엄혹한 문화 검열제도가 존재하더라도 '소곤거리기'가 허용되는 한, 식민 통치를 해소하기 위한 시도는 계속될 것이다.

---

24 于雷译·李乔校,「敌伪秘件」, 哈尔滨文学院 编,『东北文学研究史料』(内部交流) 第6
    辑, 1987.
25 『古丁作品选』, 春风文艺出版社, 1995, p.563.

근대적인 식민지 모험과 식민 침략, 식민 전쟁은 15세기부터 시작되었고 20세기 초에 이르면 식민 국가의 식민지 점유율은 전 세계 육지 면적의 85%에 달하게 된다. 유럽인들의 눈에 세계는 종주국과 식민지로 구성되었고 문학은 종주국 문학과 식민지 문학이 존재할 뿐이었다. 종주국 문학은 그들 자신의 제국주의 의식과 식민주의 관념을 전혀 의식하지 못한 채 예술을 위한 예술을 하고 있고 휴머니즘을 전파하고 있다고 생각했다. 에드워드 사이드의 『문화의 제국주의』를 통해 우리는 서양 문화와 제국주의 사이의 밀접한 관계를 확인할 수 있었고, 제인 오스틴, 디킨스, 키플링 등과 같은 위대한 유럽문학 정전들 속에서 제국주의 의식과 식민주의 관념을 확인할 수 있었다. 반면에 식민지에서 생활하는 작가나 식민지에서 오랫동안 체류한 작가들의 작품들에서는 '해식성'이 곧잘 드러난다는 것도 알 수 있었다. 콘래드의 「어둠의 심연」에 대한 사이드의 두 가지 정치한 해석[26]을 통해 우리는 식민지에서 생활하는 작가들이 어떻게 새로운 문학 양식과 언어 규범을 만들어내면서 텍스트와 현실의 새로운 관계를 구축했는지, 어떻게 식민 제도의 허구성과 식민 제도 양측 사람들(토착민과 식민자)의 비참한 생활을 보여주고 있는지를 확인할 수 있었다.

---

26 爱德华·赛义德, 李琨 译, 『文化与帝国主义』, 北京: 三联书店, 2003, p.23.

제2부

만주국 작가의 모습

착치(錯置)된 계몽주의*

― 구딩(古丁)론 ―

1. 구딩에 대하여[1]

1936년 10월 19일 루쉰(魯迅)이 상하이(上海)에서 별세한 후, 일본
의 비공식적인 식민지(informal colony)였던 만주국[2]의 잡지 『신청년(新

---

* 역주: 착치(錯置)는 어떤 물건이나 대상이 시공간적으로 잘못된 장소에 놓여있음을
지칭하는 중국어 단어이다. 이 글에서는 구딩의 계몽주의가 잘못된 시기, 잘못된 공간
에서 펼쳐졌음을 강조하고자 이 표현을 사용하고 있다. 한국어에 '착종(錯綜)', '도치
(倒置)' 등과 같은 비슷한 표현들이 존재하나 이 글이 표현하고자 한 '잘못된 장소나
공간'을 정확하게 전달하는 데에는 한계가 있다고 판단되어 하여 본고는 '착치(錯置)'
라는 표현을 그대로 사용하였다. 너무 낯설지 않은 표현이길 바란다.

1 구딩의 생애에 대해서는 그의 아들 쉬처(徐徹)가 제공한 「구딩 약력」(미간행), 리춘옌
(李春燕)이 편찬한 「구딩 약전」(『구딩 작품선』), 일본 연구자 오카다 히데키(岡田英
樹)의 「계몽주의자 구딩」(『위만주국 문학』), 「구딩론 재고」(『위만주국 문학(續)』), 류
사오리(劉曉麗)의 「이질적인 시공간의 정신세계(異態時空中的精神世界)」, 메이딩어
(梅定娥)의 「타협과 저항: 구딩의 창작과 출판 활동」, 류양(劉旸)의 박사학위논문 「구
딩 연구」 등을 참조하였다. 본문에서는 만주국시기에 발간된 단행본과 잡지, 신문에서
확인되는 구딩의 정보도 함께 참조하였다.

2 동아시아 식민주의에 대해 논의할 때 필자는 일본의 공식적인 식민지(formal colony)
와 비공식적인 식민지(informal colony)를 구분한다. 타이완, 조선, 사할린(쿠릴 열도)
과 관동주(뤼순(旅順), 다롄(大連))는 일본의 공식적인 식민지였지만 만주국은 상황이
조금 달랐다. 만주국은 대외적으로는 청조의 마지막 황제 푸이(溥儀)를 국가원수로
하는 독립국가임을 선포하였지만 실질적인 지도자는 일본 관동군과 관리들이었다는
점에서 일본의 비공식적인 식민지였다. 구체적인 논의는 「동아시아 식민주의와 문
학」, 「식민지의 '위약성의 미학'」을 참조 바람.

青年)』에서는 「루쉰어록(魯迅語錄)」(1937.2)을, 『명명(明明)』에서는 「루쉰 기념 특집」(1937.11)과 장편 번역문 「루쉰 저작 해제(魯迅著作解題)」를 동시에 공개하였고 예문서방(藝文書房)에서는 단행본 『일대의 명작집: 루쉰집(一代名作集: 魯迅集)』(1942)을 간행하였다. 그런데 이 일련의 활동들이 모두 구딩(古丁)이라는 만주국의 한 젊은 청년 문인에 의해 주도되었다. 구딩, 그는 누구인가? 그는 루쉰과 어떤 관계였으며 만주국에서 그의 지위는 또 어떠했을까?

구딩(1914~1964)[3]은 창춘(長春) 태생으로 본명은 쉬창지(徐長吉), 쉬지핑(徐汲平), 쉬투웨이(徐突薇)이다. 필명으로 구딩, 니구딩(尼古丁), 스즈쯔(史之子), 스충민(史從民) 등을 사용한 바 있다. 만주국 문단의 핵심 인물이었고 동아시아 문단에서는 그를 일컬어 "만주국의 둘도 없는 작가"[4]라고 칭송하였다.

구딩과 같은 시기에 활동했던 동년배 문인들은 그를 다음과 같이 기억하고 있다.

비교적 일찍 철이 들었던 친구였다. 넙적한 얼굴에 살이 많았고 머리카락은 늘 단정하지 못한 채였다. 시선이 살짝 굳어있긴 해도 사시는 아니었고, 누가 봐도 근면성실해 보이는 그런 인상이었다. …(중략)… 학교에서 우등생들을 많이 봐왔을 것이다. 선생님이 어떤 질문을 하든 언제나 백 점을 받아가는 그런 아이들 말이다. 그러나 활동적이고 활발한 아이들

---

3 구딩의 생몰연도에 대해서는 여러 가지 설이 존재한다. 출생연도는 1907년, 1909년, 1914년, 1916년이라는 네 가지 주장이 존재하고 작고한 해에 대해서도 1960년 또는 1964년이라는 주장이 엇갈린다. 오카다 히데키는 『위만주국 문학(續)』의 제1부분인 「구딩론 재고」에서 상세한 고증을 통해 그의 생몰연도는 1914~1964이 정확함을 증명하였다. 필자 역시 이 주장에 동의하는 바이다.
4 「東亞文坛消息」, 『华文大阪毎日』 第4卷 第8期, 1940.4.15.

은 그런 아이들을 별종 취급하면서 함께 어울리지 않았는데 구딩이 바로
그런 우등생 유형이었다. …(중략)… 그의 문학적 장래는 구딩을 아끼는
사람들이 문학사에 이름을 올리고 있는 사람들 중에서 아무나 골라내어
그와 비교 분석하는 데에서도 잘 알 수 있었다.[5]

구딩은 젊고 듬직했고 부지런했으며 적응력이 좋았다. 만주국에서
이룩한 문학적 성취는 그를 따를 자가 없었다.

구딩은 창작, 잡문(雜文), 문학비평, 번역, 편집, 출판 등 모든 면에
서 유명했다. 만주국에서의 13년 반 동안 그는 번역서 『루쉰 저작
해제』(1937), 소설집 『분비(奮飛)』(1938), 문예잡문집 『일지반해집(一知
半解集)』(1938), 번역서 『마음(心)』(나쓰메 소세키(夏目漱石), 1939), 산문시
『부침(沉浮)』(1939), 장편소설 『평사(平沙)』(1940), 번역서 『학생과 사
회』(나카지마 겐조(中島健藏), 1941), 번역서 『영미의 동아시아 침략사』
(오카와 슈메이(大川周明), 1942), 잡문집 『담(譚)』(1942), 단편소설집 『죽
림(竹林)』(1943), 번역서 『슬픈 장난감』(이시카와 다쿠보쿠(石川啄木),
1943), 장편소설 『신생(新生)』(1945), 번역서 『이하라 사이카쿠(井原西
鶴)』(무샤노코지 사네아쓰(武者小路實篤), 1945) 등을 비롯한 13권의 작품
집과 번역서를 출간했다. 이외에 미처 단행본으로 묶어내지 못한 채
잡지와 신문에 흩어져있는 글들도 수백 편에 달하며 일본어로 번역
되었거나 직접 일본어로 창작하여 발표한 글들도 52편에 달하는 것
으로 알려져 있다.[6] 또한 구딩은 만주국 중국인 작가 중에서 일본어

5 「艺文志同人群像及像赞」, 『艺文志』 第3辑, 1940.
6 일본어로 번역되었거나 직접 일본어로 집필한 글들에 대한 구체적인 목록은 오카다
   히데키의 「재만중국인 작가의 일본어 번역 작품 목록(在满中国人作家的日译作品目
   录)」을 참조함.(刘晓丽·叶祝弟 主编, 『创伤: 东亚殖民主义与文学』, 上海三联书店,
   2017, pp.89~92.)

로 번역된 작품이 가장 많은 작가 중의 한 사람이다.

만주국 시기에 구딩은 『명명』(1937~1938, 총 19기), 『예문지(藝文志)』(1939~1940, 총 3집), 『후기 예문지』(1943~1944, 총 12기) 등과 같은 문화/문학잡지를 창간, 간행하였다. 구딩은 이 잡지들을 주관하면서 중국인 작가를 양성하는 한편 중국어 문학의 발전 기반을 마련하고자 노력했고 다른 한편으로는 일본 문단과 화베이(華北) 문단, 그리고 화둥(華東) 문단에 만주국 문학을 적극적으로 추천하기도 하였다. 그는 가와바타 야스나리(川端康成) 등과 함께 『만주 각 민족 창작집(滿洲各民族創作集)』(일본어, 제1권 1942, 제2권 1944)을 편찬하여 일본에서 발행하였고 『화베이작가월보(華北作家月報)』에 「만주문화통신(滿洲文學通信)」(1943)을 게재하기도 하였다. 1941년에는 서점 겸 출판사인 예문서방을 설립하여 '낙타문학총서(駱駝文學叢書)', '소년군서(少年群書)', '일본문학선집(日本文學選集)'을 출간하였다. '낙타문학총서'에는 줴칭(爵靑)의 『구양가의 사람들(歐陽家的人們)』, 『청복의 민족(靑服的人民)』, 『귀향(歸鄕)』, 샤오쑹(小松)의 『사람과 사람들(人和人們)』, 『머루(野葡萄)』, 이츠(疑遲)의 『천운집(天雲集)』, 『동심결(同心結)』, 츠덩(慈燈)의 『노총단편집(老總短篇集)』, 구딩의 『담(譚)』, 『죽림(竹林)』, 야마다 세이자부로(山田淸三郎)의 『만주 문화 건설론』, 오우치 다카오(大內隆雄)의 『문예담총(文藝談叢)』, 쾅줘페이(匡作非)의 『광로 수필(匡盧隨筆)』 등이 수록되어 있고 '소년군서'에는 궁밍(共鳴)의 『늙은 악어의 이야기(老鰐魚的故事)』, 지춘밍(季春明)의 『풍형(風大哥)』, 츠덩의 『월궁의 풍파(月宮里的風波)』, 예취안(野泉)의 『어우뤄만의 호신부(歐羅曼的護符)』, 쓰중(似琼)의 『꿈속의 신부(夢里的新娘)』, 톈닝(田寧)의 『요제프의 이야기(約瑟夫的故事)』, 구딩의 『학생과 사회』 등이 포함되어 있다. '일본문학선집'에는 무루가이(穆儒丐) 번역의 『다니자키 준이치로집(古崎潤一郎集)』과 두바이위(杜白雨/杜白羽) 번

역의 『사마자키 도손집(島崎藤村集)』이 포함되어 있었다. 이러한 총서
의 간행은 만주국의 중국어 문학 사업을 추동하였고 만주국 문화에서
중국어 문화의 입지를 높였다.

이외에 구딩은 '만주신문학십년대계(滿洲新文學十年大系)'도 함께 계
획했다. 구딩을 총편집으로 하고 오우치 다카오와 후지다 료카(藤田菱
花)를 고문으로 하는 이 총서는 『사략(史略)』(추이잉(秋螢) 편), 『평론(評
論)』(신자(辛嘉) 편), 『소설: 상』(산딩(山丁) 편), 『소설: 하』(샤오쑹 편), 『산문
(散文)』(진인(金音) 편), 『신시(新詩)』(와이원(外文) 편), 『극본(劇本)』(우랑(吳
郎) 편) 등 7권으로 기획되어 있었고 일본어로도 번역 출판할 계획[7]이었
지만 전쟁으로 인한 종이 등의 자원 결핍으로 결국 출간하지 못했다.

평범한 지식인이 만주국에서 이러한 문화 사업을 펼치는 것은 일
본의 지지 없이는 불가능한 일이다. 만주국에서 구딩은 평범한 지식
인인 동시에 만주국 관청의 관리이기도 했다. 그는 만주국 국무원
총무청 소속의 통계처 사무관, 기획처 사무관, 민정부 편심관(編審官)
으로 근무한 이력을 가지고 있으며 그가 주도한 대부분의 문화 사업
은 일본인의 자금 후원이 있어서 가능했던 것으로 확인된다.[8] 또한
구딩의 작품도 문화부서의 주목을 받았는데 이를테면 소설집 『분비』
가 제3회 『성경시보』문학상(『盛京時報』文藝賞))을, 장편소설 『평사』가
제2회 민생부대신문학상(民生部大臣文學賞)을, 장편소설 『신생』이 제2
회 대동아문학상(大東亞文學賞)을 수상한 것에서도 알 수 있다.

---

7 만주신문학십년대계(滿洲新文學十年大計)의 구체적인 계획에 관해서는 「문단소식
   (文壇消息)」(『盛京時報』, 1941.11.12)을 참조 바람.
8 잡지 『명명』의 다오청문고총서(島城文庫叢書)와 잡지 『예문지』 등이 이에 해당한다.
   달리 표현하자면 구딩이 일본인의 자금을 이용하여 중국 신문학의 진지를 개척하였다
   고도 할 수 있겠다.

만주국 시기에 구딩은 네 차례에 걸쳐 일본을 방문했다. 1934년에
는 국무원 총무청 통계처 직원의 신분으로 일본에서 개최된 내각 통
계국 통계직원 양성소 교육에 참가했고 1940년에는 만주국 문화 대
표의 신분으로 일본에서 개최된 일본 기원 2600년 기념행사에 참여
했으며 1942년에는 만주국 대표 작가의 신분으로 일본에서 개최된
제1회 대동아문학자대회에 참석해 일본의 『아사히신문(朝日新聞)』에
「아시아 문학은 한 몸(亞洲文學是一體)」, 「대동아문학자대회의 폐회에
기하여(寫在大東亞文學者大會結束之際)」 등의 글을 발표하였다. 1943년
에는 만주국 대표 작가 신분으로 일본에서 개최된 제2회 대동아문학
자대회에 참석해 대회 취지에 부응하는 발언을 했다. 일본 방문 때마
다 구딩은 항상 '국책(國策)'이라는 중책을 짊어지고 갔지만 항상 무
난하게 임무를 완수하였다.

또한 구딩은 만주국의 문화 행정과도 밀접한 관련을 가지고 있다.
"문화회(文話會)에서 문예가협회(文藝家協會)에 이르기까지, 그리고 전
시 동원 체제 중에 추진된 문화정책의 실시 과정에서도 구딩은 항상
핵심적인 중국인 역할을 수행하였다."[9]고 알려진다. 그는 문화회 본
부 문예부 위원으로, 만주문예가협회 본부 위원으로, 만주문예연맹
대동아연락부 부장으로 매번 책임을 다했다.

구딩의 복잡함은 여러 측면에서 기인한다. 첫째, 구딩은 만주국에
서 중국 신문학 사업을 적극적으로 추진한 사람이다. 그의 이런 행동
은 동북 지역 신문학의 전례 없는 개척과 발전을 이룩하였고 식민지
인들로 하여금 중국 신문학을 접하고 중국 문화의 영향을 받을 수
있게 했으며 나아가 중화민족 본위문화(本位文化)의 수호자 역할도 함

9　岡田英樹, 靳丛林 译, 『伪满洲国文学』, 吉林大学出版社, 2001, p.70.

께 수행하게 했다. 둘째, 구딩은 루쉰에게서 많은 영향을 받았다. 구딩의 작품 중에 드러나는 '국민성 비판'과 '대중 계몽' 사상은 모두 루쉰의 영향이라고 할 수 있다. 그의 잡문은 루쉰의 풍격을 드러내고 있었고 소설 창작 역시 루쉰의 영향을 보여주고 있다. 특히 루쉰의 문체를 적극적으로 모방하였는데 그중에서도 산문시 「부침(沉浮)」은 루쉰의 「야초(野草)」를 모방한 것이었다. 셋째, 구딩의 많은 작품들은 좌익 색채를 드러내고 있다. 학창시절에 구딩은 북방좌련(北方左聯)에 참여하여 일본 좌익작가의 작품을 번역하였고 만주국 시기에는 만주로 넘어온 일본의 좌익 전향 작가들인 야마다 세이자부로(1896~1987)나 오우치 다카오(1907~1980) 등과 밀접한 교류를 이어갔으며 창작에서도 좌익적인 색채를 드러냈다. 넷째, 만주국 정부에서 구딩을 상당히 주목하고 있었다. 만주국은 구딩의 문화 사업을 지지했고 그의 문학 창작을 높이 평가했으며 그에게 문화와 관련된 중책을 맡겼다. 다섯째, 구딩은 만주국 정부와도 적극적으로 합작하였다. 그는 정부의 문예정책에 협력하여 '강덕문예(康德文藝)'를 제창했고 '성전(聖戰)'의 완수를 호소하면서 세 번에 걸쳐 대동아문학자대회에 참석했다.

구딩에 대한 만주국 시기 사람들의 평가도 크게 엇갈리고 있다. 구딩을 적극적으로 평가하는 사람들은 그에 대해 "문체는 라오서(老舍), 장톈이(張天翼)와 비슷한 데가 있고", "유머러스한 필치 속에는 비분과 증오가 스며있다. 증오의 필치도 드러내고 있는데 그 증오 속에서는 또 일말의 애잔함이 배어있다."[10]라고 평가한다. 비판적인 사람들은 구딩을 일컬어 "어용문인", "사대부의 퇴폐물", "스스로를 위해

---

10 丹宁,「评〈奋飞〉」,『新青年』第76卷, 1937.(陈因 编,『満洲作家论集』, 大连实业印书馆, 1943, p.114에서 재인용.)

기념비를 제작하는 금원주의자(金元主義者), 사인주의자(寫印主義者)"[11],
"짠맛 없는 소금", "고급 디저트", "열매를 맺지 않는 꽃"[12]이라고 비
난하기도 하였고, 만주국 정부는 구딩을 일컬어 "면종복배자(面從腹背
者)", "좌익작가", "공산주의자"[13]라고 칭하면서 그를 신임하지 않았
다. 이렇게 다양한 평가를 받고 있는 복잡한 구딩을 어떻게 이해해야
할 것인가? 이 글은 구딩과 루쉰의 관계에서부터 출발하여 이에 대한
한 가지 해석을 제시해 보고자 한다.

2. 구딩과 루쉰

1938년 6월 29일, 『대동보(大同報)』에는 「루쉰과 흡사한 작가(魯迅
似的作家)」라는 글이 게재된다. '전(全)'이라는 필명으로 발표된 이 글
은 구딩을 루쉰풍(魯迅風)의 작가라고 풍자하면서 구딩과 루쉰의 관계
를 부정적으로 평가하고 있다. 구딩과 루쉰의 관계를 언급하자면 구

---

11 孟素, 「写与印主义」, 『文最』 1940.(黄玄(王秋莹), 「东北沦陷期文学概况(二)」, 黑龍江
省社會科學院文學研究所 編, 『東北現代文學史料』 第6輯, 1983에서 재인용.)

12 半島鵬子, 「没味的盐:〈原野〉读后感」, 『大同报』, 4.12; 全, 「高等点心」, 『大同报』
6.28; 苏克, 「不结果的花: 论古丁的创作」, 『大同报』 7.12.

13 구딩에 대한 이러한 평가는 다수의 일본인들의 기록에서 확인된다. 직접적인 기록으
로는 만주문예춘추사(滿洲文藝春秋社) 사장인 이케지마 신페이(池島信平), 문화관리
(文化官吏) 야마다 세이자부로(山田淸三郎), 하야시 마사오(林方雄), 작가 기타무라
겐지로(北村謙次郎), 오타키 시게나오(大瀧重直), 월간만주(月刊滿洲社)의 기자 도노
다이하치(東野大八), 총무청 통계서의 동료였던 우치우미 고이치로(內海庫一郎), 그
리고 구딩의 일본인 스승 고가 쓰루마쓰(古賀鶴松) 등의 글이 남아있다. 상세한 내용
은 尾崎秀樹, 『旧殖民地文學の研究』, 台北: 人間出版社, 2004; 冈田英树, 靳丛林 译,
『伪满洲国文学』, 吉林大学出版社, 2001; 冈田英树, 『伪满洲国文学 续』, 北方文艺出
版社, 2017을 참조 바람.

딩의 학창시절로 거슬러 올라가야 한다.

구딩은 만철(滿鐵)이 경영하는 창춘공학당(長春公學堂)과 펑톈(奉天)의 남만중학당(南滿中學堂)을 거쳐 1930년 9월에 동북대학(東北大學) 교육학과에 입학하였다. 1923년에 설립된 동북대학은 장줘린(張作林), 장쉐량(張學良) 부자(父子) 집권 시기의 중요한 문화기관이었고 "이웃 나라의 야심을 꺾기 위해서는 무(武)에서는 동북강당(東北講堂)을, 문(文)에서는 동북대학을 잘 운영해야 한다."[14]라고 강조했던 교육 기관이었다. 학교에서는 1920년대부터 좌익운동이 전개되기 시작했고[15] 문학을 좋아했던 청년 학생 구딩은 이러한 학교 분위기 속에서 루쉰의 저작을 읽을 기회가 있었을 것이다. 1932년 구딩은 베이징대학(北京大學) 국문(國文)과에 입학하지만 1933년 9월 고향 동북으로 돌아온다. 베이징 시절의 구딩은 평생에 걸쳐 그에게 영향을 미친 사건을 경험하게 된다. 첫째는 북방좌련 가입[16], 둘째는 루쉰과의 만남,

---

14 徐彻, 『张学良』, 中国文史出版社, 2012, p.198.

15 『东北大学校志』, 东北大学出版社, 2008.

16 구딩이 북방좌련(北方左聯)에 가입한 정확한 날짜는 확인할 수 없지만 돤무훙량(端木蕻良)의 회고에 의하면 쉬투웨이(徐突微, 구딩)가 그를 소개하여 북방좌련에 가입한 것은 1932년 5월이다. 이로부터 구딩이 북방좌련에 가입한 것은 1932년 5월 이전임을 알 수 있다.(端木蕻良, 「"左联"盟员谈"左联": 部分"左联"盟员来函辑录」, 『中国现代文艺资料丛刊』第5辑, "左联"成立五十周年特辑, 上海文艺出版社, 1980, p.146.) 북방좌련은 1930년 가을 베이징에서 결성된 문학단체이다. 중국좌련(中國左聯)의 하부 조직은 아니었고 중국좌련과 조직적으로 그 어떤 예속관계도 가지고 있지 않았다. 북방좌련은 중국공산당의 외부 문화단체인 북방국(北方局)의 직접적인 지도를 받았지만 조직적으로는 또한 독립되어 있었다. 대표적인 구성원들로는 판쉰(潘訓)(판모화(潘漠華)), 류준치(劉尊棋), 양강(楊剛), 펑이즈(馮毅之), 쑨시전(孫席珍), 천베이어우(陣北歐), 천이(陳沂), 타이징눙(臺靜農), 셰빙잉(謝冰瑩) 등이 있었다. 행동강령으로 "문학운동의 목적은 프롤레타리아계급의 해방에 있기 때문에 무산계급이 지도하는 혁명투쟁인 소비에트 정권 투쟁에 참여해야 한다."라고 명시되어 있다. 북방좌련은 결성된 후에 적극적으로 혁명문학활동을 전개하고 대중운동에 참여하였으며 국민당의 문화토벌과 일본 제국주의 침략을 반대하는 과정에서도 적극적인 역할을 발휘하였다. 발

셋째는 좌익간행물의 편집 간행[17], 넷째는 체포와 좌련 전우 배신 사
건[18]이다. 이 중 첫 번째, 세 번째, 네 번째에 대해서는 이미 상세한
고증 연구가 존재하므로 본고는 학자들이 주목하지 않은 구딩과 루
쉰과의 관계에 주목하고자 한다.

1932년 11월 13~28일, 좌익 계열의 정신적인 지도자였던 루쉰이
그 모친의 병문안을 위해 잠시 베이징에 머무른다. 그사이 루쉰은
베이징대학, 푸런대학(輔仁大學), 여자문리학원(女子文理學院), 베이징
사범대(北京師大), 중국대학(中國大學) 등에서 「조력문학과 아첨문학(帮
忙文學與帮閑文學)」, 「금년 봄의 두 가지 감상(今春的兩種感想)」, 「혁명문
학과 복종문학(革命文學與遵命文學)」, 「제삼인간형에 대한 재론(再論第
三種人)」, 「문학과 무력(文學與武力)」을 주제로 다섯 차례에 걸친 강연
을 진행한다. 루쉰의 이 '베이핑[19] 5강(北平五講)'은 베이핑의 문화계를
뒤흔들었고 북방좌련 인사들에게 있어서는 더욱 특별했다. 북방좌련

행한 기관지로는 『북방문예(北方文藝)』, 『문학월보(文學月報)』, 『문학잡지(文學雜
志)』 등이 있다. 이 잡지들은 1936년 좌련이 해체되면서 함께 폐간되었다.

17 구딩은 쉬투웨이라는 이름으로 팡인(方殷), 장윈위안(臧云遠), 한바오산(韓保善), 돤
무훙량 등과 함께 좌련 기관지인 『과학신문(科學新聞)』을 편찬하였고 좌익 간행물인
『빙류(氷流)』, 『문학잡지』 등에 다수의 글과 번역문을 발표하였으며 일본 프롤레타리
아 시인 모리야마 게이(森山啓)의 『신시작법(新詩歌作法)』을 일본어로 번역하여 단
행본으로 출간하였다.(梅定娥, 『妥协与抵抗 : 古丁的创作与出版活动』, 北方文艺出版
社, 2017, pp.8~9.)

18 구딩의 체포와 변절에 대해서 가장 자세한 고증 연구를 선보인 연구자는 오카다 히데
키이다. 그는 "나는 이에 대해 조사를 진행한 바 있지만 구딩의 변절을 부정할 만한
자료를 발견하지는 못했다."라고 하였다.(冈田英树, 靳丛林 译, 앞의 책, p.73.)

19 역주 : '베이핑(北平)'은 '베이징(北京)'의 옛 명칭이다. 1368년 명나라 홍무원년에 '북
방의 평화'를 기원한다는 뜻을 담아 수도를 '베이핑'이라 이름 지었다. 1403년 명성조
시기에 '베이징'으로 개칭했는데 이것이 현재 '베이징' 명칭의 시초였다. 후에 1928년
난징정부가 설립되면서 다시 '베이핑'이라 고쳐 불렸고 1949년 중화인민공화국 설립
되면서 다시 '베이징'이라 개칭하여 지금까지 사용하고 있다.

의 지도자 중 한 사람이었던 쑨시전(孫席珍, 1906~1984)은 다음과 같이
회고하고 있다.

> 루쉰의 '베이핑 5강'은 북방좌련에서 주최한 것은 아니었지만 북방좌
> 련과 아무런 관련이 없는 것도 아니었다. …(중략)… 북방좌련은 루쉰을
> 초청하여 강연회를 열 계획이었지만 안전 문제를 고려하여 좌련의 구성
> 원이었던 왕즈즈(王志之) 등이 베이징사범대 학생 대표의 신분으로 루쉰
> 을 초청하였다. …(중략)… 그때의 강연 주제는 「제삼인간형에 대한 재
> 론」[20]이었다.

루쉰의 강연 소식이 전해지자 강연을 들으러 모여든 사람들은 천
여 명에 달했고 결국 예정되었던 공간에 인원을 수용할 수 없어 강연
은 야외에서 진행되었다. 수많은 청년들이 수업을 제치고, 일을 미루
고, 베이핑의 추위와 모래바람을 무릅쓰고 먼 거리를 마다하지 않고
찾아왔다.[21] 좌련의 구성원이자 베이징대학 국문학과 학생이었던 구
딩 역시 루쉰의 강연을 들으러 왔던 학생 중 한 사람이었을 것이다.

베이징에 머물렀던 16일 동안 루쉰은 '베이핑 5강' 외에도 북방좌
련의 사람들을 만났고 그중의 한 차례 만남에 대해서는 "동석한 사람
은 8명이었다."[22]라는 기록을 남기기도 했다. 루쉰은 베이핑 좌익단체
에게 좌익간행물을 발간할 것을 건의했고 26일 저녁에는 베이핑 지
하당조직이 조직한 환영회에 참석하였다. "참석한 사람들 중에는 여

20 孫席珍, 「关于北方左联的事情」, 『新文学史料』 第4辑, 1979.
21 陆万美, 「追记鲁迅先生"北平五讲"前后」, 『鲁迅回忆录』, 上海文艺出版社, 1979, p.47.
22 「鲁迅日记」, 『鲁迅全集』 第16卷, 人民文学出版社, 2005, p.335.("동석한 사람은 8명
    이었다.") 루쉰 연구 전문가의 주석에 따르면 "판원란(范文瀾)의 집, 그리고 베이핑
    좌익문화단체의 대표들 앞에서는" 8명의 이름을 밝히지 않았다고 한다.

러 좌익문화단체 대표들이 있었을 뿐만 아니라 반제(反帝), 호제회(互濟會)의 대표 20여 명도 함께했다."[23]라는 기록도 남겼다. 좌익문단의 영수였던 루쉰의 베이핑 좌익단체의 문예활동과 문학청년들에 대한 고무와 격려는 그 영향력이 지대했다.

구딩과 루쉰의 직접적인 만남을 증명할 수 있는 자료를 아직 확인하지는 못했지만 '베이핑 5강'의 대단했던 여파로 미루어 볼 때 북방좌련의 구성원이었고 문학청년이면서 베이징대학 국문과 학생이었던 구딩이 루쉰의 강연 현장을 직접 방문했을 것이라는 추측은 충분히 가능하다. 의문인 것은, 만약 구딩이 루쉰을 직접 만났다면 왜 그의 작품 중에는 루쉰과의 직접적인 만남에 대한 기록이 없는 것일까? 심지어 루쉰의 '베이핑 5강'에 대한 언급조차 찾아볼 수 없다. 이는 아마도 구딩의 다른 한 가지 사건인 배반사건과 연관되는 것으로 추정된다. 그는 베이핑에서의 자신의 경력을 깊이 감추고자 했다. 만주국 시절 그는 자신이 북방좌련에 참여했었다는 사실을 숨기고자 했고 중화인민공화국 시기에는 좌련을 배신했던 행적을 감추고자 했다. 구딩의 작품 중에서도 단편 「퇴패(頹敗)」[24]를 제외하고는 그 어디에서도 베이핑 학습생활에 대한 기록이나 흔적을 찾아볼 수 없다.

1930년대 루쉰은 좌익계열 청년들의 우상이었고, 구딩의 평생의 우상이기도 했다. 「대작가 한담(大作家隨話)」과 「譚一: 사숙(譚一 私淑)」 등과 같은 글에서 구딩은 루쉰에 대한 경모의 마음을 추호도 감추지 않고 있다. 그의 이와 같은 행동은 일본 문인 무라오(村夫)의 비웃음을

---

23 鲁迅博物馆 鲁迅研究室 編, 『魯迅年谱(第三卷)』, 人民文学出版社, 1984, p.356에서 도 20인의 구체적인 성함을 명시하지 않고 있다.
24 「퇴패」의 원제는 「전변(轉變)」이었고 최초 게재지와 발표 시기는 명확하지 않다. 구 딩 소설집 『분비』(月刊滿洲社, 1938)에 수록되어 있다.

사기도 했다. 무라오는 "루쉰이 아무렇게나 쓴 편지 한 통, 아무렇게
나 갈겨쓴 글자 하나도 구딩은 소중하게 다루면서 사람들에게 자랑
하였다."[25]라고 말했다.

당시 구딩이 주관하고 있던 『명명』에서는 루쉰의 일주기를 기하
여 「루쉰 기념 특집」을 내놓았고 그와 함께 『루쉰 저서 해제』를 구딩
이 직접 번역하여 출간하였다. 예문서방을 연 후에는 『일대의 명작
집: 루쉰집』을 편집 간행하였다. 더욱 중요한 것은 구딩이 만주국에
서 루쉰의 계몽정신을 실천한 것이다. 구딩의 소설 기법이나 산문의
문장 구사, 그리고 산문시의 풍격 등에는 루쉰의 흔적이 그대로 남아
있다. 예를 들면 구딩의 소설 「해 뜨기 전의 세상(沒亮世界)」은 루쉰의
「술집에서(在酒樓上)」와 마찬가지로 병적인 사회를 살아가는 한 지식
인의 고뇌를 주제로 하고 있다. 소설의 주인공 모리(莫里)는 「술집에
서」의 뤼웨이푸(呂緯甫)와 마찬가지로 신청년의 풋풋하고 늠름한 자
태로 등장하지만 결국에는 퇴폐와 우울로 가득 찬 평범한 생활로 돌
아간다. 다만 모리가 "설사 지금 술을 마시지 않고 기생집에 드나들
지 않고 아편을 피우지 않는다고 하더라도 나에게 이보다 더 좋은
생활이란 과연 존재하는 것일까?"[26]라고 한 데서 알 수 있듯이 그는
뤼웨이푸보다는 조금 더 분명한 인식을 가지고 있었다고 하겠다.

장편소설 『원야(原野)』와 『평사(平沙)』는 루쉰의 국민성 비판 전통
을 이어받은 작품이다. 『원야』는 시골 지주계급의 저열한 근성을 비
판한 작품이고 『평사』는 도시 상류층 인사들의 인성의 궤멸을 기록

---

25 古丁, 「信」(『一知半解集』에 수록), 李春燕 編, 『古丁作品選』, 春风文艺出版社, 1995,
     p.73.
26 古丁, 「没亮世界」, 『新青年』第47·48合并号, 1937. 후에 「모리(莫里)」로 개제하여
     소설집 『분비』에 수록했다.

한 작품이다. 구딩은 루쉰의 잡문 작법도 적극 모방하였는데 그런 그의 잡문은 "지나친 각박함 속에는 진리가 있었고, 지나친 냉혹함 속에는 창조가 있었다."라는 평가를 받고 있다.

구딩이 보기에 루쉰은 나쓰메 소세키, 니콜라이 고골과 동급인 대작가였다. 그는 루쉰에 대해 다음과 같이 말하고 있다.

> 루쉰은 대작가인 동시에 대전사이기도 하다. 그는 베이징정부(北京政府), 광둥정부(廣東政府), 난징정부(南京政府) 그 어느 정부에도 가담하지 않았다! 그는 나이를 잊은 듯했고 자아를 잊은 듯했으며 오직 자신이 대전사였기 때문에 대작가가 될 수 있었다는 듯이 행동했다. 대작가 루쉰은 그런 작가였다.[27]

> 루쉰은 사람들이 고전을 읽지 않는다고 여러 차례 지적한 바 있는데 내가 보기에 그것은 고전을 읽으면서도 고전에 압도당하지 않는 자는 거의 없다는 것을 역으로 증명하기 위한 것이었다.[28]

구딩의 산문시 「부침」은 루쉰의 「야초(野草)」에 대한 경의를 노골적으로 드러낸 작품이다. 「부침」은 굴곡지고 우울한 이미지를 통해 내적인 고민과 사회에 대한 저항을 드러내고 있는 작품으로서 언어적인 수사는 아름답고 유려하면서도 이미지는 현묘하고 기이하다. 산문시집 『부침』[29]에는 1937년 5월~1939년 9월에 창작한 철학 산문

27 古丁, 「大作家随话」(『一知半解集』에 수록), 李春燕 編, 앞의 책, p.31.
28 古丁, 「譚一: 사숙」. 처음에는 『譚』에 수록되었고 후에 류샤오리(劉曉麗) 책임편집의 『위만주국시기 문학자료 정리와 연구총서(伪满时期文学资料整理与研究丛书)』 중의 작품집 『구딩작품집』(梅定娥 編, 北方文艺出版社, 2017, p.133)에 수록되었다.
29 『부침』은 시가총서(詩歌叢書)의 한 권으로 만일문화협회 시가총서간행회에서 1939년에 간행하였다.

시 10편이 수록되어 있다. 이 산문시에 대해 구딩은 다음과 같이 소
개하고 있다.

기분이 붕 뜨기도 하고 푹 가라앉기도 하는 것이 근래의 나의 심경이어
서 표제를 '부침'이라고 붙였다. …(중략)… 「봄날의 새벽(春晨)」은 덧없
는 꿈 쫓기에 대한 경계심의 표출이고, 「웃는 얼굴(笑顔)」은 본성의 억압
에 대한 분개의 기록이며, 「야어(夜語)」는 모순적인 자기 자신에 대한 묘
사, 「가매(假寐)」, 「황지(荒地)」, 「명수(聖手)」는 수준 미달 문호에 대한
풍자, 「좁은 문(窄門)」은 저급한 문사에 대한 비유, 「새 정부(新歡)」는 스
스로를 정진케 하고자 하는 독려, 「독보(獨步)」는 암야행군의 고독에 대
한 묘사를 담고 있고, 「묵서(墨書)」는 우연한 깨달음에 관한 글이다.[30]

「봄날의 새벽」에서 "풀이 무성한 들판에 홀로 서있는 듯 적막하고
도 황량했으며", "나에게는 오직 거대한 빙산 한 채가 있었을 뿐이고
그 거대한 빙산은 얼음하늘(氷天)에 솟아있었다."라고 쓰고 있는데,
여기서 빙산의 이미지는 루쉰의 『야초(野草)』의 「사화(死火)」에 등장
하는 구절인 "꿈속에서 나는 빙산의 사이를 질주하고 있다. 이 거대
하고 높은 빙산은 얼음하늘과 맞닿아 있었고 하늘 위에는 온통 얼음
구름들뿐이다. …… 그런데 어느 순간 나는 얼음계곡에 떨어지고 말
았다."[31]에서 온 것이다. 「독보」와 「과객(過客)」에도 유사한 부분이 존
재한다. "꿈속에서 나는 비오는 밤에 진흙길을 외롭게 걷고 있다. 등
에는 새 양피지 책과 선장(線裝) 고서 한 짐을 진 채. 나는 목적지도

30 古丁, 「自序」, 『沉浮』, 満日文化協会诗歌丛刊刊行会发行, 1939, pp.2~3. 이하 인용문
    은 이 책에서 인용한 것이며 출처는 생략하기로 한다.
31 鲁迅, 「野草」, 『鲁迅全集』 第2巻, 人民文学出版社, 2005, p.200.

없이 그저 외롭게 걷기만 했다."「독보」의 이 부분은 루쉰의 「과객」
중 "어디에서 와서 어디로 가는지 알 수 없는" 고독한 과객과도 동일
하다.[32]

구딩은 시종일관 루쉰을 추종하고 있다. 만주국에서 구딩은 루쉰을
소개하고, 루쉰 작품의 작법과 이미지를 자신의 작품 속에 재연해
가면서 루쉰의 계몽정신을 의도적으로 계승했다. 이는 그가 만주국
정부에 가장 협력적이었던 1940년대에도 계속되었으며 '대동아문학
상'을 받은 작품인 『신생』(1944)과 봉명작품(奉命作品) 「서남잡감(西南雜
感)」(1944), 「농촌으로(下鄉)」(1944), 시국작품 「산해외경(山海外經)」(1945)
속에서도 여전히 국민성 비판이라는 루쉰의 그림자를 드러내고 있다.
그렇다면 만주국은 무엇 때문에 루쉰의 정신을 온몸으로 실천하고
있는 문인을 주목했던 것일까? 반면에 루쉰의 정신을 실천하는 문인은
또 어떻게 일본 괴뢰정권의 협력자가 될 수 있었던 것인가?

3. 착치(錯置)된 계몽주의

구딩의 복잡성을 해명하자면 우선 동아시아, 일본 그리고 만주국의
역사적 배경부터 살펴보아야 한다. 일본 관동군은 만주사변을 발동하
고 만주국을 날조해냈지만 중국 정부와 국제연맹(League of Nations)은
만주국의 독립성을 인정하지 않았다. 그러자 일본은 국제연맹[33]으로부

---

32 일본 학자 오카다 히데키 역시 이 부분에 대해 같은 주장을 하고 있다.(「散文诗集《沉
　　浮》的世界」, 邓丽霞 译, 『伪满洲国文学 续』, 北方文艺出版社, 2017.)
33 '만주국'이 건국된 후 중국 정부는 국제연맹에 도움을 요청하였고, 국제연맹에서는
　　만주사변 조사단을 파견하였다. 리튼(Lytton)이 조사단의 단장을 맡았고, 1932년 10월

터의 탈퇴를 선포했고 이로써 점차 국제적인 고립상태에 처하게 된다. 일본은 국제적인 이미지를 만회하기 위하여 만주국에서 문화통치(文化治國)를 표방하면서 동북의 문화 번영을 도모하고자 하였고 일본과 합작관계에 있었던 푸이(溥儀)와 그 일파인 만청의 유신(遺臣)들은 중국 전통문화에서 문화통치의 이념을 구현하고자 했다. 이에 쌍방은 현대판 '왕도낙토(王道樂土)'와 '오족협화(五族協和)'를 제창하면서 각 방면의 통치 방침과 통치 계획을 제정하였다. 그것은 행정적인/경제적인 통치만이 아닌 문화통치까지도 포함하고 있었다.

만주국 정부는 문학예술의 창작을 격려하면서 각종 문예표창장을 제정하였다. 예를 들면 민생부대신문학상(民生部大臣文學賞), 『성경시보』문예상(『盛京時報』文藝賞), 문화회상(文話會賞), 만몽문화상(滿蒙文化賞), 왕씨문화상(王氏文化賞), G씨상(G氏賞), 협화회문예상(協和會文藝賞) 등을 제정하여 각종 미술 전시와 서예 전시를 열었고 방송과 영화 산업을 대대적으로 발전시켰다. 그 목적은 만주국 문화의 번영을 과시하고, 더욱 중요하게는 문화가 그들의 통치 이념에 봉사할 수 있게 함으로써 비합법적이고 불합리한 국가의 법리와 도통(道統)의 합법성을 선전하기 위함이었다. 그들은 '건국정신'을 중심으로 하는 '국책문예'를 노골적으로 선전하였고 태평양전쟁 발발 후에는 '전쟁 봉사', '시국 봉사'를 기조로 하는 '보국문예'를 제창하는 동시에 이를 위한 일련의 문예 법령과 제도, 강령을 제정하였다. 일본 통치자들은 문학

보고서가 제출되었다. 보고서에서는 일본 관동군의 행동은 합법적인 자위수단이 아니었기 때문에 '만주국'은 일본이 만들어낸 괴뢰정권에 지나지 않다고 보았다. 따라서 '만주국'을 독립국가로 인정할 수 없다고 하면서 중국 동북을 국제 공동 경영으로 전환시킬 것을 제안하였다. 일본은 국제연맹의 결정에 동의할 수 없음을 표명하고 1933년 3월 국제연맹에서 자진 탈퇴하였다.

예술 작품과 문화 활동을 통해 일련의 식민주의 수사를 확립시키고
자 했다. 이를테면 일본은 선진적이고 문명하며 만주는 낙후하고 저
급하기 때문에 낙후하고 저급한 만주는 선진적이고 문명한 일본에
의해 개조되고 통치될 필요가 있다는 것이다. 또한 낙후한 '구만주'를
현대적인 '신만주'로 개조하고 저열한 국민과 미개하고 황량한 토지
를 개조하여 '구만주'를 문명하고 현대적인 '왕도낙토'의 '신만주'로
변화시킨다는 것이다.[34]

　1933년, 구딩은 이미 만주국 천하가 된 고향 동북으로 돌아온다.
기존의 북만 좌익문단에서 활발한 활동을 전개했던 산랑(三郎, 샤오
쥔), 차오인(悄吟, 샤오훙), 뤄훙(洛虹, 뤄펑), 류리(劉莉, 바이랑) 등은 이미
이민족(異民族)의 통치와 언론 통제를 피해 동북을 떠난 뒤였고 남만
주(南滿洲) 문단 역시 만주사변과 만주국의 출현으로 많은 사람들이
떠나간 뒤였다. 신문잡지들도 모두 폐간되었고, 일부 일본 문인들이
창간한 문학지만이 발행되고 있었다. 동북 신문학 문단은 말 그대로
황량하고 적막했다. 문학을 사랑하는, 계몽주의 의식의 소유자였던
청년 구딩은 이 "적막을 타파하고", "황야를 질주하여" 만주의 신문
학을 개척함으로써 신문학 독서 시장을 부활시키고자 했다. 그는 직
접 신문잡지에 글을 썼고, 1936년에는 만주국 국무원에서 함께 근무
하고 있던 와이원, 이츠, 신자 등과 함께 예술연구회(藝術研究會)를 결
성하여 예술 활동을 전개하였으며 신문학 간행물을 기획하고 문학을
통한 민지(民智) 계몽을 실현하고자 힘썼다.

　이 시기에 남만중학당 시절의 스승이었던 이나가와(稻川)가 구딩을
찾아와 '신만주' 구현을 목적으로 하는 잡지 『낙토만주(樂土滿洲)』를

34　구체적인 내용은 이 책에 수록된 논문 「'신만주'의 수사: 잡지 『신만주』 재론」을 참조.

함께 간행하자고 제안했다. 창간호 편집은 이미 어느 정도 완성되어 있었다. 〈대신방문기(大臣訪問記)〉, 〈직업여성방문기(職業婦女訪問記)〉, 〈연애 신강(戀愛新講)〉, 〈동양의 화류병약(東洋的性藥)〉, 〈유흥가 탐험(柳巷探險)〉 등으로 구성된 창간호에 문예작품은 단 한 편도 포함되어 있지 않았다."[35] 구딩은 스승과의 상의 하에 잡지의 표제를 『명명(明明)』 이라 변경하고 문예 작품 위주로 재구성하기로 결정하였다. 이나가와 가 이를 수용할 수 있었던 것은 월간만주사(月刊滿洲社) 사장이자 잡지 『명명』의 스폰서이면서 『신징일일신문(新京日日新聞)』 주필이기도 했던 문화관료 조시마 슈레이(城島舟禮, 1902~1944)가 만주국의 문예정책 에 대해 잘 알고 있었고 만주 현지의 문예 발전도 필요하다는 사정을 이해하고 있었기 때문이다. 조시마 슈레이는 구딩이 책임지고 편찬한 조시마문고와 그 후의 예문지사무회(藝文志事務會)[36] 등에도 자금 후원 을 아끼지 않았던 인물이다.

일본인의 자금에 기대어 자신의 문예 분야를 개척하는 것, 이것은 구딩이 루쉰의 '나라이주의(拿來主義)'[37]를 그대로 실천한 것이었다. 이를 위해 구딩은 "방향 없는 방향", "사인주의(寫印主義)"[38]를 제시하

---

35 古丁, 「稻川先生和〈明明〉」, 『一知半解集』, 月刊滿洲社, 1938. 『古丁作品选』, p.58에 서 인용.

36 예문지사무회의 감리장(監理長)은 조시마 슈레이였고 참사(參事)로 미무라 유조(三村 勇造), 오우치 다카오(大內隆雄)가 있었다. 이로부터 알 수 있는바 예문지사무회 역시 일본의 지원하에 결성된 것이었다. 1939년 12월 예문지사무회는 시가간행회(詩歌刊 行會)의 이름으로 구딩의 『부침(浮沈)』, 샤오쑹의 『뗏목(木筏)』, 바이링(百靈)의 『미 명집(未明集)』, 청셴(成弦)의 『청색 시초(青色詩抄)』를 "시가총간(詩歌叢刊)"으로 간 행한 바 있다.

37 역주: 여기서 나래(拿來)는 '가져오다'라는 뜻이다. 루쉰의 용어로서 기존의 것을 그대 로 받아들이지 않고 선택적, 실용적으로 수용하고 계승하는 방식을 말한다. '실천주 의', '차용주의' 등으로 번역할 수도 있겠지만 루쉰의 용어를 그대로 살리기 위하여 원어의 발음을 살려 '나라이주의'라 옮겼다.

기도 했는데 이를 계기로 구딩은 만주국 문단에서 가장 주목받는 인물이 되었다. 또한 구딩의 '많이 쓰고 많이 출판하자'는 사인주의(寫印主義)가 만주국 정부의 문예정책에 부합했고 이는 만주 문단에서의 구딩의 유명세를 더욱 드높여갔다. 그의 작품의 빈번한 수상은 작품의 일본어 번역과 일본 현지에서의 간행을 추동하였고 이는 구딩을 만주국 정부 주최의 각종 문예협회의 지도자적 인물로 거듭나게 하였다. 한편 구딩 본인 역시 이 유리한 조건을 이용하여 만주 신문학의 발전을 적극 추진하였다. 잡지를 만들고 신문예총서(新文藝叢書)를 발간하면서 꾸준하게 만주국에서의 중국어 문학의 입지를 높여갔으며, 만주국의 청년들이 올바르고 정확한 현대 중국어(現代漢語)와 현대 사상으로 무장된 신문학을 접할 수 있게 하였다. 하지만 구딩이 '많이 쓰고 많이 출판하자'는 사인주의의 문예번영책만으로 만주국 정부의 주목을 받은 것은 아니었다. 이보다 더욱 중요한 것은 일본 문화 관료의 입장에서 보기에 구딩의 계몽주의가 일본 제국주의의 수사와 적합하게 맞아떨어졌기 때문이다. 그렇다면 구딩의 계몽사상은 어떤 종류의 계몽주의였을까?

구딩은 학창시절부터 루쉰의 추종자였고 처음부터 민족 위기의식, 민지(民智) 계몽, 국민성 비판 의식을 가지고 있었던 인물이다. 따라서 구딩의 계몽주의는 세 가지 뚜렷한 특징을 가지고 있다. 문예 시장과 문학 독서 시장을 활성화시킴으로써 문학을 통한 국민의 치유를 실행해야 한다는 것, 일본 문화를 문명의 표준으로, 일본을 스승으로, 일본을 거울로 삼아야 한다는 것, 근대 문명에 있어서의 물질적 요소를 중요하게 여기는 것 등이다. 이 중 첫 번째 특징에 대해서는 이미

---

38 史之子(古丁), 「偶感偶記并余談」, 『新青年』 64期, 1937.10.

상술한 바 있다. 구딩의 계몽주의에서 가장 중요한 것은 두 번째 특징
인데 이제부터 살펴보도록 하자. 어찌 보면 이 두 번째 특징은 일본
유학 경험을 가지고 있는 만주국 지식인 모두에게 적용되는 공통 사
항이기도 하다.[39]

앞서 언급한 바 있듯이 구딩의 만주국 시기 협력작품인 『신생』,
「서남잡감」, 「농촌으로」, 「산해외경」에는 루쉰의 국민성 비판 정신
과 계몽주의의 흔적이 여전히 남아있다. 기존의 연구자들 역시 상기
작품들의 계몽주의의 의미에 주목한 바 있다. 오카다 히데키와 메이
딩어(梅定娥) 모두 『신생』이 보여주고 있는 '민족협화'의 또 다른 측면
은 지식인들의 계몽 관념이라고 보고 있다.[40] 이러한 해석에는 모두
그럴만한 이유가 있지만 우리가 다시 의문을 제기해야 하는 부분은
구딩의 계몽주의 사상의 기원은 무엇이었는가 하는 점이다.

소설 『신생』[41]은 전염병인 결핵이 유행하는 와중에 주인공인 '나'
(滿系)와 일본인인 아키다(秋田)가 서로 도우면서 함께 난관을 극복하
는 이야기가 중심이다. 이와 같은 주제는 내용적으로도 뚜렷한 '민족
협화'를 보여주고 있지만 소설은 반복적으로 만인(滿人)의 낙후, 무지
몽매와 무질서를 묘사하고 있다. '나'는 이웃인 구두장이 천완파(陳萬
發)에게 '쥐잡이', '세균 감염', '예방접종' 등과 같은 관련 상식에 대해
설명하지만 그는 듣지 않을 뿐만 아니라 한술 더 떠서 '나'를 비웃기
까지 한다. 격리 병원에서 음식을 나누어 줄 때에도 만인들은 붐비고

---

39 왕샤오헝(王曉恒)은 무루가이(穆儒丐)에 관한 일련의 연구를 통해 '일본을 스승으로
   모시는' 그의 사상적 경향을 밝힌 바 있다.(王曉恒,「〈随感录〉:〈盛京时报〉时期穆儒丐
   真实思想的表述」,『沈阳师范大学学报』第6期, 2017.)

40 冈田英树, 邓丽霞 译, 앞의 책; 梅定娥, 앞의 책.

41 古丁,「新生」,『艺文志』第4期, 1944.2.

혼잡하지만 일본인들은 질서정연하다. 화장실을 사용할 때도 만인들은 공공위생을 지키지 않지만 일본인들은 위생적이었고 질서를 지켰다. 이와 같은 광경에서도 우리는 구딩의 계몽사상이라는 것이 사실은 루쉰의 국민성 비판을 기저로 하고 있으며 그 비판의 근원은 '문명 일본', '근대화 일본'과 닿아있다는 것을 알 수 있다.

소설 「산해외경」은 상하이에서 발행되고 있던 잡지 『문우(文友)』 마지막 호(1945년 7호)에 발표된 작품이다. 소설은 격리 병원과도 흡사한 폐쇄적인 공간인 '매매성(買賣城)'에서 발생하는 이야기를 중심으로 전개되며, 『산해경』의 괴이하면서도 SF적인 분위기도 함께 제시하고 있다. 두 동아시아인 두 동아시아인 '스징투(市井徒)'(시정배 - 역자 주)와 '톈서궁(田舍公)'(시골 농부 - 역자 주)은 어쩌다 길을 잘못 들어 영국 사람 츄샹얼(邱祥爾)[42] 일족이 경영하는 '매매성'[43]에 들어서는데 모든 일에 돈이 필요한 '매매성'에서 두 사람은 결국 실오라기 하나 걸치지 못한 채 도망치게 된다.

이 소설은 영미 항거에 부응한 대동아문학이지만 작품의 대부분은 '스징투'와 '톈서궁' 두 사람이 '매매성'에서 신자원관(新資源館)을 참관하는 과정에 할애되고 있다. 작품 속의 신자원관은 각각 '노슬(奴膝)'[44], '소안(笑顔)', '마비(痲痺)', '비겁(卑怯)', '산만(散漫)'으로 구분되어 있는데 이는 중국 사람을 모델로 하는 전시였고, 말하자면 중국 국민의 민족적 열근성(劣根性)인 노예근성, 아첨, 무감각, 옹졸, 비겁, 산만을 비유한 것이었다. 이러한 중국 국민의 민족적 열근성이 역으로

---

42 츄샹얼은 츄지얼(邱吉爾) 일가였고, 츄지얼은 바로 세계의 평화를 깨뜨리고 동아시아를 침략한 그 처칠이다.

43 古丁, 「山海外經」, 『文友』 7月上期, 1945.7.

44 역주: 노비처럼 비굴하게 굽실거리는 태도.

영미 제국주의의 새로운 자원이 된다는 뜻에서 '신자원'이라고 명명
되고 있었다.

소설은 뚜렷한 국민성 비판 의식을 드러내고 있지만 이러한 국민
의 민족적 열근성을 개선하기 위해서는 일본을 스승으로 모시고 동
아시아 10억 인민이 연합하여 영미에 대항하여야 한다고 주장한다.
구딩의 잡문 중에도 이와 동일한 국민성 비판 논조를 지닌 글이 있다.
"정종이나 마시고 마작(麻將)이나 하면서 기방을 들락거리고, 폭스트
롯을 추고, 아편을 피우면서 경극을 흥얼거리는 그저 그렇게 되는대
로 살아가는 만주의 지식인들"[45]이라는 비판이 그것이다. 이러한 비
판은 대개가 일본을 문명의 표준으로 삼고 있으며 "일본을 본보기
삼아 배워야 한다."를 구호로 제시하고 있다.

루쉰의 국민성 비판 작품은 1920~1930년대에 집중되어 있으며
주로 통일된 중국이 당면했던 근대 전환기의 제 문제들을 대상으로
하고 있다. 이 시기 루쉰의 국민성 비판은 큰 울림과 함께 치유의
기능이 있었을 뿐만 아니라, 그가 차용하고 있는 국민성 비판의 소재
가 풍부하고 다양했으며 그 초점은 다양한 근대 문화 비판에 맞추어
져 있었다. 하지만 이에 비해 구딩의 국민성 비판은 식민지 괴뢰국가
인 만주국에 한정되어 있었고, 현대 문화의 다양한 선택지가 박탈된
환경에서 오로지 일본 문명만을 유일한 표준으로 제시하고 있다. 이
렇게 구딩은 비록 루쉰을 추종하고는 있지만 "일본은 선진적이고 문
명하며 만주는 낙후하고 저급하기 때문에 낙후하고 저급한 만주는
선진적이고 문명한 일본의 통치가 필요하며 이는 통치자와 피통치자
모두의 공동의 소망이기도 하다."[46]라는 식민자들이 만들어낸 제국주

---

45 古丁, 「大作家随话」, 李春燕 編, 앞의 책, p.33.

의 담론 속에 함몰되어 버렸던 것이다. 때문에 만주국 정부는 구딩의
문학 창작을 지지하고 그의 출판 사업에 경제적인 지원을 아끼지 않
았을 뿐만 아니라 구딩 본인에게도 문화회 본부 문예부 위원, 만주문
예가협회 본부 위원, 만주문예연맹 대동아 연락부 부장이라는 여러
중책을 맡겼고 만주국 지식인 대표의 자격으로 여러 차례 일본과 중
국 화베이, 화둥 지역을 방문하게 했다.

  그렇다면 구딩은 왜 일본에 그토록 적극적으로 협력했던 것일까?
구딩은 만주국이 일본의 괴뢰국일 뿐이라는 것을 잘 알고 있었고 일
본의 통치 역시 장구하지 못하리라는 것을 인지하고 있었다. 『월간만
주(月刊滿洲)』의 기자였던 도노 다이하치(東野大八)의 회고에 따르면
구딩은 "만주국의 수명은 길어야 10년입니다. 그래서 일본이 거금을
마다하지 않고 만주를 건설하는 것은 참으로 반가운 일입니다. 두
팔을 걷어붙이고 나서길 바랄 뿐입니다! 장래에 그 모든 것을, 손톱
만큼의 미안함도 없이 우리가 모두 물려받을 테니까요."[47]라고 말했
다고 한다. 구딩은 일본의 자본에 기대어, 만주국 정부의 문예정책에
기대어, 그 자신의 문예 무대를 개척하고 스스로의 문학 계몽의 꿈을
실현하고자 했으며 더욱이 일본의 힘에 기대어 현대적인 동북을 건
설하고자 했다. 이는 구딩식의 계몽주의의 세 가지 특징과도 잘 맞아
떨어지는 부분이다. 구딩의 입장에서 근대 문명이라는 것은 곧 물질
문명에 다름 아니었기 때문이다.

  '민족협화'에 협력한 또 다른 작품인 「서남잡감」에서는 러허(熱河)

---

46 식민자의 제국주의 담론 양상에 대해서는 이 책에 수록된 「'신만주(新滿洲)'의 수사」
    와 「打開'新滿洲': 宣傳, 事實, 怀旧与審美」(『山東社會科學』, 2015)를 참조 바람.
47 東野大八, 「没法子北京」, 岡田英樹, 邓丽霞 译, 『伪满洲国文学 续』, 北方文艺出版社,
    2017, p.5.

지역을 두고 다음과 같이 상상의 나래를 펼치고 있다. "고가철도의 개통과 밝은 전등불, 라디오의 완비, 흥아광공대학(興亞鑛工大學)의 설립, 온천여관과 요양소의 설치, 치즈목축업의 진흥, 각 부락의 초등학교와 현(懸) 단위 건강소(健康所)의 개설, 방직공장의 설립, 살구, 배, 밤, 대추 외에도 사과 과수원이 있고 나무를 심어 만든 소나무 숲, 증기선의 정기적인 운행 ……."[48] 이러한 근대 문명의 물질숭배적 계몽주의로의 전환 과정에는 식민의 잔혹성과 폭력성이 은폐되어 있었고 심지어 식민자의 억압 담론을 식민지 사회의 문명적 진보로 오해하는 모습이 보이기도 했다.

4. 결론을 대신하여

이상 살펴보았듯이 구딩의 복잡성으로 인해 그에 대한 학계의 평가는 여전히 엇갈리고 있다. 일부 학자들은 그의 문학적 업적과 출판 성과에 대해서는 긍정적으로 평가하면서도 정치적 입장에 대해서는 비판적이다.[49] 일부 학자들은 구딩의 좌익사상을 긍정적으로 평가하여 그를 '애국작가(愛國作家)'라고 평가하고 있다.[50] 또 일부 학자들은 구딩의 계몽주의를 긍정적으로 평가하여 그의 협력 작품 속에서도 계몽성을 읽어내면서 그를 '계몽주의자'라고 평가하고 있다.[51] 본고는 구딩과 루쉰과의 관계에 착안하여 구딩이 잘못된 공간과 잘못된

48 古丁, 「西南雜感」, 『艺文志』 第9期, 1944.7.
49 铁峰, 「古丁的政治立场与文学功绩――兼与冯为群先生商讨」, 『北方论丛』 第5期, 1993.
50 李春燕 编, 『古丁作品选』, 春风文艺出版社, 1995.
51 冈田英树, 靳丛林 译, 앞의 책; 冈田英树, 邓丽霞 译, 앞의 책.

시간, 즉 일본이 통치하고 있었던 괴뢰국가에서 루쉰을 추종하면서 독특한 계몽주의 상상을 형성하였고 결국에는 일본 식민주의자들의 함정에 빠질 수밖에 없었던 측면을 살펴보았다.

만약 '순수한 의도'라는 측면에서 구딩을 평가한다면 구딩은 '면종복배자'이고 '좌익작가'이며 '계몽주의자'이다. 구딩에게는 그만의 신념과 이상이 있었고 그것은 시종일관 루쉰을 본보기로 하는 것이었다. 한편 결과론적으로 구딩을 평가한다면 가장 먼저 인정해야 하는 부분은 동북 신문학(新文學)에 대한 그의 공헌이다. 하지만 객관적으로 볼 때 구딩은 분명 일본의 협력자였다. 만약 구딩과 같은 적극적인 협력자가 없었다면 일본은 '왕도낙토', '오족협화'와 같은 허상을 구축할 수 없었을 것이다. 구딩은 자발적으로 식민자의 이념에 부응하는 작품을 창작했지만 그 이면에는 자신의 이상인 국민성 계몽과 개조 그리고 물질문명에 대한 추구가 내재해 있었다. 하지만 모순적이면서도 위험한 이 시도 과정에서 협력자 구딩은 결국 식민자의 논리 속에 포획되고 말았던 것이다.

국토의 함락, 문인의 행보

― 줴칭(爵靑)론 ―

1. 서언

1998년, 『줴칭 대표작(爵靑代表作)』(예퉁(叶彤) 편)이 중국현대문학관 (中國現代文學館)에서 편찬한 『중국현대문학백가총서(中國現代文學百家 叢書)』의 한 권으로 출판되었다. 총서 중 만주국 작가의 작품선으로는 유일했던 이 단행본의 출간은 그의 고향인 중국 동북(東北) 문화계에 적지 않은 반향을 일으켰다. 동북 문학 연구자인 상관잉(上官纓)은 이에 대해 말하기를 "만약 줴칭의 고향에서라면 이런 작품집을 출간하지는 않았을 것이다. 설사 출간한다고 하더라도 지금의 이 모습으로는 아니다. 보는 바와 같이 이 작품집에는 '서(序)'도 없고 '후기(後記)'도 없으며 연보에는 만주국 시기 작가의 정치적 이력이 누락되어있다."[1]라고 하였다.

---

[1] 줴칭(爵靑)의 딸 류웨이충(劉維聰)은 부친의 단행본 출판을 위해 특별히 베이징(北京)에서 창춘(長春)의 상관잉(上官纓)을 방문한 적이 있다. 그러나 상관잉은 줴칭의 정치적 이력을 이유로 작품집 편찬을 거절하였다. 상관잉은 말하기를 줴칭의 작품집 출판이 불가능한 것은 아니지만 만약 출판할 경우에는 이미 밝혀진 줴칭의 이력을 책에서 언급하지 않을 수 없다고 하면서 "줴칭에 대한 나의 감정도 상당히 복잡하다. 나는 그가 한간(漢奸)이라는 것을 인정하고 싶지 않지만 또 그렇다고 그의 작품의 훌륭한 예술성을 이유로 그가 한간이라는 사실을 부정할 수도 없는 노릇이다."라고 하였다.

쒜칭(爵靑, 1917~1962)은 만주국 시기 다방면으로부터 주목을 받았던 중요한 작가 중의 한 사람이다. 그럼에도 그의 정치적 정체성은 지금까지도 불분명하게 남아있고, 작품은 그로테스크하고 모호하며 언론에 비춰진 모습은 또한 다면적이고 기묘하다. 이처럼 그를 둘러싼 많은 부분이 여전히 모호한 채로 남아있다. 본고는 쒜칭의 정치적 정체성과 그의 문학 활동, 언론 활동에 대한 고찰을 통해 지금껏 겹겹이 쌓여있던 여러 의문점들을 해명하고, 이를 통해 만주국이라는 이질적인 시공간을 살아갔던 한 지식인의 생존 방식에 대해 살펴보고자 한다.

쒜칭의 본명은 류페이(劉佩)이며 필명으로는 쒜칭, 류쒜칭(劉爵靑), 류닝(劉寧), 커신(可欽), 랴오딩(遙丁) 등이 있다. 만주국 시기에 출판한 작품집으로 단편소설집 『군상(群像)』, 『귀향(歸鄕)』, 중편소설집 『구양가의 사람들(歐陽家的人們)』, 장편소설 『황금의 좁은 문(黃金的窄門)』, 『청복의 민족(靑服的民族)』, 『맥(麥)』 등이 있으며 이 중 『구양가의 사람들』이 제7회 성경문예상(盛京文藝賞)을, 『맥』이 제2회 문화회작품상(文化會作品賞)을, 『황금의 좁은 문』이 제1회 대동아문학상(大東亞文學賞)을 수상하였다.

2. 쒜칭의 정치적 정체성 문제

동시대 작가들 중에서도 쒜칭의 정치적 정체성은 여전히 하나의 수수께끼로 남아있다.[2] 그것은 쒜칭에 대해 사람마다 각자 다른 기억

필자는 2003년 5월 창춘에서 상관잉 선생을 인터뷰한 바 있다.

을 가지고 서로 다른 평가를 내리고 있기 때문이다. 천디(陳隄)의 기억[3] 속에서 줴칭은 우울하고 과묵했으며 검정 옷을 즐겨 입는 사람이었다. 그는 홀어머니와 함께 살았고 상당한 효자였으며 늘 큰 뜻은 자고로 고독한 것이라고 말했다고 한다. 그들은 자주 함께 문학 이야기를 했고 가끔은 그렇게 이야기하다 함께 잠들기도 했다. 천디는 또 "줴칭은 중국어보다 일본어를 더 잘했다. 중국어를 할 때는 항상 말을 더듬었지만 일본어를 하면 아주 유창했다. 그의 일본어 실력은 창작이 가능한 수준이었다. 그러나 나는 그가 관동군과 어떤 내왕이 있었다는 이야기는 들은 바가 없다."라고 했다. 천디는 1941년 12월 31일 '12.30사건'[4]으로 체포되었다가 동북이 해방이 된 뒤에야 석방되었다. 그가 기억하는 줴칭은 1942년 이전의 줴칭이었다.

반면 만주잡지사(滿洲雜誌社)에서 함께 일했던 줴칭의 동료였던 이츠(疑遲)는 "줴칭은 일본어가 능숙하여 일본인들과 가깝게 지냈고 관동군 사령부의 통번역을 담당하기도 했다. 우리는 모두 줴칭을 두려워했고 심지어 일부 일본인 작가들까지도 그를 꺼려했다."[5]라고 하면

---

2 줴칭의 당안자료(黨案資料)는 현재 지린대학(吉林大學)에 임시당안(臨時黨案)으로 유일하게 남아있다.

3 천디의 본명은 류궈싱(劉國興)이며 현 사용명은 천디이다. 필명으로 천디, 수잉(殊莹), 바리(巴力), 이니(衣尼), 류웨이(劉慰), 장싱민(將醒民), 만디(曼弟), 만디(曼娣), 위취밍(余去名), 위취밍(余去明), 궈싱(果行), 장차오(江橋), 허웨이(何爲), 두밍(杜明) 등이 있으며 랴오닝성(遼寧省) 랴오양(遼陽) 사람이다. 만주국시기 출판한 주요 작품으로는 장편소설 『노래를 파는 사람(賣歌者)』, 『추적(追尋)』, 중편소설 「윈즈 아가씨(云子姑娘)」, 단편소설 「생의 풍경선(生之風景線)」, 「솜두루마기(棉袍)」 등이 있다. 2003~2005년에 필자는 여러 차례 천디 선생을 여러 차례 방문하였다.

4 태평양전쟁 발발 후인 1941년 12월 30일 일본은 동북 지역의 후방 안정을 위하여 전 동북 지역을 대상으로 대검거를 진행하였고 불온하다고 판단되는 사람들은 무조건 잡아들여 구류시켰다. 이 사건을 '12.30사건'이라고 부른다.

5 이츠의 본명은 류위장(劉玉璋)이고 현 사용명은 류츠(劉遲)이며 필명으로 이츠(疑遲),

서 줴칭을 경계했다. 이츠는 이러한 이야기를 상관잉에게도 했다. 상관잉은 "예문지파(藝文志派) 동인이었던 이츠를 인터뷰한 적이 있는데, 그때 이츠가 말하기를 '한번은 줴칭이 술자리에서 아무리 친한 친구라도 반만항일(反滿抗日)하는 자에 대해서는 절대 가만두지 않을 것이야!'라고 했다."는 이야기를 전했다. 한편 상관잉은 줴칭에 대해 "줴칭의 작품들, 이를테면『구양가의 사람들』이나『청복의 민족』, 그리고『황금의 좁은 문』등과 같은 작품들에는 '나라를 배신하고 적에게 투항하는' 그런 내용이 전혀 포함되어 있지 않다. 그렇지만 줴칭은 지금까지 줄곧 '문화한간(文化漢奸)', 심지어는 '특수간첩(特務)' 취급을 받아 왔다."[6]라고 기록하고 있다.

작가 진탕(金湯, 1912~)[7]은 줴칭에게서 도움 받았던 일들을 털어놓고 있다. 당시 그는『해조(海潮)』라는 시집의 출판을 준비 중이었고, 그 시집의 심사를 맡았던 사람이 줴칭, 구딩(古丁), 장원화(張文華) 등을 비롯한 만주출판협회(滿洲出版協會)의 사람들이었다. 그때 줴칭이 "그 시집 말이야, 그냥 내지 말지 그래! 분위기도 안 좋은데 …… "라면서 슬그머니 귀띔해주었다고 했다. 그리고 또 한 번은 1940년 문화회(文化會) 회의가 있었을 때였다. 진탕이 펑톈(奉天)에서『작풍(作風)』

이츠(夷馳), 이츠(疑馳) 츠이(遲疑) 등이 있다. 랴오닝성(遼寧省) 톄링(鐵嶺) 사람이다. 만주국 시기 출판한 작품으로 소설집『화월집(花月集)』,『풍설집(風雪集)』,『천운집(天云集)』, 장편소설『동심결(同心結)』,『송화강 위에서(松花江上)』 등이 있다. 2003~2004년 사이 필자는 이츠 선생을 여러 차례 방문하였다.

6 上官纓, 「论书벌可不看人」, 『上官纓书话』, 吉林人民出版社, 2001.

7 진탕의 본명은 진더빈(金德斌)이고 필명으로 톈빙(田兵), 페이잉(吠影), 웨이란(蔚然), 헤이멍바이(黑夢白), 진산(金閃) 등이 있으며 랴오닝성(遼寧省) 뤼순(旅順) 사람이다. 만주국 시기 발표한 주요 작품으로는 「T촌의 그믐날(T村的年暮)」, 「선생님의 위풍(老師的威風)」, 「라이터(火油機)」, 「아랴오스(阿了式)」 등이 있다. 2003~2005년에 필자는 천디 선생을 여러 차례 방문하였다.

지를 발간하고, 관모난(關沫南)이 북만(北滿)에서 『북대풍(北大風)』을 발간하고 있을 때였는데 줴칭이 두 사람을 창춘으로 불러 회의에 참석시켰고, 당시 문화회 회원이 아니었던 두 사람은 문화회 배지를 가슴에 달지 않았다. 그런데 줴칭이 그것을 발견하고는 "빨리 배지 달어!"라면서 크게 화를 냈고, 두 사람이 "우린 회원도 아닌데"라고 했더니 줴칭이 "문화회 회원이 아니어도 이제는 회원이 된 것이고 참가하기 싫어도 참가해야 해. 빨리 배지 달아. 시끄러워진단 말이야!"라고 일러주었다고 했다. 당시의 진탕에게 있어서 이러한 사정은 정말 중요한 사안이었을 것이고, 심지어 줴칭의 말 한마디가 큰 화를 면하게 하였을지도 모르는 일이다.

이와 비슷한 내용은 관모난의 작품집 『춘화추월집(春花秋月集)』에서도 확인된다. 줴칭과 관련하여 관모난은 다음과 같은 기록을 남겨 놓고 있다.

> 줴칭과 작가 한줴(寒爵, 라오한(牢罕))는 30년대에 나와 나의 전우(戰友)와 장시간에 걸친 지상 논전(筆戰)을 펼친 적이 있다. 그때 우리는 거의 원수지간이 되다시피 하였는데 어느 날 줴칭이 갑자기 나를 찾아와서 하는 말이 싸움 끝에 친구가 된다고 하지 않았냐며 앞으로 잘 지내고 싶다고 했다. 그리고 줴칭이 창춘만일문화협회(長春滿日文化協會)의 촉탁(囑託)으로 있던 시절이었는데, 그때 그는 나에게 부지런히 편지를 보냈고, 편지에서는 항상 나를 '큰 동생'이라고 불렀다. 그는 시기별 나의 작품과 활동에 대해 직접 물어보았고, 나의 소설 「어느 도시에서의 하룻밤(某城某夜)」을 작품집 『소설가(小說家)』에 수록했고 또 다른 작품 「토치카에서의 밤(地堡里之夜)」을 잡지 『소설인(小說人)』에 게재해주었다. 일본인 작가 오우치 다카오(大內隆雄)와 후지타 료카(藤田菱花) 가 각각 나의 소설 「두 뱃사공(兩船家)」과 「어느 도시에서의 하룻밤」을 번역하여 당시 동북에서 제일 큰 일본어 신문이었던 『만주일일신문(滿洲日日新

聞)』에 잇달아 연재했다. 이 일이 줴칭과 어떤 연관이 있는지에 대해서 나는 알지 못한다. 다만 훗날 이러한 작품들은 모두 나의 '범죄 증거'가 되었다.[8]

1941년 말 관모난은 하얼빈좌익문학사건(哈爾濱左翼文學事件)으로 체포되어 수감되었고, 그는 끝내 사건의 진실을 알 수 없었다.

줴칭을 '뤄수이 작가(落水作家)'[9]로 분류하고 있는 타이완 학자 류신황(劉心皇)은 줴칭에 대해 서술하면서 대동아문학자대회에 참가한 이력을 가장 먼저 언급하고 있다. 그러나 바로 이어지는 다음 문장에서 그는 줴칭을 평가하기를 "줴칭, 그는 천재적인 작가였다. …… 문예계에서 그의 활약은 상당했지만 그는 결코 만주국을 찬양하는 작품을 쓰지는 않았다."[10]라고 했다. 이어 류신황은 줴칭의 작품 특징에 대해 간단하게 요약할 뿐 '뤄수이(落水)'와 관련되는 문제를 언급하지는 않았다. 이에서 알 수 있듯이 류신황이 줴칭을 '뤄수이 작가'로 분류한 중요한 이유는 그의 대동아문학자대회 참가 이력 때문이었다. 이처럼 당시 줴칭과 알고 지냈던 많은 사람들조차 우울하고 과묵한 그의 내면을 알지 못했고, 대부분의 사람들은 줴칭에 대해 의심을 품고 있으면서도 다른 한편으로는 그의 정치적 신분에 대해 쉽게 단언하지는 못했다. 1962년에 작고한 줴칭 역시 이 사실에 대해서는 그 어떤 해석의 여지를 남겨놓지 않았다.

---

8 关沫南,「秘捕死屋」,『春花秋月集』, 辽宁民族出版社, 1998.

9 역주: 원어 '落水作家'에서 '落水'의 원래 의미는 '물에 빠지다'는 뜻으로 '타락'을 의미하기도 한다. 여기서는 일본에 협력한 일군의 친일작가들을 지칭하는 전문용어로 사용하고 있다. 이 표현은 타이완 학자 류신황(劉心皇)의 용어이기도 하여 이 글에서는 발음대로 '뤄수이 작가'라고 옮겼다.

10 刘心皇,『抗战时期沦陷区文学史』, 中国台北成文出版社, 1980.

여러 자료들에 근거해볼 때 현재 확실히 할 수 있는 사항들은 다음과 같은 몇 가지이다. 만주국 시기 줴칭은 일만문화협회 직원이었고 문화회 신징(新京)지부의 간사였으며 문예가협회 본부 위원이었다. 개편된 문예가협회에서는 기획부 위원으로 있었는데 이는 부장인 미야가와 야스시(宮川靖)에 버금가는 자리였다. 제1차, 제3차 대동아문학자대회에 참석하였고 대회 정신을 추종하는 논설을 발표하였으며 만주국에 돌아와서는 여러 신문과 잡지에 성전을 옹호하는 글들을 발표하였다. 그럼에도 불구하고 수도 신징의 문화경찰들은 여전히 줴칭에 대한 정찰을 게을리 하지 않았는데 「만주국특고경찰비밀보고서(滿洲國特高警察秘密報告書)」에 기재된 줴칭에 대한 기록이 이를 증명해 준다. 보고서에는 줴칭의 작품에 대해 다음과 같이 분석하고 있다.

매월평론
줴칭
『청년문화』 강덕10년 10월호

원문:
일만화(日滿華) 사이의 집회나 교류가 국경을 무화시킨다는 말이 아니다. 문학의 국제 교류 문제는 반드시 실질적이고 근본적인 측면에서 신중하게 고려한 후에 본격적으로 전개시켜야 한다는 말이다. 우리는 풍부한 일본문학을 수용해야 할 뿐만 아니라 중국문학에 대해서도 공부해야 한다. 그런데 만약 국경(國境)에 대한 자각이 없다면 이 모든 것이 공들인 보람 없이 허사로 돌아갈 수 있다. 때문에 우리 모두는 "문학에는 국경이 없지만 사람 사이에는 국경이 존재한다."는 말에 대해 심사숙고해야 한다.

분석:

일만화 사이의 문학 집회와 교류가 결코 민족적 경계의 소멸을 의미하
는 것은 아니다. 집회와 교류의 필요성은 서로에 대한 참조에 있는 것이
지 결코 각 민족의 문화적 방어선을 타파하는 것이 아니다. 이는 곧 만계
문화인들을 향해 국제적인 문학 사업을 한다고 해서 민족의식을 상실해
서는 안 된다는 점을 강조한 것이다.[11]

인용문에서 드러나듯이 줴칭 작품에 대한 분석에는 정찰(偵察)적
인 시선이 강하게 드러나고 있으며 심지어 억지스러운 면이 없지 않
다. 이러한 분석 보고서가 비록 줴칭에게 별다른 위험을 가져다주지
는 않았지만 적어도 줴칭 역시 그들의 감시 대상이었다는 사실을 확
인시켜 준다. 줴칭의 정치적 정체성 문제는 결국 이와 같은 사실로
해명이 되었지만 그 내면세계는 어떠했을까? 그리고 그러한 내면을
투사시킨 작품은 또 어떠할까?

3. 줴칭의 문학적 글쓰기의 의미

만주국 문학이 중국 현대문학의 한 분야로 연구가 시작되던 초기에
줴칭은 불분명한 정치적 정체성 때문에 그의 문학은 물론 작가 본인까
지도 연구 대상에서 배제되어 있었다. 동북윤함기(東北淪陷期) 문학을
수집하고 연구하는 가장 중요한 양대 잡지였던 랴오닝성사회과학원문
학연구소(遼寧省社會科學院文學硏究所)와 헤이룽장성사회과학원문학소

---

11 「首都特秘发三六五〇号」, 康德十年十一月廿九日, 1943.11.29.(于雷译·李乔校,「敌
伪秘件」, 哈爾濱文學院 編,『東北文學研究史料』第6輯, 1987, p.158에서 인용.)

(黑龍江省社會科學院文學所)에서 교대로 편집하고 있었던 부정기 간행물 『동북현대문학사료(東北現代文學史料)』(후에 랴오닝성사회과학원문학연구소에 의해 『동북현대문학연구』로 개제, 1980~1989)와 하얼빈여가문학원(哈爾濱業余文學院)에서 편집한 『동북문학총서(東北文學叢書)』(1984~1988)에는 줴칭의 작품은 물론 연구 논문도 수록되어 있지 않았다. 1987년 하얼빈시도서관에서 편찬한 내부자료인 『동북윤함기 작품선(東北淪陷期作品選)』에도 줴칭의 작품은 수록되지 않았으며 1989년 산딩(山丁)이 편찬한 『동북윤함기 작품선: 촉심집(東北淪陷期作品選: 燭心集)』 역시 그의 작품을 수록하지 않았다.

사실 줴칭은 상당한 다작의 작가로서 문학과 관련된 당시의 모든 잡지에서 그의 글을 발견할 수 있다. 만주국 문학을 연구하는 연구자라면 누구라도 그의 작품을 접했을 것이지만 그럼에도 그 어디에도 수록하지 않았다는 것은 그의 작품이 연구자들에 의해 의도적으로 배제되었다는 것을 말해준다. 그러다 1996년 장위마오(張敏茂)가 책임편집을 맡은 『동북현대문학대계(東北現代文學大系)』(14권)에 와서야 비로소 줴칭의 단편소설 「귀향」, 「하얼빈(哈爾濱)」과 장편 『맥(麥)』이 수록되었다. 그리고 1998년에 『줴칭 대표작(爵靑代表作)』이 중국현대문학관에서 편찬한 『중국현대문학백가총서(中國現代文學百家叢書)』의 한 권으로 출판되었다. 이 작품집에는 줴칭의 중단편 19편이 수록되었다. 후에 첸리췬(錢理群)이 책임편집을 맡은 『중국윤함기문학대계(中國淪陷期文學大系)』(14권)에 줴칭의 소설 「폐허의 책(廢墟之書)」, 「악마(惡魔)」, 「유서(遺書)」 등이 수록되었고, 『중국현대문학보충서계(中國現代文學補遺書系)』에 그의 중편 「구양가의 사람들」이 수록되었다.

줴칭의 작품 중 다수는 소설이다. 그의 문체는 독특하고 난해하며, 운치 있고 화려하면서도 또한 모호하다. 당대의 비평가 바이링(百靈)

으로부터 "귀재(鬼才)"라는 평가를 받은 바 있는 줴칭의 소설은 도시 풍경을 그려내는 데에 주력한다. 「하얼빈(哈爾濱)」, 「대관원(大觀園)」, 「어떤 밤(某夜)」, 「골목(巷)」 등과 같은 소설들은 도시 공간에 대한 표상을 통해 도시의 화려함과 부패, 개방과 추락, 문명과 야만을 재현해냄과 동시에 일군의 독특한 여성상을 함께 구축해냈다.

항상 불안해 보였던 「하얼빈」의 여성인물 링리(靈麗)는 음란하지만 인위적이지 않고, 자유를 추구하는 생명력 있는 인물이었다. 「남여들의 소상(男女們的塑像)」에 등장하는, "음미함이 흘러넘치는 꽃뱀"을 방불케 했던 여성은 사회와 성(性)에 대한 근대적인 인식을 가지고 있는 모더니스트였지만 자신이 원하는 사랑을 적극적으로 쟁취한 후에는 결국 집으로 돌아가 집안에서 맺어준 은행가와 결혼한다. 처량함 속에서도 곱고 아름다웠던 「대관원」의 기생 장수잉(張秀英)은 기생이라는 신분에 얽매이지 않고 스스로를 비하하지도 않았으며 대담하게 사랑을 추구했다. 절벽 같은 건축물들 사이를 베틀 북처럼 드나들었던 도시의 여성들은 독을 머금고 자라난 식물에서 피어난 처연하게 아름다웠던 꽃송이처럼 도시라는 공간을 장식하고 있다. 이런 측면에서 줴칭의 소설은 중국 현대 도시소설이라는 맥락에서 독해해도 의미 있는 작업이 될 수 있다. 또한 그의 소설은 문체, 형식, 내용 등 모든 면에서 도시가 내포하고 있는 가능성을 확장시키고 있어 '해파(海派) 도시문학'[12]에도 견줄 만하다.

---

12 역주: '해파도시소설'은 도시화와 현대화를 특징으로 하는 문학이며 상하이의 도시성을 잘 나타내는 문학이다. 20년대 말 일본 유학에서 돌아온 류나어우(劉吶鷗)를 중심으로 한 '신감각파' 작가군과 40년대 장아이링(張愛玲) 등에 이르기까지의 작가군을 아우르고 있다. 이들의 작품은 도시생활의 본질을 분명하게 펼쳐보이고 있으며 특히 본능, 환각 등의 감각적인 체험을 잘 표현하고 있다. 그러나 20년대 말에서 40년대에 들어서는 무산계급혁명문학의 창작 조류에 휩쓸려 상대적으로 천시되었다. (조병환,

쭤칭은 소설의 문제의식이나 사변적 측면을 중시했던 터라 그의 소설 대부분은 관념성이나 문제성을 기반으로 창작되었다. 또한 어떤 문제나 주제에 대해 천착할 때에는 흔히 소설의 형식을 통해 전달하는 경우가 많았다. 그의 창작을 추동하는 요소는 소재적인 측면이 아닌 관념성이나 문제의식이었다. 이를테면 "나는 「연옥(戀獄)」에서 행복의 무계획성에 대해, 「곡예사 양쿤(藝人楊崑)」에서는 생명과 예술의 절대성에 대해, 「유서」에서는 생명력의 쇠잔에 대해, 「풍토(風土)」에서는 근원적 생명의 추구에 대해, 「대화(對話)」에서는 생명의 예찬에 대해, 「환영(幻影)」에서는 생명과 허망무력함의 대결과 격투에 대해, 「웨이 아무개의 정죄(魏某的淨罪)」에서는 생명의 자유로움에 대해 쓴 바 있다. 나에게 있어서 최근 반년은 생명을 음미하는 시간이었다."[13]라고 고백한 데에서 확인할 수 있다.

쭤칭은 관념성이나 문제성을 작품화할 수 있는 제재들을 찾아다녔지만 소재의 선택에 있어서는 그 역시 다수의 만주국 작가들이 그랬던 것처럼 만주국의 현재성을 언급하는 것을 회피했다. 설사 만주국과 관련이 있다 해도 대체로 소설의 시공간적 배경에 그쳤으며 소설적 인물과 사건도 대부분 초현실적이거나 시공간적 제한을 벗어난 황당무계한 것들이 많았다. 쭤칭 소설의 이러한 특징은 동시대인들의 그의 소설에 대한 평가에서도 확인할 수 있다. 사람들은 그의 소설에 대해 "초현실적이고 신비하고 괴이한 환상성, 혼신을 다해 눈앞의 현실로부터 도피하는 모습, 결코 계급적 사회의 민낯을 드러내지 않으며, 스스로를 고립시킨 채 외부로부터의 영향을 거부하는 모습, 이

「초기 해파 도시소설의 신경향」, 『중국현대문학』 30, 2004, p.304.)
13 爵青, 「『黄金的窄門』前后」, 『青年文化』 第1卷 第3期, 1943.10.

러한 특징들로 하여 이 작가의 작품 중에는 사회인으로서의 삶에 대한 깊은 성찰을 보여준 작품은 한 편도 없다."[14]라고 평가했다. 사실 쭤칭의 이러한 창작 태도는 시종일관 변하지 않았다.

쭤칭은 창작에 있어서도 강한 장르 의식을 가지고 있었다. 그의 사유는 관념적인 문제에만 머물러있지 않았고 문학 창작에 대해서도 독특하고 깊은 관심을 가지고 있었다. 그는 장르적인 혁신을 적극 지지했고 각종 장르 실험을 직접 실험했다. 그는 작품 속에 '의식의 흐름', '신감각', '황당무계', '블랙 코미디' 등과 같은 형식을 적극 도입했을 뿐만 아니라 그의 소설 중에는 '스토리 부재', '환경 부재'의 작품들도 존재했다. 그는 "소설은 거대한 산문이다. 기타의 예술은 강령이나 질서를 필요로 할지 모르지만 소설은 그것을 필요로 하지 않는다."라는 영국 소설가 포스터의 소설관념을 신봉했고, "소설은 끊임없이 기존의 규정들을 타파하면서 스스로를 해방시킨다."라고 생각했다. 또한 "영국 근대소설 중 가장 유명한 조이스의 『율리시즈』와 프랑스 현대소설의 대표작이라 할 수 있는 프루스트의 『잃어버린 시간을 찾아서』는 우리가 가지고 있는 소설에 대한 관념적인 인식을 완전히 뒤집은 작품들이다."[15]라고 평가했다.

그의 소설은 상당히 선구적이었다. 집요한 탐색과 실험, 과잉 자의식으로 직조된 작품은 그의 소설의 중요한 특징을 형성했으며 표현에 있어서는 괴이하고 신비하며 모호하고 서구적이었다. 쭤칭의 소설은 사람들에게 종종 독서 장애를 불러일으켰지만 그는 이러한 문제점을 알고 있으면서도 아랑곳하지 않았다. 그는 이렇게 말했다.

14 「论刘爵青的创作」, 陈因 编, 『满洲作家论集』, 大连实业印书馆, 1943.
15 爵青, 「小说」, 『青年文化』第2卷 第1期, 1944.1.

소설가는 사상과 직관으로 소설을 구성하고 표현해야 하며 소설 내용은 소설가에 의해 재구성된 현실이자 사유의 산물이다. 재구성된 현실은 더욱 조직적이며 소설은 인간 세상을 더욱 높은 차원에서 해부한다. 이런 소설은 당연히 오늘날 쉽게 받아들여지지 않을 텐데, 이는 오늘날의 현실이라는 것이 대체적으로 무지몽매하고 맹목적이기 때문이다. 소설은 오늘날의 무지몽매하고 맹목적인 현실에 아첨해서는 안 되며 소수의 사람들에게라도 받아들여지고 이해되는 것으로 만족해야 한다. 그렇지만 진정 가치 있는 작품이라면 다음 세대에서는 반드시 사랑받고 칭송될 것이다.[16]

「곡예사 양쿤」과 「분수(噴水)」[17]는 줴칭 소설의 예술적 특징의 일부를 대변하는 작품으로서 이질적인 시공간에서의 그의 은밀한 내면을 들여다 볼 수 있는 작품들이기도 하다. 줴칭은 「『황금의 좁은 문』 전후(前後)」에서 「곡예사 양쿤」은 예술과 생명의 절대성에 대한 소설이라고 말한 바 있다. 이것을 전달하기 위해 줴칭은 하나의 이야기를 만들어낸다. 소설 속에는 서술자 '나'가 등장한다. '나'는 방랑생활을 갈구하는 한 중학생이며 나중에는 '문사'로 성장한다. 모든 이야기는 '나'의 경험을 토대로 머릿속에서 전개된다. 작품 속에서 '나'는 사랑과 존경의 마음을 담아 이 떠돌이 곡예사의 삶을 기록한다고 고백한다.

코미디언 양쿤은 자신의 생김새가 원숭이와 흡사하다는 것을 알고는 열심히 원숭이 흉내 내기에 전념하고 모든 관객들이 자신의 연기에 무릎을 꿇게 한다. 후에 양쿤은 이유 없이 살이 찌기 시작하면서 더 이상 원숭이 흉내를 낼 수 없게 된다. 그러자 그는 다시 '야바위'를 공들여 연습하기 시작하고 결국에는 '신(神)'의 경지에 이르게 된다.

---

16 爵靑, 위의 글.
17 「艺人杨昆」, 『青年文化』 第1卷 第1期; 「噴水」, 『青年文化』 第2卷 第2期.

그 '신'의 경지를 '나'는 아나톨 프랑스(Anatole France)의 소설 「성모 마리아의 저글러」에 빗대어 표현한다. 그럼에도 양쿤은 결국 작은 여관에서 가난 속에 죽어간다. '짐승(獸)'과 '신(神)' 사이의 수난자인 '인간(人)' 양쿤은 '지성'과 '무아(無我)'를 통해 예술과 생명의 절대적인 경지에 도달한다. 소설은 두 갈래의 서사로 전개된다. 하나는 생명과 예술을 중심으로 전개되는 양쿤의 서사이고, 다른 하나는 학생과 문사의 입장에서 생명과 예술의 최고 경지에 대해 기록하고 있는 '나'의 서사이다. 작품 속에 넘쳐나는 지혜와 수사(修辭)는 독자들은 곤혹스럽게 하기도 한다.

소설 「분수」에는 '한 평범한 사람의 생일'이라는 부제가 달려있다. 이 작품은 주인공의 이동과 함께 전개되는 '의식의 흐름'을 보여주는 소설이다. 한 남성의 26세 생일날에 있었던 '이동의 경로'와 '의식의 흐름'이 교차적으로 전개되는 가운데, 작품에는 중심 이야기는 물론 스토리 자체가 존재하지 않는다. 악몽→ 기상→ 점치기→ 아침 식사→ 출근→ 점심 식사→ 퇴근→ 산책→ 분수 관람→ 귀가의 순서로 전개되는 중에 작품 속 남성의 발걸음이 그의 의식을 이끌고 있으며 하루 동안의 평범한 일정과 평범하지 않은 '의식의 흐름'이 겹쳐진다. 그 과정에 아내, 아이, 골동품상, 화가, 정원사 등과 같은 이름 없고 얼굴 없는 일련의 존재들이 스쳐 지나간다. 이 인물들은 스토리를 구성하지도 않고 남자의 '의식의 흐름'에 관여하지도 않으며 의식 밖에 유리된 채로 오로지 남자가 존재함을 증명하는 목격자로 역할을 다할 뿐이다. 남자의 하루 동안의 '의식의 흐름' 과정에 과연 어떤 것들이 흘러지나갔을까?

사납고 독살스럽게 생긴 거대한 짐승 한 마리가 우스꽝스러운 걸음걸

이로 그의 앞에서 비틀거리고 있다. 그 뒤의 먼 지평선에서는 기이하고 다채로운 불줄기들이 이글거리고 있다.[18]

이것은 남자의 꿈속이다. 남자는 몇 년 채 거의 매일 악몽을 꾸고 있다. 어떤 초조함이 이 26세의 젊은 남자로 하여금 악몽 속에 시달리게 하고 있는 것일까? 흉악한 모습의 거대한 짐승과 괴이한 불줄기는 또 어떤 상징성을 가지고 있을까? 잠에서 깨어난 남자의 눈길은 창문의 서리에 가 멈추었다. 그는 그것을 망망한 바다라고 생각했다.

> "인생의 바다를 항해할 때 나침판은 믿을 만하다." … (중략) … "그러나 선박의 앞날을 결정하는 것은 대체로 선박 자체의 운명이다. 때문에 선박과 그 운명을 같이 하는 최고의 선원은 항상 온 힘을 다해 자신의 운명을 극복하고자 노력할 뿐 현판을 두들기는 눈앞의 파도에는 개의치 않는다. 선박의 본체론에서 보면 선원의 전의지(全意志)는 나침판보다 우위에 있는 것이다."[19]

상기의 두 가지 생각을 연결시킬 때 우리는 완전한 하나의 이야기를 완성할 수 있다. 험악한 생존 환경에서 벗어나고자 남자는 닻을 올려 원행에 나서고, 이때 남자는 이론학설보다는 스스로의 의지에 기대고자 한다. 한 편의 소설에 불과하지만, 여기서 쥐칭은 자신의 의지를 남자에게 투사시키고 있다. 작품 속 주인공 남성은 작가이며 천부적인 회화적 재능을 가지고 있다. 사실 이 특징들은 쥐칭의 직업이나 취향과 정확하게 맞아떨어진다.

---

18 爵青,「贲水」,『伪满时期文学资料整理与研究: 爵青作品集』, 北方文艺出版社, 2017, p.172.
19 爵青,「贲水」, pp.172~173.

1943년을 전후하여, 줴칭의 많은 친구들이 화베이(華北)로 옮겨갔고, 적지 않은 사람들이 검거 투옥되었으며, 또 일부는 실종되기까지 하였다. 이런 현실이 예민한 줴칭에게 아무런 영향을 미치지 않았을 리 없다. 그는 생존환경의 험악함을 깊이 느끼고 있었고, 그래서 톈빙에게 시집을 출간하지 말라고 귀띔했으며, 그들에게 문화회 배지를 달게 하였다. 예문지(藝文志) 동인이었던 신자(辛嘉)와 두바이위(杜白羽)는 화베이로 옮겨갔고 절친 천디(陳隄)는 검거 투옥되었다. 이런 환경 속에서 줴칭은 그 자신 역시 그들 중의 한 사람이 될 수 있다는 것을 잘 알고 있었다. 이런 주위 환경이 그를 초조하게 했고 악몽에 시달리게 했다. 가장 간단하고 직접적인 방법은 떠나는 것이었다. 그리하여 창문의 서리를 본 남자는 가본 적 없는 낯선 바다를 상상했고, 그다음에는 바다에서 살아남기의 어려움을 상상했다.

길에서 남자는 자신의 '선'과 '악', 자신의 '후안무치'와 '근엄'에 대해 생각한다. 그는 자신이 '인간 악'에 탐닉했던 과거를 생각하며 이제는 용기를 내어 그 '악'을 정시하고자 한다. 그는 온 힘을 다해 이 '인간 악' 속에서 자구책을 마련할 수 있는 '큰 도리(大道)'를 발견하고자한다. 그가 보건대 그들 세대가 '인간 악'을 대하는 감정은 오로지 한 가지 감정, '증오'뿐이다. 심지어 어떤 이들은 이 '증오'의 감정이 그들 세대의 지고의 '미덕'이라고까지 생각한다. 그러나 남자의 생각은 조금 다르다.

'증오'가 개인에게 남겨주는 황량함과 상대방에게 가져다주는 멸망감을 생각할 때, '증오'는 필경 '미덕'이라는 두 글자로는 가려지지 않는 존재다. …(중략)… 어둡고 암담한 '증오', 겸양과 용서로부터 영원히 용서받을 수 없는 존재인 '증오'는 그저 환영을 조성할 뿐이며, 그 환경이라는 것 역시 실상은 교만하고 음탕한 인간 세상의 한 폐허일 뿐이다. 이 폐허 앞에서 무엇을 얻을 수 있단 말인가? 그것은 결코 대환희(大歡喜)는 아니다. 오히려 대환희(大歡喜)와 완전한 대척점에 있는 비애인 것이다. …(중략)… 그는 진심으로 '인간 악'을 포용하고자 했다. …(중략)… '인간 악'이라는 진흙탕으로부터 벗어나 피안의 준령에 오르고자 했다.[20]

여기서의 '인간 악'을 그대로 '만주국'과 등치시킬 수는 없다. 하지만 그렇다고 하여 양자 사이의 관계를 완전히 부정할 수도 없다. 최소한 소설 속의 '인간 악'이 앞서 언급한 '악몽'이나 '생존 환경'과 상관성이 있다는 것은 확실히 할 수 있다. 남자는 점치기에 빠져 있으면서도 다른 한편으로는 점치기의 허무맹랑함을 자신에게 각인시키고 있으며, 아내가 만들어주는 맛있는 음식을 먹으면서도 다른 한편으로는 결혼은 족쇄라고 생각한다. '인간 악'에 탐닉하면서도 그 속에서 스스로를 구원할 수 있는 '큰 도리'를 발견하고자 한다. 뿐만 아니라 '인간 악'에 탐닉하는 자신을 위해 이런저런 그럴듯한 이유들을 나열한다.

줴칭은 지성인 작가였고 그는 만주국의 실체를 잘 알고 있었다. 그러나 그는 만주국에서 살고 만주국을 위해 봉사하면서도 자신을 위한 변명거리를 찾고자 했다. 하지만 이와 같은 논법은 황당하고 무력했다. 왜냐하면 그 시기의 '인간 악'이라고 하는 것은 보통 말하는 '악'이 아닌 이민족이 침략하여 나라를 멸망시키고 종족을 멸하는 악 중의 '극악'이었다. 이 시기의 '증오'를 하나의 '미덕'이 아니라고 한다면 과연 '미덕'이란 어떤 것일까? '인간 악' 속에서 살아가는 것

---

20 爵青, 「貴水」, p.178.

이 죄는 아니다. 그러나 '인간 악'을 포용하고자 하는 행위는 그 어떤 이유에서도 용서받을 수 없는 '죄'다.

쒜칭이 만주국을 떠나고 싶지 않았던 데에는 여러 가지 이유가 있었겠지만 만주국을 위해 봉사하면서도 스스로를 구원할 수 있는 '대 도리'를 발견하고자 하는 것은 환영일 뿐이고 허망일 뿐이었다. 쒜칭 스스로도 이러한 논법의 무력함을 의식해서였을까! 이어지는 전개 속에서 그는 남자를 환각 속에 빠트린다. "'거짓말쟁이 귀신!', 환청은 집요하게도 남자의 귓전에서 맴돌았다." 가혹한 생활은 거짓말에서도 위안을 얻을 수 없게 했다. 환각 속에서 남자는 무대 위에 있었고 어쩐 일인지 공연은 도대체가 끝나지 않는다. "준비했던 대사와 공연을 모두 마쳤고, 이제 남자는 울고, 웃고, 재주넘기를 하고 익살스러운 표정을 짓는 일을 반복할 수밖에 없었다. 하지만 그는 울고, 웃고, 재주넘기를 하고 익살스러운 표정을 짓는 과정에서 거대한 진실을 발견한다. 이 추태 속에서 그는 뜻밖에도 온 힘을 다해 자신의 생명 전반을 그대로 표현하고 있는 자신을 발견했던 것이다." '인간 악'에 탐닉하는 과정에 남은 것은 오로지 추잡한 공연뿐이었고 스스로를 구원하는 '큰 도리' 같은 것은 없었다. 쒜칭은 이것을 분명하게 인식하고 있었다.

쒜칭은 자신의 문제의식을 소설 속에 투사했고, 소설 속에서 자신의 곤혹스러움을 반복적으로 되짚었다. 강력한 자의식이 작품 전체를 좌우했고, 많은 작품들은 사실상 그 자신과의 대화에 지나지 않았으며 어떤 면에서는 그 자신을 위한 글쓰기이고도 했다. 쒜칭은 분명하게 알고 있었다. 소설은 만주국 정부나 사람들이 생각하는 것처럼 그렇게 중요하지 않다는 것을.

오늘과 같은 가혹한 삶 속에서 소설이 인간의 삶을 위해 무엇을 해줄수 있는지는 의문스럽다. 나는 항시 생각한다, 소설가의 손에서 만들어지는 2~3만 자의 원고 속에서 인생 최대의 교훈을 얻고, 그 속에 도취(陶醉)되고자 하는 것은 생활의 현실성이라는 측면에서 보아도 불가능한 일이라는 것을. 그리고 실제로 그렇게 하고자 하는 것 또한 너무 위험한 행동이다.[21]

그는 소위 말하는 '문학보국(文學報國)' 같은 것을 믿지 않았고, 그의 작품 속에도 이러한 의식은 드러나지 않는다. 그럼에도 언론에 발표된 줴칭의 글은 또 상당히 다르다.

4. 언론활동과 그 이면

줴칭의 언론적인 글쓰기는 소설과는 완전히 달랐다. 우울하고 괴이하며 난해하고 모호한 줴칭은 더 이상 존재하지 않았다. 그것을 대신하는 것은 앙양되고 명석하며 아첨하는 줴칭이었다. 언론에 발표한 줴칭의 글들을 정리하면 다음과 같다.

줴칭, 「결전과 문예활동(決戰與文藝活動)」, 『청년문화(靑年文化)』 제2권 제3기, 1944.3.
줴칭, 「제3회대동아문학자대회 소감(第三屆大東亞文學者大會所感)」, 『청년문화』 제3권 제1기, 1945.1.
줴칭, 「만주문예의 동양적 성격의 추구(滿洲文藝的東洋性性格的追求)」,

---

21 爵青, 「小说」, 『青年文化』 第2卷 第1期, 1944.1.

『예문지(藝文志)』 제1권 제6기, 1944.4.

쥐칭·우랑·톈빙, 「좌담회: "만주를 어떻게 쓸 것인가(怎樣寫滿洲)"」, 『예
문지』 제1권 제3기, 1944.1.

쥐칭·톈랑(田瑯), 「소설을 논함(談小說)」, 『예문지』 제1권 제11기, 1944.9.

쥐칭·우랑, 「대동아문학자대회 참가 소감(出席大東亞文學者大會)」, 『기
린(麒麟)』 제3권 제2호, 1943.2.

쥐칭·산딩·퉁펑(董鳳)·덩구(鄧固)·바오후이(保會)·치펀(其芬), 「좌담
회: 예문가들의 십년 고투에 대한 쾌담(藝文家十年苦鬪快談)」, 『신만주
(新滿洲)』 제4권 제3호, 1942.3.

쥐칭, 「결전의 제3년과 만주문학(決戰第三年與滿洲文學)」, 『성경시보(盛
京時報)』, 1943.1.9.

이 중 일부를 살펴보면 아래와 같다.

만주문학은 아직 발전 단계에 처해 있고 그 근본정신은 일찍이 《문예
지도요강》의 반포를 통해 명시한 바와 같이 기본적으로 건국정신에 기반
하면서 역사적, 정신적인 측면에서는 북방 보호라는 사명을 완성하고 팔
굉일우 정신의 미적 현현으로서의 아시아의 동양적 성격을 확대 발전시
키는 것을 간절히 원하는 바이다.[22]

전세의 격화에 따른 사상전의 범위는 일층 더 확대되고 심화될 것이다.
이러한 측면에서 만주 예문이 당면하고 있는 앞으로의 임무는 더욱더
증대될 것이며 이와 함께 예술가, 문인에 대해서도 더욱 왕성한 결전 의
식과 적극적인 활동을 요구하게 될 것이다. 더욱 견고하고 더욱 치열한
의지로 각종 난관에 맞서야 할 것이며 죽음으로써 예문보국의 정성에
보답해야 할 것이다.[23]

---

22 爵青, 「出席大东亚文学者大会所感」, 『麒麟』 第3卷 2月号, 1943.2.
23 爵青, 「決战与艺文活动」, 『青年文化』 第2卷 第3期, 1944.3.

만약 우리 문학의 한 자(字) 한 자(字)가 전투적 역량을 증강시키는 힘이 되고 한 줄 한 줄이 적을 섬멸하고 국가를 발흥시키는 선서가 되어 한 나라 한 마음과 대동아의 혼(魂)이라는 우리의 의지(志)를 작품 속에 깊이 함축시킨다면 그것이 곧 만주문학의 미(美)가 되고 영원이 되는 것이다.[24]

우리는 대동아전쟁에서 반드시 승리하고 대동아공영권이 반드시 성공하리라는 것을 굳게 믿는다. 만주문학이 꽃을 피우고 열매를 맺는 것은 오로지 이 승리의 결의와 성공이라는 사실에 의거한 것이며, 제3차 대동아문학자대회에 참석하고 나서 이와 같은 신념을 더욱 공고히 하게 되었다. 한 사람의 문학자로서, 나는 가장 행복하고 가장 위대한 시대에 태어난 것을 참으로 다행스럽게 생각한다.[25]

이상에서 살펴본 바와 같이 언론에 발표한 특색 없고 낯간지러운 글들에서 줴칭은 마치 만병통치약이라도 처방하듯 '건국정신', '팔굉일우', '예문보국', '대동아 성전' 등과 같은 단어들을 남발하고 있다. 줴칭의 이러한 태도는 당시의 만주국 선전기관이 보기에는 가히 모범이라고 할 만한 것이다. 생명과 예술의 절경을 운운하던 줴칭, 악몽에 시달리던 예민한 청년 줴칭, 문제의식과 관념성에 집요했고 장르혁신에 창조적이었던 작가 줴칭은 도대체 어디로 사라졌단 말인가? 인간은 진정 마술처럼 한순간에 변신하여 근엄한 창작자에서 수치스러운 아첨쟁이로 전락할 수 있는가? 언론의 뒤에 숨어버린 줴칭의 민낯은 과연 어떤 표정을 하고 있었을까?

줴칭은 '마술'을 할 줄 알았다. 구딩은 줴칭에 대해 다음과 같이

---

24 爵青·田琅,「谈小说」,『艺文志』第1卷 第11期, 1944.9.
25 爵青,「第三届大东亚文学者大会所感」,『青年文化』第3卷 第1期, 1945.1.

묘사한 적이 있다.

　　쮀칭과 대면했던 사람들은 그 특유의 표정을 발견한 적이 있지 않은가? 눈을 치켜뜨고 흰자위를 번뜩이면서 입을 삐죽 내미는, 그것이 곧 그의 '망연함'이고 '막연함'이다. 하지만 그의 이런 '망연함'과 '막연함'이 곧 멍하니 입을 벌리고 있는 그 자체라고 착각해서는 안 된다. 그에게 있어서의 '망연함'과 '막연함'이라는 것은 일종의 마술이기 때문이다. 쮀칭의 이 마술을 먼저 까발리지는 않겠다. 왜냐하면 이 마술의 법칙을 이해하지 못하면 최근의 역작인 『맥』을 이해할 수 없기 때문이다.[26]

　　구딩은 『맥』의 주인공 천무(陳穆)의 인물 형상을 통해 쮀칭을 평가한다. 천무는 '공상의 천국'에서 인간 세상으로 떨어진 '사고뭉치'였다. 그의 '마술의 법칙'은 무엇일까? 그는 속으로 무슨 생각을 하고 있을까?

　　그는 짬이 날 때마다 수시로 자신의 공포에 대해 복습한다. 스스로도 본인의 이 괴팍하고 불량한 취미에 대해 자각하고 있다. …(중략)… 그의 공포의 크기는 기타의 모든 감정들을 초월하는 수준이다. 그 공포는 위인의 가르침이나 논객의 성명(聲明)을 넘어설 만큼 대단할 때도 있었고 주위의 소소한 행불행이나 사적인 부침(浮沈)과 같이 보잘 것 없을 때도 있었다. …(중략)… 다른 사람들은 태연자약할 작은 일에도 마음이 복잡하고 산란하여 어찌할 바를 모를 때가 있었다.[27]

이는 쮀칭이 직접 기록하고 있는 자신의 일과이다. 쮀칭의 공포라

26　古丁, 「麦不死: 读〈麦〉」, 陈因 编, 『满洲作家论集』, 大连实业印书馆, 1943.
27　爵青, 「独语」, 『新满洲』 第3卷 第4号, 1941.4.

는 것도 특별한 것은 없다. 그것은 일종의 '지식'에 대한 공포였다. 여기서의 지식은 "위인의 가르침과 논객의 성명"을 말하는 것인데, 말하자면 그것은 지식에 대한 회의와 불신의 표현이었다.

> 나는 수십 종의 교의(敎義), 수십 종의 설법(說法)을 들은 바 있다. 당시 나에게 이런 교의와 설법을 주입했던 사람들은 모두 자신만만했고 추호의 의혹도 없었다. 그러나 아쉽게도 현재 그들은 모두 생존해 있지 않다.[28]

지성인의 한 사람으로서, 이러한 현실은 줴칭으로 하여금 "몸을 불사르는 것 같은 불안과 초조, 고독"을 느끼게 하였다. 기존에 그가 신봉했던 모든 것이 눈 깜박할 사이에 사라졌고, 그것과 반대되는 '교의'와 '설법'이 주류를 차지하면서 모든 사람들에 의해 신봉되고 있다. 이러한 '교의'와 '설법'은 줴칭이 살았던 그 시대를 대표하는 각종의 의식 형태이기도 하다. 청나라시기부터 중화민국시기까지, 장쭤린(張作霖) 정권부터 국민당 정권에 이르기까지, 다시 만주국시기에 이르기까지, 모든 집권자는 동북을 통치하면서 그들의 '큰 도리'를 선전했다. 이러한 체험이 예민했던 줴칭에게 가져다준 공포는 가늠하고도 남는다.

> 나는 아주 예민했다. 그 예민함은 마치 양손에 묻은 접착제와도 같아서 어떤 대상을 만날 때마다, 그 대상이 사상이든 사람이든 상관없이, 그것을 느끼고 싶을 때에는 만지기만 하면 손에 착 달라붙었지만 그 대상을 느끼고 싶지 않고 오히려 반박하고 싶을 때에도 양손에 들러붙은 접착제 때문에 손에는 여전히 상대방의 찌꺼기와 냄새가 남아있었다. … (중략)

28　爵靑,「『黃金的窄門』前后」,『靑年文化』第1卷 第3期, 1943.10.

··· 그러나 이런 초조와 고독에 앞서, 나의 생명 속에, 아니 나의 정신생활 속에는 이미 순결하지 않은 혼합물이 축적되어 있었고 내부적으로는 벌써 분열하고 있었다.[29]

정신적으로 이미 분열의 극치에 달하여 수습 불가능한 상태에 있었던 줴칭은 당연히 만주국에 대해 신심 같은 것을 가지고 있지 않았을 것이고 '대동아전쟁의 필승'이나 '대동아공영권의 실현' 같은 것도 믿지 않았을 것이다. 당연히 "가장 행복하고 가장 위대한 시대에 태어난 것을 참으로 다행스럽게 생각"하지도 않았을 것이다. 하지만 그는 여전히 각종 공적인 장소에서 "눈을 치켜뜨고 흰자위를 번뜩이며" 앙양된 어조로 믿고 있는 구호를 외쳤는데 그 중요한 원인 중 하나는 바로 그의 또 다른 공포, 즉 생존에 대한 공포, 이를테면 "주위의 소소한 행불행과 사적인 부침 같은 것" 때문이었다.

정신세계에서 몸부림치고 고투를 벌이고 분열하면서 공포를 느끼는 줴칭에게 있어서 생존 또한 똑같은 공포였다. 이 공포에는 두 가지 측면이 포함된다. 하나는 생존 가능 여부를 결정짓는 '행불행'의 문제이고 다른 하나는 잘 살 수 있는지 여부와 관련되는 '부침'의 문제였다. 줴칭은 일본어에 능숙해서 일부 사람들은 그가 중국어보다도 일본어를 잘 한다고 농담 삼아 말했으며, 그와 일본인들과의 관계가 밀접했던 것 또한 사실이다. 그는 만일문화협회에 관계하였고 후에 여러 조직단체의 관리직을 경험하면서 만주국의 위태로움을 직접 체득할 수 있었다. 그래서 그는 친구들에게 이것도 하지 말라 저것도 하지 말라고 충고를 했던 것이다. 과연 살아남을 수 있을 것인가는 당시의

---

29 爵青, 위의 글.

문인들에게 있어서는 직접 대면하야 하는 문제였다. 비록 줴칭과 일본 인들과의 교류, 합작이 순조로웠다 할지라도 그 또한 하나의 공포였 다. 당시 줴칭보다 지위가 높고 일본에 더 영합적이었던 구딩이 통계 처(統計處)를 떠날 수밖에 없었던 것은 새로 부임한 일본인(日系) 사무 관의 배척 때문이었다. 결국 구딩은 협화회로 좌천되었고, 그곳에서 차 시중까지 들어야 했다.[30] 이러한 푸대접과 배척이 줴칭에게서 발생 하지 말란 법은 없다. 줴칭은 대부분의 경우 "구딩군을 마주칠 때면 우리는 계면쩍게 인사하며 그 시간들을 견뎌내야 했다."[31]라고 쓰고 있다.

이러한 생활 속에서 줴칭은 '죽음'과 '위기'라는 두 단어에 대해 더 큰 매력을 느끼기 시작했고, 결국 그는 살고 싶었을 뿐만 아니라 잘 살고 싶었다. 그는 '생활지상주의'를 신봉하기 시작했고 복잡하고 모순적인 상태에서 정신적인 평안과 양호한 생존 환경을 탐구하기 시작했다. 줴칭은 "나는 퇴폐를 반박했지만 나 자신이 퇴폐해졌고, 패덕, 허무, 간교, 향락, 몽환, 오뇌, 혼란 등 많은 것을 반박했지만 그 모든 정서들이 다 내 안에 들어있었다."[32]라고 고백하기도 했다. 이것이 바로 줴칭의 '마술'인 것이다. 한쪽에는 내면의 '근엄함'이 자 리하고 있었고 다른 한쪽에는 일상의 '후안무치(厚顏無恥)'가 자리 잡 고 있었다. 잘 살기 위해서라면 설사 자신이 회의하고 반대하며 심지 어 증오하는 '교의'와 '설법'일지라도 그것을 말해야 하는 장소라고

---

30 만주국 통계국 근무시절 구딩과 가깝게 보냈던 친구이자 동료였던 우쓰미 이치로(內 海庫一郎)가 오카다 히데키(岡田英樹)에게 보낸 편지 내용의 일부이다.(冈田英树, 靳 丛林 译, 『伪满洲国文学』, 吉林大学出版社, 2001, p.270.)

31 爵青, 「『黃金的窄门』前后」, 『青年文化』第1卷 第3期, 1943.10.

32 爵青, 위의 글.

판단되면 스스럼없이 떳떳하게 말할 수 있어야 했다.

> 그 누구를 반대하지도 또 무시하지도 않았다. '생활지상주의'는 그의 구두선(口頭禪)이었다. 소설 쓰기는 결코 필생의 직업이 될 수 없다고 늘 말하고 다니면서도 결국 수년 동안 계속 소설을 써왔다. 호조 다미오(北条民雄)의 한센병문학에 한동안 심취해있었는데, 이는 줴칭을 이해할 수 있는 중요한 한 부분이다. 지드의 『신량(新糧)』도 그의 좌우서(左右書)였다. 그 시절의 줴칭은 너무 둥글둥글하게 살았던 것이다.[33]

이는 1940년 줴칭과 함께 잡지 『예문지』를 만들었던 동료의 기록이다. 인용에서 보다시피 이시기에 줴칭은 이미 너무 "둥글둥글해져" 있었다. 줴칭은 "이 시대의 복잡함은 괴기스러우며, 이 시대의 풍요는 가늠할 수 없을 정도다.", "나는 살고 싶다, 살아가고 싶다. 적어도 정신적으로 살아가고 싶다."라고 말한다. 많은 것을 경험하고 많은 것을 목도하고 모든 것에 회의적인 줴칭에게 있어서 그 천박한 '교의'와 자질구레한 '설법'은 이제 아무 쓸데가 없어졌다. 그는 그 '교의'와 '설법'을 각종 장소에 어울리는 허무한 언사로 직조하고 있었다. 그가 살아가는 이유는 자신의 정신을 창작 속에 침윤시킴으로써 그곳에서 그는 스스로의 생명을 구원할 수 있는 가능성을 찾았고 자유로운 정신의 희열을 느낄 수 있었기 때문이었다. 그는 작품 속에서 '생명'의 문제를 탐구했고 그 표현 형식을 탐색했다. 정신적으로 살아가야 할 이유가 생기자 이번에는 다시 생존의 측면에서 잘 살아갈 수 있는 '재주'를 연마했다. 시국에 영합하기 위해 그는 언론용 '찬사'를 미리 준비했고, 수시로 그것을 꺼내 낭독했다. 그 천편일률적인 '찬사'는

---

33 「艺文志同人群像及像赞」, 『艺文志』 第3辑, 1940.

줴칭의 수많은 생존 전략 중의 하나일 뿐이었고 줴칭 본인은 사실 그것을 그렇게 중요시하지 않았다.

5. 결어

우리는 줴칭의 시대를 이해할 수는 있지만 그의 생존 전략을 용서할 수는 없다. 우리가 해야 하는 질문은 말하지 않을 가능성, 혹은 다른 것에 대해 말할 가능성은 없었는가 하는 것이다. 대동아문학자대회의 발언자로 지정되었을 때, 그는 발언하지 않을 수 없었고, 대동아문학자대회에 참석하고 만주국으로 돌아와서는 잡지에 글을 쓰지 않을 수 없었지만 그 밖의 여러 장소에서 과연 말하지 않을 가능성은 없었는가 하는 문제는 확실히 알기 어렵다. 필자가 인터뷰한 바 있는 리민(李民)[34]은 "한번은 구딩, 줴칭, 샤오쑹, 신자, 오우치 다카오, 야마다 세이자부로(山田淸三郎) 등과 함께 연회에 참석한 적이 있어요. 사람들이 문학 이야기며 문인들의 이야기로 가벼운 대화를 나누고 있었는데, 그때 구딩이 갑자기 일어나서 사람들에게 '강덕 황제의 건강을 기원합니다.'라고 말했어요."라는 이야기를 들려주었다. 리민은 당시의 기분이, 일본인에게 아첨하는 구딩의 행동이 아주 혐오스러웠다고 표현하면서 "사실 당시의 야마다나 오우치도 그런 말을 듣고 싶지는 않았을 것이라고 생각해요."라고 덧붙였다. 어쩌면 이 역시

---

34 리민은 필명으로 바이위(白羽), 두바이위(杜白羽), 왕두(王度), 스민(時民), 린스민(林時民) 등이 있으며 지린시(吉林市) 사람이다. 만주국 시기 발표한 작품으로는 시집 『신선한 감정(新鮮的情感)』, 수필집 『예술과 기술(藝術與技術)』 등이 있다. 2003~2005년 사이 필자는 리민 선생을 여러 차례 방문한 적이 있다.

구딩이 저도 모르게 한 말일지도 모른다. 하지만 '저도 모르게'는 바로 머리를 거치지 않고도 자연스럽게 흘러나오는 말이기에, 또한 그것이 사실이라면 과연 한간(汗簡)이라는 감투를 씌워도 과하지 않다. 그렇지 않으면 구딩이 일본인들이 있는 것을 의식하여 한참 동안 마음속으로 궁굴린 끝에 한 말일 수도 있다. 그렇다면 이는 구딩이 의도적으로 일본인들에게 잘 보이기 위해 아첨한 것임을 말해준다. 사실 이런 장소에서는 말하지 않을 수도 있는 것이다. 줴칭 역시 마찬가지이다. 어떤 발언은 하지 않을 수도 있었지만 그는 그 발언을 멈추지 않았다.

그렇다면 반드시 말해야 하는 상황에서 우리가 할 수 있는 질문은 다른 것에 대해 말할 가능성은 없었던가 하는 것이다. 똑같이 대동아문학자대회에서의 발언이었지만 줴칭이 "각 나라의 민족은 모두 각자의 자부심과 긍지를 가지고 있지만 결국 일본정신인 팔굉일우(八紘一宇)의 웅대한 정신이 필히 전 아시아에 군림할 것이다."라고 하였던 것에 반해, 우잉(吳瑛)은 동양 부인의 부덕(婦德)과 정절, 효행(孝行)의 선양에 대해 발언했고, 백계 러시아 작가 바이코프는 청소년 교육의 중요성에 대해 발언했다. 물론 우잉은 여성 작가이고 바이코프는 만주국의 백계 러시아 작가라는 주변부적인 신분이기에 시국에서 벗어난 화제들에 대해 발언할 수도 있었을 것이다. 하지만 이는 마찬가지로 다른 것에 대해 말할 가능성의 존재를 보여준 것이다. 하지만 줴칭은 다른 것에 대해 말하지 않았다.

줴칭은 『만주학동(滿洲學童)』에 「결전의 중국 수도: 난징의 인상」이라는 수필 한 편을 발표한 바 있다. 이 글은 그가 제3회 대동아문학자대회 참석 기간에 난징을 유람한 인상기이다. 첫머리에 "생사를 함께 하는 동맹국 중화민국의 수도 난징에서"라고 적고 있다. 이렇듯 명백하고 앙양된 필치는 줴칭의 문학적 글쓰기가 아닌 언론적 글쓰기 방식이며 이어지는 내용이 시국 영합적일 것이라는 것은 자명하다. 하지만 이와 같은 마음의 준비를 하였음에도 그의 글에 등장하는 아첨하는 일본어 문장은 결국 필자의 마음을 아프게 하였다.

> 나에게 가장 깊은 이상을 남겨준 것은 사당이다. 사당 안에는 중국혁명에서 희생한 일본 열사의 위패가 진열되어 있었다. 우리는 저도 모르게 일본의 위대한 지사들을 향해 머리를 숙였다.[35]

이것은 말하지 않아도 되는 상황에서의 말하기였고 다른 것에 대해 말할 수 있는 상황에서의 말하기였으며 궁극적으로는 중국인에 대한 상처 주기였다. 줴칭의 막연하고 망연한 표정 뒤에는 구차한 삶 속에서 적극적으로 일본에 아첨함으로써 개인의 이익을 도모하고자 했던 뒤틀린 삶의 방식이 존재했고, 그것은 그저 단순한 공포에서 기인하는 것만은 아니었다. 대부분의 사람들에게 있어서 국토의 함락은 그저 묵묵히 감내해야 하는 일이었지만 그 감내하는 방식은 제각각이었다. 라오서(老舍)의 소설 『사세동당(四世同堂)』은 일본 점령하의 하루하루를 마지못해 살아가는 중국 민중의 식민지 일상을 잘 보여주고 있다.

본고는 지면관계상 개별적인 한 작가만 다루었지만 이 문제를 개인의 문제가 아닌 집단적 차원에서 접근할 때 논의가 더욱 생산적이고 풍부해질 것이라 생각한다.

---

35 爵青, 「决战中国首都--南京的印象」, 『滿洲学童』 1945年 2, 3月 合刊.

식민지 '위약성(危弱性)의 미학'*
― 양쉬(楊絮)론 ―

1. 실험적 개념으로서의 '위약성(危弱性)의 미학'

한 남자가 처자식을 이끌고 친척 집을 찾아갔다가 그만 주인과 크게 다투고 말았다. 그러자 그 남자는 벌떡 자리를 박차고 일어나 크게 소리 쳤다. "도저히 참을 수가 없구나, 가자! 당장 나가자!" 그러자 그의 아내가 애원하고 나섰다. "가긴 어디로 간단 말이요." 남자는 아내와 자식들을 불러 모아놓고는 이렇게 말했다. "가자! 저 위층으로 올라가자꾸나!" 하지 만 끼니때가 되면, 식사하라는 말 한마디에 그들은 우르르 다시 몰려 내 려올 것이다.[1]

장아이링(張愛玲) 작품 속의 한 장면이다. 이 장면은 누가 봐도 입 센의 「인형의 집」을 염두에 두고 구상한 것임을 알 수 있다. 「인형의 집」의 주인공 노라는 용감하게 집을 박차고 나가지만 이 이야기의

---

* 역주: '위약성의 미학'은 원문의 'vulnerable-precarious Aesthetics'를 번역한 것이다. '취약성의 미학'으로 번역할 수도 있었지만 원 저자의 의도를 살려 다소 낯선 '위약(危 弱)'이라는 단어를 선택했다. '취약성'이란 단어가 중국어에 있음에도 불구하고 저자 는 '약위성(弱危性)'이라는 표현을 사용했다. 저자가 이 글에서 강조하고자 했던 것은 '취약함'만은 아닌 '약하지만 불안정하고 위험이 되는 힘'이었다. 본고는 저자의 의도 를 살려 '위약성의 미학'으로 옮겼다.
1 張愛玲, 「走, 走到楼上去」, 『流言』, 大楚报社, 1944, p.100.

주인공은 희극적이게도 위층으로 올라간다. 노라의 운명은 희망적이지 않았을 것이다. 루쉰(魯迅)이 예측했던 것처럼 노라는 타락하였거나 아사하였거나 그렇지 않으면 다시 집으로 돌아왔을 것이다.[2] 노라의 가출 행위는 사람들에게 희망을 주는 고무적인 행동이었지만 장아이링의 작품 속에서 처자식을 거느리고 위층으로 올라갔다가 끼니 때에 맞추어 다시 내려오는 남자의 행동은 유약하고 여성적인 것이다. 그러나 다시 생각해보자. 처자식을 거느린 남자의 행동은 가소로운 것이 아니라 비참한 것이고 어쩔 수 없는 선택이었던 것이다. 그럼에도 남자는 용기 있는 사람이라고 할 수 있다. 친척에게 의지하고자 찾아갈 용기가 있었고, 그 처지에서도 친척에게 대들 용기가 있었으며, 성질을 죽이지 않고 분연히 떨치고 일어섰기 때문이다. 난처한 상황에서 "가자!"라는 말이 입 밖으로 튀어나왔지만 어디로 간단 말인가? 귀여운 아이들과 연약한 아내를 이끌고 길거리에서 구걸해야 한단 말인가? 가장 안전한 방법은 위층으로 올라가는 것이 아니었을까! 의지할 데 없고 어찌할 방도가 없는 비참하고 처량한 삶이었던 것이다.

이에 대해 장아이링은 다음과 같이 말한다. "그래봤자 한 방에서 다른 방으로 이동하는 것일 뿐이고, 공기를 바꿔 마시는 것일 뿐이며, 창문을 열어젖히면 또 다른 풍경이니 그 또한 그리 나쁜 것만은 아니지 않은가."[3] 그렇다, "위층으로 올라가자꾸나!" 이는 결코 결단력 있는 행동은 아니지만 그렇다고 아주 의미 없는 것도 아니다.

---

2 魯迅, 「娜拉走后怎樣」, 『魯迅全集』 第1卷, 人民文學出版社, 2005, p.270. 이 글은 1923년 12월 26일 베이징여자고등사범학교(北京女子高等師範學校)에서의 루쉰의 강연원고이다.
3 張愛玲, 「走, 走到樓上去」, p.100.

"물고기가 있어야 할 곳은 바다가 아닌가!
그런데 어찌하여 창문 앞의 어항 속에서 헤엄치고 있단 말인가!
아! 알겠다!
이건 사랑받는 행운이로군!"[4]

"나는 사무실로 돌아와 자투리 원고들을 마무리하고 이번 호 잡지의
발행 준비를 서둘러 마쳤다. 내가 이렇게 조신하고 모범적인 행동과 태도
를 보인 것은 결코 일본인(日系) 상사에게 잘 보이기 위한 것만은 아니다.
좋은 게 좋은 것이라고 그저 무사태평을 바랄 뿐이기 때문이다!"[5]

장아이링과 동시대를 살았던 만주국 시기의 여성 작가 양쉬(楊絮,
1918~2004) 역시 비슷한 상황에 대해 서술하고 있다. 창문 앞의 어항
속에서 헤엄치고 있는 물고기는 바다로 돌아갈 수 없다. 그럼 어찌해
야 하는가? 어항 속의 세계에 만족하고 제한된 공간 속에서 살아갈
수밖에 없는 것이다. 짧은 감탄인 "아!"를 통해 쏟아낸 것은 만신창이
가 된 어쩔 수 없는 상태에 대한 응축된 감정인 것이다. 일본인 상사
밑에서 일을 하자면 조심성 있고 침착해야 할 뿐만 아니라 부지런하
고 아부하는 표정까지 연기해야만 무사태평을 보장받을 수 있다. "생
활은 오래된 우물이었고 죽어있는 고인 물이었다."[6]라는 양쉬의 감탄
은 이로부터 나오는 것이었다.
이 작품들에는 생존의 처량함과 부득이함, 그리고 끝날 것 같지
않은 비참함이 배어있다. 그러나 작품을 다시 음미하노라면 모종의
'힘'을 감지하게 된다. 그것은 유약(柔弱)한 힘이고 만신창이 상태에서

---

4 楊絮, 「我的日記」, 『新滿洲』 第5卷 第5期, 第7期, 1943.5, 7.
5 楊絮, 「生活手記」, 『落英集』, 新京: 開明圖書公司, 1943, p.22.
6 楊絮, 위의 글, p.22.

의 힘이며 치욕, 아픔, 불행, 불공평과 마주할 때의 이성적이고 냉정한 힘이다. 일본 식민 치하의 만주국에서 이런 유형의 작품은 그 수가 상당하다. 작품을 독해할 때, 우리는 그것을 까닭 없는 무병신음(無病呻吟)으로 받아들이지 말아야 하고, 작품 속에서 저항의 가능성을 읽어내고자 굳이 노력하지 않아도 된다. 그저 이런 작품들의 유약성(柔弱性)을 인정하고 그 유약함 속에 내재해 있는 '힘'을 감지하면서 다음과 같은 질문을 해야 한다. 저항은 반드시 강하고 힘이 있어야 하는가? 강하고 힘 있는 저항은 만신창이의 현실을 은폐할 수 있는가? '힘'이라는 것이 유약(柔弱)할 수는 없는 것인가? 트라우마를 대할 때는 그저 불쌍히 여기고 동정하기보다는 트라우마 자체의 변형 가능성에 대해 질문해야 하지 않을까? 거대하고 견고한 강권 통치가 내부적으로 와해될 가능성은 존재하지 않는가? '유약한 힘'은 하나의 위험, 위기가 될 수는 없는가?

이를 위해 본고는 이론적 개념으로서의 '위약성(危弱性)의 미학'(vulnerable-precarious Aesthetics)'을 제안하고자 한다. 여기서 말하는 미학은 미(美)와 추(醜)를 구분하는 기준이 아니며 헤겔의 예술철학이 말하는 미학 개념도 아니다. 여기서의 미학은 미학의 어원인 Aesthetics의 감각, 느낌, 감수성의 일종을 지칭하는 말이다. '위약(危弱)'은 관계에 기반한 윤리적인 개념이다. '약(弱, vulnerable)'은 취약한 것이고 일종의 열세(弱勢)이기에 쉽게 공격받는 것이며 '위(危)'는 위험하고 불확실하며 불안정한 것이다. 타자 또는 타자의 의지에 의해 열세에 처하고 쉽게 공격받고 상처받으면서 위험에 처한다. 또한 쉽게 공격받고 쉽게 상처받으며 쉽게 열세에 처하기 때문에 직접적인 저항 능력은 없지만 점차 본능적으로 공격과 상처에 대처하는 능력을 형성하게 된다. 상처/상해가 어디에서 어떤 방식으로 만들어질지 모르기 때문에 항상 유동적인 대응 능력을 예비하고 있어야 하고, 이런 이유에서 사람들에게 불확실하고 불안정한 느낌을 준다. 그러나 이러한 불확실성, 불안정성도 하나의 능력이며, 일종의 해소 기제로서 기존의 질서를 와해시키는 힘을 가진다. 때문에 '위약성' 자체가 타자에게는 하나의 위험이고 위기인 것이다. 이와 같은 윤리적 관계는 겉보기에 강대하고 견고한 전체, 제도일지라도 쉽게 와해될 수 있다는 것을 보여준다.

식민지에서 식민자들은 강한 군사 세력과 식민관념을 기반으로 식민지 통치자가 되고 명령자가 되지만 식민지 민중들은 열세에 처하며 약자가 된다. 동아시아 침략을 통해 식민지를 확장한 근대 일본의 식민지는 다종다양했고 그중 만주국은 특수 경우에 해당하는 지역이었다. 만주국은 일본 제국의 식민지 영역 중의 하나였지만 조선이나 타이완(臺灣), 관동주(關東州) 등 지역과는 차별화된 '비공식적인 식민지(informal colony)'였다. 만주국은 대외적으로는 독립국가임을 천명하고 청나라의 마지막 황제 푸이(溥儀)를 국가 원수로 지정했지만 만주국의 실질적인 관리자는 일본 관동군과 관리들이었다. 일본 제국의 식민 통치 비밀 중 하나는 "중층적인 차별화 체제를 부단히 확대 재생산하는"[7] 제국의 '계급 체계'[8]를 만들어가는 것이었다.

일본 관할하의 독립국가로서 만주국은 그 지위가 '공식적인 식민

7　이타가키 유조(板垣雄三)의 용어이다. 駒迂武 著, 吳密察·許佩賢·林詩庭 譯, 『殖民地帝國日本的文化統合』, 台湾大學出版中心, 2017, p.22.

8　역주: 원문의 표현은 "歧視鏈"이다. "歧視"는 '기시하다, 차별하다'라는 뜻이며 "鏈"은 '사슬'을 말한다. 이 단어는 '먹이사슬'을 뜻하는 "食物鏈"에서 온 것인데, 말하자면 "계급 사회에서의 먹이사슬" 관계를 뜻한다. 본고에서는 문맥에 맞게 "계급 체계"로 옮겼다.

지(formal colony)'였던 타이완이나 조선, 사할린에 미치지 못하는 '계급 체계'의 가장 말단에 위치해 있었다. 제국의 입장에서 '공식적인 식민지'의 민중은 교화를 거친 '2등 황민'이었고 후발주자이고 '비공식적인 식민지'인 만주국은 교화를 거치지 못한 야만 상태에 있는 존재였다. 만주국에서 일본은 타이완인과 조선인 중의 중상류층을 만주 식민 통치에 필요한 군사, 정치적인 중개자로 육성했고 만주로 이주한 조선개척단들은 만주 농민들의 토지를 강점하였다. 타이완인들은 의사, 변호사, 거간, 관리[9] 등의 신분으로 '만주국의 중간층' 역할을 하였고 그중에서 셰제스(謝介石) 등과 같은 인물은 만주국 외교부장이라는 고위직에까지 올랐다. 반면 대대로 만주에서 생활해오던 토착 민족들은 일본 제국의 체제 내에서 가장 하층에 위치하게 되면서 더욱 쉽게 공격받고 상처받았으며 이러한 공격과 상처는 제국에서 오는 것일 뿐만 아니라 제국의 '공식적인 식민지'에서도 왔다. 물론 제국의 '계급 체계'가 고정 불변하는 것은 아니어서 상황이 허락하는 한에서 위치가 역전되기도 했는데 그 중간 과정은 더욱 복잡했고 '계급 체계'의 변동과 역습도 간혹 발생했다.

식민지 제도와의 접점에는 젠더 정치의 문제도 존재했다. 식민지에서 식민자는 둘도 없는 강자였고 식민지인은 피압박과 피통치의 처지에 있는 약자였다. 그런데 약자들 내부에서도 불평등의 문제가 존재했는데 그중에서도 여성은 신체적, 관념적으로 더욱 열세에 처해있는 존재들이었다. 또한 이러한 약세의 여성들에는 식민자와 식

---

9 만주국의 타이완인들에 대해서는 타이완중앙연구원 근대사연구소(臺灣中央研究院 近代史研究所) 구술사 총서(79) 『일제시기 재만주 타이완인』, 인터뷰: 쉬쉐지(許雪 熙), 타이완중앙연구원 근대사연구소, 2002 참조.

민지인 여성들이 모두 포함되었는데 이는 간혹 계급과 민족을 초월하는 여성들의 연대로 이어지기도 했다. 이를테면 제국의 젠더 정치라는 위계 속에서 식민자와 함께 만주로 건너온 일본 여성과 식민지 현지의 여성들이 동일한 성적 공동체로 분류되면서 동일한 성적 역할이 부여된 점이다. 그들은 모두 '현모양처(賢母良妻)', '애국지가(愛國持家)'[10] 등과 같은 동일한 성적 역할을 요구받으면서 남권사회(男權社會)에서 '제2의 성'의 위치에 처해졌다.

식민지에서 여성들의 이러한 특별한 지위는 식민지에 대한 그녀들만의 독특한 시선을 만들어내기도 했다. 식민 관리였던 일본인 남편을 따라 만주국에 왔던 우시지마 하루코(牛島春子, 1913~2002)가 이에 해당한다. 그녀는 남성 식민 관료들의 오만방자함과 허약함을 보았고, 그녀의 시선 속에 포착된 일본 관리는 중국어로 소통이 불가능한 "귀머거리"나 "벙어리"에 다름 아니었다. 우시지마 하루코는 이러한 일본인 관리들이 "30만 현(縣) 주민들을 관리한다고 생각하니 등골이 오싹했다."[11]라고 적고 있다.

일본 제국 내에서의 만주국의 특수한 위상, 식민지에서의 여성의 특별한 지위를 염두에 두면서 본고는 만주국 여성 작가 양쉬와 그의 작품을 대상으로 실험적 개념으로서의 '위약성의 미학'을 발전시키고, 이 개념을 체현한 양쉬를 '위미한 양쉬'라고 칭하고자 한다. 본고는 '위약성의 미학'에 대한 고찰을 통해 식민 당하고 공격받고 상처받는 과정에 만들어진 트라우마와 '허약', '무능'을 확인하는 데에 그치지 않고 '취약함의 힘', '신생의 가능성', '만신창이 상태에서의 힘',

---

10 역주: 나라를 사랑하고 가정을 돌본다는 뜻.
11 牛島春子,「祝廉天」,『新滿洲』第3卷 6月号, 1941, p.941.

'새로운 형식의 탄생'을 확인할 수 있는 계기가 되기를 바란다. 또한 트라우마에 대해 이야기한다는 것은 이미 만들어진 상처를 반복적으로 확인하면서 그것에 대해 정신분석을 진행하는 것을 말하는 게 아니라 그보다는 트라우마의 변형이 초래하는 '새로운 형식의 탄생' 가능성에 대해 이야기하는 것을 말한다. 따라서 '위미한 양쉬'는 그것을 탈역사화, 탈젠더화, 탈욕망화, 탈정치화하는 것이 아니라 오히려 역사화하고 젠더화하고 욕망화하는 작업인 것이다.

2. 양쉬에 대하여

양쉬의 대표 작품집은 『낙영집(落英集)』과 『나의 일기(我的日記)』이다. 이 두 작품집은 각각 만주국 말기인 1943년과 1944년에 출판되었다. 1년 뒤에는 일본의 패전과 함께 만주국도 붕괴되었지만 당시의 양쉬는 물론 이 사실을 알지 못했다. 그럼에도 1943년의 양쉬의 생활에는 이미 많은 변화가 일어나고 있었다. 가수에서 편집자로 변신했고, 결혼과 임신, 출산으로 직장을 떠났으며 전업주부가 되어 있었다. 1944년에는 단행본 『나의 일기』가 일본 경찰청 검찰기관의 검열에 걸리면서 양쉬 본인도 여러 차례 경찰청 특무기관의 조사를 받았다.

『낙영집』에는 1934년부터 1942년까지의 대부분의 산문들이 수록되어 있다. 이 산문들은 주로 소녀의 애수, 지난날에 대한 추억, 직장 생활에 대한 기록 등으로 채워져 있다. 다른 작품집 『나의 일기』는 자전체 소설과 일기가 중심이다. 이 작품들은 주로 주인공인 펑톈(奉天)의 여학생 '나'가 국도(國都) 신징(新京)에 와서 직장을 구하고, 사랑을 찾아 헤매고, 자아를 찾아가는 과정에 결국 삶의 고단함 속에 지쳐

버리고 마는 십여 년 간의 생활이 기록되어 있다. 1944년에는 『나의 일기』가 검열로 인해 출판이 금지된 사건[12]이 있었고 1945년에는 『아라비안나이트 신편(新篇)』을 출판하였다. 이렇게 보면 양쉬의 작품 창작 시기와 '양쉬 사건'(검열 사건-역자 주)이 정확하게 만주국 시기와 겹쳐지고 있음을 확인할 수 있다.[13]

본고는 양쉬의 작품과 1934~1945년의 그녀의 이력을 한자리에 놓고 고찰하고자 한다. 왜냐하면 양쉬의 경우 '인물', '작품', '사건'이 개별적이고 특수하지만 동시에 구체적이고 정형적이어서 하나의 사례로 충분한 의미를 지니기 때문이다. 본고는 양쉬의 '인물', '작품', '사건'에 대한 고찰을 통해 식민지 만주국에서 한 여성이 전통과 현대, 일과 생활, 연애와 결혼이라는 경계에서 어떻게 줄다리기를 하면서 근대 중국이라는 이질적인 시공간에서 자신 만의 생활양식을 추구했는지를 살필 것이다. 이는 한 지식인 여성이 민족국가와 개인의 차원에서 동시적으로 발생하는 불안에 어떻게 대처했는지, 쉽게 상처받는 예민하고 유약한 정신으로 어떻게 무거운 시대적 죽음에 대응했는지를 확인할 수 있게 해줄 것이며, 나아가 식민 정권의 통치질서 속에서 어떻게 교란자, 해체자가 되어가면서 '위미한 양쉬'를 구축해 가고 있었는지도 확인할 수 있게 해줄 것이다.

양쉬의 본명은 양셴즈(楊憲之)이고 필명으로는 자오페이(咬霏), 아자오(阿咬) 등이 있다. 1918년 펑톈의 부유한 후이족(回族) 가정에서 태어

---

12 『나의 일기』의 검열사건에 대해서는 楊絮, 「關于〈我的日記〉的被扣押」, 『東北文學』 第1卷 第3期, 1946.2를 참조.

13 1934년 만주국은 국호를 대만주제국(大滿洲帝國)으로, 연호를 강덕(康德)으로 바꾸고 집정 푸이를 황제로 등극시켰다. 1945년 8월 일본의 무조건 항복과 함께 대만주제국도 소멸되었다.

낳으며 부친은 상인이었고 어머니는 가정주부였다. 그녀의 양친은 모두 아홉 명의 자식을 낳았고 양쉬는 그중 일곱째였다. 양쉬의 고백에 따르면 소녀시절의 그녀는 거칠고 반항적이어서 부모들은 그녀를 예의바른 숙녀로 교육시키고자 했으나 성공하지 못했다고 한다.[14]

1936년 양쉬가 중학교를 졸업하던 해 집에서는 그녀를 위해 집안 형편이 서로 비슷한 천씨(陳氏) 집안과 정혼을 하였다. 혼인이라는 제도를 통해 고삐 풀린 망아지와도 같았던 양쉬를 옭아매고자 했던 것이다. 그러나 1934년부터 단편소설과 시를 발표하면서 뜨고 있는 "펑톈 문단의 여성 작가"가 되어 있었던 양쉬는 이미 분명한 자기 생각을 가진 여성으로 성장해 있었다. 그녀는 당장 결혼해야 하는 상황을 모면하기 위해 부모님 몰래 당시 영국 기독교장로회에서 설립했던 미션스쿨 쿤광여자고급중학(坤光女子高級中學)에 지원하였고, 결국 졸업 후 결혼해도 된다는 부모님의 허락을 받아낸다.

고등학교 시절의 양쉬는 자유로운 질주마였다. 후이족(回族)[15]이였던 그녀는 이슬람교도들의 식습관을 준수해야 했기 때문에 학교 기숙생활을 하지 않아도 되었고, 그래서 더 많은 시간을 찻집, 영화관, 연애, 창작과 투고에 할애할 수 있었다. 이 시기에 양쉬는 펑톈의 지식인들과 함께 펑톈방송연극단(奉天放送話劇團)을 조직하였고, 이 연극단은 "펑톈의 방송국에서 매월 2~3회의 방송"[16]을 진행했다. 졸업이 가까워오자 양쉬는 부모님과 천씨 집안으로부터 혼인 독촉을 받

---

14 楊絮, 「我的日記」, 『新滿洲』 第5卷 第5期, 第7期, 1943.5, 7.
15 역주: 중국 소수민족의 하나로 이슬람교를 신봉하는 무슬림 민족 집단이다. 주요 거주지는 닝샤후이족자치구(寧夏回族自治區)이며 전국 지역에 가장 넓게 분포되어있는 소수민족의 하나이기도 하다.
16 楊絮, 「我与話劇」, 『大同報』, 1940.8.24.

앉고, 이때로부터 양쉬는 집안에 갇힌 채 바깥출입을 금지 당했다. 그러나 원체 고집이 셌던 양쉬는 결국 대담한 결정을 내린다.

> 1938년의 섣달 그믐날 밤, 눈이 흩날리는 엄동설한에 나는 몰래 집에서 도망쳐 나와 북행 열차에 몸을 실었다. 공포와 기대를 가슴에 가득 안은 채 당시 만인의 흠모 대상이었던 국도(國都)에 내렸다.[17]

양쉬는 혼자의 힘으로 신징에서 살아가야 했고, 이곳에서 그녀는 짧은 기간이나마 이름을 알릴 수 있었던 문화 사업에 투신하게 된다. 처음에 그녀는 만주국 중앙은행에 취직하여 은행직원으로 근무했고, 후에는 신징음악원(新京音樂院)과 신징방송국(新京放送局)에서 유행가를 불렀다. 1939년 가을에는 만주축음기주식회사(滿洲蓄音機株式會社) 전속가수가 되어 방송에서 노래를 부르고 레코드 음반을 제작하였으며 무대공연을 하기도 했다. 그러다 신징문예연극단(新京文藝話劇團)에 소속되어 극작가 차오위(曹禺)의 작품『일출(日出)』에서 천바이루(陳白露)역을 성공적으로 연기하여 일약 "만주의 천바이루"로 유명세를 얻었으며 1940년 가을에는 만주국 연예사절의 신분으로 조선의 경성을 방문하여 대동아박람회에서 공연 기회를 가지기도 했다. 그러다 1941년 그녀는 돌연 만주국을 떠나 베이징(北京), 다롄(大連), 칭다오(靑島) 등 지역을 방랑하다 약 5개월 만에 다시 신징으로 돌아온다. 돌아온 후 양쉬는 가수, 연기자의 생활을 접고 국민화보사(國民畫報社)의 편집으로 취직하여 창작에 전념하기 시작한다. 이 시기부터

---

17 楊絮,「我的罪狀」,『新滿洲』第4卷 第7~8期, 1942.7~8. 이후「공개된 죄상(公開的罪狀)」으로 제목을 바꾸어 작품집『나의 일기(我的日記)』에 수록하고 있다.

양쉬는 『대동보(大同報)』, 『기린(麒麟)』, 『신만주(新滿洲)』, 『만주영화 (滿洲映畫)』(후에 『영화화보(電影畫報)』로 개제) 등의 잡지에 작품을 발표 하기 시작했으며 그중 「나의 죄상(我的罪狀)」, 「나의 일기」 등과 같은 자전체 소설들이 문단의 주목을 받으면서 논쟁을 일으켰다. 이후 작 품집 『낙영집』(1943)과 『나의 일기』(1944)를 출간하고 설화집 『아라 비안나이트 신편』(1945)을 간행했다.

신징에서의 7년 동안 양쉬는 가요계, 연극계에서 유명세를 떨쳤고 스타 작가로 거듭났다. 하지만 양쉬는 결코 사랑받고 환영받는 인물 은 아니었다. 그녀는 자주 논쟁의 대상이 되었고 수시로 비웃음과 조소의 대상이 되었으며[18] 생활은 불안정하고 곤궁했다. 문단에서도 그녀의 자리를 남겨주지는 않았다. 『나의 일기』 검열사건 이후 양쉬 는 일본 경찰청 검찰기관의 감시를 받기 시작했고 그 후로는 더 이상 문학 창작을 하지 않았다. 다만 오래 전에 편역(編譯)해 두었던 『아라 비안나이트 신편』[19]을 출간했을 뿐이다.

진솔함과 솔직함은 양쉬의 생활 태도였고 그녀 작품의 뚜렷한 특 징이기도 하다. 『나의 일기』 중 1937년 9월 6일자 일기에서 양쉬는 여중생에 대해 "남자들과 어울리기 좋아하는 천성을 타고난 이 괴이 한 성품이 언제 바뀔지는 나 자신도 모르겠다. 내일은 또 다시 일요일 인데 …… 데이트 신청에 응할까 아니면 친구를 찾아갈까? 어쨌든

---

18 당시 양쉬를 비판한 글로 황중(黃鍾)의 「만주의 천바우루(滿洲的陳白露)」(『大同報』 1941年 4月 12日, 13日, 15日, 17日, 20日, 22日, 25日)와 가인(佳人)의 「양쉬 여사에게 (致楊絮女士)」(『新滿洲』 第5卷 第2期, 1943.2.)가 대표적이다. 양쉬는 「나의 죄상」에 서 다음과 같이 쓰고 있다. "내가 방송을 하지 않으면 몰라도 일단 방송을 했다 하면 이튿날 바로 나를 매도하는 글이 신문에 게재되곤 했다."
19 『나의 일기』에 따르면 양쉬가 이슬람교 설화집의 편역(編譯) 출간을 기획한 시기는 1943년이었고 당초 계획으로는 『낙영집』과 동시기에 출판하는 것이 목표였다고 한다.

…… 놀러나가야 하는데, 놀면서 남자들과 어울리지 않을 수는 없는 일 아닌가?"[20]라고 기록하고 있다. 또 결혼하기 한 해 전에 참가한 어느 좌담회에서는 "정조라는 것은 남성들이 만들어낸 하나의 우상에 불과한데 여성들에게 그것을 숭배하고 숭상하도록 강요한다. 개인적인 생각이지만 혼전 정조에 대해서는 남녀 서로 책임질 필요가 없다."[21]라고 자신의 생각을 솔직하게 드러냈다. 이는 사회적 성차별에 대해 전혀 개의치 않는 그녀의 입장을 드러낸 것이었다.

양쉬는 직장여성들의 생활에 대해서도 상당한 관심을 가졌던 것으로 보인다. 기자 시절 양쉬는 〈신여성 인터뷰〉란을 기획하여 만주영화(滿洲映畫), 특허발명국(特許發明局), 사무소(事務所)에서 근무하는 세 명의 직장여성들을 상대로 "1. 당신의 인생관은? 2. 당신이 생각하는 결혼 적령기는? 3. 당신의 가정은 당신의 자유를 간섭하는가?"[22]라는 설문으로 인터뷰를 진행한 바 있다. 이런 질문은 1940년대 동북에서 보편적인 화제가 아니었다. 만주국 정부에서 선전하고 있는 '현처양모(賢妻良母)'나 '봉공지가(奉公持家)'가 강조했던 것 역시 여성이 가정과 국가에 대해 가져야 할 책임감이지 여성 고유의 젠더적 특징을 고려한 요구는 아니었다. 양쉬는 자신의 진솔하고 솔직한 고백으로 근대 여성성이라는 문제를 공적인 장소에서 공론화한 것이었다.

양쉬의 독특한 개성은 현대 매스미디어의 많은 관심과 사랑을 받았다. 방송, 음악, 연극, 잡지(표지 모델), 좌담회, 인터뷰, 타블로이드 신문 등 여러 분야에서 양쉬를 스타로 추켜세웠다. 그녀와 장훙옌(張

20　楊絮, 「我的日記」, 『新滿洲』 第5卷 第5期, 第7期, 1943.5, 7.
21　楊絮 等, 「天馬行空五人掌談會: 知識人男女處世只玄想」, 『新滿洲』 第4卷 第1期, 1942.1.
22　楊絮, 「新女性訪問」, 『國民畫報』 第4卷 第9期, 1942.6.

鴻恩, 1918~2012)[23]의 결혼식이 신징의 중앙호텔(中央大飯店)에서 진행
될 때에는 수많은 만주국 유명 인사들의 축하가 쏟아졌고, 결혼식의
전(全) 과정이 촬영되기도 하였다.[24] 양쉬의 개인생활 대부분이 대중
에 노출되면서 그의 작품에는 '자서전'이라는 수식어가 따라붙기 시
작하였고 양쉬 본인 역시 '자서전'이라는 홍보에 부응하여 작품명을
아예 '일기'로 명명하기도 하였다. 그녀의 다수 작품들은 모두 자신의
개인 생활을 기록한 것이었고 대부분 일인칭 기법을 사용하고 있어
작가, 서술자, 주인공의 일체를 이루었다.

　　양쉬는 일본의 비공식적인 식민지였던 만주국 '계급 체계'의 말단
에 처해 있었고 여성이었기 때문에 당시 사회의 성별 구조에서 '제2
의 성'에 위치해 있었다. 세상은 그녀를 약자, 즉 쉽게 공격받고 쉽게
상처받는 '열세의 자리'에 위치시켰지만 그녀는 본능적으로 그것을
회피했고 상처받지 않으려고 노력했으며 침해(侵害)의 상대가 접근해
올 때에는 최선을 다해 피했다. 그녀는 조혼을 피해가기 위해 쿤광여
자고급중학에 지원했고 '춘희'[25]식의 치정(癡情)[26]이 두려워 몇몇의 남
성들 사이에서 고민했다. 신징에서는 빈번하게 직업을 바꾸어가면서

23　장홍언과 양쉬는 『국민화보(國民畫報)』 편집을 함께 담당하였고 두 사람은 1942년
　　12월 결혼하여 그녀가 생을 마감하기까지 함께하였다. 슬하에 아들 셋과 딸 하나를
　　두었다. 2003년 여름, 필자가 인터뷰 차 부부를 방문하였을 때 양쉬는 이미 병상에서
　　인터뷰에 응하기 어려운 상황이었다. 인터뷰는 장홍언이 대신하였다.
24　本刊記者,「楊絮婚礼点描」,『麒麟』第3卷 第2期, 1943.2.
25　역주: 원문에는 '다화녀(茶花女)'로 표기되었다. 여기서 '다화(茶花)'는 '동백꽃'이라는
　　중국어이며, 굳이 번역을 하자면 '동백꽃 아가씨' 정도가 된다. 짐작하는 바와 같이
　　이는 프랑스 작가 알렉상드르 뒤마의 소설 『La Dame aux camélias』의 여주인공의
　　이름이자 소설의 제목이기도 하다. 중국에서 이 작품은 『차화녀(茶花女)』란 제목으로
　　번역되었다. 본고에서는 한국의 번역을 준수하여 '춘희'로 옮겼다.
26　「나의 일기」에는 「춘희」에 대한 감상도 기록되어있다. 이 감상에서 양쉬는 절대 '춘희'
　　의 신세가 되어서는 안 된다고 쓰고 있다.

자신을 어느 한 사람이나 어느 한 직업에 구속시키지 않았으며 나아가 만주국 정부의 협력자가 되지 않기 위해서도 노력했다.

　그녀는 진솔하고 솔직했으며 자신을 빛나는 곳에 위치시키는 방법으로 안전을 보장 받고자 했다. 또한 그녀는 쉽게 이동하고 쉽게 변화를 주어서 짐작하기 어려웠다. 그것은 직장, 사랑, 결혼, 민족, 국가 여러 면에서 그랬다. 이렇게 양쉬 주위의 세계는 그녀로 인해 틈새가 벌어지기 시작했다. 그녀의 부모는 혼약을 깨뜨린 사실을 받아들이지 않으면 안 되었고, 만주축음기주식회사의 일본인 과장(課長)은 다른 '국민가수'를 수소문하여 〈나는 나의 만주를 사랑하노라(我愛我滿洲)〉를 부르게 하지 않으면 안 되었으며, 문단은 문단을 비웃는 이 비방자[27]를 받아들이지 않으면 안 되었다. 또한 남성들은 양쉬의 '여성의 사랑 선언'을 감내하지 않으면 안 되었다. 일본 경찰청 검찰기관에서도 이러한 '위미한 양쉬'를 감지하고는 그녀의 작품집 『나의 일기』를 출판 금지시켰다. 이리하여 1944년 7월, 이미 5천 부의 인쇄 작업을 마친 『나의 일기』는 결국 제지소에 운반되어 소각되는 운명을 피해가지 못했다.

3. 정신적 장치로서의 '혼종성'과 '모호성'

　『양쉬 작품집』을 펴낸 쉬쥔원(徐雋文)의 통계[28]에 따르면 만주국 시

27　양쉬는 「나의 죄상」에서 작가들의 여러 모습을 통해 만주국 문단의 추악함을 그려내고 있다.
28　楊絮, 諾曼 史密斯·徐雋文 等 編, 『楊絮作品集』, 北方文藝出版社, 2017.

기 양쉬가 창작한 산문, 소설, 시, 가사, 문예평론을 합치면 통산 80여
편, 16만 자에 달하고 그중 단편소설이 10편, 시와 가사가 15편, 산문
등이 50여 편에 이른다고 한다. 또한 그는 양쉬 문학의 중요한 특징
으로 "장르적 경계의 모호성"[29]을 지목하였다. 그렇다. 문학적 장르가
불분명한 것은 양쉬 문학의 중요한 특징임에 분명하다. 그러나 불분
명한 것은 장르적 경계만은 아니었다. 그는 개인생활과 문학 창작도
혼동했다. 그의 작품 속에는 현실과 허구, 기억과 사실, 사적인 이미
지와 공적인 이미지가 혼재되어 있었다. 이처럼 양쉬와 그녀의 작품
은 담론의 경계들을 허물어뜨리면서 만주국 담론의 불안정성과 전복
성, 혼란성을 은유적으로 드러내고 있다. 본고는 혼종성(hybrid)과 모
호성(ambiguous)이라는 두 개념을 토대로 양쉬 작품에 나타난 정신적
기제로서의 위약성의 담론을 살펴보고자 한다.

　양쉬를 훌륭한 작가라고 하기는 어렵다. 그녀와 동시대에 활동한
작가 우잉(吳瑛, 1915~1961)[30]은 양쉬를 다음과 같이 평가하고 있다.

　　영감이 떠오를 때에는 천재적인 글쓰기 재능만 믿고 감정의 흐름에
　따라 일사천리로 쏟아냈다. 그러나 그녀에게는 문학 창작에 대한 기본
　관념이 부재했고 지속적인 창작 의지 같은 것은 더욱 부족했다. 시대적
　임무나 배경에 관심이 없었고 작가로서의 어떤 관념이나 직업의식도 가
　지고 있지 않았다. 그저 천재적인 재능만 믿고 있는 자유분방한 문학소녀
　같았다.[31]

29　徐儁文, 「飛絮的美与哀」, 『楊絮作品集 導言三』, 北方文藝出版社, 2017, p.13.

30　우잉은 만주국 시기의 문화계 명사이자 저명한 여성 작가이다. 소설집 『양극(兩極)』
　　(1939)으로 만주국민간문예상인 문선상(文選賞)을 수상하였으며 오우치 다카오(大內
　　隆雄)과 함께 『현대만주여류작가단편선집(現代滿洲女流作家短篇選集)』(1940)을 편
　　찬하기도 하였다.

우잉의 이러한 평가에는 그럴만한 이유가 있다. 문학 창작에 대한 기본적인 관념이나 지속적인 창작 의지를 전혀 가지고 있지 않았던 양쉬는 그때그때의 감정에 충실하며 글쓰기를 진행했고, 그녀가 써낸 작품들은 장르적 특징이 뒤섞여있는 '서브 장르'[32]였다. 그의 소설은 서사성이 떨어지는 대신에 산문적인 특징이 강했다. 1941~1942년에 창작된 「상처 받은 감정(傷殘的感情)」, 「해변의 꿈(海濱的夢)」, 「상봉의 마음은 의구하고(相逢心依舊)」 등과 같은 작품은 서사 구조에는 신경을 쓰지 않은, 말하자면 정서적인 분위기에 치중한 슬픈 사랑 이야기였다. 반면에 작품 「실종(失踪)」은 오로지 대화체로만 전개되고 있어 방송용 연극 각본을 연상시키는 방송소설에 가까웠다. 「나의 일기」, 「병후의 수필(病後隨筆)」, 「이역의 서신(異地書)」, 「기(寄)」, 「추홍(秋鴻)」 등은 전편이 편지체로 구성된 서간체 소설이며, 「나의 일기」, 「병후의 수필」, 「행랑어멈의 일기(老媽子日記)」 등은 일기체 소설이다.

이와 같은 양쉬의 '모호한 장르'를 가장 잘 보여주는 작품은 1945년 4월에 출판된 『아라비안나이트 신편』이다. 번역과 창작의 경계에 놓여있는 이 작품집은 '양쉬 편역'이 아닌 '양쉬 지음'으로 출간되었고, 12편의 작품을 수록한 이 단행본은 아라비아 이야기를 수록한 『아라비안나이트』와는 확연히 달랐다. 이 단행본은 일본 민속학자 요시하라 고헤이(吉原公平)가 편역한 『이슬람교 설화집(回敎民話集)』을 참조하고 있지만 양쉬에 의해 대량의 개작과 이어쓰기가 이루어졌다.[33] 이와 같은 양쉬식의 '서브 장르'는 사실 전통이 있는 것으로서

---

31 吳瑛, 「滿洲女性文學的人与作品」, 『靑年文化』 第2卷 第5期, 1944.5.

32 '서브 장르' 개념은 우푸후이(吳福輝)의 『도시 소용돌이 속의 해파소설(都市漩流中的海派小說)』(湖南敎育出版社, 1995)을 참조.

33 韓護, 「天方夜譚新篇 序」, 楊絮, 『天方夜譚新篇』, 新京: 滿洲雜志社, 1945.

청말민국(靑末民國) 시기 상하이(上海)에서 출현한 석간소설(晚報小說),
영화소설(電影小說), 희곡소설(戱劇小說) 등이 그 시초였다. 다른 한편
으로는 양쒀 본인의 생활환경과 세계를 느끼는 그녀만의 원초적인
방식과도 관련된다. 양쒀의 경계를 넘나드는 직업, 문단적 지위에 대
한 무관심, 문학적 사명감의 부재 등은 식민지의 혼종성을 손쉽게
작품 속으로 끌어들일 수 있게 하였고 자신의 자전적 요소들과 창작
을 창조적으로 연결시킬 수 있게 했던 것이다.

앞서 언급한 바 있듯이 양쒀의 작품 대부분에는 자서전이라는 수
식어가 붙어 다녔다. 1942년 잡지 『신만주』는 양쒀의 작품 「나의 죄
상」 연재를 시작하면서 양쒀의 사진과 함께 다음과 같은 설명을 덧붙
이고 있다. "이것은 한 지식인 소녀의 간절하면서도 호소하는 듯한
대담한 자기기록이다."[34] 양쒀 역시 이와 같은 선전에 적극 협조하여
작품집 『나의 일기』의 서문에서 다음과 같이 쓰고 있다.

여기에는 단편소설도 있고 자술(自述)도 있다. 그 대부분은 모두 나
자신에 대해 쓴 것이다. …… 나의 창작 대부분은 모두 실험이었고, 나
자신에 대한 글쓰기였으며, 나는 자주 적나라한 사실을 지상에 공개했다.
…… 마음속에 품고 있었던 사람들에게 도저히 할 수 없었던 이야기를,
내 진정을 담아 지상에 공개하여 천만 독자들에게 알리고자 했다. 어쨌든
그것은 나에게 있어서 작은 희열이고 작은 수확이었다.[35]

「나의 죄상」과 「나의 일기」 두 작품에는 양쒀의 10여 년의 생활이

---

34 楊絮, 「我的罪狀」, 『新滿洲』 第4卷 第7~8期, 1942.7~8.

35 楊絮, 『我的日記 自序』, 新京: 開明圖書公司, 1944, p.1. 하지만 이 책이 검열에 걸려
압수되면서 양쒀의 글은 공개되지 못했다.

기록되어 있다. 펑텐에서 신징까지, 도망치듯 신징을 떠났다가 다시 신징으로 돌아오기까지, 여학생에서 은행 여직원으로, 가수에서 연극배우로, 직장여성에서 전업주부로 변신하기까지의 생활을 기록하고 있다. 이 두 작품만이 아니라 기타 여러 작품들에서도 그녀는 개인적인 일화를 빈번하게 삽입하고 있으며, 그것은 마치 의도적으로 사생활과 창작을 교직시키고 있는 것처럼 보이기도 했다. 이는 물론 독자와 시장의 수요를 의식한 측면이 없지 않다. 스타의 사생활은 사람들의 관심을 끄는 둘도 없는 화젯거리였으니까. 하지만 다른 한 측면에서 이는 텍스트의 서사적 전략이기도 했다. 작가와 서술자, 서술 주체가 하나인 일인칭 서사였고 한 편 한 편의 작품들이 모두 자서전이었기 때문이다. 이 자서전들을 대조해가며 읽으면 하나의 결론을 도출할 수 있다. 즉 그녀 자신의 스스로에 대한 자아긍정과 자아전복을 확인할 수 있다. 양쉬는 다른 서사 방식과 다른 설정으로 '양쉬 이야기'를 반복적으로 서사화하고 있었던 것이다.

『신만주』판『나의 일기』[36]의 상권에서는 독서, 연애, 영화, 쇼핑 등 펑텐에서 공부하던 소녀시절의 생활을 기록하고 있고 하권에서는 신징에서의 삶과 사랑을 기록하고 있다. 은행 여직원으로 직장 생활을 하다가 방송국 가수가 되고, 다시 연극배우가 되고, 그리고 몇몇 남자들과 교제하다 결국에는 유부남과의 사랑에 빠지기까지의 생활을 기록하고 있다. 「나의 죄상」은 앞에서 기록한 생활에 대한 참회록

---

36 양쉬의 「나의 일기」는 두 가지 판본이 존재한다. 하나는 『신만주』 제5권 제5호 (1943.5), 제7호(1943.7)에 발표된 상하(上下)로 나누어진 「나의 일기」로서 상(上)은 1937년의 일기, 하(下)는 1939~1940년의 일기이다. 다른 하나는 작품집 『나의 일기』 판본으로서 여전히 상하로 구성되어 있지만 상은 1937년의 일기이고 하는 1943년의 일기이다. 쉬쥔원(徐雋文) 등이 편찬한 『양쉬 작품집』(2017)에는 세 시기의 일기를 모두 수록하고 있다.

이라고 할 수 있다.

　"남자친구를 사귀기 시작", "허영심 많고 나대기 좋아했던 시절", "제
국 수도의 문학청년으로 자처", "무작정 방송을 시작", "가수가 되기로
결심", "유행하는 열병 같았던 연애", "너무 방종했던 나의 삶"[37]

　마치 죄수가 자신의 죄상을 공개하듯이 솔직하고 직설적이었다. ……
나는 사람들의 비웃음과 조소를 뒤로 한 채, 내가 하고 싶은 말을 용감하
게 뱉어냈다. 사회를 향해, 사람들을 향해, 그리고 나 자신을 향해.[38]

　동일한 '양쉬 이야기'이지만 하나는 서사물이고 하나는 참회록이
었다. 하지만 단편 「생활 수기(生活手記)」, 「야행자의 읊조림(夜行者的
低吟)」, 「하나의 슬픈 이야기(一支悲哀故事)」, 「고향의 우울(故鄉的憂鬱)」
에 이르면 서사는 양쉬의 비참하고 고통스러운 이야기로 이어진다.

　일본인 상사 밑에서 조심스럽게 부지런히 일하고, 어두운 골목길을 혼
자 걷고 있을 때, 신징의 화려한 네온사인은 나의 길을 비춰주지 않았다.
나는 마치 행복이라는 나라에서 추방된 사람 같았다. 그러나 살아가기
위해 나는 다시 구차하게 삶을 구걸하지 않으면 안 되었다.[39]

　모든 것이 연기처럼 사라졌다. 사랑도, 근심도. 모든 것은 그저 연기였
을 뿐이다. 연정도 미움도.[40]

37　「나의 죄상」 중의 소제목들이다.(『신만주』 제4권 제7~8기, 1942.7~8.) 작품집 『나의
　　일기』에 수록할 때에는 소제목들이 생략되었다.
38　楊絮, 「我的罪狀」, 『新滿洲』 第4卷 第7~8期, 1942.7~8.
39　楊絮, 「一支悲哀的故事」, 『麒麟』 第1卷 第7期. 1941.12.
40　이 말은 양쉬가 즐겨 인용하는 투르게네프의 말이다. 다른 여러 작품 중에서도 자주
　　인용하고 있다.

생활은 오래된 우물이었고 죽어있는 고인 물이었다.[41]

양쉬는 이와 같은 자서전이라는 서사 형식을 통해 다중적이고 모호한 자신의 형상을 만들어갔다. 한편 정사(情事)에 대한 대담한 묘사는 양쉬 작품의 또 하나의 중요한 특징이다. 이는 5.4 이래 개성 해방을 표방하고 나선 여성 서사와 흡사한 면이 없지 않다. 양쉬가 신문학 교육을 받은 인물이라는 점과 그녀의 성향을 감안할 때 그녀는 이러한 작품을 호의적으로 감상하고 모방했을 것이며 심지어 그중의 일부를 생활 속에서 직접 실천하고자 했을 것이다. 캐나다의 노만 스미스(Norman Smith)는 양쉬와 그의 작품을 남권사회에 저항하는 신여성으로, 개성 해방을 제창하는 신여성으로, 나아가 만주국의 '현모양처' 정책에 저항한 작가/작품으로 해석하고 있다.[42] 이와 같은 평가에는 그럴만한 이유가 있다. 그러나 '자전적 서사'라는 차원에서 보면 또 다른 단서를 발견할 수 있다. 양쉬의 작품들은 단선적이지 않으며 작품들을 한데 모아놓고 읽으면 또 다른 단서를 발견하게 된다. 일부 작품들에서 양쉬는 '나'를 여러 명의 남자들과 교제하면서 남자들의 감정과 기분을 장악하고 있는 "사랑의 교주"로 형상화했던 반면에 또 다른 작품들에서는 자신을 솔직하고 성실한 모습으로 그려내고 있다. 그녀는 "나는 가끔 사랑을 제작하여 스스로를 충실하게 하고자 했지만 현실적으로는 불가능했다. 만약 사랑 제작이 진정 가능하다면 내가 이토록 비참하고 슬프지는 않았을 것이다."[43]라고 했다. 또

41 楊絮, 「生活手記」, 『落英集』, 新京: 開明圖書公司, 1943, p.22.
42 諾曼 史密斯, 李冉 譯, 『反抗"滿洲國"——僞滿洲國女作家硏究』, 北方文藝出版社, 2017.
43 楊絮, 앞의 글, p.22.

일부 작품들에서 그녀는 스스로를 사랑의 상처에 허덕이는 인물로 그려낸다. 작품 속에서 그녀는 만신창이가 되어 한없이 "고독하고", "몰락하고", "비참한" 모습이다.

또한 양쉬는 많은 이야기들을 자서전이라는 형식을 통해 반복적으로 서사화했다. 「부부는 같은 숲에 사는 새와 같건만(夫婦如同同林中鳥)」에서는 금실 좋은 부부를 그려내고 있지만 「기억은 잔인한 독충(記憶是個殘忍的毒蟲)」에서는 남편의 외도를, 「나의 일기」에서는 처량하고 고달픈 주부의 삶을, 「삶은 별똥별(日子是一個流星)」에서는 행복한 주부의 모습을 그려내고 있다. 1940년 10월에 발표한 작품 「부선실연잡기(赴鮮實演雜記)」에서는 이국의 무대 위에서 의기양양한 만주국 문예 대표로 그려졌고, 다른 작품 「스러지는 마음(飄零的心)」에서는 "나는 자주 스스로를 기만하면서 본의에 어긋나는 일을 하고 마음에 없는 말을 했으며 명예에 눈이 멀어 세속적인 사람들과 어울리다가 이제 문득 깨닫는 바가 없지 않다."[44]라고 쓰고 있다.

양쉬의 다수 작품들이 합주해낸 모호성은 독자들의 '자전체 사소설'에 대한 상상을 해체시킴과 동시에 작가의 목소리와 서술 주체의 관계를 재정립하게 하였다. 서술 주체 '나'에는 작가의 일상적인 개인 흔적이 포함되어 있는데 이 서술 주체 '나'는 작가의 다양한 목소리를 전달하는 과정에 모호성, 불확실성을 드러내기도 하고 은폐하기도 하면서 현실과 허구, 사실과 상상의 경계를 모호하게 하였다. 이렇게 '양쉬 이야기'는 '기만'이라는 유희를 하고 있었던 것이고 반면에 이와 같은 '자전적 서사'는 기만임과 동시에 기만을 폭로하는 수법이기도 했다.

---

44 楊絮, 「飄零的心」, 『滿洲映畫』 第4卷 第10期, 1940.10.

양쉬 작품의 이러한 특징은 당시 만주국의 담론 정책이나 사회적 현실의 구조적 특징을 그대로 드러낸 것이기도 했다. 일본의 '비공식적인 식민지'였던 만주국은 위국가(僞國家)와 식민지 사이의 모호한 정체(政體)를 가지고 있었고 제도나 의식형태, 문화정책에 있어서도 연속성이 결여된 모호한 측면이 없지 않았다. 정체(政體)는 공화제에서 군주제로 이행하였고, '건국정신(建國精神)'은 '왕도낙토(王道樂土)'와 '오족협화(五族協和)'에서 '일만일덕일심(日滿一德一心)', '일만일체불가분(日滿一體不可分)'으로 변하였으며, 문학정책은 '건국문학(建國文學)'에서 '보국문학(報國文學)'으로 전환하였다. 또한 '오족협화'의 '오족'이 과연 어느 다섯 민족인지에 대해서도 각자 설이 다르다.

양쉬가 작품을 자주 발표했던 잡지 『신만주』[45]의 첫 시작을 장식했던 화보사진들 일부는 도시, 철도, 광산, 공장, 공원 등으로 표상되는 '근대 만주'의 이미지를 선보였고, 이어지는 논설이나 강연, 특집들은 근대적인 관념, 아동교육, 부녀해방 등을 주제로 하는 '문명 만주'를 표방하였다. 그리고 이어지는 문예란의 다수의 작품들은 '근대 만주'와 '문명 만주' 이면의 암담하고 비참한 생활을 서사화했다. 한쪽에서는 그럴싸한 망상을, 다른 한쪽에서는 비참하고 고달픈 일상을, 한쪽에서는 관념적인 상상을, 다른 한쪽에서는 눈물겨운 현실을 그려냈다. 일본 근대 군국주의의 유린 하에 있었던 괴뢰국가 만주국은 양쉬의 다중적인 자전적 교향곡 중에서도 여전히 항상적인 모습으로 드러나고 있었고 여기에서 양쉬는 자신의 '죄상'을 공개하면서

---

45 『신만주』는 만주국의 문화종합지로서 1939년 1월 신징에서 창간되어 1945년 4월 종간하기까지 총 74기를 발행하였다. 만주도서주식회사(滿洲圖書株式會社)에서 발행하였고 왕광례(王光烈)와 지서우런(李守仁)이 선후로 책임편집을 맡았다.

"마음속에 담아둔, 도저히 사람들에게 토로할 수 없었던 것들을 적나라하게 지상에 폭로하였다." 물론 이는 저항적인 폭로가 아니라 다수 작품들의 합주를 통해 드러난 것이며 문학 작품을 통해 형상화된 것이었다.

4. 결론을 대신하여

양쉬는 만주국이라는 '비공식적인 식민지'의 체험을 자신의 작품 속에 기록했다. 하지만 그녀는 '항일문학'이나 '해식문학(解殖文學)'[46]의 방식을 취하지 않았다. 샤오쥔(蕭軍)의 『팔월의 향촌(八月鄕村)』에서처럼 일본의 침략과 인민혁명군의 항일을 그리 지도 않았고, 산딩(山丁)의 「연무 속에서(臭霧中)」처럼 일본이 동북을 식민지화하고 동북 인민을 착취하는 과정을 그려내지도 않았다. 양쉬는 그저 자신의 생활과 자신의 느낌, 그리고 흔들리는 감정에 대해 기록했을 뿐이고 만주국의 일상에 대해 스케치하듯 묘사했을 뿐이다. 역사적인 큰 그림은 보일 듯 말 듯 문학 양식 속에 묻혀서 자기 성찰과 자아 참회로 위장되었고 그 과정에 여러 자서전들이 합주해 낸 것은 모호하고 전복된 혼란스러운 세계일뿐이었다. "창문 앞 어항 속에서 헤엄치고 있는 물고기"[47]와 "바람에 흩날려 정원 지천에 떨어진 버들가지"[48]라는 표현은 양쉬가 반복적으로 사용하고 있는 '자아' 이미지이다. 어항

---

46 '반식문학', '항일문학', '해식문학'의 정리와 정의에 대해서는 이 책에 수록된 「반식문학」, '항일문학', '해식문학'과 「식민지 문학의 '식민성'과 '해식성'」 참조 바람.
47 楊絮, 「我的日記」, 『新滿洲』 第5卷 第5期, 第7期, 1943.5, 7.
48 楊絮, 「早秋的寂寞」, 『麒麟』 第1卷 第4期, 1941.9.

속의 물고기는 아름답고 활기차지만 관상용에 지나지 않으며, 이는 양쉬의 스타 이미지, 매체에서 선전하고 있는 '신만주'의 이미지와도 유사한 측면이 있다. 반면 가을바람에 흩날려 정원의 지천에 떨어져 굴러다니는 버들가지(楊絮)는 식민지 일상생활에서의 자아 감각인 것이다. 양쉬(楊絮)라는 필명도 지천에 떨어진 의지할 곳 없는 버들가지, 조국을 잃어버린 사람들의 일상적인 체험에서 취한 것이다.

양쉬의 작품은 연약하고 심지어 이유 없는 무병신음(無病呻吟) 같기도 했지만 그것은 결코 모호한 연약함, 무료한 신음소리는 아니었다. 그의 작품들은 모종의 힘을 가지고 있었고 연약함 속에서도 창조성이 넘쳐났으며 당당함이 드러났다. 그것은 식민지를 혼란스럽게 하였고 만신창이의 현실을 새로운 모습으로 전개시켰다. 양쉬 본인 역시 어떤 입장이나 주의에서 출발한 것은 아니다. 그녀는 한 번도 어떤 문학 단체나 유파에 소속된 적이 없었고 언제나 예문지파(藝文志派), 문선파(文選派), 문총파(文叢派)의 외부에 유리되어 있었다. 하지만 문선파의 천인(陳因), 문총파의 산딩(山丁), 우잉(吳瑛), 예문지파의 샤오쑹(小松), 줴칭(爵靑) 그리고 일계 작가인 오우치 다카오(大內隆雄) 등과 같은 문단의 명사들과는 개인적으로 두터운 친분을 이어갔다. 그녀는 식민지와 함께 도래한 근대적인 직종을 살려 자신이 좋아하는 가수라는 직업에 뛰어들었지만 "국민가요"[49]나 일본 문화 관리들을 위한 "국가(國歌)"를 부르지 않으면 안 되었을 때 분연히 가요계를 떠났다.

1940년은 양쉬와 만주국 정부의 관계가 가장 밀접했던 한 해였다. 그녀는 만주국 정부가 조직한 각종 문예활동[50]에 참석했고 만주국 연

---

49 「楊絮与郭奮楊演唱"國民歌"〈我愛我滿洲〉」, 『大同報:"今日放送"專欄』, 1940.3.10.

예사절(演藝使節)의 신분으로 조선의 경성을 방문하여 대동아박람회에 출연하기도 했다. 하지만 1941년 양쉬는 갑작스럽게 만주국을 떠나 베이징, 다롄, 칭다오 등지에서 약 5개월여 방랑의 시간을 보냈다. 「나의 일기」에 따르면 그때의 떠남은 요양이 목적이었고, 사랑의 상처를 치유하기 위한 방랑이었다. 한편 언론에서는 그녀가 화베이영화공사(華北電影公司)[51]에 입사하려고 했다지만 그 구체적인 이유 등에 대해서는 아직 밝혀진 바가 없기에 이는 고증이 필요한 부분이다. 다시 만주국으로 돌아온 양쉬는 만주국 정부에서 조직하는 각종 활동을 가급적 멀리했고 그녀의 문단 동료들처럼 만주문예가협회에 가입하지도 않았으며 오직 편집과 창작, 결혼, 출산, 전업주부의 삶에 집중했다. 양쉬는 유혹과 욕망 사이에서 타락하지 않았고, 스스로를 불쌍히 여기거나 동정하지도 않았으며 오히려 '공개적인 죄상'이라는 창조적인 방식으로 모든 것을 공개함으로써 '위미한 양쉬'를 구축해 갔던 것이다.

---

50 예를 들면 하얼빈(哈爾濱)에서 행해진 '협화의 밤(協和之夕)' 음악회에 참석하였고 '경찰관 위문의 밤(警察官慰安之夕)' 방송에 참석하였으며 만주국 문화사절(文化使節)의 신분으로 조선에서 개최된 대동아박람회(大東亞博覽會)에 참석한 것 등이다. 또한 '애로의 밤(愛路之夕)' 방송에서 독창으로 〈철로애호가(鐵路愛護歌)〉를 불렀고 '국방헌금(國防獻金)'을 위한 공연에도 참가했다.

51 小川, 「春風吹楊絮 由滿飛北京——滿洲的陳白露 下歌壇將入影圈」, 『大同報』, 1941. 4.10.

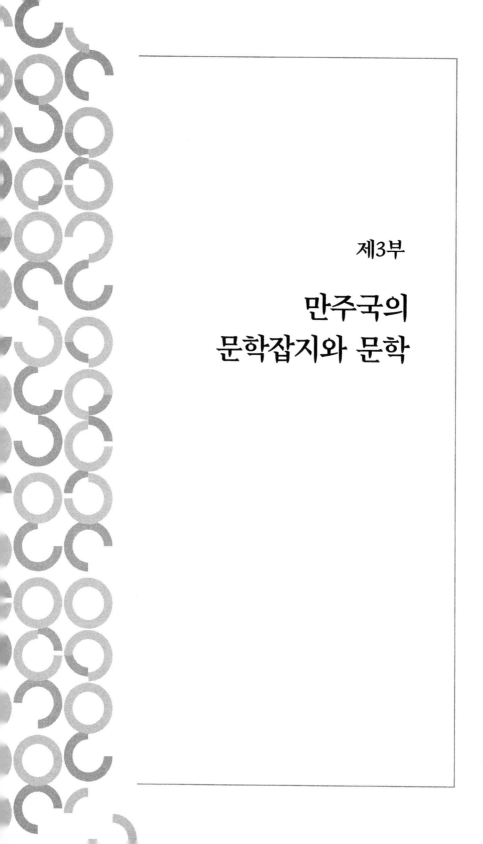

제3부

만주국의
문학잡지와 문학

'신만주' 구축과 문학의 무의지

— 잡지 『신만주』 고찰 —

1. 시작하며

잡지 『신만주(新滿洲)』[1]는 만주국 시기에 최장기간 발행되었던 중국어 문화종합지였고 "가장 오래된 만주국 간판 잡지"[2]라는 평가를 받는 잡지이다. 『신만주』의 발행 시기는 각종 문예 통제가 점차 명확해지고 점점 더 체계화되어 가던 시기와 정확하게 겹쳐진다.

만주국 시기의 문예정책은 두 단계로 나뉜다. 제1단계는 '건국정신'을 선전하고 '국책문학'을 제창하던 시기이다. 이 시기는 태평양전쟁 발발 후까지 이어졌으며 주로 문예 관련 일부 법령이나 제도, 강령들이 제정되었다. 제2단계는 '전쟁 봉사', '시국 봉사'를 기조로 하면서 '보국문학'을 제창하던 시기이다. 이 시기에는 문예가와 문예단체의 총동원 체제를 설립하였고 만주국의 언론문화기구와 그 구성원

---

[1] 필자는 잡지 『신만주』의 총 74기 중 60기를 수집하였다. 구체적으로 1939년 제1권 1~4월호와 8~12월호, 1940년 제2권 1~12월호, 1941년 제3권 1~12월호, 1942년 제4권 1~4월호와 6~7월호, 11~12월호, 1943년 제5권 1~5월호와 7~12월호, 1944년 제6권 1~5월호와 7~11월호, 1945년 제7권 2~4월 합병호이다. 이상의 자료들은 각각 지린성 사회과학원도서관, 지린성도서관, 랴오닝성도서관, 창춘시도서관, 지린대학교도서관, 하얼빈시도서관에 소장 중이다.

[2] 宋毅, 「滿洲一年的出版界」, 『華文每日』 第12卷 第1期, 1944.1, p.26.

및 그들의 활동 모두를 전쟁 봉사를 위한 궤도에 올리고자 했다. 이 시기에는 구체적인 문예정책과 관련 법령 외에 문예 통제를 실시하는 기관도 다양하게 등장했다. 대표적인 문예 통제기관으로 만주국 정부 관련 기관, 일본 관동군, 헌병, 경찰, 통신사, 그리고 각종 문예 조직 등이 있었다. 만주국의 각종 세력들은 문예 통제정책을 지속적으로 기획하고 강화시켰으며 신문, 도서에 대한 검열 제도와 작가 관리 제도 등을 통해 언론을 통제하고 신문잡지와 서점을 취체했으며 작가들을 규범화시키고자 했다.

잡지『신만주』는 이러한 배경에서 발간되었던 잡지였다. 이 잡지에 대한 고찰은 만주국 시기 문학 발전의 기본 모습과 강권 압력하에서의 문학의 변용적 특징을 파악할 수 있게 한다. 또한 만주국이 어떻게 문예 통제정책을 이용하여 반만항일(反滿抗日) 문예를 진압했으며, 문예가 어떻게 통치 이데올로기를 구축하고 전파하는 도구적 역할을 하면서 '건국정신'과 '전쟁시국'을 위해 직접적으로 봉사하게 되었는지도 확인할 수 있게 한다. 그러나 중국 지식인들이 주축이 되었던 잡지『신만주』는 잡지와 지식인들의 생존을 보장해야 할뿐만 아니라 타협하고 양보하는 과정에서도 잡지와 문학의 존엄성도 동시에 지켜내야 했다.

잡지 『신만주(新滿洲)』는 1939년 1월 창춘(長春)에서 창간되어 1945년 4월 종간되기까지 7년 동안 총 74기를 펴낸 월간잡지이다. 이 잡지는 만주도서주식회사(滿洲圖書株式會社)[3]에서 발행하였고 발행

3　1937년 3월 29일에 반포된 만주국 칙령 제41호《만주도서주식회사법(滿洲圖書株式會社法)》에 따르면 만주도서주식회사는 모든 교과서의 출판, 발행, 판매와 우량 국책 도서의 편찬, 국책도서와 일반도서의 인쇄, 일본 출판물 수입 권한을 가지고 있는 특수회사이다.

인은 만주도서주식회사 상무이사인 고마고에 고사다(駒越五貞)였다. 창간 당시 편집인은 만주도서주식회사(滿洲圖書株式會社) 편찬실 주필이었던 왕광례(王光烈)였고, 제4권 11월호부터 지서우런(李守仁, 우랑(吳郎))이 편집을 맡았다.

만주도서주식회사는 무시할 수 없는 경제력을 지닌 국가 주도의 주식회사였다. 그 덕분에 『신만주』는 시작부터 호화로운 장정으로 출발했다. 32절판 사이즈에 채색 표지, 목차까지 컬러 인쇄로 발행된 150여 페이지 분량을 자랑하는 두둑한 잡지였다. 제9책을 발행할 당시에는 200페이지로 늘어났고 제2권부터는 컬러 사진판을 추가하였다. 제2권 1월호에는 사진이 14면, 텍스트가 226면에 달했다. 1941년 12월 일본이 진주만을 습격하면서 만주국은 전시상태에 돌입하고 물자 결핍으로 종이와 인쇄잉크의 배급제가 시행되었다. 그럼에도 『신만주』 제4권(1942)은 16절판으로 갱신되었고 장정은 더욱 호화로워졌다. 1944년에 들어서면 만주국은 쇠퇴의 길에 들어선다. 대부분의 신문잡지들이 모두 정간되고 종이 자원 부족에 따른 엄격한 단속이 이루어지기 시작한다. 『신만주』의 장정은 이 시기에 와서야 비로소 검소하게 변하기 시작했다. 제6권 8월호(1944)에 오면 표지는 장식 위주의 삼색 인쇄로 진행되었고 종이의 재질도 조잡해졌으며 분량도 80페이지로 줄어들었다. 9월호 표지에는 '시국국민잡지(時局國民雜誌)'란 표제가 붙었고, 10월호부터는 목차가 무채색으로 인쇄되었다. 제7권(1945)은 2, 3, 4월호가 합병호로 발행되었고 분량은 60페이지였으며 종이 재질은 글씨를 알아보기 힘들 정도였다. 『신만주』도 결국 마지막 운명을 맞이하게 되었던 것이다.

2. 잡지 『신만주』의 발행 상황

• 1939년

『신만주』는 잡지 명칭에서부터 '새로운 만주' 즉 '신만주(新滿洲)' 구축을 위한 선명한 이데올로기적 성향을 드러내고 있다. 여기서의 '신만주'는 곧 '새 나라'를 말하며, 이 '새 나라'는 '건국선언(建國宣言)' 과 '집정선언(執政宣言)'에서 날조해낸 "건국정신(建國精神)을 초석으로 하여 일만일체(日滿一體), 민족협화(民族協和), 안거낙업(安居樂業)을 사 명"으로 하고 있는 나라를 지칭한다. 『신만주』는 '충애(忠愛)', '효의 (孝義)', '협화(協和)'를 잡지 발행 취지로 내세웠고, 이는 곧 만주국의 "인애(仁愛)를 정치의 기본으로 삼고 충효(忠孝)를 가르침의 기본으로 삼는 오족협화"의 만주국 국책과 일치하는 것이라고 명시했다. 준(准) 국영기관이었던 만주도서주식회사 주관 잡지였던 『신만주』가 '신만 주'라는 명칭과 함께 공표했던 잡지 발행 취지는 만주국 제1단계 문 예정책에 완전히 부응하는 것이었다.

잡지는 〈논설(論說)〉, 〈강연(講演)〉, 〈저술(著述)〉, 〈위생(衛生)〉, 〈번 역집(譯叢)〉, 〈전재(專載)〉, 〈상식(常識)〉, 〈잡조(雜組)〉, 〈만화(漫畵)〉, 〈소 설(小說)〉, 〈실용 일본어(實用日語)〉, 〈진문 및 기타(珍聞及其他)〉, 〈국내 외 대사기(內外大事記)〉 등 란으로 구성되었다. 제1권 9월호를 일례로 살펴보면 『신만주』 제1권은 비록 '건국정신'과 '신만주'의 건설을 목 적으로 하고 있지만 〈논설〉, 〈강연〉, 〈전재〉와 〈번역집〉란만 상기의 주제와 밀접하게 연관되고 있었다. 이 4개의 란은 총 30여 페이지를 차지했고 이는 전체 잡지의 1/7 분량에 그칠 뿐이었다. 기타의 각 란은 실용성과 오락성, 흥미성을 목적으로 하고 있었다. 물론 그중에 서도 일부 내용들이 국책과 연관되기도 했지만 주류를 차지하지 못했고 해석에 있어서도 다의적인 측면이 존재했다. 그 이질적인 시공간의 시대에 정부에서 출자한 종합 잡지는 국책 선전이라는 범주 속에서만 다른 목적을 달성할 수 있었다.

잡지 『신만주』의 다른 목적은 문예에 있었다. 양적인 측면에서 보더라도 근 100페이지에 달하는 문예 텍스트(소설, 신체시/구체시, 희곡, 소품문(小品文))는 잡지의 거의 1/2 분량을 차지했다. 매호의 「편집 후기(編後記)」에서도 확인할 수 있듯이 편집자들은 잡지 구성에 대해서는 형식적으로 소개하는 데에 그치고 편집 후기의 핵심은 언제나 득의양양하고 흥겨운 필치로 늘어놓고 있는 문예작품에 대한 평가였다. 이러한 평가와 함께 편집부는 투고 수량에 있어서도 문예작품이 양적으로 가장 많다는 사정을 전하면서 "최근 소설 투고 량이 상당하여 분량을 늘리기에 극력 노력하고 있으나 여전히 옥고 중의 육칠 할밖에 선정할 수 없어 유감입니다."[4]라는 성명을 덧붙이고 있다. 한편 편집자인 왕광례(王光烈), 지서우런(李守仁), 딩신바이(丁莘白), 천자오잉(陳蕉影), 둥자딩(董家鼎), 류궈판(劉國藩) 등도 모두 시인이거나 소설가여서 글쓰기를 즐겼고, 그들도 신문잡지에 직접 문예작품을 발표하고 있었다. 이로부터 알 수 있듯이 문예 텍스트가 편집자와 작가, 독자를 한데 연결하고 있었고 순수문예잡지가 부족했던 당시 만주국의 상황에서 그들은 『신만주』를 문예잡지로 편집했고 문예잡지로 읽었다. 그러나 잡지라면 당연히 더 많은 독자들의 사랑을 받아야 했고 시민의 취향까지도 드러낼 수 있어야 했으므로 이를 위해 『신만주』는 특별히 전문 문예란을 마련했고 문예 텍스트들도 최대한 통속성과 시민성을 드러내고자 노력했다. 『신만주』 제1권의 이와 같은 기

---

4 「本刊啓事」, 『新滿洲』 1卷 9号, 1939, p.111.

획과 배치에는 편집자의 고심이 배어있었다.

- 1940년

『신만주』 제2권부터 잡지 구성에 미세한 변화가 시작되었지만 전반적인 풍격은 여전히 유지되었다. 목차 구성에 〈사진(寫眞)〉, 〈권두언(卷頭語)〉, 〈각지 통신(各地通信)〉, 〈유희 오락(游藝)〉, 〈독자란(讀者園地)〉 등과 같은 란이 추가되었으나 페이지나 글자 수에 있어서 아주 적은 양을 차지하였을 뿐이고 잡지의 장식적인 역할을 하는 데 그쳤다. 그보다 그 주요 목적은 잡지의 흥미성을 증가하자는 데 있었다. 〈논설〉, 〈강연〉 등과 같은 란은 취소되었지만 구성에 있어서의 구체적인 내용은 여전했다. 기존의 〈저술〉, 〈위생〉, 〈상식〉, 〈번역집〉을 〈일반지식(一般知識)〉과 〈가정생활(家庭生活)〉란으로 개편하였고 그 내용과 분량은 여전히 변함없이 유지되었다. 반면에 〈잡조〉는 〈산문(散文)〉, 〈시(詩)〉, 〈현대시문선(現代詩文選)(구문학)〉과 〈영화와 희곡(影與劇)〉 등 네 파트로 세분화되면서 분량이 확장되었다. 소설은 여전히 가장 많은 분량을 차지하고 있었다. 『신만주』 제2권에서 점차적으로 안정화되어간 부분은 〈사진〉, 〈일반지식〉, 〈기재(記載)〉, 〈문예(창작, 산문, 시가, 번역, 평론)〉, 〈장편소설〉, 〈단편소설〉, 〈현대시문선〉, 〈유희 오락〉, 〈영화와 희곡〉, 〈각지 통신〉, 〈일본어 강좌〉, 〈잡조〉, 〈독자란〉 등과 같은 13개의 란이었고 특별히 이름을 붙이지는 않았지만 잡지 목록의 가장 상단에 검은 글씨로 강조되었던 〈국책 논설문〉란이 있었다.

『신만주』 제2권은 분량이 평균 220쪽 이상으로 증가했고[5] 증가된

---

5 잡지 『신만주』의 분량을 살펴보면 제2권 제1호는 226면, 제4호는 206면, 제7호는 250면,

분량 대부분은 문예 관련 텍스트들이었다. 문예 텍스트는 지속적으로 증가했으며 작가 구성에도 변화가 일어나기 시작했다. 『신만주』는 기존의 편집자와 자유 투고를 통해 원고를 마련하던 데에서 탈피하여 직접 작가를 섭외하여 작품을 의뢰하기 시작했다. 『신만주』는 당시 동북 지역에서 비교적 성숙한 작가들을 특별히 요청하여 창작을 의뢰했으며, 대표적으로 리지펑(李季瘋), 추이위(翠羽) 같은 작가들이 『신만주』를 위한 장편소설 창작에 동원되었다. 장편소설의 번창은 『신만주』 제2권의 큰 특징이었는데 "새해에 들어 장편소설의 진영은 그야말로 장엄하고 엄숙했다."[6]라고 말해질 정도였다. 리지펑의 『혼인의 길(婚姻之路)』(제2권 1~8호), 추이위의 『동심(童心)』(제2권 2~12호), 후런(胡人)의 『가감승제(加減乘除)』(제2권 5~12호), 시마자키 도손(島崎藤村)의 『봄(春)』(두바이위 옮김, 제2권 7~12호) 등과 같은 작품이 게재되었다.

한편 『신만주』 제2권에는 일본 문인들의 작품들이 다소 증가 추세를 보였다.[7] 류타로(龍太郎)의 「신수재(新秀才)」(제2권 4호), 우에자와 겐지(上澤謙二)의 「맥중종(麥中鐘)」(제2권 5호), 오자키 시로(尾崎士郎)의 「모친(母親)」(제2권 5호), 하야시 후미코(林芙美子)의 「무서운 하루(可怕的一天)」(제2권 6호), 다카하시 사다아키(高橋定敬)의 「침대 밑의 비밀 통로(床下秘窟)」(제2권 6~7호), 가네코 미쓰하루(金子光晴)의 「마지막 교

제8호는 252면, 제9~12호는 202면이었다.
6 「編纂余話」, 『新滿洲』 2卷 1号, 1940, p.226.
7 현재 전해지는 제1권의 6호 중에서 일본 문인의 순수문예작품은 무샤노코지 사네아쓰(武者小路實篤)의 소설 「칠대장군의 자백(七代將軍의自白)」(제1권 제10-11호)과 류타로(龍太郎)의 영화 극본 「잿더미(灰燼)」(제1권 제12호) 2편만 확인되었다. 이에 비해 제2권 전체를 살펴보면 일본어 작품이 많은 편이다. 그러나 대조적인 것은 제1권에는 만주국에 거주하는 일본인들을 위해 편성된 번역란이 있어서 일부 일본인들이 평범한 짧은 수필들을 발표하였지만 제2권의 경우 일본어 작품들 다수가 대부분 문예란에 발표되었고 수준도 비교적 높은 편이었다.

훈(最後的敎訓)」(제2권 6호), 가지마 고조(鹿島孝三)의 「춘면단담(春眠坛譚)」(제2권 7호), 란 이쿠지로(蘭郁二郎)의 「숫자광(數字狂)」(제2권 7호), 시마자키 도손의 『봄』(제2권 7~12호), 시가 나오야(志賀直哉)의 「노인(老人)」(제2권 10호)이 있다. 이외에 이번호 『신만주』는 〈현대시문선〉란을 별도로 개설함으로써 제1권의 신체시와 구체시가 혼재해 있던 상황을 개선했으며, 편집상의 서간식(書簡式) 배열 방식이 주는 고풍스러움은 구체시 창작에 종사하고 있었던 많은 문인들의 관심을 불러일으켰다.

『신만주』는 발행 이듬해가 되자 벌써 만주국 문인들의 인정을 받고 있는 문학 생산 잡지로 서장했고 비교적 성숙한 신문학 작가와 구문인 그리고 일본 문인들의 인정까지 받았다. 물론 '신만주' 구축을 표방하는 텍스트들은 여전히 잡지에서 가장 눈에 띄는 위치를 차지하고 있었고 문학 작품 중에도 '충애', '효의', '협화'를 선전하는 작품들이 더러 있었지만 잡지 『신만주』는 편집자와 작가들의 노력 속에 국책에서 점점 멀어져갔다.

• 1941년

잡지는 잡지 나름의 특징이 있고 사명이 있는 법이다. 그런데 이 보잘 것 없는 작은 것에도 대중종합성이라는 딱지가 붙었다.

편집자는 주방의 주방장으로서 독자들의 구미를 맞추어야 하고, 선박의 조타수로서 선박의 방향을 인도해야 한다. 이번 신년호에서는 본지에 지도적 역할을 할 수 있는 텍스트들로 특집을 구성하였으며 이는 편집자들의 지침(指針)으로 기능하며 독자들에게는 거울 역할을 할 것으로 기대한다.[8]

---

8 「編纂余話」, 『新滿洲』 3卷 1月号, 1941, p.220.

이는『신만주』제3권 1월호의「편집 후기」의 서두 부분이다. 이
「편집 후기」에서 편집자의 태도는 상당히 흥미롭다. 편집자는 물론
잡지의 특징과 사명을 잘 알고 있으면서도 "이 보잘 것 없이 작은
것"이라고 겸손한 고백을 한다. 그렇지만 뒤에 이어지는 "본지에서
지도적 역할을 할 수 있는 텍스트"에서 제기하고 있는 특징, 사명과
비교해 볼 때 이 말은 대항적인 의미를 가지고 있는 진심 어린 고백
임을 알 수 있다. 왜냐하면 "이 보잘 것 없는 작은 것"은 "독창적인
문화의 생성을 통해 세계 인류의 문화 발전과 문화 보국을 완성"하는
위대한 사명을 짊어질 수 없기 때문이다. "이 보잘 것 없는 작은 것"
에 대해 편집자는 독자들의 구미에 부응할 것을 요구하고 독자의 취
향까지도 인도할 수 있기를 요구한다. 그렇다면 잡지와 편집자는 어
떻게 이 임무를 완성해야 하는가?

이어지는「편집 후기」에서 편집자는 장편소설 응모 상황을 소개
하고, 문예란 작품의 예술적 품격에 대해 언급하고 있으며, 계속해서
〈상식(常識)〉과 〈유머(幽默)〉, 그리고 새롭게 추가 개설할 〈학생구락
부(學生俱樂部)〉에 대해 기술한다. 이러한 구체적인 사항들이 아마도
"이 보잘 것 없는 작은 것"이 짊어지고자 하는 사명일 것이다.

「편집 후기」의 말미에서 편집자는 다시 한번 강조하기를 "한 사람
의 힘으로는 거대한 장성을 쌓을 수 없다. 그렇다고 수많은 힘들을
결집시키면 오히려 기틀을 바로 세울 수 없게 된다. 이 지점이 바로
우리 편집자들의 노력이 필요한 부분이며 본지를 지지하는 사람들도
함께 노력해야 할 부분이다."[9]라고 하였다. 편집자는 다시 한번 "이
보잘 것 없는 작은 것"의 한계 때문에 "기틀을 바로 세울 수 없게

---

9   위의 글, p.220.

된다"의 의미를 더욱 강조하고 있다.

신년 특집에서 언급하고 있는 "지도적 역할을 할 수 있는 텍스트"
란 어떤 것일까? 그들은 『신만주』의 성격과 사명을 어떻게 정의하고
있는가? 아래의 기록에서 그 정의를 확인할 수 있으며 만주국 정치평
론문의 문풍(文風)도 함께 일견(一見)할 수 있다.

잡지 『신만주』는 제호가 새롭고 내용은 더욱 새로우며 기타 모든 면에
서도 새로움을 지상의 목표로 하고 있어 그 자체만으로도 '새로운 사명'
을 지닌 '새 시대'의 '새 안내자'로 충분하다. 경종 소리로 신천지를 가르
고, 목탁 소리로 신동아를 진동시키겠다는 장대한 사명과 굳건한 결심은
결코 순간순간의 새로움에서 만들어지는 것이 아니어야 할 것이며 오로
지 그래야만 비로소 『신만주』 독자들의 요구를 만족시키고 새 시대 새
간행물의 본질을 충족시킬 수 있을 것이다.

『신만주』의 편집자는 항상 '구일신, 일일신, 우일신(苟日新, 日日新, 又
日新)'의 기개로 험난한 세상과 문화 급진의 새 사회를 상대해야 할 것이
며 이채로운 논점과 풍성한 입론들이 우후죽순처럼 돋아나는 신흥만주를
묵묵히 수놓으면서 문화 보국의 취지를 완성할 수 있기를 앙망해 마지않
는 바이다.[10]

우리는 이 건설(소위 말하는 왕도낙토 도의국가–필자 주) 과정에서 물
질적인 건설 외에 국민의 정신생활도 함께 발전시켜야 한다. 특히 현재와
같은 비상시국(日滿華를 중추로 하는 동아신질서의 건설–필자 주)에서는
국민의 정신적 총동원을 강화할 필요가 있고 문화 사업을 제창할 필요가
있다. 우리들이 가장 즐겨 읽는 『신만주』 역시 이상과 같은 임무의 한
부분을 수행하기 위해 만들어졌다고 본다. 우리나라는 도의 세계의 완성
을 통해 이상적이고 독창적인 국가를 건설하고자 하기 때문에 반드시

---

10 劉盛源, 「新滿洲怎樣新的」, 『新滿洲』 3卷 1月号, 1941, p.25.

독창적인 문화를 생성시켜 세계 인류의 문화 발전에 공헌해야 한다. …
(중략) … 우리가 건설하는 모든 것은 반드시 고유한 전통의 장점을 보존
하는 전제 하에 새로운 자료를 수집하여 새로운 문화를 건설하는 것을
목표로 해야 한다. 『신만주』는 위대한 사명을 짊어지고 국가 전체의 발전
과 같은 보폭으로 앞을 향해 발전하고 있다. 이는 우리가 마땅히 축하해
마지않아야 하는 일이 아닌가?[11]

인용문에서 드러나는 앙양된 풍격은 차치하더라도 이 글이 지향
하고 있는 『신만주』에 대한 희망과 그들이 부여하고 있는 『신만주』
의 위대한 사명은 잡지 편집자들에게 충격을 주었을 것이다. 그래서
편집자들은 그들이 유일하게 분명한 목소리를 낼 수 있는 「편집 후
기」에서 『신만주』의 '보잘 것 없음'과 '역부족'을 강조하고 잡지의
문예 오락적 성격을 강조했던 것이다. 〈신년개선특집(新年改善特輯)〉
에 실린 4편의 문장은 각각 제1권의 〈논설〉과 〈강연〉에 실렸는데 이
는 〈건국정신강화(建國精神講話)〉에 해당하는 부분으로서 여기에 실리
는 글들은 자유 기고 문장이 아니었으며 편집자들도 사절하거나 수
정할 권한이 없었다.

1941년의 『신만주』는 이렇게 '명랑한 통치'와 '어두운 비협조' 속
에서 시작되었다. 잡지 프로그램의 기획에 있어서는 여전히 '시사',
'지식', '문예'를 위주로 하고 있었고 '시사' 1/4, '지식' 1/4, '문예'
1/2의 비율을 유지했다. 이는 앞선 두 호와 비교해 볼 때 별로 큰
변화라고 할 수 없었고 여기에 〈저술〉과 〈학생구락부〉 특집란이 추
가되었을 뿐이다.

특집은 『신만주』 제3권의 중요한 특징이었다. 시사특집 뿐만 아니

라 문예특집, 생활특집도 있었다. 문예특집으로는 〈양춘문예독물(陽春文藝讀物)〉(제3권 5호), 〈만주여성문예작품(滿洲女性文藝作品)〉(제3권 6호), 〈신진작가창작(新進作家創作)〉(제3권 10호), 〈재만일만선아 각 계 작가전(在滿日滿鮮俄各系作家展)〉(제3권 11호) 등과 같은 특집이 있었다. 문예특집은 단일 주제를 집중해서 제시하기도 했고 혹은 동일한 부류의 작가와 작품을 제시하기도 했다.

5월호의 〈양춘문예독물〉특집에 실린 작품들로는 리싱젠(厲行健)의 「일석팔두(一石八斗)」, 추잉(秋螢)의 「도라꾸(小工車)」, 천화(陳華)의 「심장병 환자(心臟病患者)」, 산딩(山丁)의 「향수(鄕愁)」 등이 있다. 이 네 작품은 전형적인 어두운 작품으로서 일반 시민의 고난과 희망 없는 생활을 표현하고 만주국의 어두운 면을 폭로하는 작품이었다. 물론 고난의 궁극적인 원인에 대해 추적하고 있지는 않지만 명랑하고 희망으로 충만된 '신만주'의 구상과는 대척되는 것이었다. 비록 '양춘독물(陽春讀物)'이라고 이름을 붙였지만 내용은 한겨울이었다. 이는 그해 3월에 공포된 《문예지도요강(文藝指導要綱)》에 위배되는 것이었다. 편집자가 이 시기에 이러한 작품을 게재한 것이 우연은 아닐 것이다.

6월호의 〈만주여성문예작품〉 특집에서는 "이미 오래전부터 국제적으로 유명해진 만주 출신의 여성 작가"[12]들의 작품이 실렸다. 각각 우잉(吳瑛)의 「여(旅)」, 우시지마 하루코(牛島春子)의 「슈쿠렌텐(祝廉天)」, 메이냥(梅娘)의 「교민(僑民)」 등이다. 여성 작가의 작품을 한자리에 모아 게재하는 것은 상업적인 측면을 고려한 것이기도 했는데 왜냐하면 여성 작가와 작품들은 따뜻해서 언제 어디서든 독자들의 관심을 끌 수 있었기 때문이다. 편집자는 우잉, 우시지마 하루코와 메이

---

12 吳郎, 「編后的話」, 『新滿洲』 3卷 6月 号, 1941, p.202.

냥을 함께 논의하면서 그들을 민족이나 신분으로 차별하지 않았다. 마치 그들 모두가 하나의 공동체에 융합된 듯이. 그럼에도 세 텍스트의 차이는 상당히 뚜렷했다. 「여」와 「교민」은 여성 시각, 여성 담론을 보여준 작품이었고 한 여인의 다른 한 여인의 삶에 대한 응시를 중심으로 하고 있어 사회적 배경이 명확하지 않아도 크게 문제되지 않았다. 그러나 우시지마 하루코의 「슈쿠렌텐」은 사회적 지향성이 선명한 작품이었고 그녀는 성별이 불분명한 일반 일본인의 눈으로 중국 관리를 관찰하고 있었다. 이렇게 반대되는 조합은 편집자가 의도한 것은 아닐까?

11월호의 문예특집은 〈재만 일만선아 각 계 작가전(在滿日滿鮮俄各系作家展)〉으로서 러시아 작가 아르메니 네스피로프의 「빨간 머리 렌커(紅頭髮的蓮克)」, 선계 작가 안수길(安壽吉)의 「부엌녀」, 만계 작가 톈랑(田瑯)의 「비바람 속의 토치카(風雨下的堡壘)」와 일계 작가 시부타미 효키치(澁民飄吉)의 「태평가의 저택(泰平街的邸宅)」이 수록되었다. 이 작품들은 모두 각자 자민족의 이야기를 주제로 한 민족적 특징이 선명한 작품들이었다. 이러한 작품들을 하나의 특집으로 묶은 것은 만주국 문학의 풍부함을 드러내고자 한 것일까 아니면 만주국 각 민족의 문학적 차이를 드러내고자 한 것일까? 구체적인 텍스트들을 살펴보면 차이성이 뚜렷하다. 6월호 〈만주여성문예작품〉 특집이 하나의 동일성(同一性)을 강조하였던 바와 달리 이번 호에서는 차이를 강조하고 있다. 편집자의 편집 기조는 왜 이토록 일관적이지 않았을까?

제3권의 몇몇 중요한 문예특집을 고찰하는 과정에서도 필자는 이에 대한 명확한 결론을 내릴 수 없었다. 그러나 이 질문들을 한자리에 놓고 보면 한 가지 분명한 결론을 얻어낼 수 있다. 당시 문화 통제가 날로 심해지던 배경에서 1941년의 『신만주』는 전체적으로는 순응하면서 미세하게 비협조적인 부분이 있었던 것이다. 이는 중국 지식인들의 본능적인 저항이었고 잡지 자체의 생존을 위한 노력의 결과라고 할 수 있다. 문예의 표현 공간과 생존 공간이 점점 더 엄격한 통제를 받고 있는 상황에서 잡지의 생존과 발전을 위해『신만주』는 위험한 상황에서 벗어나 대중통속문예잡지로서의 발간 전략을 도모하기 시작했던 것이다.

5월호에는 전쟁첩보물인 니쿵(睨空)의「작전 지도(作戰地圖)」를 게재하면서『신만주』는 대중이 즐기는 새로운 장르에 대한 탐구를 시작하였다. 6월호에는 대중문예독서물(大衆文藝讀物)인 둥충(董沖)의 신형실화독서물(新型實話讀物)「한푸제의 죽음(韓复榘的死)」, 8월호에는 니쿵(睨空)의 신형대형실화독서물(新型大型實話讀物)「중국 제일 경제학자의 애사: 마인추의 필화(中國第一經濟學者哀史: 馬寅初的筆禍)」, 9월호에는 둥충(董沖)의 사태미리신형독서물(事態迷離新型讀物)「스유산 총살 사건(石友三槍斃事件)」, 10월호에는 리화(李樺)의 신형괴이독서물(新型離奇讀物)「가죽장갑의 살인사건(皮手套的殺人事件)」, 11~12월호에는 텅링화(騰菱華)의 신형탐정실화(新型探偵實話)「바이허강 강안의 비극(白河河岸的悲劇)」, 12월호에는 텅링화(騰菱華)의 녹림일화실화독서물(綠林逸話實話讀物)「녹림호걸 만홍의 보은기(綠林好漢滿紅報恩記)」를 게재하였다. 새로운 장르에 대한 탐색은 처음에는 조심스러웠다. 왜냐하면 대중적 취향에 부응해야 하면서 동시에 국책과 밀접하게 연결되어 있어야 했기 때문이다.

「작전 지도」는 도처에 흩어져있는 유럽 밀정들을 그리고 있지만 실제로는 만주국 국방 국책을 문제시한 작품이었다.「한푸제의 죽음」은 군벌 효웅의 죽음에 대해 쓰고 있지만 목적은 반만항일(反滿抗日)의 국책을 말하고 있었다. 이와 같은 탐색을 거친 후 편집자 우랑은「편집 후기」에서 스스로 정의 내리기를 "이번 호 대중문예독서물 장르에 새로운 유형인 신형실화독서물을 게재하였다. …… 이런 유형의 읽을거리를 더 많이 게재해도 크게 독이 되지는 않을 것이다."[13] 라고 했다. 이렇게 "독이 되지 않을 것이다."라고 평가되었던 새로운 장르에 대한 탐색은 다음 해 잡지『신만주』의 기획 취지가 되었다.

그리고『신만주』제3권의 또 하나 주목할 만한 부분은 제2권부터 연재 중이던 장편을 계속해서 연재한 점이다. 계속해서 연재된 장편으로는 칭위(青楡)의『차가운 샴페인(冷香檳)』(제3권 1~7호), 구티(古梯)의『발악(挣扎)』(제3권 1~6호), 리지펑(季瘋)의『밤(夜)』(제3권 1~9호), 추이위(翠羽)의『가보(傳家寶)』(제3권 7~12호), 줴칭(爵青)의『청복의 민족(青服的民族)』(제3권 11호~제4권 9호) 등이 있다. 이중『차가운 샴페인』과『발악』은『신만주』에 응모한 작품 중에서 당선된 신인(新人)들의 작품이다. 반면 지펑과 추이위는『신만주』의 오래된 작가들이다. 그중에서도 지펑은 장편뿐만 아니라 평론도 썼고 레이레이성(磊磊生)이라는 필명으로『신만주』에 단편소설을 발표하기도 했다. 추위는『신만주』에 장편소설을 연재하면서 잡지『기린(麒麟)』에도 지식소품(知識小品)을 발표하였다. 줴칭은 만주국의 가장 유명한 작가로서 더 많은 관심과 주목을 받았다. 오우치 다카오(大內隆雄)는 줴칭의 글쓰기 재능에 대해 "줴칭의 문체에 대해 한 마디 덧붙이고 싶다. 그의 문체는 그야말로 현재 새롭게 창조·형성되고 있는 현대한어의 전형을 대표할 수 있는 문체라 할 수 있다. 중국의 현대 작가들 중에 줴칭의 그 독특한 표현력을 따를 작가는 없다. 심지어 일본어 문체가 도달할 수 있는 모든 것까지도 이미 그의 문체 속에 들어있다."[14]라고 높이

---

13 吳郎, 위의 글, p.202.

평가하면서 찬사를 아끼지 않았다. 『청복의 민족』은 잡지 『신만주』에서 빛나는 작품이었다.

• 1942년

『신만주』 제4권은 32절판에서 16절판으로 사이즈가 변경되었고 분량은 140페이지 전후로 조정되었지만 내용은 전반적으로 더욱 풍성해졌다. 잡지 구성은 〈시사〉, 〈문예〉가 중심이었고 〈지식〉란은 제3권부터 내용이 점차 줄어들기 시작하다가 제4권부터는 전시 상황에 협력하여 군사지식 중심으로 구성되었다. 그 외 〈청소년지도강좌(靑少年指導講座)〉란을 증설하여 도서, 그림, 음악 등을 대표로 하는 인격 수양과 관련된 지식을 소개하였다.

1942년은 만주국 건국 10주년이 되는 해였고 대동아전쟁과 동아공영권 건설이 한창 진행되던 시기였다. 잡지 『신만주』의 〈시사〉란은 이러한 분위기에 맞추어 구성되었고 〈시사〉와 비슷한 란을 추가로 구성하기도 했다. 또 3월에는 임시 증간으로 시국판(時局版)을 별도로 발행했다. 이 시기에 이르면 시국정책이 이미 잡지 전체를 장악하게 되고 문예에 대한 시국적인 통제도 점점 더 가혹해졌다. 『신만주』 제4권 신년호에는 국무총리대신 장징후이(張景惠)의 축사 "흥아지년(興亞之年)"과 만주일일신문사(滿洲日日新聞社) 문예부장 쓰쓰이 슌이치(筒井俊一)의 기고가 잡지에 실린다. 쓰쓰이 슌이치는 기고문에서 "오로지 그(문예-필자 주)가 국가, 국민의 새로운 추동력이 되기를 바라며, 그것이 국가, 국민의 즐거움이 될 수만 있다면 문예가들은 그들

---

14 大內隆雄, 「解說爵靑〈黃金的窄門〉」, 『滿洲公論社』 1945.7.15; 冈田英树, 靳丛林 译, 『伪满洲国文学』, 吉林大学出版社, 2001, p.188.

의 목적을 달성하였다고 할 수 있다."[15]라고 하면서 문예와 문예가들의 방향을 지시하였다. 이러한 분위기 속에서 여전히 적지 않은 지면을 차지하고 있었던 문예면에는 어떤 작품들이 발표되었는가?

잡지 『신만주』는 제3권 5월호부터 '대중통속문예잡지'를 표방했고 실제로도 일정한 효과를 거두었다. 제4권에서도 이 노선을 이어갔으며 새로운 장르의 개척에서 의외의 성적을 거두기도 했다. 신년호 대중문예면에는 리화(李樺)의 탐정기화참신취미독서물(探偵奇話新穎趣味讀物) 「기형 유방의 연애 지옥(畸形乳房的戀獄)」, 니쿵의 비화산림독서물(秘話山林讀物) 「한벤와이의 십삼도강 창업 비화기(韓邊外十三道岡創業秘話記)」, 텅링화의 녹림기문실화독서물(綠林異聞實話讀物) 「녹림호걸 만홍의 보은기」의 속편이 게재되면서 『신만주』의 대중문예가 처음으로 순수문예를 능가하였다. 그 후 2월호에는 프랑스의 가장 큰 스캔들이었던 실화내란소설(實話內亂小說) 「파네 차사그로의 의문사사건(法內長薩格老的疑死事件)」(톈팡(天放) 옮김)과 스릴러소설 「영화 살인사건(電影殺人事件)」(취수(瞿鼠) 옮김)을 게재하고 있다. 3월호에는 마선(馬森)의 산림독서물개발소설(山林讀物開發小說) 「자피거우 금광 개발의 창상 별기(夾皮溝金鑛開發滄桑別記)」와 텅링화의 비적소설(匪賊小說) 「밀림 장백산에서의 혈투(密林長白山的血鬪)」를, 4월호에는 니퉁의 탐험박물소설(探險博物小說) 『대흥안령의 엽승 야화기(大興安嶺獵乘夜話記)』 연재를 시작하였다. 소설로 분류된 니퉁의 이 글은 제5권 5월호까지 연재가 이어졌고 『신만주』에서 가장 길게 연재된 작품이었으며 "호평이 분분하고 수만 인의 사랑을 받은 만주 첫 번째 산림비화소설"[16]로 평가받았다. 이 작품은 이야기, 전설, 장고(掌故)[17], 지식을 모

---

15 筒井俊一, 「藝文家的願望」, 『新滿洲』 4卷新年号, 1942, p.38.

두 담고 있으면서도 변화무쌍하여 소설의 장르적 특징을 파괴한 소설로 남았다. 6월호에는 리화의 중편실화탐정소설 「검은 안경의 살인방화(黑眼鏡的殺人放火)」가 게재되었고 7, 8월호에는 양쉬(楊絮)의 자전소설(自敍傳小說) 「나의 죄상(我的罪狀)」이 발표되었다. 가수, 편집자, 작가라는 여러 신분을 한 몸에 지닌 양쉬는 만주국 시기 동북문단의 이단아였는데, 그녀의 작품 「나의 죄상」은 창춘에서의 2년간의 생활에 대한 공개적인 고백이었으며 글 속에는 당시 문단의 실존 인물과 실명이 다수 거론되었다. 이러한 대중적인 읽을거리가 『신만주』 제4권에서 뚜렷한 위치를 점하면서 잡지는 취미, 오락, 개인의 사생활로 독자의 눈길을 끌었다. 반면에 위험하고 현실적인 생활을 재현했던 신문학으로부터 멀어져갔으며 '건국', '성전'의 규범과 '보국문학'의 위험으로부터도 멀어져갔다. 통속작가들은 이러한 두 종류의 위험을 피해가면서 동북 특유의 풍물을 통해 문학적인 상상력을 펼쳐보였고 새로운 문학적 표현 공간과 표현 방식을 고안해내면서 특별한 부류의 소설적 장르를 형성해갔다.

대중적인 통속물이 증가하는 동안 잡지 『신만주』의 신문학(新文學)은 감소세를 보였다. 건국십년(建國十年)을 기념하는 작품 응모 활동에서 선정된 작품들만 게재되었고 신인 작가들의 작품은 아주 적었는데 이는 『신만주』의 창간 초기 상황과 대조되었다. 발표된 응모작품으로는 리메이(李妹)의 「고성의 가을(古城秋)」(제4권 5~7호), 웨이밍(微明)의 「누구를 위한 잔치인가(宴爲誰張)」(제4권 3~4호), 쉬팡(徐放)의 「군(群)」

---

16 『新滿洲』 5卷 3月 号, 1943, 目录頁.

17 역주: 원래는 구시대에 예악(禮樂) 제도를 장관하는 관직의 명칭이었다. 후에 역사이야기 또는 역사 인물과 관련된 일화 등을 지칭하는 단어로 고착되었다.

(제4권 10~11호), 얼지(爾己)의 「탁류(濁流)」(제4권 12호~제5권 2호) 등이 있다. 이상의 작품도 모두 응모작들이었지만 실제로 건국 10주년과는 별 연관성이 없었다. 기타 신문학 작품으로는 줴칭의 『청복의 민족』이 계속 연재되고 있었고, 역시 줴칭의 작품인 단편 「악마(惡魔)」(제4권 9호, 11호)가 발표되었다. 그 외 샤오쑹(小松)의 「불어 선생님과 그의 애인(法文敎師和他的情人)」(제4권 9호), 우잉의 「6월의 구더기(六月的蛆)」(제4권 9호), 산딩의 장편소설 『아월(芽月)』(제4권 1~4호, 미완)[18], 모난(沫南)의 「두 뱃사공(兩船家)」(제4권 3호), 리싱젠의 「남자 귀신 여자 귀신(男鬼女鬼)」(제4권 4호), 스쥔(石軍)의 「진동(蕩動)」(제4권 4~5호) 등이 있다. 이상의 작품들은 완성도가 비교적 높은 수준급 작품들로서 만주국 문학의 대표작이라고 할 수 있다. 만주국 문학계의 일인자로 평가받고 있는 인물인 구딩(古丁)도 이 해의 『신만주』에 얼굴을 보이고 있다. 구딩이 번역한 야로스 아란의 「소년영웅 도이제(少年英雄陶而第)」가 『신만주』에 연재되고 있었다. 『신만주』가 여기까지 발전하는 동안 만주국의 유명한 문인들은 거의 모두가 이 잡지에 등장하고 있었다.

『신만주』 제4권에서 주목할 만한 부분은 세 개의 문예특집 〈만주동화(滿洲童話)〉, 〈일본문학소개(日本文學紹介)〉, 〈만화문예교환(滿華文藝交歡)〉이다. 11월호 특집 〈만주동화〉에는 웨이밍(未名)의 「천국의 열쇠(天國的鑰匙)」, 츠덩(慈燈)의 「노화가(老畫家)」, 허아이런(何靄人)의 「유쾌섬으로의 출입(愉快島的進出)」, 그리고 구이(古弋)의 「신이솝우화

---

18 "이 작품은 중동철도가 일본에 매각된 후 중국인 노동자들 사이에서 발생한 이야기를 다룬 작품이다. 장편으로 기획되었고 「아월(芽月)」이라는 제목으로 잡지 『신만주』에 연재되었다. 그러나 내용 수정을 두고 편집부와 갈등이 생기면서 연재를 중단하였다. 단행본 『풍년(豊年)』을 편집하면서 이 작품을 「진산바오의 사람들(金山堡的人們)」로 개제하여 함께 수록하였다."(哈爾濱文學院 編, 『東北文學硏究史料』 第五輯, 1987.11, p.162.)

제2편(新伊索寓話第二篇)」이 게재되었다. 잡지 『신만주』는 가요가사 현상응모를 통해 선정된 동요를 제3권부터 게재해오고 있었다. 〈시사〉, 〈문예〉란을 중심으로 하는 잡지 『신만주』가 왜 이토록 동요와 동화에 집착을 보였던 것일까?

사실 동요, 동화는 어린이들을 위한 것이 아닌 성인을 위한 것이었다. 편집자 우랑은 특집 서언 중에서 "만주동화 특집 응모작의 발표는 만주 동화계에 대한 편집자의 기대와 희망을 드러낸 것이다. 사실이 특집은 오래전부터 기획된 것이었으나 만주 동화계의 위상을 확실히 수립하기 위하여 재삼 신중하게 고려하느라 오늘까지 연기되었던 것이다. …(중략)… 만주 동화계의 행보는 서서히 완만하게 움직이고 있고 작품들이 창작되고 있기는 하지만 '순수 동심문학'의 발로라고 보기는 어렵다. 이런 시국에서 가능성 있고 잠재력 있는 동심작가(童心作家)를 발굴하는 것이 또한 목전 우리 문예가들에게 필요한 일이 아니겠는가?"[19]라고 하면서 고민을 드러냈다. 이로부터 알 수 있는바 『신만주』는 만주국에 결여되어 있는 '순수 동심문학'을 갈구하고 있었고 이는 이미 오래전부터 가지고 있었던 생각이었다.

12월호의 특집 〈일본문학소개〉에는 시가 나오야(志賀直哉)의 「아라기누(荒絹)」(판주(范九) 옮김), 구니키다 돗포(國木田獨步)의 「일출(日出)」(푸치렌(傅啓連) 옮김), 하다케 고이치(畑更一)의 「인생 편제(人生編制)」(신렁(心冷) 옮김) 등이 발표되었다. 이상의 작가들은 만주국에 잘 알려진 일본인 작가들이었고 구니키다 돗포의 작품들은 일찍이 『성경시보(盛京時報)』에도 실린 바 있다.

7, 8월호 특집 〈만화문예교환〉은 만주문예가협회(滿洲文藝家協會)

---

19 吳郎, 「關于滿洲的童話」, 『新滿洲』 4卷 11月号, 1942, p.100.

와 화베이작가협회(華北作家協會)의 협력 하에 완성된 특집으로서 만주에는 화베이 작가를, 화베이에는 만주국 작가를 소개하는 것이 목적이었다. 작품들은 각각 『신만주』와 『중국문예(中國文藝)』에 발표되었다. 잡지의 수준이나 발행 기간을 보더라도 『중국문예』는 중국 화베이 문단에서 첫손에 꼽히는 잡지였다. 이 잡지가 『신만주』와 손을 잡고 협력하였다는 것은 적어도 잡지 『신만주』를 만주국의 문예 수준을 대표할 수 있는 중요한 간행물로 취급하였음을 말해준다. 사람들은 "화베이 지역의 유일한 거대 순수문예지 『중국문예』와 만주국의 권위적인 잡지 『신만주』가 협력하여 만주와 화베이 작가들의 작품을 교환하였다."[20]라고 평가하였다.

　이 협력을 추진한 인물들은 화베이작가협회의 류룽광(柳龍光)과 『중국문예』의 편집장 장톄성(張鐵笙), 그리고 만주문예가협회의 구딩과 『신만주』의 편집장 지서우런이었다. 만주국 측에서는 줴칭의 「도박(賭博)」, 샤오쑹의 「늙은 백정과 그의 처(老屠夫與其妻)」, 우잉의 「허원(虛園)」, 진인(金音)의 「두리나의 비애(都麗娜的悲哀)」, 츠이(遲疑)의 「불귀조(不歸鳥)」, 두바이위의 「청춘의 기류(靑春的氣流)」, 리싱젠의 「소년소녀(少男少女)」, 류한(劉漢)의 「예주허강의 희극(野猪河的喜劇)」 등이 『중국문예』 6, 7월호에 발표되었고 화베이 측에서는 장진서우(張金壽)의 「슈퍼맨 구하기(匡超人)」, 궁순옌(公孫嬿)의 「마무리하지 못한 모란 수놓기(未繡完的牧丹)」, 환어우(幻鷗)의 「나의 동년(我的童年)」, 무룽후이원(慕容慧文)의 「초춘 잡기(初春散記)」, 청신반(程心扮)의 「구두의 도시(靴城)」, 샤오링(蕭菱)의 「쇄납(嗩吶)」, 둥팡쥔(東方雋)의 「양자(養子)」, 마이징(麥靜)의 「모래바람의 밤(風沙夜)」 등이 『신만주』 7, 8월호에 발표되었다.

20 羅特, 「一年來的華北文藝界」, 『華文每日』 第10卷 第1期, 1943.1.1, p.7.

양쪽 모두 일정한 필력과 인지도를 지닌 작가/작품을 추천하였음을 알 수 있다. 이번의 협력활동은 양쪽 모두에서 일정한 반향을 일으켰다. 『신만주』의 편집자는 "이번 행사를 문예적 측면에만 국한시킨다면 다른 지역의 작가, 작품을 소개한 데에 지나지 않지만 정서적인 측면과 그 과정이 가지는 심원한 의의는 지대한 것임에 자명하다."[21]라고 평가하였다. 여기서 말하는 "심원한 의의"는 사실 상당히 애매한 것이다. 이는 만화건교(滿華健交)를 위한 찬양일 수도 있고 동병상련의 우정을 말하는 것일 수도 있으며 심지어는 동종동문동국(同宗同文同國)에 대한 갈망으로 이해할 수도 있다.

세 개의 특집과 통속문예는 『신만주』 제4권 문예면의 주요 내용이었고 이와 같은 다량의 "무독(無毒)"한 내용들이 『신만주』의 지면을 채우면서 잡지의 가독성을 보장함과 동시에 국책을 표방하는 텍스트들의 발표공간을 감소시켰다. 비록 시국판을 한 번 증간하기는 하였지만 이는 정부에 영합하기 위한 것이었고 이런 방식을 통해 잡지의 일관된 풍격을 보장하고 유지할 수 있었다. 1942년의 『신만주』에서 이는 사실 쉽지 않았다. 말하자면 객관적인 조건을 충족시키는 조건에서의 미세한 저항이었다고 할 수 있다.

• 1943년

『신만주』 제5권은 첫 시작부터 "이번 호 『신만주』는 시국적인 색채를 더욱 부각시켰다. 농산물 집하(集荷)와 근로봉공(勤勞奉公), 건민운동(健民運動) 등에 대해 모두 언급하고 있으며 이것이 곧 시국의 3대 징표이며 그 전체 모습이기도 하다."[22]라는 성명을 발표하고 있다. 이

---

21 「編后記」, 『新滿洲』 4卷 7月 号, 1942, p.114.

는 곧 1943년 잡지 『신만주』의 기조이기도 했다. 이 해 『신만주』에는 시국적인 내용이 크게 증가하였으며 문예작품의 비중은 점점 감소하였다. 겨우 첫 걸음을 뗀 대중문예도 침체, 퇴보, 감소하였으며 이와 함께 한때 모습을 감추었던 과학 상식이 다시 등장하였으며 분량도 증가하였다.

『신만주』 제5권이 시국에 가져다준 독특한 공헌은 아무래도 두 번의 대동아문학자대회 특집인 〈대동아문학건설 오인 장담(大東亞文學者大會五人掌談)〉(제5권 1호)과 우랑의 「결전대동아문학자대회 참여 수기(決戰大東亞文學者大會與會手記)」(제5권 1호) 덕분이라고 해야 할 것이다. 대동아문학자대회는 일본의 문학보국회(文學報國會)에 의해 급조된 것으로[23] 그 목적은 아시아에 대동아공영권 사상을 위해 봉사하는 대동아문학을 생성시키고 문학이 대동아전쟁을 위해 봉사하게 하는 것이었다. 제1차 회의는 1942년 11월 3~5일에 일본 도쿄에서 개최되었다. 일본, 중국(화베이, 화베이윤함부), 만주국과 몽강(蒙疆)의 작가들이 대표로 참석했다. 만주국에서는 야마다 세이자부로(山田淸三郎), 구딩, 바이코프(러시아 작가), 줴칭, 샤오쑹, 우잉 등이 대표로 참석하였다. 작가들이 만주국으로 돌아온 후 잡지 『신만주』는 이들을 위한 좌담회를 특별히 마련하였고 그 좌담회 내용을 제5권 1월호에 게재하였다. 『신만주』는 이들의 담화 내용을 잡지에 발표하기에 앞서 「공영문학

---

22 위의 글, p.114.

23 문학보국회(文學報國會)는 태평양전쟁 발발 후인 1942년 5월 일본정보국(日本情報局) 주도하에 결성된 문학통일(文學統一)을 목표로 하는 국책조직(國策組織)이었다. 그 목적은 당연히 일본의 침략정책을 관철시키는 것이었고 일본의 수많은 작가들이 이 조직에 포섭되었다. 문학보국회는 국책을 선전하는 한편 모든 작가들을 정보국 산하에 결집시켜 감시하고자 했다.

자대회선서(共榮文學者大會宣誓)」와 일본의 『요미우리신문(読売新聞)』
의 「대동아문학자대회 소기(大東亞文學者大會小記)」를 전재(轉載)하여
회의 일정과 각 대표의 발언 상황까지 소상히 소개했다. 〈대동아문학
건설 오인 장담〉에는 야마다 세이자부로, 구딩, 줴칭, 샤오쑹, 우잉(우
랑 사회, 오우치 다카오 참여) 등이 참석하였고 이들은 '대동아문학자대회
의 수확', '문학자대회의 성과', '대동아문학의 정신', '각국 작가에 대
한 인상', '일본 문화에 대한 인상', '만주 문학자의 급무(急務)' 등에서
시국에 영합하는 명랑한 태도로 발언을 하였다. 그러나 자세히 음미해
보면 역시 애매한 구석이 없지 않다. 예를 들어 핵심적인 문제인 '대동
아문학의 정신'에 대해 이야기할 때 발언을 한 사람은 야마다 세이자
부로와 샤오쑹, 구딩 세 사람뿐이었다기 때문이다.

　야마다 세이자부로: 저는 대동아정신의 진수는 황국 일본의 개국정신
에서 기원한다고 봅니다. 그 개국정신은 현대의 팔굉일우에 그대로 드러
나 있지요. 그 어떤 국가, 민족을 막론하고 대동아공영권 안에서는 절대
독선적일 수 없으며 오히려 숭고하고 심원한 위대한 이상이 되는 것입니
다. 따라서 대동아문학은 대동아정신을 주체로 해야 합니다.

　샤오쑹: 제 좁은 소견으로 보자면 대동아문학의 정신은 아마도 다음과
같은 모습이어야 하지 않을까 합니다.
　1. 반드시 동양의 것이어야 하고 전통적인 아시아의 미를 갖추어야
할 것.
　2. 동양 고유의 미덕을 앙양시키고 신을 숭배하고 조상을 숭앙하며
충군애국(忠君愛國)적이고 도의적이고 윤리적이어야 할 것.
　3. 서양의 주지주의, 합리주의, 유물주의를 반대하는 전인격적인 직감
주의(直感主義)여야 할 것.
　4. 협애한 예술 주장, 장인의 기교주의와 예술지상주의를 배제해야

할 것.

　5. 아시아문화의 특징은 반드시 종교, 정치, 교육, 문화를 혼연일체화한 것이어야 할 것.

　구딩: 대회에서 무샤노코지 사네아쓰(武者小路實篤) 선생의 발언은 확실히 우리에게 큰 감동을 주었습니다. 그중에서도 대동아정신의 수립에 관해서는 전체적으로 의견이 일치했으며 머지않은 장래에 이러한 대동아정신이 작품 속에 발현될 수 있으리라는 것을 믿어마지 않습니다.[24]

　세 사람의 발언을 통해 '대동아문학'이란 공허한 개념이고 '대동아문학'에 대한 문학 강령과 창작 주장에 대해서는 근본적인 합의를 보지 못했으며 그것은 단지 일본의 점령지 문학(占領區文學)을 통일하고 대동아전쟁을 위해 봉사할 수 있는 프로파간다적인 구호일 뿐이었다는 것을 알 수 있다. 일본인 야마다 세이자부로의 발언은 일본의 의향을 직접적으로 드러내지만 문학과는 관련이 없는 부분이다. 샤오쑹의 발언은 문학과 관련 있지만 지나치게 두루뭉술하여 그의 경향을 파악할 수 없다. 그러나 한 가지 확신할 수 있는 점은 그가 말하는 동양의 '아시아적 전통미'라는 것은 일본 개국정신과는 다르다는 점이다. 마지막으로 구딩의 발언은 교묘하게 문제의 실질에서 벗어나 있다.

　제2차 대동아문학자대회는 1943년 8월 25~27일에 도쿄에서 개최되었다. 야마다 세이자부로, 구딩, 톈빙, 우랑, 오우치 다카오 등이 만주국 대표로 회의에 참석하였다. 『신만주』의 편집이었던 우랑이 후에 「결전대동아문학자대회 회의 참석 수기(決戰大東亞文學者大會與會

24　「大東亞文學者建設五人掌談」, 『新滿洲』 5卷 1月号, 1943, p.105.

手記)」를 『신만주』(12호)에 발표하였다. 『신만주』는 또 「결전 문학자의 군은 결심(決戰的文學者之決志)」을 전재하여 대회의 진행 상황을 소개하고 제1회대동아문학상 수상 작품도 소개하였다. 만주국 작가 중에서는 스쥔의 『옥토(沃土)』와 쥐칭의 『황금의 좁은 문(黃金的窄門)』이 수상했음을 전하고 있다.[25] 이번 대회 역시 문학적인 측면에서는 실질적으로 추진된 게 없었다. 회의는 '구호'와 '결심'들로 넘쳐났고 궐기대회를 방불케 했으며 소위 '대동아문학'과 '대동아문학자' 역시 일본이 일방적으로 갈구했던 허망한 개념일 뿐이었음을 보여주었다.

『신만주』 제5권부터는 문예란이 감소하였고 질적으로도 하락세를 보이기 시작하였다. 대중적인 통속문예로는 "만주국 제1의 대중소설가"[26]로 불리고 있는 텅링화의 「중원소란백괴록(中原扰攘白怪泉)」(제5권 3~4호)이 수록되었는데 이 작품은 충칭정부(重慶政府)의 여러 가지 추태를 다소 과장적으로 기록하고 있는 시국독서물(時局讀書物)의 하나였다. 니쿵은 그의 산림소설(山林小說) 『대흥안령 엽승 야화기(大興安嶺獵乘夜話記)』를 완성하였고 다시 장고비화(掌故祕話) 「지린 한볜 와이의 성쇠기(吉林韓邊外興衰記)」(제5권 8호)를 창작하였다. 그러나 필력이 예전에 미치지 못했고 그저 이야기를 기록하는 데에 그치고 있어 문예는 존재하지 않았다고 보아야 한다. 그 외 예허(野鶴)의 역사소설 「장헌충 도촉기(張獻忠屠蜀記)」(제5권 7~8호), 리메이의 녹림소설(綠林小說) 「스라오칭과 진룽(石老慶和金龍)」(제5권 9~10호), 리룬(李倫)의 탐정소설 「차를 파는 여인 차이화허(茶花和賣茶)」(제5권 11호)와 오랜만에 작품을 발표한 윈칭(雲淸)의 방첩소설(防諜小說) 「ZR27호(ZR卄七號)」가

25 吳郎, 「決戰大東亞文學者大會与會手記」, 『新滿洲』 5卷 12月号, 1943, pp.84~87.
26 『新滿洲』 5卷 3月号, 1943, p.18.

있었다. 이상과 같은 대중작품들에는 『신만주』 제4호가 보여주었던 탐색적인 노력이 결여되어 있었고, 내용적인 측면에서도 대체적으로 '시국(時局)', '비화(祕話)', '간통(奸情)' 등과 같은 무료한 구성에서 벗어나지 않았으며 스토리만 추구하다 보니 형식적인 측면에서는 그렇다할 돌파구를 찾지 못했다.

비록 대중문학과 순문학이 모두 감소하고 있었지만 그중에서도 여전히 질적으로 우수한 작품을 만날 수 있었다. 리싱젠의 「시골 이야기(鄕間的事)」(제5권 1~3호), 줴칭의 「희열(喜悅)」(제5권 3~4호), 거허(戈禾)의 「다링허(大凌河)」(제5권 4~5호) 등과 같은 작품들은 당시의 문단에서는 보기 드문 훌륭한 작품들이었다. 난숙한 기량을 선보이고 있는 「시골 이야기」는 물 흘러가는 듯한 자연스러운 서사 속에 흥미진진한 이야기들을 삽입하고 있는 볼만한 작품이다. '어떤 사람의 자살 미수 수기'라는 부제를 달고 있는 「희열」은 줴칭의 일관적인 작풍인 괴기스러움이 그대로 드러나는 작품이다. 거허의 「다링허」는 당시에는 보기 드물게 만주국의 암흑면을 묘사한 작품이었는데 작가와 잡지 『신만주』 편집자의 용기가 돋보이는 순간이었다. 한편 이 작품에 대해 일부에서는 "이러한 작품도 그 나름의 의의가 있지만 현 단계에 있어서는 결코 적극적인 의미를 지니지는 못한다. 어둡거나 밝은 작품의 분위기는 작가의 성향과도 관련되는 부분이지만 내가 생각하기에 그보다 더 중요한 것은 작가가 자신의 세계관을 정정하고 사상 경향에 대해 검토할 필요가 있다는 점이다."[27]라고 비판하기도 했다. 이외 언급할 만한 작품은 당해 연도 잡지 『신만주』의 유일한 장편소설인 진인의 『명주몽(明珠夢)』(제5권 2호~제6권 2호)으로서 이는 여학생

---

27 林鼎, 「康德十年度上半年新滿洲文藝之我觀」, 『新滿洲』 5卷 9月 号, 1943, p.98.

의 학교생활을 소재로 한 작품이다.

『신만주』제5권 문예란의 한 특색으로 시가(詩歌)를 들 수 있다. 잡지『신만주』에서 시가는 줄곧 주목받지 못하던 장르였다. 초창기에 구체시가 한때 흥행하기는 하였지만 점차 줄어들다가 결국에는 흐지부지되고 말았고 신체시 역시 있어도 없어도 무관한 존재로 전락했다. 그러나 1943년의『신만주』는 연속적으로「강덕십년도 만주 시인 소개(康德十年滿洲詩作者紹介)」를 게재하면서 주목을 끌었다. 이 소개 글들은 비록 편폭은 길지 않았지만 그 연속성으로 주목을 받았는데 소개된 시인들로는 팡사(方砂, 제5권 1호), 모뉘(魔女, 제5권 3호), 후사(胡沙, 제5권 4호), 거인(戈音, 제5권 8호), 즈위안(支援, 제5권 9호), 샤오펑(小楓, 제5권 11호) 등이 있었다. 이들의 작품은 비록 훌륭하지는 않았지만 당시 동북 문단의 시가 창작 상황을 살펴볼 수 있는 좋은 자료였다.

역시 같은 해『신만주』는 시단(詩壇)의 기형아인 '헌납시(獻納詩)'[28]를 게재했고, '헌납시' 중에서도 영미격멸시(擊滅英美詩)는 훗날 동북 문단의 치욕으로 남았다. 8월호『신만주』는 만주문예가협회에서 제공한 일련의 영미격멸시인「발해만 앞에서(站在渤海灣頭)」(사카이 츠야시(坂井艷司) 지음, 탕위(唐語) 옮김),「민족의 대하(民族的大河)」(후루야 시게요시(古屋重芳) 지음, 오우치 다카오·톈빙 공역),「세기의 어머니(世紀的母親)」(이노우에 린지(井上麟二) 지음, 오우치 다카오·톈빙 공역) 등을 게재했다. 이와 같은 격앙조의 시 형식은 이후 만주국의 각종 신문잡지에서

---

28 '헌납시'란 정권 당국자들에게 '헌납하는 시'를 일컫는 말로서 만주국 시기 신문잡지들에서 흔하게 목격되었던 한 장르였다. '헌납시'는 '국책시(國策詩)'와 '영미격멸시(擊滅英美詩)'로 구분되었는데 후기에는 '영미격멸시'가 중심이 되었다.

쉽게 발견되었는데 이런 시들은 일본 문인들은 물론 유명한 중국 작가들도 창작했다.

『신만주』는 비바람 속에서 1943년을 통과하였고 완전히 통제 당하지는 않았지만 남아있는 자유공간도 이제 얼마 없었다. 독자적으로 꾸려나갈 수 있었던 문예란의 지면은 점점 더 축소되면서 침식되어갔다.

• 1944년

1944년 『신만주』는 기타 잡지들이 분분히 정간을 맞는 상황 속에서 창간 여섯 해째를 맞이했다. 그 6년 속에는 타협도 있었고 독자들의 지지도 있었으며 또 일부 편집자들의 공헌과 지혜도 있었다. 비록 시국적인 내용이 잡지에서 점점 많은 비중을 차지했지만 편집자는 제한된 지면 속에서 작가와 독자들을 효율적으로 연결시켜 주고 있었다.

『신만주』 제6권은 여전히 기존의 편집 방침을 고수했다. 잡지는 첫 페이지부터 "대동아회의의 결과물인 대동아선언은 새로운 동양 건설 강령의 헌장이다."[29]라는 슬로건을 내걸면서 일련의 주목할 만한 작품들을 상재했다. 예리(也麗)의 중편소설 「초망(草莽)」(제6권 1~5호), 톄한(鐵漢)의 단편소설 「청춘은 멈추지 않아(青春難駐)」(제6권 1호) 등과 같은 작품들이다. 또한 시민들의 취미를 충족시켜주는 대중통속물인 리베이촨(李北川)의 정탐소설 「복면 살인범(覆面的殺人犯)」(제6권 2~3호), 딩닝(丁寧)의 방첩소설 「혼혈 아가씨(混血女郎)」(제6권 4호), 윈칭(雲淸)의 「훈공자의 자살(勳功者的自裁)」(제6권 9호) 등도 함께 상재하고 있다.

---

29 「編后記」, 『新滿洲』 6巻 1月号, 1944, p.122.

한편 『신만주』 제6권에 발표된 대부분의 신문학 작품들은 거개가 모두 시국적인 색채를 띠고 있었다. 증산소설로 평가받는 추잉의 미완의 장편 『비바람(風雨)』(제6권 11호~?)도 그중의 하나다.[30] 7월호 『신만주』는 특집 〈400자 시국소설(四百字時局小說)〉을 마련하였고, 이 특집에는 우잉의 「나의 패북(我的敗北)」, 리싱젠의 「106호 정찰기(一零六號偵察機)」, 예리의 「아버지와 아들(父與子)」, 우랑의 「정오의 발견(中午的發現)」, 렁거(冷歌)의 「새벽 이야기(淸晨故事)」 등이 실렸다. 대부분이 시국적인 작품이었다. 10~11월호 『신만주』에서는 〈신진여류작가전(新進女流作家展)〉을 연속으로 기획하였고 이 특집에는 빙후(氷壺)의 산문 「부친의 생신(父親的誕日)」, 란링(藍苓)의 소설 「일출(日出)」, 퉁전(桐楨)의 소설 「9월의 비(九月雨)」, 주티(朱媞)의 소설 「도나리구미 풍경(鄰組小景)」, 예쯔(吖子)의 소설 「실명자의 내일(失明者的明日)」, 위잉(郁瑩)의 산문 「기억의 나날(記憶的日子)」 등의 작품이 발표되었다. 이상의 작품들은 기존 여성 작가들이 보여주었던 슬픈 분위기에서 벗어나 한 여성이 사적인 사랑의 감정을 뛰어넘어 대중을 사랑하고 시국에 관심을 가지며 자강자립(自强自立)의 길로 향하는 모습을 보여주었다.

"넌 이 엄마를 위해서라도 울분을 토해내야 한다, 강직한 여성이 되어라, 사회를 위하여, 국가를 위하여! 절대 사랑의 노예가 되어서는 아니

---

30 "이 소설은 겉으로만 복종하는 체했던 면종복배(面從腹背)의 작품이다. 편집자 역시 소설 제목에 '증산연재소설(增産連載小說)'이라 특별히 덧붙임으로써 '연재'를 빙자하여 시간을 확보하고자 했다. 그러나 나는 일본의 패전 전야인 1945년에 일본군에게 체포되었고 당시 그들은 이 작품을 두고 '성전에 협력한 작품이 아니라 그저 연애소설일 뿐이다'라고 평가했다. 사실 그 말은 반만 맞는 말이다. 사랑을 그린 것은 사실이지만 그 사랑은 남녀 사이의 사적인 사랑이 아니었다. 나는 쉬잉다(徐穎達)라는 인물을 통해 크고 원대한 '사랑'을 그려내고자 했던 것이다."(秋螢, 「〈風雨〉·前記」, 哈爾濱文學院 編, 『東北文學研究史料』 第六輯, 1987.12, p.181.)

된다."[31]

"사(莎)는 자신이 이미 실명되었다는 사실을 알고부터는 경쾌한 발걸음으로 근로명일(勤勞明日)을 향한 길에 올랐다."[32]

"시국이 날로 심각해지는 오늘 시대적 풍격이라 일컬어지는 도나리구미(鄰組)가 등장했다."[33]

상기의 작품들은 모두 시국의 영향을 받은 결과라고 할 수 있다. 작품들 속에는 판에 박은 듯한 상투어나 형식적인 표현들이 곧잘 등장했는데 이는 마치 '물 위를 떠다니는 기름'처럼 어울리지 못했다. 이러한 담론들은 외래적인 것이었고 작가들은 발표를 위해 일부러 이런 부분을 가미했으며 다른 한편에서는 편집자들이 잡지 보호 차원에서 이러한 부분을 추가 삽입했을 가능성도 없지 않다.

그럼에도 1944년의 『신만주』는 비교적 특색 있는 작품들을 상재하려고 노력했다. 톄한(鐵漢)의 작품 「멈추지 않는 청춘」(제6권 1호)에서는 젊음이 스러져가는 한 여성의 모순적이고도 난해한 심리를 핍진하게 그려내고 있다. 리옌(里雁)의 작품 「난허의 우울(南河的憂鬱)」(제6권 3호)은 예술을 위한 예술을 표방한 유미주의 작품이다. 톈훠(田火)의 「안개의 거리(霧之街)」(제6권 4호)는 용기를 뽐내고 있는 상징적인 작품이다.

1944년의 하반기에 이르면 궤멸 직전의 시국은 더욱 형편없어지

31 桐桢, 「九月雨」, 『新滿洲』 6卷 10月号, 1944, p.54.
32 叶子, 「失明者的明天」, 『新滿洲』 6卷 11月号, 1944, p.41.
33 朱媞, 「鄰組小記」, 『新滿洲』 6卷 11月号, 1944, p.60.

고 '문학 보국', '대동아성전 협력' 등과 같은 구호들만 넘쳐나면서 잡지들마다 '시국문학(時局文學)', '결전문학(決戰文學)'이라는 장르들을 싣기 시작했다. 『신만주』 역시 더 이상 기존의 편집 방침을 유지하지 못했다. 8월에 이르면 협화회 중앙본부 문화부의 지원 하에 『신만주』, 『신조(新潮)』, 『기린(麒麟)』, 『친구(朋友)』, 『청춘문화(靑春文化)』, 『흥아(興亞)』, 『예문지(藝文志)』, 『민생(民生)』 등의 8대 잡지들에서는 "대동아전쟁의 생활 각오나 직역봉공과 관련되는 소재, 전쟁의 의의와 전쟁 발발 원인과 경과, 그리고 전후 세계 신질서 건설론 등과 관련되는 모든 소재는 가능하다."[34]라는 현상응모를 내건다. 9월이 되자 잡지들마다의 표지에 '시국국민잡지'라는 표제들이 나붙기 시작했고 오방재(五芳齋) 역시 노선을 변경하여 유유자적을 멈추고 모든 언론들에 시대 협조적인 기조를 불어넣기 시작했다.[35] 그리고 10월호가 되면 시국적인 내용들이 잡지 구성에서 1/2 이상을 차지하게 된다. 『신만주』도 "이번 호는 우리 잡지가 환골탈태한 첫 호이며, 시국판을 간판으로 하는 본격적인 첫 발행이기도 하다."[36]라는 성명을 발표하였다. 이렇게 잡지 『신만주』도 최후를 향해 치닫고 있었다.

• 1945년

『신만주』 제7권 중에서 필자는 『신만주』의 종간호이기도 했던 2, 3, 4월 합병호 단 한 권을 겨우 발굴했다. 종이 재질이 거칠고 글씨도 알아보기가 어려운 수준이었다. 그럼에도 내용 구성은 질서정연했고

---

34 『新滿洲』 6卷 8月号, 1944, p.13.
35 「編后記」, 『新滿洲』 6卷 9月号, 1944, p.80.
36 위의 글, p.80.

특별히 〈시풍(時風)〉이라는 전문란을 개설한 것을 확인할 수 있었다. 「편집 후기」, 즉 정간 알림(停刊告示)이기도 했던 후기에서 잡지 『신만주』는 그래도 당당하게 종간을 알렸다.

『신만주』 최종호는 온통 시국으로 뒤덮여있었음에도 불구하고 그 중에서도 〈시사〉, 〈문예〉, 〈번역집〉, 〈과학〉, 〈학원(學苑)〉 등과 같은 큰 범주는 구분되어 있었다. 문예란의 대부분은 시였다. 장원화(張文華)의 「낙타(駱駝)」와 「리리(麗麗)」, 샤오쑹의 「적을 멸하다(滅敵)」, 톈린(田琳)의 「장미(薔薇)」, 톈빙(田兵)의 「고성초(古城草)」, 톈훠(天火)의 「생의 기전(生之紀典)」, 웨이창밍(韋長明)의 「정원(庭園)」, 선중(潘重)의 「우는 매미(鳴蟬)」 등의 작품들이 실렸고 그중에서 샤오쑹의 시「적을 멸하다」는 헌납시라는 표제를 달고 있었다.

> 대동아 침략의 마수(魔手)를
> 끊어내어라, 이오섬에서
> 태평양에 넘쳐나는 것은 노도(怒濤)뿐
> 마치 우리와 같이……
> 우리 동아 10억의 흉금
> 우리의 국민돌격대와 그리고
> 아시아를 수호하고 있는 선봉군들
> 손에 손잡고, 어깨를 겨누고
> 적들의 피와 살이, 이오섬에서
> 흩날리게 하여라

시라 지칭되는 이 장르에서는 호언장담이 넘쳐났고 내용은 텅 비어 있었으며 대체적으로 대동소이했다. 1935~1945년, 만주국 문단은 이런 문학 장르를 조직적으로 생산해냈고 작품들이 넘쳐났다. 『성경시보』는 헌납시를 게재하면서 그 「서언」에서 다음과 같이 말하고 있다.

만주제국 협화회는 역사적 의의가 심원한 이 전쟁을 찬미하기 위하여 직접 헌납시 성연을 베풀었고, 예술연맹의 원조 하에 전국의 문사, 시인들을 직접 참여시켜 시를 창작하게 하였다. 일만문(日滿文) 총 50여 편 중 중국어(滿文) 시편이 18편이었고 그중 잡지에 발표된 일부 작품들을 제외한 15편을 본보에 순차적으로 발표하고자 한다.[37]

『신만주』는 제5권 제8호에서 이미 일부 일본인들이 창작한 헌납시를 발표한 바 있는데 2년여가 지난 후에 만주국의 저명한 문인 가운데 한 사람이었던 샤오쑹의 헌납시를 다시 게재하고 있다. 일본인들이 창작한 헌납시는 아마도 만주제국 협화회의 협력하에 게재되었을 것이다. 그러나 샤오쑹의 이 작품과 관련해서 필자는 아직 유력한 연관성을 찾아내지는 못했다.

헌납시의 창작자들은 대개가 당시 만주국 문단의 유명한 작가들이었다. 구딩, 산딩, 줴칭, 샤오쑹, 진인, 와이원, 렁거, 두바이위 등 작가들은 모두 헌납시를 창작한 바 있으며 일부 문인들에게 있어서 이는 흰 종지에 박힌 검은 글씨처럼 떼어낼 수도 지워버릴 수도 없는 짐이자 혹이 되었다. 만주국의 문인들이 한때 앞다투어 헌납시를 창작하였다는 사실은 주목을 요하는 부분이다.

『신만주』 종간호는 별도의 종간 공고를 내지는 않았다. 대신에 「편집 후기」에서 다음과 같이 전하고 있다.

2, 3, 4월호는 부득이한 상황에서 합병호로 발간하였다. 이는 『신만주』 창간 7년 이래 처음 있는 일이다. 물론 시국에서 기인하는 일이라고는 하지만 우리 편집인 일동은 독자 제군에게 심심한 사의를 전하는 바이다.

---

37 「刊載〈獻納詩〉緒言」, 『盛京時報』, 1943.6.13.

원래의 우리의 계획은 5월호부터 잡지의 성격을 다소 변화시키는 것이었다. 5월호부터 학생독서물(學生讀書物)에 주안점을 두고 특별히 각지 교육자들에게 원고를 부탁해 두기도 했다. 그러나 출판물에 대한 정부의 통합관리가 이루어지면서 본 계획은 무산되었고 결국 여러 집필자들의 열정만 축내고 말았다. 우리 역시 시국의 수요에 순응하여 폐업대길(閉業大吉)을 선택할 수밖에 없다. 이 자리에서 깊은 진심을 담아 독자 여러분에게 심심한 사의를 전함과 동시에 그동안 잡지 『신만주』를 사랑하고 지지해주신 독자 여러분에게 다시 한번 감사의 마음을 전한다. 이는 우리가 독자들에게 바치는 마지막 읽을거리일 것이다. 앞으로 다시 만날 수 있기를 …….[38]

잡지 『신만주』는 7년여를 경과하는 동안 지속적으로 시국에 타협해오면서 다른 한편으로는 '신만주 건설'이라는 구상에 내색하지 않고 저항해 왔으며 그들이 마지막으로 물러서고자 했던 곳은 바로 '학생 독서물(學生讀物)'이었다. 만주국은 결국 괴멸의 마지막 순간을 맞이했고 협력과 저항은 이제 더 이상 의미가 없었으며 잡지 『신만주』가 감내해야 했던 굴욕과 의의까지도 이제는 내려놓을 때가 되었다.

3. '신만주' 구축에 비협조적인 문학

잡지 『신만주』의 타협과 항쟁의 수단은 문학이었고 문학을 통한 타협과 항쟁은 늘 함께 공존하고 있었다. 말하자면 그것은 어쩔 수 없는 타협이자 적극적인 항쟁이기도 했던 것이다. 규범을 준수함과

---

38 「編輯后記」, 『新滿洲』 第7 卷2·3·4月合幷号, 1945, p.60.

동시에 규범과는 다른 방향을 지향하는 것, 즉 '속박'과 '벗어나기'를 병행하는 과정을 통해 『신만주』의 문학은 독특한 경관을 형성해 갔다.

잡지 『신만주』의 〈시사〉란과 〈논설〉란은 당연히 시국에 순응한 결과물이었다. 그런 이질적인 시공간 속에서, 그리고 준(准)관방 잡지였던 『신만주』에서 시국에 부합하는 언론을 발표하지 않는다는 것은 불가능한 일이었다. 잡지 『신만주』의 〈시사〉, 〈논설〉란을 통시적으로 살펴보면 이곳에 글을 발표한 사람들은 대체로 관직에 몸담고 있는 인물들이었고 보통의 문인들은 참여할 기회가 거의 없었음을 확인할 수 있다. 국책 선전을 목표로 했던 『신만주』의 국책란에 대해서는 설사 잡지의 편집인 일지라도 원문 그대로 게재할 뿐 편집, 첨삭할 권리가 없었다. 이에 대해서는 타협이나 항쟁을 선택할 기회조차 없었고 오직 순종만 있을 뿐이었다. 잡지의 편집자들 역시 본인의 권한과 행동 범주에 대해 잘 알고 있었고 잡지의 국책란을 통해서는 그들의 이념이나 사상은 전달할 수 없었다. 오히려 그것을 하나의 '보호막'으로 간주하고 그 '보호막' 아래서 '방해 언동'을 진행했다.

잡지 『신만주』는 독립적인 문학란을 운영할 수 있다는 점을 더 크게 중시했다. 편집진은 문학 작품의 양적인 면이나 형식적인 면에서 그들만의 문학 이상을 실현하고자 했고, 이로써 '신만주 건설'의 '국책'에 대항하고자 했다. 한편 만주국의 문화 규제기관의 입장에서 보면 국책란은 미리 기획된 언론 선전이었기 때문에 다시 규범화하거나 감시할 필요가 없었다. 그러나 자유롭게 창작된 문학 작품에 대해서는 규범을 만들고 감시하고 재규범화하고 다시 감시하여 '건국정신', '전쟁 시국'을 위해 사용하고자 했고, 이로써 소위 말하는 '국책문학'과 '보국문학'을 만들어가고자 했다. 때문에 잡지에서 특별한 주목의 대상이 되었던 것은 문예면이었고 이로써 투쟁 현장에서 멀어져야 할 문학 진영은 실질적인 투쟁의 현장이 되고 말았다. 물론 적대적인 과격함이 드러나지는 않았지만 잡지 『신만주』는 더욱 두려운 환경 속에서 타협과 항쟁을 이어가야 했다. 만주국과 만주국이 추진하는 문예 정책은 줄곧 절대적인 강세를 유지해왔고 잡지 『신만주』의 문학에게는 타협과 순응이라는 선택지 밖에 없었다. 그러나 잡지는 결코 국책문학을 추동하지는 않았으며 오히려 국책과 무관한 고집스러운 비협조의 길을 선택했다.

잡지 『신만주』는 순문학지는 아니다. 그러나 잡지 전체에서 문학이 차지하는 비중이 상당하여 전체 잡지 분량의 2/3 수준을 차지하였다. 필자가 수집한 60권(총 74기)을 기준으로 통계를 진행하였을 때 장편소설이 14편, 중편소설이 20편, 단편소설이 200편 이상, 극본이 13부에 달하였으며 이외 문학특집도 적지 않게 기획되었음을 확인할 수 있었다. 이상의 작품들이 잡지 『신만주』의 독특한 문학 양식을 형성했는데, 특히 국책과의 타협 과정에서 생성된 통속문학과 여성문학은 새로운 장르를 탄생시키고 새로운 문학 경험을 제시하였다.

• 통속문학이 탄생시킨 새로운 장르

1941년부터 잡지 『신만주』는 문예면의 통속문학을 대대적으로 증가시키기 시작했다. 여기에는 여러 가지 원인이 존재하겠지만 무엇보다도 당시 동북 문단에서 통속문학이 유행하였고 각종 잡지의 문예면이 확충되었던 상황과 무관하지 않으며, 또 잡지 편집자의 개인적인 취향도 어느 정도 영향을 미쳤을 것으로 판단된다. 하지만 이보다 더 주목되는 것은 심층적인 이유 두 가지이다. 하나는 점점 더 명확해지고 있었던 만주국의 문예 통제정책이다. 1940년 5월 관동군 헌병대 사령부에서 반포한 《사상대책복무요강(思想對策服務要

綱)》은 문예작품과 저작물의 동향을 반드시 주목, 감시해야 할 대상
으로 설정하였다. 이 요강의 반포는 수많은 신문학 작가들의 공포를
자아내기에 충분했다.

1941년 2월 『만주일일신문(滿洲日日新聞)』은 「최근의 금지사항: 신
문잡지의 검열에 대하여(最近的禁止事項: 關與報刊審査)」를 게재하여 신
문잡지에 발표되는 문학 작품에 대한 제한과 금지 범위를 명시하였
다. 그 여덟 조항을 정리하면 다음과 같다.

1. 시국에 저항적인 경향.
2. 국책 비판에 대한 성실성 결여나 비건설적인 의견.
3. 민족 대립을 자극하는 요소.
4. 건국 전후의 암흑면 묘사를 목적으로 하는 작품.
5. 퇴폐적인 사상을 주제로 하는 작품.
6. 연애나 스캔들을 주제로 하는 작품이나 쇼맨십, 삼각관계, 정조 경시
   등과 같은 유희적인 연애나 욕정, 변태적인 성욕, 정사(情死), 풍기문
   란, 간통 등을 묘사하는 작품.
7. 범행에 대한 묘사가 지나치게 잔혹하고 노골적이며 자극적인 작품.
8. 매파나 여급을 주인공으로 하는 작품에서 홍등가의 인정세태를 고의
   적으로 과장하여 묘사하는 작품 등이다.[39]

『만주일일신문』은 다시 주석을 달아 설명하기를 이 중에서도 민
족의식의 대립을 촉발하거나 암흑면을 묘사하고 홍등가의 각종 인정
세태를 철두철미하게 묘사하고 있는 작품이 특히 많다고 밝히고 있
다. 이상의 여덟 조항은 작가들을 향한 발언임과 동시에 편집자들을

---

39 「最近的禁止事項: 关于报刊审查(上)」, 『满洲日日新闻』, 1941.2.21; 于雷 译, 『东北沦
   陷时期文学国际学术研讨会论文集』(第1版), 沈阳出版社, 1992, p.181.

향한 것이기도 했다. 다양한 창작 소재들을 모호하게 포괄하고 있는
이 여덟 조항은 오히려 편집자와 작가들에게 더욱 큰 공황을 초래했
다. 만약 이 조항들을 모두 준수한다면 작가들은 창작을 할 수 없고
편집자들은 잡지를 발행할 수 없었기 때문이다. 물론 관련 집행자들
역시 이 여덟 조항을 기준으로 작가와 편집자, 각종 신문잡지사들을
엄격하게 추적하여 징벌하지 않았고 국책과 시국에 영향을 미치지
않는 범위 내에서 만주 문단의 '번성'을 허락하였다. 그럼에도 이 여
덟 조항은 작가와 편집자들을 위협하기에 충분했고 그들에게는 오직
만주국의 '명랑'을 꾸며내는 '국책문학'의 번성만이 허락되었다.

같은 해 3월 23일 반포된 《문예지도요강》은 지금까지 유지되어
오던 문예정책을 더욱 명료화했고 작가들에 대해서는 조직적인 통제
관리를 시작하였다. 이러한 창작, 편집 환경 속에서 준관방 잡지 『신
만주』는 당국에서 추진하는 문예정책에 협력하여 '민족의식', '암흑
면', '퇴폐적인 사상', '홍등가' 등을 주제로 하는 작품들을 발표하지
않는 대신에 "건국정신을 근본으로 하고 팔굉일우의 정신적인 미(美)
를 추구하는 작품"을 발표할 수밖에 없었다. 잡지 『신만주』는 총체적
으로는 문예정책에 순응하면서 금지조항과 관련되는 작품은 최대한
적게 발표했지만, 정해진 국책문학의 노선을 준수하지 않는 대신에
통속문예라는 새로운 잡지 방향을 모색했다. 또 하나의 원인으로 상
업적인 이유를 들 수 있다. 잡지 『신만주』는 비록 만주도서주식회사
의 자금 지원을 받고 있고 이 회사 또한 특수회사이고 강력한 후원자
를 가지고 있었지만 회사의 사업으로 경영되고 있었던 특수 상품으
로서의 잡지 『신만주』에게는 여전히 이익 창출의 의무가 있었다. 따
라서 『신만주』와 기타 잡지들과의 경쟁은 피해갈 수 없는 일이었다.

『신만주』 창간 당시 문단에는 『예문지(藝文志)』와 『문선』 두 개의

대표적인 민영 잡지가 창간을 준비하고 있었다. 1939년 6월과 12월에 각각 발행을 시작한 이 두 잡지는 당시 만주국 문단의 거의 모든 우수한 신문학 작가들을 모두 확보하고 있었다. 이들과 똑같이 신문학을 중심으로 잡지를 꾸려나갔던 『신만주』는 자연 이들의 경쟁상대가 되지 못했다. 『신만주』에 신문학 작품을 발표하는 작가들은 대개가 이름도 알려지지않은 신인이었고, 이들의 습작 단계 수준의 작품들로는 『예문지』나 『문선』에 작품을 발표하고 있는 산딩, 구딩, 줴칭, 샤오쑹 등 성숙한 작가들의 작품들과 경쟁할 수 없었다. 신문학 작품 구독을 원하는 독자들은 당연히 『예문지』나 『문선』을 선택했고 잡지 『신만주』에 대해서는 관심을 가지지 않았다. 따라서 똑같이 신문학을 중심으로 잡지를 구성했던 『신만주』의 발행량은 직접적으로 영향받을 수밖에 없었다.

『신만주』가 처음부터 신문학 중심의 잡지를 구상했던 것도 사실은 이익 창출의 측면을 감안한 선택이었다. 1938년 9월, 잡지 『명명(明明)』[40]이 정간될 당시 문단에는 신문학 작품을 발표할 수 있는 잡지가 거의 없었다. 그러나 그에 비해 동북 문단은 이미 비교적 성숙한 신문학 작가층과 독자층을 형성하고 있었다. 때문에 신문학 중심의 잡지를 기획했던 『신만주』가 『명명』의 정간에 맞추어 출범한 것은 시기적으로 나쁘지 않은 타이밍이었다고 할 수 있다. 그런데 어찌하여 잡지 『신만주』는 『예문지』와 『문선』이 창간되기 전이었는데도 우수한 신문학 작품을 상재하지 못했던 것일까? 여기에는 물론 훌륭한 문학 작품의 탄생은 시간의 연마를 필요로 한다는 문학 생산의

---

40 『명명』은 1937년 3월에 창간된 중국어 종합지이다. 제6기(1937년 8월)부터 순수문예지로 전환하였고 1938년 9월(제4권 제1기) 경영 문제로 정간되었다.

문제도 존재했지만 그보다는 적지 않은 문인들이 '신만주'라는 잡지 명칭을 기피하면서 작품을 발표하려 하지 않았던 점이 더 컸다. 당시의 지식인들은 일본이 중국을 침략하고 만주국이라는 괴뢰국가를 날조해 냈다는 것을 명확하게 인지하고 있었기 때문에 '신만주'라는 잡지 명칭에 대한 그들의 기피는 거의 본능적인 것이었다. 그리고 당시의 대부분의 문인들이 그들만의 동인지를 창간하는 데에 열중했던 것 역시 잡지『신만주』가 문인들의 관심을 받지 못했던 한 이유였다.

1940년 하반기에 이르러 동인지『예문지』와『문선』이 정간되고 나서야 비로소 일부 작가들이『신만주』에 기고하기 시작했다. 당시『신만주』는 이미 2년 째 발행되고 있었지만 발행량은 여전히 만족스럽지 못한 수준이었고, 게다가 3년차에는 등장과 함께 놀라운 발행량으로 이름을 날리고 있었던 대중통속잡지『기린(麒麟)』의 영향으로 그 충격을 고스란히 감내해야 했던 상황이었다. 이익창출이라는 면에서도 잡지『신만주』는 개혁이 절실한 시점에 와 있었다. 만약 시국에 순응하여 국책문학만으로 꾸려간다면 이익 창출과는 더욱 멀어질 것이었다. 이 자명한 사실은 편집진들도 너무 잘 알고 있었고, 결국 그들은 통속문학의 길을 선택하게 된다.

잡지『신만주』는 만주국 문예정책과 이익 창출이라는 상업적인 목적에 타협하여 제3권 제5호부터 대중통속문예지라는 편집 방침을 확립하였으며 이 취지는 제6권 전반기까지 이어졌다. 그사이 잡지『신만주』는 실화(實話)·비화(祕話)·미화(謎話), 정탐물(偵探物), 반첩물(反諜物), 역사물(歷史物), 보고문학(報告文學), 사소설(私小說) 등을 대량으로 상재하였다. 통속 작품들은 비록 작품 수준이 균등하지 않았지만 소재의 특이성으로 인해 현실에서 멀어질 수 있었고 시대적 배경을 희미하게 처리함으로써 건국 분위기를 감소시킬 수도 있었다. 이는 시국의 문예정책에 위배되지 않으면서도 '국책문학'이나 '보국문학'을 수록해야 하는 위험성을 감소시켰다.

통속 작품의 발표는 잡지 『신만주』에 신기한 활력을 불어넣었다. 발행량에서는 비록 잡지 『기린』에 미치지 못했으나 새로운 장르를 통해 예상치 못한 성적을 거둘 수 있었다. 독특한 동북의 풍물을 기반으로 상상 속에서 창작된 산림실화(山林實話), 산림비화(山林祕話), 산림미화(山林謎話)는 문학의 새로운 표현 공간과 표현 방식을 고안해냈고 특별한 하나의 장르를 형성해갔다.

실화·비화·미화는 실제 사건을 저본으로 하여 그것을 소설적 형식으로 재구성하는 과정에 이야기성, 흥미성, 폭로성에 치중하고 있어 말하자면 오늘날의 기록문학이나 보고문학에 근접하는 특징이 있다. 이 문학 장르는 한때 만주국에서 상당히 유행했고, 대중통속잡지는 물론 잡지 문예란에도 다수 발표되면서 적지 않은 비중을 차지했다. 그러나 이 작품들은 하나의 동일한 패턴을 가지고 있고 문학성이 높지 않다는 특징을 가지고 있었다. 이 작품들은 유명인사의 사생활이나 기이한 사건, 색정적인 이야기, 조직이나 단체에 대한 폭로를 서사의 중심으로 삼았다. 여기에 노골적이고 직접적인 묘사를 곁들이는 한편 서술에 있어서는 불량한 행위의 근원이 되는 사회적 배경이나 이와 관련되는 기타 모든 인과 관계의 요소들을 의도적으로 제거했다. 그러나 이 작품들은 대체로 실제 발생한 사건을 다루고 있고 또 그 사건들이 살인, 폭력, 색정, 사생활, 신비성 등과 관련을 맺고 있어 일반 시민들의 호기심, 구경거리, 궁금증, 관음증이라는 대중심리를 충분히 만족시켰다. 따라서 사람들은 이 새로운 장르를 통해 그들의 주변에서 발생하는 활극 같은 이야기들을 더욱 즐길 수 있었다.

『신만주』에 발표된 실화·비화·미화에는 다음과 같은 작품들이 있다. 「라오차오 가문의 부활(老曹家復活了)」(1942, 제3권 10호), 「속세의 여성 작가(風塵女作家)」(1942, 제3권 11호), 「녹림호한 만홍의 보은기(綠林好漢滿紅報恩記)」(1941~1942, 제3권 12호~제4권 1호), 「바이허강 강안의 비극(白河河岸的悲劇)」(1942, 제3권 11~12호), 「광폭한 충칭암살단(狂暴的重慶暗殺團)」(1942, 제3권 12호), 「한볜와이의 십삼도강 금광 창업 비화기(翰邊外的十三道崗金鑛創業祕話記)」(1942, 제4권 1호), 「밀림 장백산에서의 혈투(密林長白山的血鬪)」(1942, 제4권 3호), 「자피거우 금광 개발의 창상 별기(夾皮溝金鑛開發滄桑別記)」(1942, 제4권 3호), 『대흥안령 엽승 야화기(大興安嶺獵乘夜話記)』(1942~1943, 제4권 4호~제5권 5호), 「검은 안경의 살인방화(黑眼鏡的殺人放火)」(1942, 제4권 6호), 「지린 한볜와이의 성쇠기(吉林韓邊外興衰記)」(1943, 제5권 8~9호), 「스라오칭과 진룽(石老慶與金龍)」(1943, 제5권 9~10호), 「북지전설잡초(北地傳說雜抄)」(1943, 제5권 11호) 등이 있다. 이 중에서도 장르적인 탐색을 보여주고 있는 부분은 산림실화·비화·미화이다.

산림실화·비화·미화가 가장 처음 나타난 것은 니쿵의 작품에서이다. 니쿵은 동북의 대표적인 통속작가로서 산림실화·비화·미화 영역에서 특기를 발휘했던 작가이다. 위에서 언급한 「한볜와이의 십삼도강 금광 창업 비화기」, 『대흥안령 엽승 야화기』, 「지린 한볜와이의 성쇠기」 등 세 편 외에도 간첩소설 「작전 지도」(1942, 제3권 5호)와 실화소설 「중국 제일 경제학자의 애사: 마인추의 필화」(1942, 제3권 8호)를 『신만주』에 발표하였으며 잡지 『기린』에는 「주판산의 이독(九盤山的二毒)」(1944, 제4권 11호)이라는 작품을 발표한 바 있다.

니쿵의 첫 번째 산림실화·비화·미화인 「한볜와이의 십삼도강 금광 창업 비화기」는 동북의 전기적인 인물이자 실존 인물인 한볜와이의 입신출세를 기록한 작품이다. 100년 전 전성기를 맞이한 한볜와이는 기세등등하게 자피거우를 독점했고 당시 세인들에 의해 '세계 제일의 비밀 망국(亡國)'이라 칭해졌다. 니쿵은 독특한 방식으로 이야기를 전개한다. 이야기를 요약하면 다음과 같다.

1. 지린 제일의 물주이야기. 첫 시작은 다음과 같다. "지린성에서 모르는 사람이 없을 정도로 한때 소문 짜했던, 영원히 잦아들지 않았던 이야기……"[41] 한볜와이는 선행을 좋아하고 자선 사업을 즐겼던 인물이다. 전하는 말에 의하면 겨울부터 봄까지 하루도 **빼놓지** 않고 무료로 죽을 나누어 주었는데 하루에 좁쌀 오백 석이 들었다고 한다. 독자들 입장에서는 미심쩍은 부분이기는 하다. 그러나 여기서 미심쩍다는 것은 이야기의 진실성에 대한 것이 아니라 이 이야기가 민간에서 잊히지 않고 계속해서 전해진다는 사실에 대한 것이다. 2. 깊은 산속에서 삼을 캐는 심마니의 이야기. 이 부분은 마치 인삼 백과사전을 방불케 한다. 인삼의 종류와 모양새, 효능에 대해 설명하고 있을 뿐만 아니라 삼을 캐는 방법은 물론 삼 캐러 다니는 심마니들은 대부분 어떤 사람들인지에 대해서도 설명하고 있다. 비록 설명 부분이기는 하지만 그 설명하는 대상이 신기하고 형상적이어서 가독성에 있어서도 묘미가 넘쳐난다. 3. 한볜와이의 기우에 관한 이야기. 소설은 한볜와이라는 생동한 인물을 창조해냈을 뿐만 아니라 사랑과 고민 등 희로애락 속에 살아가는 심마니들의 삶도 심도 있게 조망하고 있다. 4. 거대한 뱀과 지네의 결투 장면. 이 부분 또한 동화적인 작법을 통해 묘사하고 있어 볼 만하다. 한볜와이가 발주하는 '거물(大貨)'(천년 이상 산삼에 대한 별칭)은 보통 길이가 두 장(丈) 가까이 되는 꽃뱀이 보호하고 있다. 그런데 이 꽃뱀에게는 원수인 지네가 있었고, 크기는

---

41 睨空, 「韓邊外十三道崗金礦創業秘話記」, 『新滿洲』 4卷 1号, 1942, p.73.

7~8장(丈)이나 되었다. 두 마리 짐승의 결투에서 꽃뱀이 열세에 처하게 되었을 때 한볜와이가 꽃뱀을 구해준다. 5. 흰옷 입은 여인의 보은 이야기. 지네에게 상처를 입은 한볜와이가 여인으로 변신한 꽃뱀에 의해 구원된다는 설정이다. 실로 신화 같은 이야기이다. 6. 한볜와이의 입신출세에 대한 전기적인 이야기. 꽃뱀에게 구원된 한볜와이는 산삼을 캐지 못했고 풀이 죽어 관내의 고향으로 돌아갈 작정으로 냇가에서 세수를 하다가 그곳에서 의외로 금광을 발견한다.

이 작품은 '전설'과 '박물지식', '소설 기법', '동화', '신화', '인물 전기'를 융합시키면서 현실과 허구 사이를 넘나들고 있다. 연결에 있어서 다소 어색한 부분이 없지 않지만 내용이나 형식에서 독자들에게 신기함을 선사하고 있어 읽을 만하다. 이 작품은 시작에 불과하다. 니쿵에게는 또 하나의 대작 『대흥안령 엽승 야화기』가 있다. 이 작품은 10만 자에 달하는 대하 장편으로서 13개월에 걸쳐 연재된, 『신만주』에서 편폭이 가장 긴 작품이다. "빈번하게 호평을 받고 있고 수만 명이 즐겨 읽는 만주 제일의 산림비화소설"이라는 찬탄을 받고 있는 이 작품은 대흥안령(大興安嶺)에서 살아가고 있는 사슴의 무리와 인간에 대해 기록하고 있는 신기하고 기이한 작품이다. 이 작품은 동식물에 대한 지식과 전설을 작품의 적재적소에 삽입하고 있어 흡사 동북 밀림의 동식물에 관한 취미생활백과전서(趣味生活百科全書)를 방불케 한다. 작가는 평등한 시선으로 사람, 사슴과 맨드릴, 식물과 기타 동물에 접근하면서 밀림생활의 비밀을 생동하게 펼쳐 보이고 있다.

장창(張蕎)의 「북지전설잡초」 역시 동일한 장르에 속하는 작품이다. 다만 이 작품은 동식물과 관련된 신기한 전설들만을 기록하고 있고 완전한 스토리를 구성하지 못하고 있어 말 그대로 '잡초(雜抄)'에 머물고 있다.

산림실화·비화·미화는 독일 자연과학자 에드워드 아나트의『만몽 비밀탐사 40년(滿蒙探祕四十年)』의 영향을 받았을 것으로 추정되는데 이 책은 리야썬(李雅森)에 의해 번역되어 진쩌책방(近澤書房)에서 발행된 바 있다. 이 책은 아나트 박사의 40여 년간의 동북밀림에 대한 관찰기록을 집대성한 것으로 여기에는 동물, 식물, 외계인, 이교도 등 신기한 이야기들이 다수 수록되어 있다. 그리고 당시 상당히 유행했던 러시아 작가 바이코프의 동식물 묘사 작품들 역시 살림실화·비화·미화에 영향을 미쳤을 것이다. 물론 가장 중요한 것은 동북 특유의 풍물과 여전히 북쪽에서 살아가고 있는 유목 소수민족들의 존재이다. 자연에 의지하여 자연과 함께 살아가는 그들에게는 동식물에 대한 영험한 전설들이 다수 전해지고 있다. 이러한 전설들이 문인들의 창작 영감을 불러일으켰고 위에서 살펴본 바와 같이 '고사(故事)'와 '전설', '장고(掌故)', '지식', '소설'을 융합시키면서 장르적 경계를 허물어뜨린 새로운 장르를 만들어냈던 것이다. 그러나 아쉽게도 이러한 장르적인 실험은 초기 수준에 머물다가 단절되고 말았다.

• 여성 작가들이 견인한 문학의 발전

잡지『신만주』에는 적지 않은 여성 작가들이 활동하고 있었고 이들의 활발한 창작활동은 잡지『신만주』의 대중독서물(大衆讀書物)의 흥행과도 거의 궤를 같이하고 있었다. 물론 여기에는 가열찬 창작과 취재, 편집 환경, 그리고 이익 창출이라는 여러 가지 요인이 함께 작용하기도 했을 것이다. 자아 내면에 집중하는 여성적 글쓰기는 보통 시대적 배경에서 멀리 떨어져있는 것이 특징이다. 당시의 여성 작가들 역시 이러한 여성적 글쓰기의 특징을 잘 인지하고 있었다. 이에 대해 우잉은 다음과 같이 말하고 있다.

사회 경제적 환경이 어떤 지경이든 이는 절대 그들의 글쓰기 태도에
영향을 미치지 않을 것이다. 스스로가 은둔을 선택하지 않는 한 말이다.
이것은 여성 작가들 모두가 공통으로 느끼는 감정이다.[42]

시국에서 멀리 떨어지면 저항적이거나 민족의식을 자극하는 대립
적인 작품을 창작하지 않을 것이며, 그렇게 되면 자연 당국의 문예정
책에도 저촉되지 않을 것이다. 그러나 여성적 글쓰기 자체가 가지고
있는 모호성은 일부 독자들의 관심을 끌 것이며 이는 자연스럽게 잡
지의 이익 창출에도 도움이 될 것이다. 때문에 여성적 글쓰기의 성행
역시 시국 타협과 무관하지 않으며 이러한 타협은 결코 국책에 더
가까워지는 것이 아니라 오히려 국책과는 무관한 창작의 길로 이어
졌다.

잡지 『신만주』에서 활동한 여성 작가들로는 우잉(吳瑛), 메이냥(梅
娘), 양쉬(楊絮), 단디(但娣), 주티(朱媞), 란링(藍苓), 빙후(氷壺), 예쯔(葉
子), 위잉(郁瑩), 이카(乙卡), 퉁전(桐楨), 류다이(柳玳), 란광(瀾光), 리산(李
姍), 줘시셴(左希賢), 디중(砥中) 등이 있다. 그녀들은 탐색적인 창작에
능했으며 이는 잡지 『신만주』에 적지 않은 이채를 더해주었을 뿐만
아니라 오늘날의 독자들에게도 많은 계시를 주고 있다.

당시의 우잉은 창작과 편집을 병행했던 훌륭한 다작의 작가였다.
『신만주』에 발표된 그녀의 작품으로는 소설 「그림자(影)」(1939, 제1권
3~4호), 「여행(旅)」(1941, 제3권 6호), 「6월의 구더기」(1942, 제4권 9호),
「여의고(如意姑)」(1943, 제5권 5호)와 수필 「침묵과 나(沈默與我)」(1941, 제3
권 4호), 「날리는 모래(飄沙)」(1944, 제6권 4호), 「나의 패북」(1944, 제6권

---

42 吳瑛, 「滿洲女性文學的人与作品」, 『靑年文化』 第2卷 第5期, 1944.5, p.26.

7호) 등이 있다. 우잉은 젊은 아가씨에서 부인이 되기까지의 고민과 부득이함을 가장 직접적인 방식으로 그려낸 작가였다. 만주국에서 그녀는 "묘사의 명수(白描文學的聖手)"[43]로 불리는 작가였으며 적지 않은 작품들이 일본에 소개되었다.

「그림자」는 예쁘장한 시골 아가씨가 도시 남자에게 시집오면서 발생하는 긴장감을 묘사하고 있는 작품이다. 혼수 용품을 구매하고, 목욕을 하고, 머리를 자른다. 10여 년을 곱게 길러 땋아 내린 아름다운 머리카락을 자르고 대신에 칼팍 모자 스타일로 파마를 한다. 이 모든 과정이 두 여인의 제한된 시선을 통해 전달되는데 이 독특한 제한된 시점은 더 많은 의미를 내포하게 된다. 결혼을 앞둔 여인의 미래에 대한 몽롱한 동경과 성인 세계에 대한 작은 아가씨의 선망 그리고 어서 빨리 어른이 되고 싶은 욕망까지도 드러나 있다. 그러나 소설의 결론은 실망스럽기 그지없다. 아가씨는 아편쟁이의 첩으로 가는 것이었기 때문이다. 이와 같은 민간이야기 풀어내기 식의 서사는 새로움이 없었고, 오히려 오랫동안 기다려온 독자들의 독서 기분만 망치고 있었다.

「여행」은 젊은 아내의 불안한 생활을 다루고 있다. 집을 떠날 때 어머니는 그녀에게 말하기를 앞으로 너의 집은 그곳이니 시어머니의 말을 잘 듣고 남편의 눈에 나지 않게 행동해야 한다고 당부한다. 젊은 아내는 시골에서 체면 차리기 좋아하는 시어머니와 함께 생활하게 되는데 그 시어머니란 사람은 까다롭고 잔소리가 심했다. 후에 하얼빈(哈爾濱)에서 일하게 된 잘난 남편을 따라 도시로 이주하지만 남편과 남편의 체통 있는 친구들 앞에서 약삭빠르게 행동하지 못해 구박

---

43 吳郎, 「一年來的滿洲文藝界」, 『華文每日』 第10卷 第4期, 1943.2.15, p.14.

을 받다가 다시 시골로 보내진다. 작품은 아내에 대해 "이튿날 아침, 그녀는 다시 그 잘난 남자와 함께 처음 와본 도시를 떠났다. 즐거움도 슬픔도 없는 그녀의 눈앞에 다시 그 체면치레하기 좋아하는 시어머니의 얼굴이 어른거렸다."[44]라고 쓰고 있다. 우잉은 묘사(白描)의 수법으로 젊은 아내의 일상을 그려내고 있다. 강박증에 걸린 사람처럼 심리묘사를 기피하고 있으며 담담한 필치로 젊은 아내의 무료하고 재미없으며 희망 없는 삶의 현존을 그려내고 있다. 소설 「6월의 구더기」는 여인들의 성격을 기술하고 있는 작품으로 배우지 못한 빈껍데기뿐인 영혼 없는 여인들의 삶을 통렬한 필치로 리얼하게 그려내고 있다.

우잉은 지린성립여자중학(吉林省立女子中學) 졸업 후 줄곧 출판계에서 일해 왔다. 처음에는 『대동보』 외근기자의 신분으로 직장 생활을 시작했고 다음에는 국통사(國統社)의 잡지 『사민(斯民)』의 편집을 맡았으며 그 다음에는 만주도서주식회사로 옮겨 단행본 편집을 맡았다. 작품집으로는 단편소설집 『양극(兩極)』이 있으며 이 작품집으로 제1회 문선상(文選賞)을 수상한 바 있다. 우잉은 당시 동북문단 여성 작가 중의 맹주였고, 다방면으로부터 주목을 받았던 인물이다. 그녀는 대동아문학자대회에 참석하였고 오우치 다카오와 함께 『현대만주여류작가선집(現代滿洲女流作家選集)』을 편집하였으며 이 작품집에 본인이 추앙하는 여성 작가 샤오훙(蕭紅)과 바이랑(白朗)의 작품을 수록하였다.

양쉬는 가수, 편집자, 작가라는 타이틀을 한 몸에 지녔던 인물이며 자신의 개인 사생활을 사실대로 기록하여 당시 문단의 이단아가 되기

---

44 吳瑛, 「旅」, 『新滿洲』 3卷 6号, 1941, p.165.

도 했던 인물이다. 우잉은 양쉬에 대해 "영감이 떠오를 때에는 천부적인 글쓰기 재능을 믿고 의식의 흐름에 따라 일사천리로 쏟아냈지만 그녀에게는 문학 창작에 대한 고정적 관념이나 지속적인 창작 의지 같은 것은 존재하지 않았다. 그녀는 문학의 시대적인 임무나 배경에 관심이 없었고 작가로서의 관념이나 사명감도 가지고 있지 않았다. 그저 천재적인 재능만 믿고 있는 자유분방한 문학소녀 같았다."[45]라고 평했다. 이 평가는 정곡을 찌르고 있다. '창작 관념'도 '창작 의지'도 존재하지 않는 양쉬였고 그저 내키는 대로 썼을 뿐이었는데 그 누구와도 다른 텍스트를 생산해 냈던 것이다. 잡지 『신만주』에 발표된 양쉬의 작품으로는 「상처 입은 감정(傷殘的感情)」(1941, 제3권 2호), 「나의 죄상」(1942, 제4권 7~8호), 「나의 일기(我的日記)」(1943, 제5권 5~6호)와 시 「오래된 우물(古井)」(1941, 제3권 4호)이 있다.

「나의 죄상」을 필자는 자전적 사소설이라 본다. 이 작품은 그녀의 창춘에서의 2년간의 생활에 대한 공개적인 고백이기도 하기 때문이다. 작품의 일부 내용만 보아도 알 수 있다. 가출을 감행하고, 남자친구를 사귀고, 허영심에 들떠 나대기를 좋아하고, 국도의 문학청년으로 자처하고, 불문곡직하고 방송을 시작하고, 가수로서의 삶을 결심하며, 점차 여자로 사는 것이 얼마나 힘든지를 알게 되고, 가끔은 사람 없는 곳에서 눈물을 흘렸던 삶, 이것이 양쉬의 삶이었다. 이것은 개인생활에 대한 대담한 기록이었는데, 여기서의 '개인'은 당시 한창 뜨고 있던 여가수였고, 그의 텍스트들은 하나의 화면을 방불케 하면서 많은 독자들의 관심을 끌었다. 양쉬는 자신의 사생활을 폭로함과 동시에 당시 문화인들의 생활도 그려냈으며 거기에는 그들에 대한

---

45 吳瑛, 앞의 글, p.26.

양쉬 본인의 견해와 풍자도 포함되어 있었다. 양쉬의 글은 너무 사실
적이어서 오히려 무게가 있었다.

　　나는 차차 사랑하는 이를 통해 더 많은 사람들과 교제하게 되었고 새로
사귄 친구들 중에는 대단한 이도 적지 않았다. 그들은 모두 스스로를 국
도의 문학청년이라 자부하고 있었고 전국의 문학 인맥을 장악하고 있었
다. 그들은 찻집에 앉아 담배를 피우고 술을 마시며 심심할 때에는 여인
을 가십거리로 삼으며 시간을 보냈으며 글을 쓰고 싶을 때에는 아무것이
나 써서 사람들을 놀라게 하였다. 어차피 문학을 논할 만한 사람이 없으
니 아무래도 상관없지 않은가. 발표할 데가 있으면 글을 써서 발표하고,
다시 사람들을 모아 화제를 만들고, 그러면 그 중의 한 사람이 'XXX문학
가'라는 수식어를 붙여준다. 그렇다. 이렇게들 서로 이용하고 이용당하면
서 당파를 형성하고 당파가 생겨나면 다시 유파를 형성하고 서로 옥신각
신하면서 추태를 보이고 두 당파가 만나는 자리에서는 종종 양쪽 모두
입도 손도 발도 멈추지 못하는 경우도 있다. 오호라, 문학이여! 방관하고
있는 나는 오히려 너무나 흥미롭다.[46]

「나의 일기」에 오면 양쉬는 소설 양식을 포기하고 일기체 형식의
글을 통해 자신의 생활을 직접 기록하기 시작하고 있고 그 글 속에는
당시 문단의 실제 인물들도 다수 거론되었다. 양쉬는 그녀 자신의
생활과 글을 통해 그 시대의 문학 스타가 되었다. 그녀는 두 권의
작품집을 발행하였는데 한 권은 소설, 수필, 시를 함께 수록한 『낙영
집(落英集)』이고 다른 한 권은 수필집 『나의 일기』이다. 이외 번역문
집 『아라비안나이트 신편(天方夜談新編)』을 간행하기도 하였다.
　　메이냥의 경우, 그녀가 동북에 체류한 기간은 길지 않다. 1938년

46　楊絮, 「我的罪狀」, 『新滿洲』 4卷 7号, 1942, p.49.

일본 유학을 떠났고, 1942년 귀국하여 잠시 동북에 체류하다가 남편 류룽광(柳龍光)과 함께 베이징으로 거처를 옮겨갔다. 그러나 그녀가 동북에서 발행한 두 권의 작품집 『소저집(小姐集)』과 『제2대(第二代)』 가 동북 작가와 독자들의 관심을 받으면서 이름이 알려졌다. 그녀가 잡지 『신만주』에 발표한 작품 「교민(僑民)」(1941, 제3권 6호) 역시 상당 히 특색 있는 작품이다.

「교민」은 헤밍웨이의 소설 「흰 코끼리를 닮은 산(白象似的群山)」과 비슷한 분위기를 풍긴다. 생활의 한 단면을 소재로 취하고 있는 이 소설은 제한된 시간과 공간, 제한된 관찰자 시점으로 서술을 전개하 고 있다. 사건의 배경이나 인물의 신분, 경력에 대해 일체 언급하지 않는 소설은 생활 자체가 가지고 있는 복잡성과 다의성을 고스란히 전달한다. 일본 관서행 급행열차인 한큐센 속에서, 오사카에서 고베 로 향하는 젊은 여성은 자신에게 자리를 양보해 준 조선인을 보면서 여러 가지 다양한 추측들을 늘어놓는다. 소설의 구성은 평범하기 그 지없다. 서술자인 '나'가 만난 두 명의 조선인과 그들의 간단한 몇몇 행동들, 그리고 '나'가 알아들을 수 없는 몇 마디 말과 그들의 옷차림, 표정 등에 대한 묘사가 전부이다. 여기에 그들에 대한 '나'의 각종 추측들이 나열된다. 그들의 관계는 부부일까 아니면 고용관계일까, 그들의 배경, 그들의 감정 등등. 서술은 수수께끼투성이고, 이 수수께 끼가 '나'와 '작가'와 '독자'들을 이끌고 있다. 수수께끼의 매력은 그 해답에 있는 것이 아니라 그 수수께끼를 나열하는 과정에 있다. "여 인은 자신의 옷고름을 만지작거리다 다시 치마를 만지곤 하였다." 남 자는 "대체로 고귀한 사람들이 흔히 드러내는 노하기보다는 위엄을 지닌 표정을 최대한으로 가장하고 있었고, 그러나 '나'의 시선을 의식 하고는 곧 표정이 어색해지더니 금방 얼굴이 붉어졌다."[47] 메이냥은

연민의 시선으로 이 미세한 동작과 표정에 대해 서술하고 있고 의미심장한 여운을 포함하고 있는 그녀의 서술은 자연스럽게 우리의 일상생활 속 일부 체험을 소환하기도 한다. 아쉬운 점이라면 서술이 간결하지 못하고, 소설 말미의 발언이 다소 갑작스럽게 느껴지는 점이다. 소설의 말미에서 작가는 "나는 그 가련한 여인을 대신해 그녀의 남편에게 복수를 한 것 같았다."라고 쓰고 있다. 이 부분에서 "그녀의 남편"이라는 부분은 다소 갑작스럽고 영문을 알 수 없게 한다. 「교민」에 대한 평가는 밀란 쿤데라가 헤밍웨이의 「흰 코끼리를 닮은 산」을 두고 "이 짧은 소설에서 우리는 수없이 많은 이야기를 상상할 수 있다."라고 한 평가를 참조할 수 있겠다.

우잉, 양쒀, 메이냥의 작품들은 문학성이 충분하다. 그녀들의 사유와 탐색은 동북문학을 한 걸음 더 발전할 수 있게 추동하였으며 그녀들이 제기한 문제와 그녀들이 보여준 표현 방식은 중국 현대 문학에 새로운 문학적 경험을 더해주었다. 이들 몇몇 여성 작가들의 독특한 표현 방식에 대해서는 당시 동북문단의 일부 예민한 비평가들도 주목하고 있었다. 비평가들은 그들에 대해 "만주에서 본격적인 문예 창작에 종사하면서 만주 문단이 부인할 수 없는 직간접적인 추동 역할과 공적을 남긴 여성 작가들, 그들을 엄격하게 선별한다면 아마도 다음과 같은 작가들일 것이다. 샤오훙, 메이냥, 우잉 등이다."[48]라고 평가했다.

---

47 梅娘, 「僑民」, 『新滿洲』 3卷 6号, 1941, p.182.
48 韓護, 「〈第二代〉論」, 陳因 編, 『滿洲作家論集』, 大連實業印書館, 1943, p.307.(만주에서 간행되었을 당시 출판연도는 소화18년 6월이라고 표기되어 있었다. 당시 관동주에서 출판된 서적들은 모두 일본의 소화기년법을 따르고 있었다.)

4. 맺으며

만주국 시기의 신문잡지들을 읽다 보면 본능적으로 그것들을 부역(附逆) 또는 저항 두 부류로 구분하고 있는 자신을 발견하게 된다. 필자는 연구 초창기부터 이 이원적이고 대립적인 사고방식을 포기해야 함을 스스로에게 끊임없이 상기시키면서 주의력을 대다수 분량을 차지하는 부역도, 저항도 아닌 작품에 집중했다. 그럼에도 불구하고 이런 관습적인 사고방식은 시시각각 침투해 들어왔고, 필자는 이 사고방식의 완고함에 대해 성찰하면서 이렇게 완고하게 존재하는 그 사고방식의 유효성에 대해서도 주목하게 되었다. 만주국이라는 특수한 시기에 생성된 텍스트들에 대해서는 우리는 그저 "…인 동시에 …이다"라거나 "…도 아니고, …도 아니다"라는 판단을 내릴 뿐인데 이는 사실 의미 없는 것이다. 우리는 역사를 외면할 수 없다. 마치 대다수의 만주국 시기의 작가들이 현실에서 벗어나 생존할 수 없었던 것처럼 말이다. 그들은 판단을 해야 했고, 연구자들도 그들이 만들어낸 제품에 대해 판단을 해야 한다. 이에 필자는 당시의 준관방 간행물인 『신만주』를 연구 대상으로 정하였으며 7년간의 편집과정에 나타난 주체적 경향을 고찰하였다. 결과 그들의 순응과 타협, 그들의 항쟁의 흔적을 발견하고 정리할 수 있었다.

명확한 판단을 한다는 것은 중요하지만 분명한 것은 여기에서 멈추면 안 된다는 사실이다. 특히 문학 작품 연구에서는 더욱 그러하다. 문학 작품 연구 과정에 필자가 처음으로 마주친 문제는 조잡하고 선정적인 대량의 텍스트들을 문학 작품으로 읽을 것인지 사회학 자료로 독해할 것인지 하는 문제였다. 이에 필자는 최대한 문학적 정신이 투영된 작품들 중심으로 선별하여 읽었으며 그중에서도 통속문학의 한 장르인 산림실화·비화·미화와 신진 여성 작가들인 우잉, 양쉬, 메이냥의 작품을 선정하고 이에 대한 문학적 평가를 진행하였다. 두 번째는 문학정신이 투영된 작품을 생산한 주체들에 관한 것이다. 이를테면 구딩, 줴칭, 거허, 무루가이 등과 같은 작가들은 만주국 정부에서 중요한 요직에 있었고, 그들의 작품 역시 만주국에서는 수준 높은 문학에 속했다. 이에 필자는 그들이 정치인이기에 앞서 문학인이라는 사실에 집중하였고, 그렇다고 하여 그들의 일부 행동에 대해 면죄부를 부여하고자 하지는 않았다. 세 번째는 작품성이 있는 부역 작품을 어떻게 평가할 것인가 하는 문제였다. 이는 하나의 가설에 지나지 않으며 지금까지의 연구에서 아직 이런 작품을 만난 적이 없어서 아직 해답할 수가 없다.

'신만주'의 수사(修辭)

— 잡지 『신만주(新滿洲)』 재론 —

1. 서언

1931년 9월 18일, 일본 관동군이 선양(瀋陽) 북대영(北大營)의 류탸오후(柳條湖) 부근에서 일으킨 계획적인 폭발사건은 청제국(淸帝國) 시조(始祖)의 발상지였던 중국 동북(東北)을 본격적으로 동아시아 정치 중심지에 휘말리게 하였다. 1932년 3월 1일, 일본 군부는 만주국 건국을 선포하고 청나라의 퇴위 황제 푸이(傅儀)를 집정으로 앉혔으며 창춘(長春)을 신징(新京)으로 개칭하여 만주국 수도로 확정하고 연호를 대동(大同)이라 정했다. 1934년 3월 1일에는 국호를 '대만주제국'으로 바꾸고 푸이를 황제로 등극시켰으며 연호를 다시 강덕(康德)이라 새롭게 정했다. 이렇게 만주국은 독립국가임을 표방하고 나섰지만 중국 국민정부와 국제연맹에서는 이를 인정하지 않았다.[1]

---

[1] 국제연맹(League of Nations)에서는 만주사변 조사단을 파견하였고 리튼(Lytton)이 조사단 단장을 담임하였다. 1932년 10월 보고서가 제출되었고 보고서는 일본 관동군의 소행은 합법적인 자위수단에 해당하지 않기 때문에 만주국은 일본에 의해 만들어진 괴뢰국가일 뿐이며 그 독립성 또한 인정할 수 없다고 기술하면서 중국 동북에 대한 국제적인 공동 관리를 제안하고 있다. 일본은 국제연맹의 이와 같은 결정에 동의할 수 없음을 표명하고 1933년 3월 국제연맹을 자진 탈퇴하였다. 불법적인 만주국이 존재했던 14년간 만주국과 국교를 건립한 나라는 일본, 소련, 독일, 프랑스, 이탈리아,

만주국은 일본의 조종하에 있었지만 일본의 식민지였던 타이완이나 조선과는 차별화된 통치 방식이 도입되었다. 준(準)식민지이면서 괴뢰국가이기도 했던 만주국의 애매한 입지는 그로 하여금 20세기 전반기 동아시아 정치, 경제, 군사, 문화의 경합장이 되게 하였고, 제1차 세계대전 후 강권정치의 실험장의 하나로 부상하게 하였다. 그곳은 토지/토지소유권, 군사/대포, 관리/통치, 건설/약탈과 직결되는 지역이었고 미적 형식, 이미지, 상상, 수사와도 관련되는 공간이었다.

만주국은 건국과 동시에 계획적이고 단계적이며 체계적인 통치를 시작하였다. 일본 군부와 만청(滿淸)의 유신(遺臣)들은 각자 서로 다른 정치적 목적을 가지고 새로운 이데올로기인 '신만주', '신국가', '신국민'을 구상하였고, 각 방면에서 이를 위해 제정된 통치 방침과 발전 계획은 군사와 행정에 대한 통제를 넘어서 문화적인 통치에까지 이어졌다.

만주국의 문화정책은 두 단계로 구분된다. 첫 번째는 '건국정신'의 선양을 중심으로 하는 '국책문학'의 제창이었고 이를 위해 일련의 문예 법령과 제도, 강령들이 제정되었다. 소위 말하는 '국책문학'이라는 것은 '신국가'의 합법성과 합리성, 아름다운 전망에 대한 선전을 통해 만주국 국민의식의 구축을 목표로 하는 문학이었다. 태평양전쟁 발발 후, 만주국은 문예정책에 새로운 규정들을 추가하면서 문화정책의 두 번째 단계에 진입하게 되는데 이 단계의 핵심은 '전쟁 봉사', '시국 봉사'를 기조로 하는 '보국문학'이었다.

스페인, 루마니아, 불가리아, 핀란드, 크로아티아, 폴란드, 헝가리, 슬로바키아, 덴마크, 엘살바도르, 태국, 미얀마, 필리핀, 바티칸, 중화민국 난징정부, 괴뢰정부 몽골자치방(蒙古自治邦)과 자유인도 임시정부 등이었다.

이와 같은 문화적인 통치하에서 만주국은 수많은 신문잡지를 발행했다. 그중 "잡지의 원조, 만주 잡지의 독보적인 핵심"[2]이라는 평가를 받았던 『신만주(新滿洲)』는 발행 기간이 가장 길었던 만주국의 대표적인 대형 문화종합지 중 하나였다. 본고는 잡지 『신만주』[3]를 중심으로 '신만주'에 대한 상상과 수사를 살펴보고자 한다. 이를 위해 우선 제국 이데올로기의 한 양상인 '신만주'가 어떻게 형성되고 있었는지를 고찰하고 다음 '신만주'의 수사 이면에 가려져있는 제국주의의 논리를 살필 것이며 마지막으로 '신만주'의 '행복한 백성'은 과연 누구인지에 대한 질문을 던지면서 제국주의 이데올로기의 환상을 해체해 보고자 한다. 이와 같은 작업이 식민 통치와 근대성 사이의 복잡한 관계를 반추하는 한 계기가 되기를 바란다.

2. '만주'에서 '신만주'로

청대 이래로 '만주'라 불렸던 중국 동북은 민족 구성이 상당히 복잡한 지역이다. 이 지역에는 누대로 이곳에서 살아온 만주족(滿族), 몽골족(蒙古族), 하사커족(哈薩克族), 허저족(赫哲族)을 비롯한 원주민들

2　宋毅,「"滿洲一年的出版界"」,『華文每日』第12卷 第1期, 1944, pp.24~26.

3　월간잡지 『신만주』는 1939년 1월 창춘에서 창간되면서부터 1945년 4월 최종호를 발행하기까지 7년 동안 총 74기를 발행하였다. 만주도서주식회사(滿洲圖書株式會社) 발행 잡지였고 창간 당시 편집인은 만주도서주식회사 편찬실 주필이던 왕광례(王光烈)였다. 제4권 11월호부터 편집인은 지서우런(李守仁, 우랑(吳郞))으로, 발행인은 만주도서주식회사 상무이사 일본인 고마고에 고사다(駒越五貞)로 바뀌었다. 잡지 『신만주』의 구체적인 편집과 발행 상황에 대해서는 刘晓丽,「从《新满洲》杂志看伪满洲国文学流变」章(52-76),『伪满洲国文学与文学杂志』, 重庆出版集团, 重庆出版社, 2012를 참조.

이 있었고, 청나라 말기에 봉금이 해제되면서 살길을 찾아 몰려들었던 대량의 한족(漢族)들이 있었으며, 또 1896년의 청아밀약(淸俄密約)에 의해 러시아 중동철도 건설이 시작되면서 모여들기 시작한 러시아인, 유대인, 동유럽인, 북유럽인들이 있었다. 그리고 러일전쟁이 종료된 1905년 이후에는 일본이 제정 러시아의 수중으로부터 요동반도의 조차권과 남만주철도의 경영권을 인수 받으면서 다롄(大連), 뤼순(旅順), 진저우(金州), 푸란뎬(普蘭店) 이남 지역을 관동주(關東州)라 통칭하고 관동도독부(關東都督府)를 설치하는 한편 관동군을 주둔시켰다. 이로부터 일본의 군인과 장사꾼, 그리고 민간인들이 동북 지역으로 이주하기 시작하였다.

민국시기 동북 지역은 봉계군벌(奉系軍閥) 장쭤린(張作林), 장쉐량(張學良) 두 부자에 의해 관리 통제되었고, 1932년 만주국이 건국되고 나서는 일본의 세력이 점차 확대되기 시작하면서 이민자의 수도 크게 증가하였다. 그중에는 일본 본토의 군인, 상인, 문인, 개척단 농민들이 포함되어 있었을 뿐만 아니라 일본의 식민지였던 조선, 타이완 지역의 사람들도 포함되어 있었다.

1932년 이전부터 만주에서 살고 있었던 사람들은 그들이 한족(漢族)이든 만주족이든 몽골족이든, 또 일본인이든 러시아인이든 유대인이든지를 막론하고 그 누구도 '신만주'에 대해 생각해 본적이 없었을 것이다. '만주' 어디에 '신(新)'/'구(舊)'가 존재한단 말인가? 만주국이 날조해낸 '신만주'의 수사는 '불법' 정권에 '합법'이라는 겉옷을 입히기 위한 것에 다름 아니었다. 무력으로 이 땅을 차지한 후에는 문화적으로 이 땅에 대한 소유권과 통제권을 얻음으로써 강권정치를 위한 합법성을 도모하고자 했다.

잡지 『신만주』는 1939년 1월 만주도서주식회사 주관으로 창춘에서 창간되었다.[4] 보는 바와 같이 '신만주'라는 잡지 명칭에도 뚜렷한 이데올로기성[5]이 드러나 있다. '신만주'는 '신국가', '신국민', '신생활'을 말하는 것이었고 '독립선언(獨立宣言)', '건국선언(建國宣言)', '집정선언(執政宣言)'으로부터 날조해낸 "건국정신을 기반으로 하여 일만일체(日滿一體), 민족협화(民族協和), 안거낙업(安居樂業)을 사명"으로 하는 '신국가'를 말하는 것이기도 했다. 잡지의 창간 취지에서는 "충애, 효의, 협화"는 만주국의 "인애(仁愛)를 정치 근본으로, 충효를 교육 근본으로 하는 오족협화" 국책과 완전히 일치하는 것이라고 천명했다.

『신만주』가 창간되어서 얼마 지나지 않아 곧 「신만주는 어떻게 새로운가」 하는 글이 게재되었다.

> 잡지 『신만주』는 제호가 새롭고 내용은 더욱 새로우며 기타 모든 면에서도 새로움을 지상의 목표로 하고 있어 그 자체만으로도 '새로운 사명'을 지닌 '새 시대'의 '새 안내자'로 충분하다. 경종 소리로 신천지를 가르고, 목탁 소리로 신동아를 진동시키겠다는 장대한 사명과 굳건한 결심은 결코 순간순간의 새로움에서 만들어지는 것이 아니어야 할 것이며 오로지 그래야만 비로소 『신만주』 독자들의 요구를 만족시키고 새 시대 새 간행물의 본질을 충족시킬 수 있을 것이다.
> 『신만주』의 편집자는 항상 '구일신, 일일신, 우일신(苟日新, 日日新, 又日新)'의 기개로 험난한 세상과 문화 급진의 새 사회를 상대해야 할 것이

---

4 1937년 3월 29일 만주국은 칙령(敕令) 제41호《만주도서주식회사법(滿洲圖書株式會社法)》을 반포하여 만주도서주식회사를 특수회사로 임명하고 모든 교과서의 출판, 발행, 판매와 국책(國策) 우량도서의 편집 간행, 그리고 국책도서와 일반도서의 인쇄, 일본 출판물의 수입 권한을 부여하였다.

5 리정중(李正中)의 소개에 따르면 잡지 『신만주』의 명칭은 일본인이 지은 것이었고 당시 잡지의 편집을 맡고 있었던 왕광례, 지서우런 등을 포함한 중국 문인들은 이에 대한 극도의 반감을 드러냈다고 한다.(2015년 4월 18일, 리정중 인터뷰 녹음파일.)

며 이채로운 논점과 풍성한 입론들이 우후죽순처럼 돋아나는 신흥만주를
묵묵히 수놓으면서 문화 보국의 취지를 완성할 수 있기를 앙망하여 기대
해 마지않는 바이다.[6]

하지만 이와 같은 슬로건식의 추상적인 선전으로는 '신만주-신국
가'의 문화적인 합법성을 확립할 수 없다. 1차 대전 후의 집권자들은
근대적 공동체 설립 과정에서의 문화의 기능에 대해 잘 알고 있었고
'준(准)식민지'와 '국가' 사이의 애매한 존재였던 만주국 정부는 문화
를 부추길 필요성을 더욱 느꼈던 것이다. 그들은 문학창작, 문화활동,
지리 연구개발 등과 같은 일련의 과학적인 활동을 통해 민의(民意)를
형성하고 역사를 재구성함으로써 '신만주-신국가', '신만주-신국
민'을 구축하고 나아가 만주국은 일본의 우방이고 청년들의 낙토이
며 노동자들의 천국임을 강조하고자 했다.

'정부 주도'라는 배경을 가지고 있는 잡지『신만주』는 창간과 동
시에『신구시대(新舊時代)』(천자오잉(陳蕉影), 제1권 1호~12호)와『협화의
꽃(協和之花)』(구이린(桂林), 제1권 1호~6호)이라는 두 편의 장편을 동시에
연재하기 시작했다.『신구시대』는 '구시대와 이별하고 신시대를 맞
이하자'는 구호를 내걸고 1932년을 기점으로 그 이전의 만주는 가난
하고 야만적이지만 1932년 이후의 만주는 행복하고 문명하다는 전
개를 보여준다.『협화의 꽃』역시『신만주』와 한목소리를 낸다. 이
소설은 만주 청년 우셴윈(吳羨雲)과 일본 여성 나카무라 요시코(中村芳
子)의 사랑을 통해 '일만일체', '민족협화', '안거낙업'의 '신만주'의 행
복한 생활을 묘사하고자 했다. 요시코의 부친 나카무라 지카토시(中

6 劉盛源,「"新滿洲"怎樣新的」,『新滿洲』第3卷 1月号, 1941, p.25.

村近壽)는 펑톈(奉天)에서 학교를 운영했던 인물로서 소위 말하는 '문명 전파', '지식 전파'의 실천자로 등장한다. 그러나 그는 학교 운영 과정에 피로가 누적되어 만주에서 과로로 병사하고 만다. 이 학교의 모범생이었던 우셴원과 나카무라 지카토시의 딸 나카무라 요시코는 서로 사랑하는 사이였지만 이들의 사랑은 순탄치 않았다. 요시코는 부친이 별세한 뒤 도쿄(東京)로 돌아가고, 우셴원은 부모들의 주선에 의해 강제 결혼의 처지에 놓이면서 우울증이 깊어져 병이 골수에 들고 만다. 그런데 두 사람 사이의 사랑의 장애물이었던 우셴원의 약혼녀가 갑작스럽게 병사하면서 혼약은 자연스럽게 깨지고 만다. 그 후 건강을 회복한 우셴원은 열심히 공부하여 일본 유학시험에 합격하여 유학길에 오른다. 두 사람은 일본에서 재회하여 친지들의 축복 속에서 결혼식을 올린다. '신만주-신생활' 선전을 위한 이 소설은 독자들이 이해하지 못할까 두려워 작품의 말미에 현지의 신문 보도 한 토막을 덧붙이고 있다.

　　도쿄특파원 서신:
　　일만(日滿) 양국은 동문동종(同文同種)으로서 이와 잇몸 같은 관계이며 공존공영의 두 나라 관계는 더 이상 분리 불가능하며 백년지계로서의 두 나라 친선을 생각할 때 통혼은 불가피한 것이다. 오늘 일만 양국에서 화제가 된 협화의 가화(佳話)를 다음과 같이 기록하나니 협화의 꽃이 만개하여 하루빨리 낙토의 열매를 맺기를 바라는 바이다.
　　우셴원이라고 하는 펑톈 출신의 젊은이가 약관의 나이에 도쿄사범대학에 유학하여 공부를 마치고 지난 해에 졸업하였다. 그는 학식과 성품 모두가 훌륭한, 재능과 식견을 겸비한 젊은이였고 그에게는 나카무라 요시코라는 애인이 있었다. 그녀는 돌아가신 은사이신 나카무라 지카토시의 영애였고, 올해로 나이 스물인 요시코와는 교제한 지 5년이 되어간다. 그 사이에 두 사람은 이미 일심동체가 되었다. 돌아오는 10월 1일에 도쿄

에서 결혼식을 거행할 예정이며 예식은 전통 일본식으로 진행된다고 한
다. 듣자 하니 귀국해서는 전통 중국식 예식을 다시 치를 수도 있다고
한다. 인연이 기묘하고 사건이 기이하여 이 두 사람의 사연은 사람마다
듣고 싶어 하는 이야기가 되었다. 기자는 우군(吳君)을 인터뷰하여 그간
의 사정에 대한 소감을 청해 들은 바 있다. 우군은 말하기를 이는 그의
오랫동안의 숙원이었고 숙원을 이룩한 기쁨은 이루 말로 표현할 수 없으
며 앞으로는 반드시 일만 양국의 협화를 위해 최선을 다할 것이며 귀국해
서는 교육 사업에 종사할 것이라 한다.[7]

이 소설의 목표는 만주의 '신청년'들에게 '새로운 희망(新希望)'과
'새로운 만주(新滿洲)'를 선사하는 것이다. 하지만 만주의 청년들이 진
정으로 이러한 감정과 논리를 느끼게 하고자 한다면 소설이 보여주고
있는 전형적인 인물로는 부족하며 기타 수사적인 도움이 함께 동원되
어야 했다. 잡지 『신만주』에는 특집 「유학생 인터뷰」(제5권 9~10호,
1943)가 연재된 바 있다. 이 특집에서는 유학생들이 자신의 과거 유학
생활과 현재의 유망한 생활을 소개하고 앞으로의 생활에 대해 상상의
나래를 펼쳐 보이고 있다. 이들의 인터뷰와 함께 만주국 민생부 교육과
장 우쥔푸(吳俊福)의 보고서 「전국 학생들에게 공개하는 보고서: 일본
유학을 희망하는 학생들에게(向全國學生公開的信: 紹介給希望留日的學生)」
가 동시에 게재되고 있다. 이 보고서에는 일본 유학의 구체적인 조건과
절차가 소개되어 있었고 특히 중요한 부분인 일본에서의 만주국 학생
들에 대한 특별 대우에 대해서도 언급하고 있었다.

---

7 桂林, 「協和之花」, 『新滿洲』 第1卷 6月号, 1939, pp.153~158.

기존의 유학생들은 일본 유학 당국에 의해 외국인 특별생으로 분류되었고 교육 관리에 있어서도 일본 본토의 학생들과 많은 차이를 두었다. 예를 들면 군사(軍事), 무도(武道), 공민(公民) 등과 같은 과목에 있어서였다. 유학생들은 일본 유학의 목적은 일본 과학을 공부하는 것이지 일본정신이나 일본인이 되는 법을 공부하기 위한 것은 아니라고 생각했다. 만주국이 건국되고 나서는 기존의 일본 유학생들의 악풍을 최대한 개선하기 위해 노력중이다. 예를 들면 한편으로는 우수한 학생들만을 엄선하여 유학을 보내고 다른 한편으로는 일본 학교 당국에 기존의 차별 대우를 금지할 것을 엄격하게 요구하는 것 등이다. 학교 당국은 일만일체(日滿一體)의 관계를 감안하여 유학생에 대한 기존의 태도를 일신하여 일본 학생들과 똑같이 대우하고 있다.[8]

'신만주 – 신국가'는 일본 유학생들의 지위를 높여주었고 만주국에서 유학 간 학생과 일본 본토의 학생들을 똑같이 대우하였다. 이에 부응한 것이 장편 보도 「만주국 일본 유학생의 생활」(궈펑밍(郭鳳鳴), 『신만주』 제2권 12호, 1940)이었다. 만주국 출신의 일본 유학생들은 기타 지역의 유학생들과는 달리 공부에 더욱 노력했고 더 많은 존중과 관심을 받았으며 비전 역시 더 유망했는데 그들 하나하나가 모두 일만일심일덕(日滿一心一德)의 친선대사(親善大使)를 방불하게 했다는 내용이다.

'신만주'는 젊은 유학생들의 것일 뿐만 아니라 이 땅에서 살아가고 있는 광범위한 노동자들의 것이기도 했다. 집정자들은 노동자들에게도 하나의 꿈을 약속하는 것을 잊지 않았다. 『신만주』는 이미지와 텍스트를 적절하게 편집하여 지면을 구성한 잡지였다. 일만 양국 정

---

8   呂俊福, 「介紹給希望留日的學生」, 『新滿洲』 第3卷 8月号, 1941, pp.84~88.

계 인물들의 상호 방문 사진을 공개하는 것 외에 다수의 사진들은 만주국의 아름다운 대자연을 자랑하는 풍경 사진이거나 그렇지 않으면 건설 중에 있는 공장, 광산, 도시와 시골의 사진들이었다. 그리고 〈각지 통신〉, 〈현지 보고〉, 〈만주 현지〉, 〈우리의 향토〉, 〈우전산하(禹甸河山)〉 등과 같은 산문수필란에서는 만주국 각지의 풍경을 글로 묘사함으로써 '신만주'의 건설과 새로운 발전, 신기상을 부각시켰다. 이를테면 메이웨(梅月)의 「일일 천리의 진저우(一日千里的錦州)」(제2권 9호, 1940), 지서우런의 「제2송화강 방죽 건설지: 송화강 대명상곡(第二松花江堰堤建設地: 松花江上大冥想曲)」(제3권 5호, 1941), 빙뤼(氷旅)의 「석탄 도시 푸순(撫順)(炭都之城的撫順)」(제5권 4호, 1943), 즈양(支羊)의 「토지개발 중의 옌서우(土地開發的延壽)」(제5권 8호, 1943) 등과 같은 글이다. "하루가 다르게", "급속하게 근대화"되어 가는 이 땅의 노동자들이 어찌 희망에 가슴 뿌듯하지 않을 수 있겠는가?

> 나를 키워낸 모교에는
> 높고 큰 층집이 들어섰고
> 망망한 옥토에는
> 전에 없던 인가가 빼곡하게 들어앉았네
> 저녁 짓는 연기가 해지는 한촌에 자욱하고
> 전깃불은 논밭 길 사이에서 강렬한 빛을 뿜어내고 있다네.
>
> 기대하시라!
> 건국 십수 년 후의 금수강산을….[9]

9 支羊, 「風土咏」, 『新滿洲』 第5卷 2月号, 1943, p.71.

어찌 주변 세상만이 "구일신, 일일신, 우일신" 중이겠는가, '신만주'의 이 땅에서 생활하고 있는 노동자들도 흥성흥성, 매일매일 변화해가고 있었다. 이츠(疑遲)의 장편소설 『개가(凱歌)』[10]는 '신만주' '신국민'의 전형을 수립하고 있는 작품이다. 일본 개척단의 구성원인 고모리(古森)는 만주 사링툰(沙嶺屯)에 이주한 후 마을 사람들을 이끌고 황무지를 개간하고 증산에 힘쓰면서 사링툰의 수확량을 높이고 동네를 더욱 발전시켰다. '신만주'의 '신국민' 고모리는 고생을 감내하고 국가에 충성하며 과감하게 책임지고 나서는 인물이다. 그는 사링툰의 청년 농민인 우하이팅(吳海亭)과 사이좋게 잘 지낼 뿐만 아니라 함께 협력하여 동네의 아편쟁이와 좀도둑을 교화하고 그들을 친형제처럼 대한다. 아편쟁이였던 라오마터우(老馬頭)까지도 활기찬 목소리로 다음과 같은 말을 하게 된다.

"목숨이 붙어있는 한, 제 몫의 힘은 내야지요! 극악무도한 영미(英美)를 물리치지 않고서는 끝장을 볼 수 없단 말입니다!"[11]

괴뢰만주국은 만주나 중국 동북이 줄 수 없었던 새로운 생활양식을 제공하였고, 이 새로운 생활양식은 일본의 친선, 교육, 문명, 진보, 발전, 증산이라는 아름다운 미래로 만들어진 것이었다. 이 땅의 원주민들이 바로 이 새로운 생활양식의 수혜자였고 이것이 바로 제국의 이데올로기인 '신만주'의 핵심 내용이었다.

---

10 『개가』는 세 편의 중편소설 「서(曙)」, 「광(光)」, 「명(明)」 연작으로 이루어진 장편이며 작품은 『예문지(藝文志)』 9~11기(1944)에 연재되었다.
11 疑遲, 「明」, 『藝文志』 第1期 第1号, 1944, pp.95~121.

3. '신만주' 수사의 이면

'신만주'의 수사는 나름의 방식으로 일본이 구상해낸 '만주 신질서', '동아 신질서'에 참여했고, '대만주제국'의 일본 식민지 확장에서의 정치적 실천을 지지하고 표상하며 공고히 했다. 이와 같은 수사의 심층적인 이면을 들여다보면 그 내용뿐만 아니라 수사의 형식, 나아가 수사의 전제조건에까지 관심을 가지게 되며 궁극적으로는 '신만주' 수사의 이면에 내재해 있는 제국주의의 두 시선을 도출하게 된다. 하나는 일본은 선진적이고 문명하고 매력적인 반면 만주는 낙후하고 저급하며 교화가 필요한 대상이라는 시선이고, 다른 하나는 만주는 일본에 의해 교화되고 개조되어 '신만주'로 거듭나야 한다는 시선이다.

사랑 이야기인 『협화의 꽃』은 만주의 젊은 청년이 상냥한 일본 여성에 의해 정복되는 이야기라고도 할 수 있다. 작품 속에 강박적인 측면은 보이지 않으며 사랑의 장애물 역시 일본인 여성 나카무라 요시코 측에 있는 것이 아니다. 나카무라 일가의 우셴윈에 대한 태도는 오히려 상당히 우호적이기까지 하다. 만주에서 요시코의 부친 나카무라 지카토시는 우셴윈에게 지식을 가르치고, 도쿄에서 요시코의 모친과 새언니는 우셴윈의 생활을 돌봐준다. 반면에 이들 사랑의 장애는 우셴윈의 부모로부터 만들어진다. 우셴윈의 부모도 자신의 아들을 사랑한다. 하지만 그 사랑은 구시대적이고 일방적이다. 그들은 아들을 위해 돈을 써가며 혼처를 정하고 아들에게 결혼을 강요한다. 그런데 이런 구식 사랑이 자칫하면 아들의 생명을 앗아갈 뻔 한다. 낙후한 구만주는 청년을 살아 있어도 아무런 희망을 품을 수 없는 상황으로 몰아가지만, 문명하고 자상한 일본은 젊은 청년에게 완전히 새로운 자유를 선사한다. 이러한 단선적인 애정 서사에 작가 구이

린은 부차적인 묘사들을 다수 삽입하고 있다. 우셴윈의 일본 유학
여정에 대한 다음과 같은 묘사가 그 일례라 할 수 있다.

집에서 출발한 우셴윈이 먼저 도착한 곳은 펑톈이다. 그는 펑톈에서
안둥(安東)을 거쳐 조선 내륙을 경유하여 부산에 도착하였고, 부산에서
니혼마루(日本丸)에 승선하였다. 외항선 탑승은 그가 태어나서 처음 접해
보는 해상 체험이었다. 갑판에서 그는 때때로 바다의 풍경을 관찰하기도
하고 바다의 신비를 탐색하기도 하였다. 그리고 시모노세키(下關)에서
우방(友邦)의 대륙에 첫발을 내딛었고 처음으로 우방의 사람들을 받아들
이기 시작하였다. 그는 상공업 중심지 오사카(大阪)를 지나고 유명한 역
사 유적지 교토(京都)를 거쳐 가면서 우방(友邦)을 대표하는 벚꽃놀이를
구경하였고 구름 속에 높이 솟은 후지산(富士山)을 바라보면서 도쿄(東
京)에 도착하였다.[12]

도쿄에 도착한 우셴윈은 문명의 세례를 한차례 더 받아야 했다.

요시코는 우셴윈을 데리고 도쿄의 이곳저곳을 구경하였다. 도쿄를 둘
러보는 데에 사흘이 걸렸다. 메이지 성덕기념회화관(聖德紀念繪畫館),
야스쿠니신사(靖國神社), 니주바시(二重橋), 우에노 공원(上野公園), 다
카라즈카 극장(寶塚劇場), 마츠자카야 백화점(松坂屋百貨店), 긴자(銀座)
거리의 야경 등등 도쿄의 명소를 모두 둘러보았다.[13]

일본 도쿄에 대한 흠모의 시선이 듬뿍 담긴 소개식의 서술은 사실
소설의 내용과 직접적으로 관련 있는 것은 아니다. 이는 만주의 작가

---

12 桂林, 「協和之花」, 『新滿洲』 第1卷 6月号, 1939, p.157. 이하 이 작품의 인용은 작품명
　　과 면수 만을 표기한다.
13 桂林, 「協和之花」, p.157.

들에게 일본의 근대 문명에 대해 자랑을 늘어놓은 것에 다름 아니며, 이러한 일본에 대한 묘사와는 반대로 만주는 오히려 낙후하고 미신적이라고 묘사된다.

우셴원의 부모는 그들이 직접 점찍어둔 예비 신부가 병이 나자 가장 먼저 무당 류(劉)를 불러다 침부터 놓았지만 차도가 없었다. 결혼을 앞둔 신부가 병사했다는 소문이 퍼지자 사람들은 다음과 같은 이야기들을 한다.

> 조리사 라오왕(老王)은 라오자오(老趙)에게 이렇게 말한다. "아무래도 궁합을 안 본 게 분명해. 둘 중에 누가 누굴 극(克)하는지 모를 일이지. 그렇지 않으면 어느 한쪽이 팔자가 드세든가. 그렇지 않고서야 어떻게 예식도 치르기 전에 색시는 죽고 신랑은 병이 나나?" 한편 산둥(山東)에서 온 라오뤄(老羅)는 라우리(老李)에게 "날을 잘못 받은 게지, 살이 낀 게야!"라고 하였으며 바깥채의 까까중이 둘째는 어머니에게 "색시가 죽었는데도 결혼식 때 우리 집 수탉을 빌려다 놓고 절을 하는 거야?"라고 물었다.[14]

이와 같은 문명과 미신, 진보와 낙후의 대조적인 묘사에는 일본은 선진적이고 문명하고 매력적이며 자상하고 상냥한 반면에 만주는 낙후하고 저급하며 미신적이어서 개조와 교화가 필요한 대상이라는 시선이 내재해 있다. 세상을 바라보는 이와 같은 인식은 '신만주' 이데올로기의 이면에 내재해 있는 것이며 '구만주'를 '신만주'로 변화시키는 전제이기도 하다. 더욱 중요한 것은 관념적이었던 것들이 사실적인 묘사로 가시화되면서 잡지 『신만주』에 반복적으로 등장하고 있었

---

14 桂林, 「协和之花」, p.154.

다는 점이다.

잡지 『신만주』의 사실(寫實)란은 지방에 대한 보도를 중심으로 구성되었다. 앞서 언급한 〈지역 통신〉, 〈현지 보고〉, 〈만주의 현지〉, 〈우리의 향토〉, 〈우전산하〉 등으로 구성된 사실(寫實)란에만 근 백여 편의 사실(寫實)적인 수필들이 게재되었으며 각 수필들은 그 이름에 걸맞게 모두 만주 각지의 풍물을 주요 내용으로 삼고 있다. 이에 대해 「편집자의 말」에서는 "사실란은 각지 유지 인사들이 고향을 사랑하고 땅을 사랑하는 마음으로 풀이 무성한 만주의 실제 모습을 펜으로 그려낸 실제 향토 사진이다."[15]라고 소개하고 있다. 하지만 이 실제 사진 대부분이 일본은 선진적이고 만주는 낙후하며, 오늘날 만주는 선진적이지만 과거의 만주는 저열했다는 대조적인 수사를 동원하고 있다. 이를 통해 만주는 문명하고 진보적이고 근대적인 '신만주'로 개조되고 있다는 것을 보여주면서 이러한 이데올로기가 사실(事實)임을 드러냈던 것이다. 새롭게 구성된 관념적인 '신만주'는 대조적인 수사의 반복적인 제시를 통해 사실적인 '신만주'로 거듭났고 이 사실적인 '신만주'는 다시 새로운 관념, 즉 만주는 일본에 의해 교화되고 개조되어 다시 문명하고 현대적인 '신만주'가 되어야 한다는 제국주의 관념을 만들어냈다.

이츠의 장편소설 『개가(凱歌)』가 바로 이러한 개조와 교화에 관한 이야기이다. 이 소설은 가장 먼저 만주의 사링툰(沙嶺屯)을 제시하고 있다. 사링툰은 허허벌판이었고 그곳에서 살아가고 있는 현지인들은 누대를 거쳐 오면서 반복되는 삶과 죽음에 이미 무감각해져 있었다. 그곳에는 그럭저럭 살아가는 나태하고 산만한 농민들이 있었고 더럽

---

15 編者, 『新滿洲』 第5卷 8月号, 1943, pp.34~51.

고 칠칠치 못하게 욕지거리를 일삼는 아낙네들이 있었으며 좀도둑과
아편쟁이가 있었다. 그곳은 고인 물처럼 썩어가고 있는 세계였다. 그
런데 만주국이 건국되자 일본 개척단이 사링툰에 들어온다. 개척단
사람들은 원주민들과 달리 고생을 참고 견딜 줄 알았고 문명하고 위
생적이었으며 또 황무지를 개간하여 비옥한 논을 만들기도 했다. 작
품은 이렇게 대립되는 이원적인 세계를 제시하고는 곧 이어 우수한
한쪽이 낙후한 다른 한쪽을 개조하는 이야기를 전개시킨다.

　일본 개척단의 감화 속에 현지의 농민들은 생활에 대한 새로운
희망으로 벅차오르고 고여 있던 썩은 물이 출렁이기 시작한다. 현지의
농민들은 일본 개척민과 함께 협력하여 황무지를 개간하고 곡식을
심기 시작했다. 그들은 더 이상 나태하고 산만하지 않았고 부지런해졌
으며 타인을 배려하고 전체를 돌보고 '국가'를 염려하기 시작하였다.
또한 일본인들에게서 위생과 예절을 배웠다. 일본인 고모리의 노력으
로 사링툰의 아편쟁이와 좀도둑은 그 악습을 버렸고 그들은 촌민들과
함께 넘치는 의욕으로 증산과 출하에 힘을 모았다. 개조와 교화를
거친 후의 사링툰은 '죽어 있던 고인물'에서 '생기발랄한 동네'로 변해
갔다. 이 작품에서의 제국주의 이데올로기는 지나치게 선명하다. 만주
의 땅과 사람들은 통치받기를 원함과 동시에 일본의 통치를 필요로
했고 동시에 이는 통치자와 피통치자 공통의 소망으로 그려졌다.

4. '신만주'의 '행복한 백성'

　일본은 선진적이고 문명하며 만주는 낙후하고 저급하다. 낙후하
고 저급한 만주는 선진적이고 문명한 일본의 통치가 필요하며 '구만

주'를 문명하고 현대적인 '왕도낙토'의 '신만주'로 변화시켜야 한다.
그렇다면 과연 '신만주'의 '행복한 백성'은 누구인가? 어쩌면 『협화의
꽃』의 우셴원과 나카무라 요시코가 '행복한 백성'일지도 모르겠다.
소설은 일만협화(日滿協和)의 이 신혼부부에 대해 "그들은 만주로 돌
아와서 행복하게 살았다."라고 쓰고 있지만 그런 동화는 존재하지 않
았다. 그렇다면 일본 유학에서 돌아온 만주 청년들의 생활은 과연
어떠했을까?

> 시계를 들여다보니 정각 다섯 시다.
> 연회 시간이 다 되었다.
> 대청의 화려한 문을 밀어젖히니
> 홀 안에는 쓸쓸함과 적막만이 넘쳐난다.
> 이런, 너무 일찍 왔구나!
> 누런 차를 홀짝이고 무료함을 질근거리면서
> 마음속으로, 제발 첫손님만 아니기를 곱씹었건만
> 이렇게 공교로울 줄이야……
> 누군가가 들어오면
> "곤방와!" 한마디 할 작정이었는데
> 남는 것은 궁색하고 난감한 웃음뿐이더라.[16]

이 시편의 말미에는 "어느 날, 제일호텔에서 열린다는 작곡가협회
의 연회에 초대를 받았다. 제시간에 출발하여 정각에 연회장에 도착
하였건만 회의장의 문은 아직 잠겨있었고, 문을 열어주기를 쓸쓸히
기다리던 중에 무료하여 몇 자 적어보았다."[17]라는 부기가 붙어있었

16 冷歌, 「宴會」, 『藝文志』 創刊号, 1943, pp.122~123.
17 冷歌, 「宴會」, pp.122~123.

다. 이 시편은 일본 유학생 출신의 만주 시인 렁거(冷歌)의 당혹스러웠
던 순간과 난감했던 상황에 대한 기록이다. 일계 작곡가협회의 초청
은 소홀히 할 수 없는 일이었다. 그래서 그는 초청받은 시간에 정각에
도착했건만 오히려 모욕적인 대접과 무시를 받았을 뿐이고 "남은 것
은 궁색하고 난감한 웃음뿐"이었다. 이는 렁거의 당혹스러웠던 모습
이었을 뿐만 아니라 만주에서 일본인들과 함께 일을 도모해야 하는
중국 문인들의 생존의 궁색함이기도 했다.

그렇다면 만주국 노동자들의 삶은 또한 어떠했을까? 잡지『신만
주』의 〈현지 보고〉란에서 우리가 볼 수 있었던 것은 만주 농촌의 급
속한 공업화였다. 기존의 농민, 지주는 임금을 받는 '노동자'로 변신
했고 그들의 생활 속에는 광산, 제유소, 정미소 등과 같은 한 번도
들어본 적이 없는 공장들이 등장했다. 뿐만 아니라 공려조합(公勵組
合)과 같은 새로운 형식의 소비 양식이 생겨났고, 이름도 알 수 없는
수많은 현대적이고 희귀한 일들이 동시에 일어났다. 생활 방식의 변
화는 이곳에서 생활하고 있는 사람들에게 어떤 변화를 가져왔을까?

공업의 발전은 농촌을 어지럽히고 부숴버렸으며 농촌생활을 파괴하였
다. 그러자 이번에는 광산 노동자라는 생활이 그를 붙잡았다.[18]

현대적인 공업생활의 풍경은 그 기세가 심상치 않게 흥맹했고 공기
중에는 각종 떠들썩한 언쟁과 소음이 넘쳐났다. 기계로부터 발산되는 요
란한 소리가 사람들의 심장과 신경을 작살내기도 했다.[19]

18 王秋螢, 『去故集』, 新京: 益智書店, 1941, p.163.
19 王秋螢, 위의 책, p.159.

처음 이곳에 왔을 때 그는 검은 연기와 괴상한 소음으로부터 일종의
흥분과 흥미를 동시에 느꼈다. 그는 자신의 건강한 몸과 근력을 생각하면
서 매일매일의 임금을 모으면 늙어서는 분명 얼마간의 저축이 생길 것이
라는 상상도 해보았다. 하지만 십여 년이라는 시간은 순식간에 스쳐갔고
그동안 벌어들인 것은 무엇인가? 그 사이 수많은 동료들이 그의 눈앞에서
갱도 속에 매몰되었고 더 많은 동료들은 이제는 어디로 흘러갔는지조차
알 수 없게 되었다. 오로지 그 혼자만이 아직도 외로이 이곳에 남아서
인내하고 있었다.[20]

고용 노동자의 삶을 살기 시작하면서 그는 이유 없이 자주 초조함을
느꼈다. 그래서 그런지는 모르겠으나 조금이라도 마음에 들지 않는 일이
생길 때마다 아내와 심하게 다투었다.
원래 그는 어진 농부였지만 지금은 성격이 완전히 변해버렸다. 예전에
는 허튼 돈 한 푼 쓰지 않던 그가 이제는 곧잘 나카무라(中村)가 새로
개업한 술집에 가서 하루치 임금으로 술을 퍼마셨다.[21]

일본 식민자들은 그들의 경제적 이익을 위해 중국 동북의 농촌을
강제적으로 도시화하였고 급속하게 공업화시켰다. 이러한 표면적인
근대화가 진행되어가는 이면에서는 대대로 유지되었던 동아시아 고
유의 생활양식이 강제적으로 능욕당하고 짓이겨졌으며 순박한 농민
들은 희망 없는 나락으로 추락하였다. 그들이 당면한 것은 비단 물질
적인 빈곤의 문제만이 아닌 정신적인 망연함이기도 했다.
만주에 온 일본인들은 또 어떠했을까? 중국 동북에 온 지 20년이
되는 일본 문인 이나가와 아사지(稲川朝二)는 스스로를 일컬어 '고향

20 王秋螢, 위의 책, pp.164~165.
21 王秋螢, 위의 책, p.111.

을 잃어버린 사람'이라고 했다. 고향인 일본의 미도(水戶)로 돌아갔을 때 그는 자신이 마음의 고향까지도 잃어버린 고독한 사람이 되었다는 것을 알게 된다.

나는 어려서부터 이 분위기 속에서 자랐다. 나는 이곳을 둘도 없는 그리운 고향이라 생각하고 돌아왔다. 멀리 연이어 높이 솟아있는 북방의 코린산(高嶺山)의 산봉우리들은 여전히 나를 반겨주었고 도시 근처에 흐르고 있는 하천도 묵묵히 나를 맞아주었다. 하지만 도시에서, 건설 현장에서 일하고 있는 노동자들은 자동차에서 튕겨져 나오는 흙탕물을 온몸에 뒤집어 쓴 채 창백한 얼굴로 걷고 있었고, 그 속에는 내가 아는 얼굴이 하나도 없었다. 간혹 어디선가 만난 듯한 사람을 만나도 이름이 기억나지 않는다. 그 사람 역시 내가 누구인지 생각나지 않는 얼굴이다. 일본 동화(童話)에 등장하는 우라시마 타로(浦島太郎)[22]가 귀향했을 때에도 이런 느낌이었을까?[23]

미도에서 이나가와 아사지 일가는 서먹서먹한 시선 속에서 방랑자 가족 취급을 받았다. 만주국에서의 일본인들은 중국 문인들보다

22 역주: 우라시마 타로와 관련하여 다음과 같은 옛이야기가 전해진다. "어떤 맑은 날, 우라시마 타로라는 이름의 젊은 어부가 낚시를 하던 중 작은 거북이 한 마리가 아이들에게 괴롭힘을 당하고 있는 것을 발견한다. 타로는 거북이를 구해주고 바다로 도아가게 하였다. 다음 날, 거대한 거북이가 그에게 나타나 그가 구해준 거북이가 용왕의 딸이며, 용왕이 그에게 감사하고 싶어한다고 말한다. 타로는 용궁성에 가서 용왕과 공주를 만난다. 타로는 그곳에서 그녀와 함께 며칠간 머물렀다. 타로는 다시 그의 마을로 돌아가고 싶었고, 그녀에게 떠나게 해달라고 말했다. 공주는 어떤 일이 있어도 절대 열어보지 말라며 이상한 상자 하나를 주어 떠나보낸다. 그러나 바깥은 이미 300년이 지난 이후였고, 그의 집과 어머니는 모두 사라져있었다. 슬픔에 빠진 타로는 별생각 없이 공주가 준 상자를 열어보았다. 그 안에서 하얀 구름이 나오더니 타로를 늙게 만들었다."(위키백과 https://ko.wikipedia.org/wiki/%EC%9A%B0%EB%9D%BC%EC%8B%9C%EB%A7%88_%ED%83%80%EB%A1%9C)
23 稲川朝二, 「失了故鄉的人」, 『明明』第3卷 第1期, 1938, pp.63~65.

는 훨씬 자유스러웠던 것이 사실이지만 일본 학자 오카다 히데키가 지적한 것처럼 "일본인의 반감은 사실 자발적인 문예조직이었던 문화회(文話會)가 만주국 정부의 공식적인 문예조직에 흡수 병합되는 것에 대한 반감이었고 동시에 그것은 문예가 강제적으로 국책에 편입되는 것에 대한 공포이기도 했"[24]던 것이다. 사실 그들 역시 '신국가'의 '행복한 백성'은 아니었다.

제국주의의 만주 상상은 문명적이고 근대적인 세계를 원시적이고 황량한 만주에 이식하는 것이고 그것은 곧 식민지인들의 고난을 배제한 제국주의의 수사이기도 하였다. 에드워드 사이드가 "제국주의는 당신에게 속하지 않는 다른 사람들이 점유하고 있는 요원한 땅에 대한 획책이고 점령이며 통제이다. 여러 가지 원인으로 제국주의는 일부 사람들을 유혹하여 다른 일부 사람들에게 말로 형용할 수 없는 곤란을 가져다준다."[25]라고 했듯이 이 땅에 '행복한 백성'은 존재하지 않았다. 있는 것은 제국의 식민지 제도 양측에 있는 사람과 사회에 복잡하게 얽혀있는, 말로 표현할 수 없는 고단함뿐이었다. 이 땅의 사람들은 무감각하지 않다. 그들은 대대로 살아오던 그들의 땅을 일본이 강점하였다는 것을 알고 있었고 일본이 조상 대대로 이어져오던 생활양식을 강제적으로 변화시키고 있다는 것도 알고 있었다. 이 땅에는 근대 문명의 혜택을 누리는 귀순한 백성은 존재하지 않았으며 있는 것은 가시화되었거나 은폐되었던 다양한 저항뿐이었다. 궁극적으로 그들은 일본을 이 땅에서 몰아냈고 괴뢰만주국도 그와 함께 소멸하였다.

---

24 冈田英树, 靳丛林 译, 『伪满洲国文学』, 长春: 吉林大学出版社, 2001, p.61.
25 爱德华·萨义德, 李琨 译, 『文化与帝国主义』, 北京: 三联书店, 2003, p.6.

5. 결어

괴뢰만주국은 1945년 8월 15일에 멸망하였고 일본도 중국에서 쫓겨났으며 잡지 『신만주』 역시 그와 함께 창고 신세가 되었다. 하지만 '신만주'의 수사적인 방식까지도 사라진 것은 아니다. 만주국의 유산인 건축과 철도는 여전히 중국 동북에 남아있다. 일부 사람들은 그것을 보면서 일본의 "만주 건설 공로"에 대해 감탄하기도 할 것이다. 일부 역사학자들에 의해 밝혀졌다시피 "일본 통제 하에서의 만주 공업은 1936년부터 급속하게 성장하였다. 넓은 의미에서의 공업(광업, 제조업, 공의사업, 소형공업과 건축업)은 1936~1941년 매년 9.9%의 비율로 성장하였던 반면에 1924~1931년의 연 성장률은 4.4%에 그쳤다. 공장공업의 성장은 더욱 급속했는데 전국 인구의 8~9%를 점하는 중국 동북의 공장 생산액은 전국 총생산액(1949년 이전)의 1/3을 차지했다."[26] 그리고 "만주에서 4,500km의 철도가 부설되었는데 그중 대부분이 1931년 이후에 건설된 것이며, 이는 전체 중국 철도의 40%를 차지하는 비율이었다."[27]라고 했다. 하지만 역사적 배경을 배제한 이와 같은 추상적인 서술은 다시 제국주의 수사라는 함정에 빠질 우려가 있다.

중립적이고 공적인 팩트처럼 보이는 이러한 서술은 사실 중요한 사실을 배제시킨 데서 얻어진 것이다. 그것은 사회와 개인의 강제적인 개조, 낯선 생활양식으로의 급속한 편입 그리고 식민자에 대한 무조건적인 굴종이라는 식민지 원주민들의 고난을 무시하는 과정에

---

26 費正淸 主編, 『劍橋中華民國史(1912~1949)』, 北京: 中國社會科學出版社, 1993, p.57.
27 費正淸 主編, 위의 책, p.110.

서 얻어진 것이다. 더욱 중요한 것은 제국주의 수사가 한 민족의 생활과 역사를 절단 내는 대신에 외부로부터 수입한 획일적인 생활양식을 제시한다는 점이다. 발전, 진보, GDP 같은 것이 그것인데 만약 한 사회가 자신의 역사 속에서 생활의 의미를 찾아내지 못하고 대신 외부의 기준에만 의거한다면 과도기에 생활했던 사람들의 생존적 의미까지도 소거해버리게 되는 것이다.

잡지 『기린(麒麟)』을 통해 보는
만주국의 통속문학

1. 잡지 『기린』과 동북 통속문학

  쿵칭둥(孔慶東)은 본인이 직접 편찬한 『중국 윤함구 문학대계·통속소설권(中國淪陷區文學大系·通俗小說卷)』의 서언에서 다음과 같이 쓰고 있다. "본 권은 두 부분으로 나뉜다. 첫 번째 제1집(第一輯)은 화중윤함구(華中淪陷區) 작가의 작품이고 두 번째 제2집(第二輯)은 화베이윤함구(華北淪陷區) 작가의 작품이다. 동북윤함구(東北淪陷區)의 통속소설은 양적으로 많지 않고 그 수준 또한 아쉬운 부분이 없지 않아 이책에는 수록하지 않았다." 위에서 언급한 바와 같이 "양적으로 많지 않고 그 수준 또한 아쉬운" 작품으로 분류된 동북윤함구 통속소설은 『중국 윤함구 문학대계』에 수록되지 못했고, 그렇다보니 오늘날의 독자들은 더욱 접하기 어렵게 되었다. 상하이(上海)와 푸젠(福建)에서 출판된 『원앙호접파 문학자료(鴛鴦胡蝶派文學資料)』에도 동북 지역의 작품들은 수록하지 않고 있어 만주국 시기 동북 지역 통속소설의 자료를 찾고자 해도 쉽지 않은 상황이다. 그렇다면 통속소설은 과연 징진(京津)[1], 장저(江浙)[2] 지역의 작가들에 의해 독점되었단 말인가?

---

1 역주: 베이징(北京)과 톈진(天津) 지역을 일컫는 말.

다방면의 노력을 통해 필자는 만주국 시기 동북 지역에서 단행본
으로 출간된, 일정한 영향력을 가졌던 통속소설들로 아래와 같은 작
품들이 포함된다는 것을 확인할 수 있었다.

사회연애소설로는 장춘위안(張春園)의 『화중한(花中恨)』, 텐라이성
(天籟生)의 『부서진 산호(碎珊瑚)』, 『취황화(醉黃花)』, 『덜렁이 미인(莽佳
人)』, 무루가이(穆儒丐)의 『신혼별(新婚別)』, 『여몽령(如夢令)』, 펑위치(馮
玉奇)의 『지새는 달 밝은 밤(月圓殘宵)』, 타오밍쥔(陶明浚)의 『홍루몽 별본
(紅樓夢別本)』, 자오런칭(趙任情)의 『쉰양 비파(潯陽琵琶)』, 청잔루(程瞻廬)
의 『풍월누사(風月淚史)』, 자오쉰주(趙恂九)의 『춘잔몽단(春殘夢斷)』, 자
오리둥(趙籬東)의 『아름다운 아침(美景良晨)』 등과 단편연애소설집 『재
련곡(再戀曲)』이 있다. 무협소설로는 덩바이윈(鄧白雲)의 『청의녀(靑衣
女)』, 타오밍쥔(陶明浚)의 『쌍검협(雙劍俠)』, 『진공안(陳公案)』이 있고 탐
정소설로는 리란(李冉)의 『열차 참안(車廂慘案)』, 젠루(蹇廬)의 『이지의
탐정 수사(李智偵探案)』, 단편정탐소설집으로 『파리 방공 지도(巴黎防空
地圖)』와 『백팔 개의 지문(一零八指紋)』이 있다. 유머소설로 자오런칭(趙
任情)의 유머소설집 『주발(碗)』, 실화소설 단편소설집 『영국 황궁 외사
(英宮外史)』와 『능각혈(稜角血)』, 무루가이의 역사소설 『푸자오의 창업기
(福昭創業記)』가 있다.

이상의 작품들을 모두 확인하지는 못했지만 필자가 일부를 읽어
본 바에 따르면 언급할 만한 작품들이 있었고 그 수준은 원앙호접파
(鴛鴦胡蝶派)[3]와도 견줄 수 있는 정도였다. 더욱 중요한 것은 그중의

---

2   역주: 장수성(江蘇省)과 저장성(浙江省) 지역을 일컫는 말.
3   역주: 원앙호접파 문학이란 신문화 초기인 1910년대 초부터 등장하기 시작한 다양한
    통속물을 일컫는 용어이다. 연애소설은 물론 탐정소설, 무협소설 등 다양한 문학을
    포함하고 있으며 범위 또한 북파와 남파로 너무 광범위하게 나뉘어 있어 하나의 범주

『재련곡』, 『파리 방공 지도』, 『영국 황궁 외사』, 『백팔 개의 지문』
등과 같은 일부 소설집들이 총서 『기린문고(麒麟文庫)』로 엮여있었다
는 점이다. 이로부터 이 소설집들은 잡지 『기린(麒麟)』에 발표된 일부
작품들로 구성된 것임을 알 수 있었다.

필자의 조사[4]에 따르면 잡지 『기린』은 민중 위안과 국민 정서의
함양을 창간 취지로 삼았던 대중통속잡지였고 매호마다 잡지 반 이상
의 분량을 연애, 실화·비화, 정탐, 역사, 유머, 무협 등의 통속문학에
할애하고 있었다. 당시 동북에 순수한 통속문학잡지가 존재하지 않았
다는 점을 감안할 때, 『기린』은 실질적으로 통속문학의 대본영(大本營)
이었다고 할 수 있다. 따라서 잡지 『기린』에 대한 고찰을 통해 우리는
만주국시기 동북 통속문학의 발전 상황을 살펴볼 수 있고 강력한 통제
하에서의 정치 통속문학의 변용/발전의 특징을 확인할 수 있으며 나아
가 그 시대 대중통속잡지의 운영 방식도 함께 확인할 수 있게 될 것이다.

2. 만주국의 대표적인 대중통속잡지 『기린』

1941년 7월, 만주잡지사(滿洲雜誌社)는 대형 화보잡지 『사민(斯民)』

로 묶기 어려운 면이 있다. 이처럼 원앙호접파는 어떤 한 시기에 하나의 조직화된
단체를 이루어서 단일한 경향의 작품을 창작한 문학 유파는 아니었다.

4 필자가 수집한 잡지는 총 30기이다. 수집한 잡지와 관련 인사들의 회고를 기반으로
추측할 때 이 잡지는 총 46기를 간행한 것으로 추정된다. 수집한 30기 잡지의 구체적
인 호수는 아래와 같다. 1941년의 6~12기, 1942년의 1~12기, 1943년의 1~8기, 12기,
1944년의 3기와 1945년의 1기이다. 잡지에 관한 더 정확한 정보 확보를 위하여 현재
창춘(長春)에 거주 중인 『기린』의 책임편집 류츠(劉遲, 류위장(劉玉璋))을 2회에 걸쳐
방문하였다.

을 인수하여 『기린(麒麟)』으로 개제하였다. 『기린』은 1941년 6월에
창간된 월간잡지였고, 1945년 종간하기까지 5년 동안 총 44기 이상[5]
을 간행한 것으로 확인된다. 32절판 사이즈에 매호 약 180페이지 분
량을 유지하였고 종간에 즈음해서는 88페이지로 분량이 줄어들었다.
첫 5호까지는 자오멍위안(趙孟原)이 책임편집을 맡았고 제6호부터 류
위장(劉玉璋)이 맡았다. 발행자는 구청원(顧承運), 탕저야오(唐則堯), 황
만추(黃曼秋) 등이 역임했고 발행소는 만주잡지사(滿洲雜誌社)였다.

『기린』은 화보잡지 『사민』을 개제한 것이지만 잡지의 간행 취지,
내용과 형식에 있어서는 『사민』과 전혀 관련성이 없는 완전히 새로
운 잡지였다. 『기린』이 소속되어 있었던 만주잡지사는 '일본 잡지의
왕'이라 불리는 대륙강담사(大陸講談社)의 만주국 지사이면서 동시에
만주국 최대의 잡지사이기도 했다. 만주잡지사는 『기린』외에도 동
아시아 유일의 대형 영화잡지였던 『만주영화(滿洲映畵)』[6]와 일본 관동
군 기관지였던 일본어 잡지 『대장부(ますらを)』[7]도 함께 발간하고 있
었다. 이로부터 알 수 있는 바, 만주잡지사는 수익을 창출하는 한편
시국을 위한 복무도 병행 했던 기관이었다. 그중 『대장부』는 전적으
로 국가를 위해 봉사하는 기관지였고 기관지가 아니었던 『기린』이나

---

5   필자가 소장한 『기린』의 마지막 호는 1945년 1월호이다. 1월호에는 종간성명(終刊聲
      明)이 없었고 그 후 몇 호를 더 발간하였는지는 정확히 확인할 수 없다. 펑스후이(封世
      輝)는 『동북윤함구 문예잡지 구침(東北淪陷區文藝期刊鉤沉)』에서 『기린』은 1945년
      3월에 제5권 제3기를 마지막으로 종간되었다고 적고 있다.(錢理群 主編, 『中國淪陷區
      文學大系・史料卷』, 廣西敎育出版社, 2000, p.565.) 그러나 지린성 사회과학원 도서관
      관장목록에는 『기린』은 제5권 제4기로 종간되었다고 적혀있다. 필자가 확인차 찾아
      갔을 때 잡지는 이미 존재하지 않았다. 도서관 관련자에 의하면 유실된 지 오래라고
      한다.
6   1941년 6월 『만주영화』는 『영화화보(電影畵報)』로 개제되었다.
7   "ますらを", 현재는 "ますらお"로 표기하고 있다. '진정한 남자', '대장부'라는 뜻이다.

『만주영화』가『대장부』에 뒤처지지 않으려면 수입을 창출하는 한편 국가를 위해 봉사해야 할뿐만 아니라 잡지사 나름의 문화적 품위도 함께 유지해야 했다.

『기린』은 발간사에서 "민중을 위안하고 국민의 의식을 함양하기 위해 창간"되었다는, 국가를 의식한 듯한 발언을 하고 있다. 그러나 이 말을 다시 환언하면 "이 잡지를 구독하는 사람들은 위안을 받을 수 있고 정서적인 안정을 얻을 수 있으며 사람들의 존경과 부러움을 살 수 있다."[8]라는 말이 되며, 이는 곧 독자들을 향한 발화이기도 한 셈이다. 그렇다면 어떻게 이 목적을 달성할 것인가? 이는 「편집 후기」의 다음과 같은 발언에서 확인이 가능하다. "가장 통속적인 글을 통한 가장 풍부한 흥미를 보장하는 것이 이 잡지의 일관된 방침이다."[9] 즉 최대한 많은 양의 독자를 확보하는 것이 잡지『기린』의 우선적인 목표였던 것이다. 이 목표를 달성하기 위해 잡지는 발행과 판매에도 심혈을 기울였다. 잡지사는 "독자 위안을 위한 추첨 설문"이라는 발행 전략을 세우고 "40전으로 잡지 한 권을 사는 것은 비행기를 타고 여행할 수 있는 기회를 얻는 것과 마찬가지다. 돈 한 푼 들이지 않고 여행을 체험할 수 있는 다시 없는 기회이니 조속한 설문 참여를 바라는 바이다."[10]라는 홍보를 병행했다. 이와 동시에『기린』은 잡지의 발행망을 확충하였다. 구독자와 각지 대형서점을 통한 판매 외에도 신징(新京), 펑톈(奉天) 등지의 백화점과 영화관에 발매소를 설치하였고 후에는 도쿄 각지의 주요 정류장에도 발매소를 설치하였다. 잡

---

8 「發刊辭」, 『麒麟』 創刊号, 1941.6, p.31.
9 「編輯后記」, 『麒麟』 創刊号, 1941.6, p.174.
10 『麒麟』 創刊号, 1941.6, p.156.

지 발행과 경영은 아주 짧은 시일 내에 눈에 띄는 효과를 가져왔고 제1권 제8기에 오면 "창간 이래 국내는 물론 일본에서도 퍽 좋은 평가를 받고 있다. 발행 부수는 일거에 10만 부를 돌파하였으며 현재도 다달이 늘어가는 추세이니 전도는 가히 무량하다 하겠다. 앞으로 중국에 진출하여 4억 민중 앞에 내놓아 ……"[11]라고 쓰고 있다. 창간 2주년을 맞이하면서는 "그(잡지『기린』-필자 주)는 확실히 십만 대중의 기대를 저버리지 않고 만주, 중국(화난(華南), 화중(華中), 화베이(華北)), 일본을 일주하였다."[12]라는 자랑을 늘어놓고 있다. 물론 다소 과장된 표현일 수도 있지만 분명한 것은 중국어 잡지 중에서는 『기린』이 단연 선두주자였다는 사실이고 실제로도 "종래의 모든 잡지의 발행량 기록을 갱신했다."[13]라고 평가되기도 하였다.

대중적이고 통속적인 종합잡지, 이는 잡지 『기린』의 일관된 편집 취지였다. 『기린』은 구체적인 내용 편집이나 형식적인 디자인에 있어서도 대중의 취향을 저격하면서 점차 여성화되어 갔다. 잡지의 표지는 창간호를 제외하고는 모두 미모의 여성 사진을 사용했고, 매호마다 약 30페이지 분량의 기린화보(麒麟畵報)를 잡지의 첫 부분에 배치하고 있다. 이 화보는 주로 유명한 배우나 연예인, 각지의 풍경과 기이한 풍속, 광고 사진들로 채워져 있었고 화보면이 끝나야 텍스트 지면으로 넘어갔다. 『기린』은 잡지의 목차를 주제별로 분류하고 있지는 않지만 내용은 대체적으로 '통속문학', '르포', '일상생활 안내', '일본어 학습' 등으로 구분된다.

---

11 「編輯后記」, 『麒麟』 新年特大号, 1942.1, p.198.
12 「編后記」, 『麒麟』 3卷 6月 号, 1943.6, p.174.
13 杜白雨, 「細部底批評」, 『麒麟』 2卷 9月 号, 1942.9, p.68.

창간호의 경우 절대적인 우세를 차지하는 분야는 소설이었고 소설마다 '통속'이라는 글귀가 표기되어있었다. 『기린』은 화베이(華北)를 대표하는 3대 통속작가의 작품 연재로 잡지 창간호를 구성했다. 류윈뤄(劉雲若)의 연애소설 『회풍무류기(回風舞柳記)』, 바이위(白羽)의 무협소설 『마운수(摩雲手)』, 양류랑(楊六郎)의 『옌쯔 리싼(燕子李三)』이 그 연재작품들이었고 다음으로 동북 태생의 대중소설가 자오쉰주의 장편연애소설 『몽단화잔(夢斷花殘)』과 또 다른 두 작품 연애소설 「십자가(十字架)」와 실화소설 「라오위의 집안은 그때로부터 시끌벅적해졌다(老余家從此熱鬧起來了)」가 그 뒤를 잇고 있다. 이상 언급한 작품들의 분량이 80여 페이지에 달했는데 이는 잡지 텍스트 지면의 반 이상에 해당하는 분량이었다. 창간호의 이와 같은 배치는 잡지 『기린』이 통속문학을 중심으로 하고 있으며 통속문학에는 화베이 작가들도 참여시켰음을 말해준다.

창간호의 또 하나의 핵심은 30여 페이지에 달하는 르포였다. 통속소설의 바로 뒤를 잇고 있는 르포는 텍스트 지면 전체의 1/4에 상당한 분량이었고 나머지 20여 페이지는 '일상생활 안내'와 '일본어 학습'으로 채워졌다. 하나 더 언급할 만한 것은 시가(詩歌)이다. 창간호에는 3편의 시(詩)가 실려 있다. 만주 민요 「구냥 십상(姑娘十想)」과 「민간의 사랑 노래(民間情歌)」, 그리고 청셴(成弦)의 현대시 「여수(旅愁)」가 그것이다. 이 3편의 시는 사람들이 흔히 통속적인 것을 가까이 하면서도 고아(高雅)한 쪽에도 한 눈을 파는 그런 모습을 상상하게 한다. 사실 이러한 배치는 잡지 『기린』의 발간 전략과 암묵적으로 병치되는 부분이기도 했다.

살펴본 바와 같이 『기린』 창간호는 통속문학이 중심, 르포가 보조 역할을 하면서 잡지의 두 축을 형성하고 있다. 잡지는 '허구적인 통속'과 '사실적인 기록'이라는 두 축을 통해 "민중을 위안하고 국민적 정서를 함양시키는" 목표를 달성하고자 했던 것이고 이 과장된 목표의 기준에서 보았을 때 '허구적인 통속'이 "민중의 취향을 저격하고 독자층을 형성하여 발행량을 증가시키는" 목적을 더욱 잘 달성한 것으로 보인다. 창간호의 이와 같은 편집 체제는 후속 발행에서도 계속 유지되었고 잡지『기린』의 기본 편집 방침은 이 틀을 거의 벗어나지 않았다. 물론 후기에는 '지식소품문(智識小品文)', '기린신어(麒麟新語)' 등과 같은 일부 새로운 내용들이 추가 편집되기도 하였지만 이는 불가피하게 시국 내용을 증가시켜갔던 동시대 동북 지역의 기타 잡지들에도 나타났던 변화였다.

3. 『기린』의 통속문학의 특징

잡지『기린』은 "가장 통속적인 글에 가장 풍부한 흥미성 탑재"를 잡지의 발행 취지로 삼으면서 다음과 같은 기준을 정하고 있다. "첫째, 독자들의 흥미를 증가시켜야 한다. 둘째, 대중잡지로서의 특색을 잃지 않으면서 잡지의 수준을 향상시켜야 한다. 셋째, 본지에 대한 독자들의 성원을 위안하는 차원에서 가급적 수준 높은 읽을거리를 제공해야 한다."[14] 등이 그것이다. 이러한 잡지의 발행 취지를 끊임없이 강조하고 지속적으로 환기시키는 중요한 수단은 바로 통속소설이었다. '연애꾼', '정탐 전문가', '무협 고수', '유머쟁이'들이 이곳에 모여들었고 이들의 상상은 여러 가지 기이하고 괴상하며, 애절하고 슬

---

14 『麒麟』3卷 6月号, 1943.6, p.51.

픈 이야기와 실화·비화들을 만들어냈다. 필자가 소장하고 있는 자료
(총 30기)의 통계에 따르면 장편통속소설이 12편, 중단편소설은 100편
이상에 달했다. 이 중 연애소설이 가장 많았고 다음이 실화와 정탐소
설이었으며 그 뒤를 잇는 것이 유머, 역사, 무협 등 장르였다. 이 중에
도 훌륭한 작품은 적지 않았다.

1) 연애소설의 침묵

잡지 『기린』에서 가장 많은 편수를 차지하는 것은 연애소설이었
고 확인된 작품만 45편에 달했다. 작품 속에 그려낸 사랑 또한 다양
해서 순정(純情), 염정(艶情), 애정(哀情), 무정(無情), 고충, 그리움, 아름
다운 사랑 등 다종다양했다. 여기에는 류윈뤄(劉雲若), 천전옌(陳愼言)
등과 같은 화베이 연애소설 대가들의 작품도 포함되어 있었다.

"만주 유일의 대중소설가",[15] 이는 작가 자오쉰주에 대한 평가이
다. 물론 적극적인 추천을 위한 선전이고 전략적인 수사였다는 점을
감안하지 않을 수 없다. 그럼에도 이 과장된 수사는 당시 만주국에서
자오쉰주가 비교적 중요한 통속작가였다는 사실을 말해준다. 그의
장편 『몽단화잔』(1941.1(창간호)~1942.1.7)은 보통의 연애소설이지만 그
흥미성으로 하여 적지 않은 독자들의 주목을 받았다. 게다가 그의
문체의 노련함과 작품이 지닌 관동풍(關東風)[16]으로 하여 특히 많은
동북 독자들의 사랑을 받았다. 그러나 이 작품을 같은 호에 게재된
류윈뤄, 겅샤오디(耿小的)의 작품들과 비교할 때 그 예술적 성취는 부

---

15 『麒麟』創刊号, 1941.6, 目录.
16 역주: 관동(關東)은 산해관 동쪽 지역을 지칭하는 지역 명칭이다. 흔히는 동북을 일컫
　 는다. 따라서 '관동풍'은 '동북적인 정서' 또는 '동북적인 것'을 뜻한다. 대표적으로
　 성격이 호방하고, 의협심이 강하며, 무예를 숭상하는 등 특징을 들 수 있다.

족함이 없지 않다. 『몽단화잔』은 '재자가인-소인배의 반란-대단원' 식의 스토리를 모방한 작품인데, 서사 구성에서 '소인배의 반란'을 과하게 부각시켜 결국에는 주인공을 소인배와 결혼시키는 우를 범하고 있다. 그리고 이런 서사적 결함을 만회하기 위하여 결혼 후 갖은 고난을 거친 후에야 원만한 결말로 이어지는 구성을 취한다. 우연 없이는 이야기가 만들어지지 않는다고 하지만 이 작품은 우연의 설정이 정교하지 못하여 허점을 드러내고 있다. 또한 인물 형상의 부각에 있어서도 선악의 이분법적인 구도에 근거하여 선한 사람은 유약하고 사기를 잘 당하면서도 그 선한 마음은 변치 않는 반면, 악한 사람은 강하고 사기에 능하며 끝내는 그런 본성을 고치지 않는것으로 그려진다. 이러한 두 부류 인물들의 조우를 통해 만들어지는 이야기는 대개가 엇비슷하기 마련이다.

자오쉰주를 동북 연애소설의 대표 작가라고 한다면 동북 연애소설은 화베이에는 미치지 못하는 수준이라고 해야 한다. 그러나 이러한 결론은 너무 성급한 것으로, 그에 앞서 동북문단의 명숙(名宿)이자 언론계의 유명 인사인 무루가이가 『기린』에 연재한 연애소설 『신혼별』을 살펴볼 필요가 있다.

『신혼별』은 '석별의 정'을 작품화한 소설로서 이별 중에서도 '신혼의 이별'이니 이별의 극치를 그려낸 작품이라 하겠다. 물론 연애소설 구성 요소 중의 '다양한 선택지-시대적 풍운-이별의 비극' 모티프를 배열, 조합한 작품에 지나지 않지만 그중에서도 다른 점이라면 이 세 요소 중의 '다양한 선택지'를 생략한 것을 들 수 있다. 『신혼별』은 복잡다단한 서사나 점입가경의 상황을 그려내기보다는 오히려 간결하고 담백한 구성을 취하고 있다. 총 10장으로 구성된 소설 중에서 단 두 개의 장을 할애해 이별의 과정을 서술하고 있을 뿐이지만 보이지 않는 그 '석별의 정'을 치밀하게 잘 그려내고 있다. 작가는 평범하지 않은 필력과 간결한 구성으로 여전히 독자들의 호기심과 감동을 자아내는 데에 성공하고 있다.

이렇게 보면『기린』에 실린 장편연애소설은 비록 화베이 작가들을 중심으로 구성되었지만 동북 작가들의 작품도 그들만의 독특한 특징을 가지고 있었음을 알 수 있다. 어떤 면에서 보면 무루가이와 류윈뤄의 작품은 우열을 가리기 어려웠고 이들의 작품이 함께 잡지『기린』의 다채롭고 풍성한 장편연애소설의 세계를 구축하였다고 할 수 있겠다. 장편연애소설 외에도 잡지에는 다수의 중단편연애소설들이 발표되었고 작가들 대다수가 신문학의 영향을 받은 젊은 사람들이었다. 형식적인 측면에서 이들의 작품은 더 이상 전통적인 소설 형식인 장회체(章回体)를 이어받고 있지는 않지만 내용적인 측면에서는 여전히 기우(奇遇)와 우연을 통한 서사적 구성을 활용하는 등 전통적인 연애소설과의 연속성을 보여주기도 했다. 하지만 여전히 오락성을 우선으로 하고 있다는 점에서 보면 역시 근대적인 통속연애소설이라 정의할 수 있다.

소설『궤란 독설(潰爛的毒舌)』(웨이청쭤(韋成作), 1942.2.7)은 지식인 남성과 기생의 이야기를 다룬 소설이다. 계몽적인 의식을 가진 젊은 청년이 사랑의 힘으로 윤락가의 여성을 구출한다는 이야기는 5.4신문학운동 이후 흔하게 등장했던 연애소설의 한 양상이다. 그러나 이 소설은 이런 흔한 이야기 구조를 답습하지 않고 있다. 지식인 청년이 우연한 기회에 기생이었던 구식 여성을 만나지만 소설에는 독자들이 기대하는 사랑, 동정, 연민 등과 같은 감정들은 등장하지 않는다. 대신에 이야기는 다음과 같이 전개된다. 기생의 이야기를 듣고 난 청년이 기생을 더욱 경멸하게 되고 모든 것은 기생 스스로의 자업자득이

라고 독설을 날린다. 이러한 결말 다시쓰기는 작가의 창조적 욕망을
비롯하여 여러 원인이 존재한다. 그러나 그중에서도 가장 중요한 원
인은 고난의 책임을 사회 제도의 탓으로 돌리는, 이를테면 사회의
암흑면을 폭로하는 소설들이 만주국에서 환영받지 못하고 있었고 금
지당하고 있었기 때문이다. 만주국은 국가의 광명과 발전을 선전하
는 작품들을 제창했다. 이러한 창작 환경 속에서 기생의 기구한 운명
을 소설화한다는 것은 여성을 기생의 길로 내모는 사회를 비판하는
격이었으므로 개인생활은 개인의 선택이라는 식으로 결말을 지을 수
밖에 없었던 것이다. 문학적 상상에 대한 외부의 강압은 동북윤함기
작가들로 하여금 사회에서 개인의 문제로 시선을 돌리게 하였고 모
순된 인간성에 대해 사고하게 하였으며 새로운 창작 양식을 개발하
게 하였다.

　젠더의식의 표현에 있어서 여성 작가 우잉(吳瑛)은 훌륭한 성취를
이룩하였다. 우잉은 무정(無情)을 주제로 하는 작품 「욕(欲)」을 『기린』
에 발표한 바 있다. 어느 날 홀아비 왕목수는 다섯 살짜리 딸애가
딸린 작고 왜소한 여인을 아내로 맞아들였다. 이 작달막한 여인은
왕목수에게 시집 온 날부터 항상 뚱한 표정을 하고 있었고, 그 집에서
는 시시때때로 치고 박고 싸우고 우는 소리가 들려왔다. 이 모든 것은
같은 울안에 살고 있는 세 여성(독일어와 영어로 된 외국 서적을 읽는 지식
인 여성인 '나', 긴 생머리의 멋쟁이 여성, 가난한 장바오산(張寶山)의 처)의 호
기심과 추측을 불러일으킨다. 하루는 술에 취한 왕목수의 분노에 찬
목소리가 들려왔다. "꺼져! 만지지도 못하게 하면서, 만지는 게 싫으
면 계집으로 태어나지를 말았어야지. 여자로 태어나서 남자가 싫으
면 볼 장 다 본거지, 나가라고!" 이로부터 이유를 알게 된 후, 관조하
고 있던 세 명의 여성들은 각자 다른 반응을 보인다. '나'는 그 작달막

한 여자를 동정했고, 가난한 장바오산의 처는 먹고 입을 걱정이 없는
데 제 복을 제 발로 차는 것이 기가 차다는 듯이 그 여자를 부러워했
다. 반면에 긴 생머리의 멋쟁이 여성은 완전히 왕목수와 같은 입장에
서 이 작고 왜소한 여인이 인간의 도리를 모른다고 비난했다. 한편
그 작고 왜소한 여인의 성정은 날로 포악해져갔다. 그런데 그 포악은
왕목수를 향한 것이 아니었다. 그녀는 시시때때로 딸을 때리기 시작
했던 것이다.

우잉의 관찰은 예리했고 필봉은 날카로웠다. 여자의 불행은 성적
인 문제에서 비롯되었지만 그녀는 남자의 동정을 받지 못했고 같은
여성의 경멸을 받았으며 심지어 그녀 자신도 자기 스스로의 문제를
이해하지 못하고 있었다. 작품 속에서 남성과 여성은 서로 협력하여
또 다른 여성의 감옥을 구축하고 있었다. 이 작품은 훌륭한 통속작품
으로서 형식, 내용 모든 면에서 탐구할 만한 가치가 있는 작품이며
충분히 주목받을 만하다.

『기린』의 연애소설은 사랑에 대해 이야기할 뿐 사회 문제에 대해서
는 함구하는 특징을 가지고 있다. 대부분의 연애소설은 사회적 배경이
모호하고, 사회적 배경을 명시해야 하는 경우에는 다수가 만주국 이외
의 세상을 배경으로 채택하고 있다. 하지만 만주국 시기의 사건과
배경을 언급해야 할 경우에는 과장 없이 스치듯이 언급하고 있어 사상
적 의미가 최소화되는, 그래서 간혹은 인간의 본성이 정(情)으로부터
파생된다는 착각을 하게 하기도 한다. 이는 인간 본성의 깊이를 그려낸
작품을 생성시키기도 하였는데 예를 들면 「욕」과 같은 깊이 있는 페미
니즘소설의 탄생이 그것이다. 그러나 더 많이는 사회적 의미가 없거나
심지어는 시비 분별이 불분명한 글장난 수준의 작품들을 내놓게 하기
도 하였다. 잡지 『기린』이 발행되었던 1941~1945년은 만주국의 문예

통치가 점차 분명해지고 체계화되어 가던 시기였으며 그 통치 기제는
연애소설에 있어서도 예외는 없었다.

2) 실화(實話)·비화(祕話)의 확산

잡지 『기린』에는 실화·비화라 불리는 일군의 텍스트들도 게재되
었다. 이 텍스트들은 실제 발생 사건을 소설적 형식으로 구성한 것이
며 보통은 이야기성, 흥미성, 폭로성에 초점을 맞추고 있다. 이와 근
접한 장르가 현재의 기록문학이나 보고문학이라고 할 수 있다. 그러
나 여기의 실화·비화는 만주국의 실상(實)이나 비밀(祕)과는 아무런
관련이 없는 내용들이다. 텍스트 대부분은 다른 지역, 다른 시간대의
자연풍물에 관한 기담(奇談)이나 일화를 소재로 취하고 있고 설사 실
제로 만주국에서 발생한 사건을 소재로 한다 하더라도 실제의 지명,
인명, 시간 정도만 제시할 뿐 당시의 사회적 현실에 대해서는 일절
언급하지 않는다. 『만주일일신문(滿洲日日新聞)』에 발표된 문예작품에
대한 제한과 금지 항목[17]을 보면 이 시기 작가들이 이용할 수 있는

---

17 『만주일일신문(滿洲日日新聞)』은 1941년 2월 21일자에 총무청 참사관 벳푸 세이시
(別府誠之)의 인터뷰 내용을 게재하면서 신문잡지의 문예작품에 대한 금지·제한 조
항 8조를 발표하였다. 1. 시국에 저항적인 작품, 2. 국책 비판에 성실하지 못하고 비건
설적인 작품, 3. 민족적 대립을 자극하는 작품, 4. 건국 전후의 암흑면을 집중적으로
그려내고자 하는 작품, 5. 퇴폐적인 사상을 주제로 하는 작품, 6. 연애나 스캔들을
주제로 하는 작품에서 쇼맨십, 삼각관계, 정조 경시, 유희적인 연애와 정욕, 변태적인
성욕, 정사(情事), 불륜, 간통 등을 묘사한 작품, 7. 범행에 대한 묘사가 지나치게 잔인
하고 자극적이며 노골적인 작품, 8. 매파, 여급을 주제로 하는 작품에서 홍등가 특유의
세태인정을 과장하여 묘사하는 경우 등이다. 이상의 8개 금지조항은 각종 창작 소재에
대해 비교적 모호하게 개관하고 있다. 만약 모든 조항을 준수할 경우 작가들은 창작을
할 수 없을 것이다. 그럼에도 당시에 적지 않은 작품들이 창작되었고 잡지 『기린』에
발표된 작품들 중에도 금지 항목을 포함하고 있는 작품들이 다수 있었다. 이러한 현상
은 만주국은 한편으로 금지령을 내리면서도 다른 한편으로는 사회적인 문예의 번영상
을 구현해야 했기 때문에 금지령의 범주 내에 드는 작품일지라도 시국에 불리하게

작품의 소재적 범위는 극히 협소했고 자칫 잘못하다가는 필화를 불러오기 쉬운 환경이었다는 것을 알 수 있다. 이러한 공황(恐慌) 속에서 통속작가들의 문학적 상상력은 현실로부터 점점 더 멀어져갔고 다수의 작품이 지극히 상식적인 식견 수준에 머물러 있거나 자극적인 오락성을 추구하는 경향에서 벗어나지 못했다. 또한 이렇게 해야만 시국의 문예 정책에 위배되지 않았고 시국에 휩쓸리지 않는 소위 말하는 '국책문학'이나 '보국문학'의 일부분이 되지 않을 수 있었다. 실화, 비화는 만주국 시기의 동북에서 상당히 흥행했던 장르였고 대중문화 잡지나 신문의 문예면에까지도 등장하고 있었다. 잡지 『기린』에서 상당한 비중을 차지하고 있는 이 장르의 텍스트는 지금까지 총 27건이 확인되었고 다시 아래와 같이 몇 부류로 구분이 가능하다.

1. 사건 중심형: 실제 발생한 사건을 기본으로 하면서 탐정소설의 서사 방식을 도입하는 유형이다. '사건의 발생 - 정탐 - 기로(岐路) - 사건의 해결'이라는 구성을 취하면서 사건의 발생과 해결 과정에 대해 자세한 서술을 덧붙이는 동시에 중간중간 합리적인 상상을 삽입하는 것이 특징이다. 스치(斯琪)의 『평정교 참안(平定橋慘案)』(1942, 2호, 11호)은 치치하얼(齊齊哈爾)에서 발생한, 아내와 자식을 살해한 사건을 저본(底本)으로 하여 사건을 재구성한 작품이며, 진실성을 강조하기 위하여 현지의 신문 보도를 삽입하고 있다. 그렇지만 범행 동기에 대해서는 심도 있는 분석을 진행하지 않고 있으며 모든 원인을 범죄자

작용하지 않으면 더 이상 추궁하지 않았음을 말해준다. 그러나 이와 같은 금지령의 공표는 작가 및 편집자들에 황공함을 조성하기에는 충분했고 창작의 여러 측면에 영향을 주었다.

진롄차이(金連財)의 성품 탓으로 돌리고 있다. 「라오위의 집안은 그때로부터 시끌벅적해졌다」(1941.1, 창간호)는 또 다른 기이한 사건에 대한 재기록이다. 아버지와 아들이 한 여자(아내/며느리)를 두고 소송을 벌이는 치정사건으로서 이 사건은 당시의 신징(新京)을 떠들썩하게 했을 뿐만 아니라 최고법원에서 공판이 있던 날에는 전 시내가 텅 빌 정도로 사람들이 법원으로 몰려들었다고 한다. 작가 리예(李耶)는 독자들의 이런 심리를 정확히 겨냥하여 핍진하게 그려내고 있다.

2. 유명인의 스캔들: 유명인의 사생활이나 일화를 소설의 주요 내용으로 하는 유형이다. 이 부류 실화소설의 구독력이 높은 이유는 유명인이나 여배우, 여류 명사, 여마적(女馬賊)과 같은, 대중이 관심을 가지는 인물을 작품의 대상으로 선정하고 있기 때문이다. 연극계 실화를 바탕으로 한 바이쑤제(白素杰)의 『우쑤추(吳素秋)』(1942, 2호, 7호)는 당시 중국을 풍미했던 베이징 경극계(京劇界) 명사 우쑤추의 극도로 부패한 사생활을 고발한 작품이다. 동북에서 전설적인 존재로 알려져 있는 여마적의 이야기를 작품화한 톈링(田菱)의 『여마적 튀룽(女匪駝龍)』(1941, 1호, 5호)은 서사적 긴장감과 스릴 넘치는 긴박함으로 흥미를 자아내고 있다. 이 부류의 실화들은 만주국 외부의 유명 인사를 작품의 대상으로 설정하고 있으며 간혹 이러한 설정을 무기삼아 만주국에 협조적이지 않은 군벌, 정객을 공격하기도 했다. 『양위팅의 죽음(楊宇霆之死)』(1943, 1호, 3호), 『쑹메이링의 염사(宋美齡艶史)』(1943, 2호, 11호) 등이 이에 속한다.

3. 시국 봉사형: 말 그대로 시국에 봉사하는 실화·비화이다. 소설적 형식을 차용하고 있는 이 작품들의 주요 목적은 시국에 봉사하는

것이지만 더 궁극적으로는 독자들의 인정을 받는 것이기 때문에 소
재의 선정이나 서사적 전개에 있어서 작가의 문학적 경향이 드러나
는 것이 특징이다. 또한 시국에 봉사할 수 있는 소재는 너무 다양하기
때문에 소재 선택에 있어서도 작가는 어느 정도의 자율권을 발휘할
수 있다. 린화(林華)의 실화소설『후먼 풍운(虎門風雲)』(1943, 2호, 3호)은
전기적인 형식으로 임칙서(林則徐)가 후먼(虎門)에서 아편을 소각했던
쾌거를 기록한 작품이다. 이 작품은 임칙서, 린웨이시(林維喜) 등 인물
들의 형상을 생동하게 그려내고 있으며 필법이 능수능란하고 서술적
리듬감이 뛰어나다. 만주국 시기에 추앙받던 영웅 중 오늘날까지도
인정받는 사람은 단 두 명이다. 하나는 임칙서이고 다른 하나는 인도
의 간디이다. 이 두 사람이 영웅으로 칭송되었던 것은 이들의 반영(反
英) 행위가 당시 만주국이 전개하고 있었던 반영반미 국책과 일치하
고 있어 만주국 통치자의 인정을 받았기 때문이다. 당시 임칙서를
원형으로 하는 문학 작품은 상당히 많았고[18], 간디에 관련된 기사도
신문 보도에서 자주 확인되었다. 이러한 현상에는 그 연유가 있다.
당시 만주국에서 우상화하는 영웅인물은 임칙서와 간디 외에도 노기
(乃木) 대장, 히틀러, 왕징웨이(汪精衛) 등 여럿 있었지만 중국 지식인
들이 진정한 영웅으로 인정하는 사람은 임칙서와 간디뿐이었다. 그
들은 자신의 펜으로 이 두 영웅인물을 부각시키는 것으로 반일(反日)
적이면서도 반영반미(反英反美)적인 내면을 토로하곤 했다. 작가들의

---

18 필자가 확인한 임칙서(林則徐)와 관련된 작품, 평론에는 悅生, 「林則徐雜話」, 『新滿
洲』(1941.7), 劉漢, 「林則徐」(小說), 『新滿洲』(1942.6), 「林則徐」(話劇), 大同劇團,
1942년 상연, 『林則徐家書』, 藝文書房, 1944, 外文·安犀·辛實, 〈林則徐〉公演鼎評
會」, 『電影畵報』(1942.6), 「鴉片与大東亞戰爭――林則徐与榮成祥」, 『靑少年指導者』
(1942.1) 등이 있다.

이런 내면은 만주국 중후기에 수많은 작가들이 강압 또는 자발적으로 많은 반영반미(反英反美) 시편을 창작한 문학 현상을 이해하는 하나의 준거가 될 수 있다.

만주국이라는 특수한 시기에 존재했던 문학 작품의 정서와 경향은 상당히 복잡했다. 시국에 영합적인 작품에서도 비협력적인 부분이 발견되었고 더 많은 작품들은 표면적으로는 순응적이었지만 그 이면에서는 비협력적이고 반항적이었으며 항쟁적이었다. 우리는 적들이 가까이 다가왔던 시기에 생산된 문학에 대해서는 사상적 경향의 시시비비를 가리는 비평을 할 수 있었지만 적들이 동북을 점령하고 온전한 통치 체계를 건립한 후에 생산된 문학에 대해서는 사상적 한계가 분명하다는 식의 실효성 없는 비판만 할 수 있었다. 때문에 그 시기에 생산된 문학을 살펴볼 때에는 자세하고 꼼꼼하게 들여다보아야 하고 복잡하게 얽혀있는 속에서 작가의 사상적 지향을 잘 정리해내야 한다.

이 유형의 실화·비화에는 일본(日系) 작가들의 작품들도 일부 포함되어있다. 미야자키 세이류(宮崎世龍)의 『극악무도한 남의사(窮凶惡極的藍衣社)』(쑹지(松吉) 옮김, 1942, 2호, 7호), 운노 주자(海野十三)의 『하와이 해전기(夏威夷海戰記)』(얼둥(耳東) 옮김, 1942, 2호, 4호) 등의 작품들이 이에 속하지만 내용적으로나 형식적으로나 모두 급조한 작품들이었다.

4. 탐험박물형(探險博物型): 동북 특유의 밀림 환경과 성장기의 동식물을 주요 묘사 대상으로 하고 있는 이 유형은 실제와 허구를 넘나들고 있는 특징이 있다. 이 부류의 서사물은 이야기, 전설, 전고(典故), 과학/지식, 소설 등을 융합시키면서 장르의 규범을 와해시키는 것이 특징이다. 최초로 목격된 이 유형의 텍스트는 잡지 『신만주(新滿洲)』

에서였고 『기린』에서도 3편 정도가 확인된다. 경제(耿介)의 『장백산 야인기(長白山野人記)』(1943, 3호, 7호), 예펑(野風)의 『인삼 이야기(人蔘的 故事)』(1943, 3호, 5호), 니쿵(睨空)의 『주판산의 이독(九盤山的二毒)』 등과 같은 작품들인데 이 작품들은 당시 동북에서 유행했던 독일 자연과 학자 에드워드 아나트의 『만몽 비밀탐사 40년(滿蒙探秘四十年)』과 백 계 러시아 작가 바이코프의 동식물소설의 영향을 받았을 것으로 추 정한다. 그러나 유감스럽게도 내용, 형식 모든 면에서 신기함을 선사 했던 이 장르는 실험 단계에서 아쉽게 단절되고 말았다.

강압적인 외부 통제하에서의 통속문학의 상상공간은 날로 협소해 졌고 섬광처럼 등장했던 산림의 상상력도 순식간에 소멸되고 말았 다. 일부 작가들은 그 상상력을 살인, 폭력, 색정, 타인의 사생활 등을 묘사하는 데에 낭비하였고 또 일부 작가들은 호기심, 쾌락, 비밀 탐 구, 타인의 사생활 정탐 등에 관심을 가지는 일부 독자들의 오락심리 를 만족시키기 위해 수준 미달의 실화·비화를 다수 내놓았다.

3) 정탐(偵探)과 방첩(防諜)의 접목

잡지 『기린』에서 확인되는 정탐소설은 총 12편이며 그중 4편은 번역 작품이다. 리란이 4편을 창작하였고 그 외 진위안(金原), 아탕(阿 唐), 뤄춘(若邨), 니예(尼耶) 등 작가들이 각각 1편씩 창작하였다. 기타 의 통속문학과 비교해 볼 때 이 부류의 작품은 수량이나 작가의 참여 도에서 모두 미흡한 수준이다. 그렇다면 작품의 질적 수준은 또 어떠 했는지 살펴보기로 하자.

리란은 동북윤함시기(東北淪陷時期)의 유명한 탐정소설가였고 탐정 소설집 『별장의 비밀(別墅的秘密)』을 만주잡지사에서 펴낸 바 있다. 그의 탐정소설은 작중 인물에 대한 감정 이입이 절제되어 있고 도덕적 훈계를 하지 않으며 사회적 배경에도 관심이 없다. 오직 흥미진진한 추론에만 빠져있는 전형적인 탐정가의 필치와 작법을 보여주는 순수한 정탐소설의 모범을 보여주는 작품이다. 『열차 참안』(1942, 2호, 6호)은 한 편의 훌륭한 수작으로서 서술 초점은 도둑이 남겨놓은 흔적을 쫓는 탐정의 정탐과 분석 과정에 놓여있다. 그 과정에 드러나는 대탐정의 정탐과 분석은 독특하고 합리적이지만 아쉽게도 사건의 핵심에서 벗어나 있다. 소설은 고리에 고리를 무는 함정을 설정하고 있는데, 말하자면 리란은 독자들에게 함정을 설정하고, 도둑은 다시 대탐정에게 함정을 설정하여 대탐정이 오히려 끌려 다니게 하고 있다. 이 과정이 몇 차례 반복되고 있지만 범죄의 이유조차 밝혀지지 않는다. 결국 대탐정은 진실을 밝혀내고 도둑은 탐정에게 진심으로 탄복한다. 이 탐정소설의 재미는 바로 도둑의 대단함에서 기인하기도 하지만 진정한 흥미의 포인트는 양대 고수(高手)의 대결에 있었다. 또한 소설은 미인, 사랑, 살인, 절도, 간통, 음모술수 등과 같은 통속적인 요소들을 총동원하고 있지만 이 요소들이 하나의 완결된 이야기를 완성시키지는 않는다. 그보다는 수사 과정에서의 하나의 꾸밈 역할을 할 뿐이며 탐정소설의 특징을 부각시켜 더 많은 독자들의 관심을 끌고 있다.

진위안의 『백팔 개의 지문』(1942, 2호, 9호)은 일반적인 탐정소설로서 간통, 절도, 유괴라는 세 가지 큰 사건을 다루고 있다. 작품에는 지문, 발자국, 오래된 저택, 토막 시체 등과 같은 탐정소설을 상징하는 요소들이 반복적으로 등장하고 탐정소설의 패턴이 등장하지만 역시 기타의 소설들과 마찬가지로 당시의 사회적 배경에서는 멀리 떨어져있다.

잡지 『기린』에는 이와 같이 만주국의 사회적 배경과는 무관한 순수한 탐정소설들만 게재되었던 것은 아니다. 형식적으로는 당시의 사회와 별다른 연관성을 보이고 있지 않지만 실제로는 시국에 떠밀려 파생된 탐정소설의 한 지류인 방첩소설(防諜小說)들도 발표되었다.

1941년 이후 만주국은 일본 본토와 마찬가지로 전시상태에 진입했음을 선포한다. 만주국 정부는 모든 국민들이 누구나 예외 없이 방첩(防諜), 반첩(反諜) 의식을 겸비할 것을 요구했고, 이는 당시 유행했던 "여성은 안에서, 남성은 밖에서, 쥐새끼 같은 간첩의 파괴를 막아내자(女防內男防外, 莫使諜鼠內破坏)"라는 구호에서도 잘 드러나고 있다. 간첩이라는 이 신비한 직업은 대중들의 상상력과 탐구를 자극했고 당시 각국의 형형색색의 간첩에 관한 소문과 이야기들이 민간에서도 널리 유행되었다. 국가가 주목하고 있고, 대중이 흥미를 느꼈던, 이런 환경 속에서 방첩과 관련된 논평이나 문학 작품들이 창작되기 시작하였고 방첩소설과 방첩영화가 한때 만주국에서 상당한 인기를 끌기도 했다. 잡지『기린』에서도 2편의 번역 방첩소설이 확인된다. 번역 작품『파리 방공 지도』(1941, 1호, 7호)와『전보암호와 노란 안경(密電碼與黃色眼鏡)』(1942, 2호, 11호) 외에 현지 작가 아탕(阿唐)의『고묘월야(古廟月夜)』(1942, 2호, 9호)가 있다.『고묘월야』는 서사 구성에 많은 허점을 지니고 있어 좋은 방첩소설이라고 할 수는 없다. 작가 아탕 역시 전문적인 방첩소설가는 아닌 것으로 추정되며, 그저 방첩소설이 유행하기 시작하자 시류에 좇아 창작한 것으로 보인다.

지혜와 용기를 겨루는 정탐의 상상력 역시 시국의 간섭을 받았고, 작가들은 작품을 전시상태에 적합한 방첩반첩에 맞추기 위해 조야하고 허술한 방첩소설을 대량으로 창작해 냈다. 다행인 것은 리란과 같은 훌륭한 작가들의 탐정소설들이 있어 지적인 추리 속에서 위안을 얻고자 하는 독자들의 갈구를 조금이나마 만족시킬 수 있었다는 점이다.

4) 역사 소재와 '자기서사'

잡지 『기린』에 발표된 역사 소재의 소설들은 사재소설(史材小說)이라 불렀다. 필자는 이 개념을 그대로 사용하고자 한다. 여기서 말하는 사재소설은 전통적인 의미에서의 역사소설과는 조금 다르다. 첫째, 여기서의 사재소설들은 연의체(演義体)가 아닌 대부분 짧은 분량의 단편소설들이다. 둘째, 이 단편소설들은 거대서사를 추구하지 않는다. 역사상의 비주류 인물들을 대상으로 하고 있으며 역사와 밀접한 관련이 없는 그들의 일상을 다루고 있다. 셋째, 사재소설은 역사의 반복을 목적으로 하고 있지 않으며 그보다는 역사적인 시간, 인물, 사건을 빌려 자신의 이야기를 연역(演繹)하는 데에 더 치중한다.

『기린』에 발표된 사재소설은 총 9편으로 확인되며 이 중에는 만주국의 대표적인 유명 작가인 구딩(古丁)과 줴칭(爵靑)의 작품도 포함되어 있다. 상당한 작품 수준을 자랑하는 이들의 작품은 통속문학에서 고급문학으로의 발전을 보여주기도 한다. 이외 만주국의 건국을 역사적 소재로 사용하고 있는 건국사재소설(建國史材小說)이라 불리는 일군의 변종도 있었다.

후세에 논쟁이 분분했던 만주국의 대작가 구딩도 『기린』 창간 1주년 기념호에 사재소설 「죽림(竹林)」(1942, 2호, 6호)을 발표했다. 어쩌면 대중통속잡지의 요청에 의한 창작일 수도 있겠지만 이 소설에서 구딩은 그가 항상 익히 사용했던 선봉문학(先鋒文學)의 창작방식을 선택하지 않고 통속문학의 일종인 사재소설의 형식을 따르고 있다. 그러나 다른 한편으로는 사재소설이고 통속문학이었기 때문에 금기가 없었고 따라서 구딩은 자유자재로 통쾌하게 써내려갈 수 있었을 것이다. 이렇게 창작된 「죽림」은 결국 그의 최고의 작품이 되었다.

소설 「죽림」은 인정할 수 없는 통치자가 다스리는 세상에서 살아가는 죽림칠현(竹林七賢)의 모습과 그들의 복잡한 심리를 익살스러운 필치로 그려내고 있는 작품이다. 작품 속에는 혜강(稽康)을 중심으로 한 몇몇 현인들이 함께 등장한다. 소설이 차용하고 있는 이야기와 등장 인물의 행적과 사건은 모두 확인이 가능한 역사적 전고(典故)가 존재한다. 그러나 역사적 전고를 구실 삼아 자기가 하고 싶은 이야기를 하거나 옛것을 빌어 오늘을 풍자하고자 하는 느낌을 주지는 않는다. 작품의 의미는 실제 역사 속에서 자연스럽게 드러나고 있다.

북방좌련(北方左聯)에 참여했던 이력을 가지고 있는 구딩이지만 만주국에서 그는 물 만난 고기처럼 자유로웠고 일본 문인들의 추앙을 받기도 했다. 그러나 그의 진실된 내면은 어떠했을까? 이는 구딩 연구자들이 줄곧 구명하고자 했던 문제이기도 하다. 중요한 것은 그의 진심이 어떠했는지는 차치하더라도 구딩이 지식인으로서 개인과 사회 환경 사이의 복잡하고 미묘한 관계에 대해 깊이 체험한 바가 있었을 것이라는 사실이다.

소설「죽림」은 죽림칠현을 통해 무의식적으로 지식인 개인과 조화롭지 못한 사회와의 긴장관계를 드러냈던 작품이다. 혜강은 대장간을 운영하면서 담금질로 세월을 보내는 생활인의 모습으로 반항의 뜻을 표출하고자 한다. 그는 실전(失傳)된 학문을 이어가고 문장을 지으며 같은 뜻을 지닌 자들과 도(道)에 대해 논하면서 오직 지식에만 몰두하는 삶으로 반항을 표출하고자 했다. 신선을 찾아다니며 수련을 하고, 세속적인 세상에서 벗어나고자 하는 산속에서의 은둔생활도 반항의 일환이었다. 그러나 여러 방식의 반항을 시도했음에도 불구하고 이 반항들은 결코 혜강 내면의 초조함을 해소하지 못했고 그에게 마음의 평화를 가져다주지 못했다. 생활인, 실전된 학문 탐구, 신선 되기 등등 여러 방법들도 결국에는 한 지식인의 자기 정체성을 확인시켜주지 못했던 것이다. 지식인으로서의 개인 존재에 대한 확인이 필요했고, 그가 존재하고 있는 사회와의 진실한 교류가 필요했던 것이다. 사회적으로 필요한 존재가 됨과 동시에 스스로의 염원에 위배되지 않는, 그러면서도 같은 뜻을 지닌 사람들이나 다른 일부 사람들의 인정이 필요했던 것이다. 결국 혜강은 반항을 멈추고 일상으로 돌아가기로 결심한다. 그는 자녀들에게 가훈을 가르치고, 친구 여안(呂安)에게는 선(善)으로 사람을 대할 것을 권고한다. 이 모든 것들이 혜강을 만족시켰다. 그러나 좋은 시절은 길지 못했다. 그가 반항을 멈추자 이번에는 사회가 그와의 화해를 거부했다. 결국 혜강은 죽어서도 한 곳에 묻히지 못했다.

지식인의 한 사람으로서 개인과 조화롭지 못한 사회가 서로 마주했을 때 지식인은 어떤 자세로 사회에 대응해야 하는가? 이는 구딩이 이 소설을 통해 제기하고 있는 질문이기도 했다. 어쩌면 이 문제는 줄곧 그 자신을 곤혹스럽게 했던 문제였을지도 모른다. 비록 구딩은 명확한 답을 제시하고 있지 않지만 결국 죽림칠현의 운명을 통해 자신의 선택을 말하고 있었던 것이다. 바로 반항을 멈추고 지식인의 정체성을 확인하고 사회와 연관을 맺으면서 자신의 염원에 위배되지 않는 삶을 사는 것이었다. 사실 구딩 본인 역시 이렇게 행하고 있었다. 작품을 창작하고 잡지를 만들고 출판사를 운영하고, 이외에도 만주국 문화회 본부 문예부 위원, 문예가협회 본부 위원, 개편된 문예가협회의 대동아연락부장 등 직을 역임하였고 문예가의 신분으로 협화회 전국연합협의회에 출석하였다. 이러한 그의 행보가 그의 염원에 위배되는 행동인지 여부는 알 길이 없다. 물론 구딩은 반항을 멈추는 결과에 대해서도 명확한 인식을 가지고 있었다. 반항의 자세를 내려놓고 사회에 협조적일 때 그의 운명 역시 혜강과 별반 다르지 않을 것이라는 사실을 잘 알고 있었지만, 혜강과 같은 운명에 처해진다고 해도 구딩에게는 다른 선택은 있을 수 없었다. 지식인이라는 이유로 사회는 그에게 이런 삶을 강요했던 것이다.

죽림칠현의 최강자인 혜강이 이처럼 타락하고 조급하고 주저하고 타협적일진대 칠현 중의 다른 성인들의 자아분열은 어떠했을까? 어떤 이는 관직에 목을 맸고 어떤 이는 축재에 전념했고 어떤 이는 허송세월을 했고 어떤 이는 신선이 되고자 했다. 이들이 다시 모였을 때 그들은 더 이상 진실을 이야기하지 않았고 세상사를 논하지 않았으며 노자와 장자도, 십삼경(十三經)도 논하지 않았다. 이에 대해 구딩은 무한한 동정을 드러내면서도 사정없이 야유와 조롱을 퍼붓고 있다. 사회에 대해 비판적인 시각조차 가지지 못하는 지식인을 향한 구딩의 필봉은 냉혹했다.

「죽림」은 구딩 소설의 예술적 완숙기에 창작된 작품으로서 예술적 조예가 깊고 능수능란했다. 통속소설의 기준에서 보면 서사성이 강하고 세속적이며 언어 구사 또한 평이하고 해학적이다. 유머러스한 문장은 코믹한 구석도 있어서 읽는 재미도 함께 갖추고 있다. 또한 사실적인 기록이라는 측면에서 보면 작품 속에 기록된 경험적인 세부사항들은 충분한 개연성을 가지고 있으며 작중의 인물들은 작가에 의해 조종되는 인형이 아닌 살아 숨 쉬는 생동감 넘치는 존재들이었다.

줴칭의 「사마천(司馬遷)」(1943, 3호, 8호)은 오늘날의 장편소설(掌篇小說)에 해당하는 400자 분량의 짧은 작품이다. 장편소설이 그러하듯이 이 작품에는 서사적 전개가 없으며 대신 줴칭 자신이 재연해낸 어느 한 순간의 사마천의 내면세계에 초점이 맞춰져 있다. "수치스럽고, 더없이 비통하구나! 남근(陽根)이 없으니 말을 해도 목소리가 궁녀 같고, 동서고금을 막론하고 어느 시대에 이런 역사학자가 존재했단 말인가?" 사실 이 질문은 작가 자신을 향한 것이기도 했다. 만주국은 그와 그의 민족의 혈연적 연계를 차단했고 그는 매일 일본어를 하면서 어쩔 수 없이 수치심과 비통함을 짊어지고 살아가야만 했다. 그 자신이 대작가(大作家)가 된다한들 무엇하리! 그 겹겹의 수치심과 비통함을 어찌 거둬낼 수 있을까? 그렇다고 쓰지 않으면 자신의 정체성을 확인할 길은 점점 더 요원해지니, "쓰지 않는다면, 당신은 또 무엇인가?"라고 질문한다. 글쓰기를 통해 수치심과 비통함을 씻어낼 수는 없지만 적어도 그것은 그 자신의 정체성을 확인할 수 있는 한 방법이었다. "이 순간, '네가 태사(太史)가 되거든 내가 쓰고자 했던 저술을 절대 잊지 말거라(余爲太史爾不論載廢天下之史文)'라고 했던 부친의 유언이 귓가에 들렸다." 이는 분명 구차한 군더더기다. 그러나 작품 속 이 부분에 그 어떤 문장을 갖다놓더라도 '구차한 군더더기'라는 느낌을 만회하지는 못할 것이다. 왜냐하면 줴칭이든 사마천이든 두 사람 모두 이 문제를 해결하지 못했고 이 문제를 해결할 방법이 없었기 때문이다. 글을 써야 하는 확실한 이유를 찾지 못하는 한 그 자신의 수치스럽고 비통한 현실을 개변할 가능성은 없었으며 이런 부득이한 상황에서 그들은 펜을 들 수밖에 없었기 때문이다. 이 침통함을 어떻게 표현할 것인가? 줴칭은 대중적이고 통속적인 필치로 이것을 전달하고 있었다.

잡지 『기린』에는 대작가들의 사재소설 외에도 시국에 부응하는 건국사재소설 「베이징 일일(北京一日)」(1942, 2호, 10호)과 「9월 18일(九月十八日)」(1942, 2호, 9호)도 함께 게재되었다. 명령에 복종적이고 시대에 순응적인 이러한 작품은 물론 성숙한 작가들의 작품들과는 비교할 바가 못 된다. 이 부류 작품의 목적은 만주국의 건국을 선전하기 위한 것이기 때문에 소설의 예술적 차원까지 신경 쓸 겨를이 없었던 것으로 보인다.

역사적 상상은 통속성의 중요한 구성 요소이다. 만주국의 지성 작가 구딩과 줴칭이 여기에 가담한 것은 역사적 상상을 통해 자신의 행동과 창작을 위한 합리적인 기준을 제시하기 위함이었다. 그들은 자신이 지향하는 바와 곤혹을 무의식 중에 작품 속에 녹여냈지만 이러한 내면과 행동의 분열은 결코 상상력으로 봉합되지는 않았다. 결국 그들은 해학과 미망에 빠졌다가 다시 원점으로 돌아올 수밖에 없었다. 그럼에도 동북윤함시기의 통속문학은 이러한 선구적인 작가들의 가담으로 인해 그 수준을 높였고 통속문학의 표현 기교를 확장할 수 있었다.

5) 유희적인 글쓰기의 기예(技藝)

중국의 골계문학(滑稽文學)은 "시대의 폐단에 일침을 가하고 사회를 비판하는" 전통을 가지고 있다. 그러나 만주국과 같은 가혹한 창작 환경 속에서 이러한 전통은 지속되기 어려웠고 『기린』의 유머소설은 그저 "유희적인 글쓰기, 사람들의 소일거리"로 밖에 작용하지 못했다. 그런데 바로 이러한 무거운 사회적 책임에서 벗어났기 때문일까, 『기린』의 유머문학의 관심은 온통 유희적인 글쓰기에 집중되어 있었고 그 과정에 일부 훌륭한 유머를 만들어내기도 했다. 사회와 밀접한 관계를 가지고 있지 않은 사람들의 희극적인 성격이 사실적으로 드러나고 있는데 이는 오늘날에 봐도 상당히 의미 있는 부분이다.

『기린』에서 확인되는 유머소설은 6편이다. 런칭(任情), 예리(也麗) 등과 같은 성숙한 '만능 작가'의 작품이 있을 뿐만 아니라 화베이작가 가오빙화(高炳華)의 작품도 포함되어 있었다. 유머소설들은 비록 몇 편 되지 않지만 수준이 높았고 인물이 희극적이었으며 언어 표현 또한 익살스러웠다.

런칭은 문단에서 통속적이고 유머러스한 작풍으로 유명한 작가이다. 그는 소설 외에 다수의 지식소품문(智識小品文)도 함께 창작하였다. 그의 소설 「미키와 우미인(米老鼠與虞美人)」(1942, 2호, 9호)은 체호프의 「관리의 죽음」과 많이 닮아있는 작품으로서 한 사무원이 새로 부임한 상사에게 잘 보이기 위해 행하는 온갖 가소로운 행동과 그 어두운 내면에 초점이 맞춰져 있다. 물론 작가의 목표는 아주 분명하다. 이 작품은 결코 만주국 사무원들의 생활의 곤궁함과 그들의 부득이함을 폭로하고자 한 것은 아니며 그보다는 모든 유머 코드를 동원하여 자아 없이 상사에게만 매달리는 일부 사람들의 가소로움을 그려내고자 한 작품으로서 폭소 후 다시 반성하게 하는 작품이었다.

유시(由系)의 유머소설 「늙은 산삼(老山蔘)」(1942, 2호, 12호)은 사무원을 주인공으로 하는 작품이지만 조금은 특별하다. 그는 오직 사무원이라는 작은 인물을 통해 공적인 공간에서 멀어질수록 더욱 크게 부각되는 통제 불능의 인간적인 약점을 돌출시키고 있다.

예리의 유머소설 「주거창예(諸葛蒼葉)」(1942, 2호, 12호)는 어떤 떠돌이 인물의 인생의 몇몇 단면을 기록하고 있는 작품이다. 지식인 출신의 주거창예는 속으로 자기 자신을 "밥통 속에서 굶어 죽을 놈"이라 평가하지만 겉으로 사람들을 대할 때에는 항상 "당신도 사람이고 나도 사람인데, 내가 당신보다 못한 것은 뭐요?"를 입속으로 중얼거린다. 그는 내적으로는 자신에 대한 분명한 인식을 가지고 있지만 외적으로는 강자의 논리로 자신을 무장시키고 있는 인물이다. 그는 교육계, 상업계 어디라 할 것 없이 얼굴을 내밀고 다니지만 결국 가는 곳마다 퇴짜를 맞으며 비웃음거리가 된다. 작가는 이 모든 원인을 개인의 품행과 개성의 문제로 귀결시킨다. 소설은 말을 할 때 항상 문언문과 백화문을 반반씩 섞어 쓰고 있어 반문반백(半文半白)이라 불리는 또 다른 희극적인 인물 어우양첸슈(歐陽潛修)를 등장시키고 있다. 그는 겉보기에는 어질고 너그럽지만 실제로는 꼬치꼬치 따지는 인색한 인간이다. 이 두 인물이 만나게 되면서 작품에서 이들의 과거 행적의 웃음거리가 끊이지 않고 폭로된다. 소설은 언어 표현이나 인물 형상의 부각, 또 등장인물의 명명법에서까지도 사람들로 하여금 웃음을 금치 못하게 한다.

이 부류 작품들에 드러나는 유머는 현실로부터 멀리 떨어져있고 사회적 비판 의지도 결여되어 있다. 작품을 통해 보여주고자 했던 것은 유머적인 기술과 모호하고 복잡한 인간성의 한 측면이었다. 이를 통해 작품은 비록 웃음과 재미라는 효과를 달성하였지만 세상을 비탄하고 백성의 질고를 불쌍히 여기는 정서는 결국 충분하게 드러내지 못했다.

6) 무협소설의 빈약한 상상력

『기린』의 무협소설은 몇 편 되지 않으며 이 또한 화베이 작가들에 의해 지탱되고 있었다. 확인되는 7편 중 4편이 화베이 작가의 작품이었고 그중 쉬춘위(徐春羽)의 「무쌍보(無雙譜)」는 1회만 연재되고 중단되었다. 양류랑의 「옌쯔 리싼」(1941, 1호~1942, 1호, 7호)은 실화소설에 가까운 작품이며 이외 3편은 모두 동북 작가의 작품으로, 대체로 평범한 작품들이다. 니예의 「임대인의 인화현 비밀 방문(林大人私訪仁和縣)」은 일화를 소개한 단편으로서 오래된 사건의 다시 쓰기일 뿐 새로움은 없었다. 옌서우(延壽)의 「환해협종(宦海俠踪)」(1944, 4호?~1944, 4호?)은 '스승 모시고 기예 익히기', '신기한 무공', '복수'라는 무협소설의 기본적인 모티프를 벗어나지 않는 작품으로서, 신기하고 괴이하고 황당할 뿐 사회적 배경도 감정도 존재하지 않는 지극히 평범한

작품이다. 다행인 것은 궁바이위(宮白羽), 자오환팅(趙煥亭), 쉬춘위, 양
류랑 등의 작품들이 『기린』에 발표된 것이다. 만약 이들의 작품이
없었다면 『기린』의 무협소설은 그야말로 볼거리가 없었을 것이다.
그런데 무(武)를 숭상하는 동북에서 어찌하여 무협적인 상상력이 이
렇게 이토록 빈약하였는가의 문제는 앞으로도 탐구할 만한 주제인
것은 분명하다. 다음 기회를 기대해 본다.

이상 살펴본 바와 같이 잡지 『기린』에 발표된 만주국시기 동북지
역의 통속문학은 유형이 다양하고 일정한 양과 질을 보장하고 있었
다. 이 작품들 중 일부는 독자의 흥미에 초점을 맞춘 상업적인 작품이
었고 일부는 만주국의 문예정책에 협력한 작품이었다. 그러나 영합
과 협력은 궁극적으로 만주국의 국책을 선전하고 조장하는 수준으로
이어지지는 못했다. 대부분의 작품들은 그와는 무관하게 끈기 있는
비협력의 길을 선택했으며 이런 작품들은 윤함시기의 동북 민중에게
위안을 주었고 평범하고 암울한 생활에 한 줄기 이채를 더해주었다.
이 작품들은 사회적 문학 현상으로 언급할 가치가 충분하며 독특한
특색을 지닌 작품들도 아직 많이 남아있다.

제4부

만주국 문학의
또 다른 단면

만주국 문학의 '부역작품' 시론

1. 시작하며

중국 동북의 만주국 시기(1932~1945) 문학은 독특한 의미를 가진다. 이 시기에 발표된 다수의 '부역작품(附逆作品)'은 중국 현대 문학 연구에서 피해갈 수 없는 한 부분이다. 이런 복잡한 문학적 현실과 마주할 때 우리는 이민족 통치하의 중국 현대문학에서 불편한 한 장면, 즉 "문학은 순수하지 않다, 잘못이 있으면 인정해야 한다."[1]가 아니라 "문학의 악(惡)"은 지워버려야 한다는 인식과 마주하게 된다. 물론 이 부류의 문학을 지워버렸을 때 표면적으로 중국 현대 문학의 형상은 정화(淨化)된다. 그러나 이는 식민 통치가 인간 정신에 행한 말살적 학대를 외면하는 것이며 중국 현대 문학 연구에서의 중요한 한 부분을 덜어내는 행위인 것이다.

만주국 시기의 문학을 연구할 때 회피할 수 없는 문제는, '부역작품'이 있었는가, 어떤 사람들이 '부역작품'을 창작했는가, '부역작품'의 구체적인 형태는 어떠한가, 오늘날 이런 작품에 대해서는 어떤 평가를

1　喬治 巴塔耶, 董澄波 譯, 『文學与惡』, 北京燕山出版社, 2006, p.2.

내려야 하는가? 하는 문제들이다. 이상의 문제에 대해서는 기존의 연구자들 역시 상당히 중요시하고 있었음을 다양한 시각에서 확인할 수 있다. 대표적인 연구들로는 차이톈신(蔡天心)의 「반동적인 한간문예사상을 철저히 숙청하자(徹底肅清反動的漢奸文藝思想)」, 류신황(劉心皇)의 『항일전쟁시기 윤함구 문학사(抗戰時期淪陷區文學史)』, 펑웨이췬(馮爲群), 리춘옌(李春燕) 공저의 『동북윤함시기 문학신론(東北淪陷期文學新論)』, 선뎬허(申殿和), 황완화(黃萬華) 공저의 『동북윤함시기 문학사론(東北淪陷期文學史論)』, 동북현대문학사편찬소조(東北現代文學史編寫小組)가 편찬한 『동북현대문학사(東北現代文學史)』와 톄펑(鐵峰)의 「구딩의 정치적 입장과 문학 업적(古丁的政治立場與文學功績)」 등이 있다. 이상의 연구들은 대체적으로 다음과 같은 경향을 가지고 있다.

1. 만주국 시기에 생성된 대부분 작품들은 '부역작품'이라는 인식을 가지고 있고 협력한 문인들을 문화한간(文化漢奸), 한간문인(漢奸文人) 또는 '뤄수이 작가(落水作家)'[2]라고 불렀으며 그들의 작품을 한간문학(漢奸文學)으로 분류하였다.

차이톈신은 자신의 글 「반동적인 한간문예사상을 철저히 숙청하자」에서 구딩(古丁)을 동북윤함시기의 제1호 한간문인, 산딩(山丁)을 제2호 한간문인이라 칭하면서 "그들은 일본 파시스트를 도와 우리 민족의 영혼을 말살하였다"[3]라고 평가했다. 1957년에 발표한 이 글

---

2 역주: 원어 "落水作家"에서 '落水'의 원래 의미는 '물에 빠지다'는 뜻으로 '타락'을 의미하기도 한다. 여기서는 일본에 협력한 일군의 친일작가들을 지칭하는 전문용어로 사용하고 있다. 이 표현은 타이완 학자 류신황(劉心皇)의 용어이기도 하여 이 글에서는 발음대로 '뤄수이 작가'라고 옮겼다.

3 蔡天心, 『文藝論集·徹底肅清反動的漢奸文藝思想』, 春風文藝出版社, 1959, pp.100~128.

은 수사적 선택이나 논증 과정에 있어서 모두 당시의 정치적 분위기
를 강하게 드러내고 있다.

 타이완 학자 류신황의 『항일전쟁시기 윤함구 문학사』는 윤함기
'뤄수이 작가'들을 전반적으로 아우르고 있는 저작이다. 작가는 이
책의 집필 목적에 대해 "이 책은 현존하는 사료에 약간의 주석을 덧
붙임으로써 역사적 흔적을 그대로 남김과 동시에 충간(忠奸)을 구분
하고자 했다. 이는 『송사(宋史)』, 『반신전(叛臣傳)』, 『청사(淸史)』, 『이
신전(貳臣傳)』 등을 본보기로 삼아 후대들에게 경각심을 불러일으키
기 위함도 있다."[4]라고 술회하고 있다. 이 책에는 남방(南方), 화베이
(華北), 동북 등 지역의 '뤄수이 작가'들에 대한 자료가 다수 수록되어
있다. 책에서는 '뤄수이 작가'에 대해 다음과 같이 소개하고 있다.

 '뤄수이 작가'란 적에게 투항하여 한간정권에 빌붙은 작가들을 말한다.
 이 작가들은 대체적으로 다음과 같이 구분된다. 1. 적의 정부에서 직무를
 맡은 자, 2. 한간정권에서 직무를 맡은 자, 3. 적의 신문/잡지 편집이나
 서점 매니저 등 직무를 맡은 자, 4. 한간정권의 신문/잡지 편집이나 서점
 매니저 직무를 맡은 자, 5. 적의 신문/잡지, 서점 등에 글을 발표하거나
 서적을 출간한 자, 6. 적의 정권 보호 하에 신문, 잡지, 서적을 출판한
 자, 7. 적의 문예활동에 참여한 자 등이다.[5]

 류신황이 '뤄수이 작가'로 분류한 동북 작가들로는 정샤오쉬(鄭孝
胥), 무루가이(穆儒丐), 구딩(古丁), 줴칭(爵靑), 샤오쑹(小松), 우잉(吳瑛),
왕추잉(王秋螢), 톈랑(田瑯), 단디(但娣), 이츠(疑遲), 산딩(山丁), 톈빙(田

4 劉心皇, 『抗戰時期淪陷區文學史』, 台北成文出版社, 1980, p.2.
5 劉心皇, 위의 책, pp.1~2.

兵), 모난(沫南), 우랑(吳郎), 리싱젠(勵行健), 예리(也麗), 황완추(黃萬秋), 류한(劉漢), 두바이위(杜白羽), 진인(金音), 와이원(外文), 렁거(冷歌), 레이 리푸(雷力普), 추이보창(催伯常), 청셴(成弦), 스밍(石鳴), 샤오진(曉津), 양 츠덩(楊慈燈), 웨이밍(未名), 아이런(靄人), 구이(古弋) 등이 있다.[6] '뤄수이 작가'로 분류된 작가의 명단에서 알 수 있듯이 만주국 시기에 생 활했던 거의 모든 작가들을 아우르고 있다. 그러나 류신황은 이 작가 들을 소개할 때 결코 '뤄수이'라는 표현을 사용하지 않고 있으며 작 가들의 작품 평가에 핵심을 두고 있다. 일부 작가들에 대해서는 '뤄수 이'라는 표현 자체를 일절 사용하지 않고 있으며 이는 샤오쑹을 다음 과 같이 소개한 데에서도 알 수 있다.

　　샤오쑹의 본명은 자오멍위안(趙孟原)이다. 미션스쿨을 졸업하였고 영 화회사 만영(滿映)에서 근무했다. 만주국 대표로 선출되어 일본에서 개최 된 대동아문학자대회에도 참석하였다. 그의 작품은 낭만적인 색채가 강

6　류신황은 『항일전쟁시기 윤함기 지하문학(抗戰時期淪陷區地下文學)』(臺北北正中書局, 1985)이라는 또 다른 저서도 집필한 바 있다. 이 책에서는 주로 항일지하문학과 작가들에 대해 소개하고 있다. 언급하고 있는 동북 지하문학 작가들로는 리후이잉(李輝英), 샤오쥔(蕭軍), 샤오훙(蕭紅), 돤무훙량(端木蕻良), 뤄빈지(駱賓基), 쑨링(孫陵), 수췬(舒群), 뤄펑(羅烽), 바이랑(白朗), 양숴(楊朔), 바이샤오광(白曉光), 가오란(高蘭), 야오펑링(姚彭齡), 튀쯔(駝子), 왕줴(王覺), 양예(楊野), 장푸싼(張輔三), 왕톈무(王天穆), 지펑(季風), 판쯔(範紫), 지강(李剛), 장싱(姜興), 가오스자(高士嘉), 장이정(張一正), 스웨이량(史惟良), 왕광티(王廣逖), 한줴(寒爵), 천디(陳隄), 모난(沫南), 원류(問流), 아이둔(艾循), 스쥔(石軍), 신라오(辛勞), 리만훙(李滿紅) 등이 있었다. 여기서 언급하고 있는 작가들은 동북 망명 작가와 국민당 작가를 중심으로 하고 있으며 이외 모난과 같이 '뤄수이 작가'에 이름을 올린 바 있는 작가들도 포함되어 있다. 이는 저자가 판단하기에 모난은 초기에 계급적 성향을 가지고 있었지만 일본에 체포 투옥된 후 후기에 이르러서는 "문단의 친구들을 배신하면서 일본의 용서를 받고자 했기" 때문이다.(劉心皇, 위의 책, p.355.) 그러나 현존하는 역사자료에서 류신황이 언급한 것처럼 모난이 "문단의 친구들을 배신하면서 일본의 용서를 받고자 했다"는 사실을 증명할 만한 자료는 확인하지 못했다.

하며 대표작으로 「민들레(蒲公英)」, 「철난간(鐵檻)」, 「홍류의 음영(洪流的陰影)」, 「박쥐(蝙蝠)」, 「사람과 사람들(人和人們)」 등이 있다. 「사람과 사람들」의 작품 풍격은 전작인 「박쥐」와는 상당히 다르다. 창작집 『사람과 사람들』에 수록된 12편 작품들의 공통점은 등장 인물 대부분이 병적이고 건강하지 못한 사람들이라는 점이다. 타락한 소시민과 지식인, 병적인 연애 행각을 보여주는 젊은 남녀, 이기적이고 사리사욕만 채우는 배우지 못한 무지한 인물들, 평생을 고통 속에 시달리면서도 그 이유를 알지 못하는 부락민들이 등장한다.

　샤오쑹의 작품들은 미적인 예술 감각이 뛰어난 것이 특징이다. 그러나 「사람과 사람들」은 다소 변화된 인상을 주고 있는데 이는 그가 비로소 현실을 묘사하고자 했기 때문이다. 그런데 아이러니하게도 작품 속의 현실적인 묘사는 샤오쑹의 유려한 문체와 표현에 묻혀 이야기의 실체를 제대로 살려내지 못하고 있으며 여전히 유동적이고 경박한 느낌을 주고 있다. 「인견(人絲)」, 「은방울꽃(鈴蘭花)」, 「적자 회계(赤字會計)」, 「부락민(部落民)」, 「시충(施忠)」 등 작품들은 모두 호평을 받은 작품이다. 특히 「인견」, 「부락민」 등과 같은 작품들은 소재의 새로움으로 인해 한때 화제가 되었고 「적자 회계」는 도시락을 계기로 연애를 시작하게 되는 사랑 이야기를 통해 만주국 신문학의 필연적인 경향을 제시하고 있다.[7]

　이상의 서술에서 보듯이 류신황은 결코 시국에 영합한 샤오쑹의 언론활동을 언급하지 않고 있으며 샤오쑹이 창작한 다수의 '헌납시(獻納詩)'에 대해서도 말하지 않고 있다. 오로지 문학사가(文學史家)의 입장에서 작가 샤오쑹을 평가하고 있음을 볼 수 있다. '뤄수이'와 관련된 자료나 정보들이라고 해야 만영에서 근무한 경력과 대동아문학자대회에 참석한 이력뿐이다. 샤오쑹이 만주문예가협회(滿洲文藝家協

7　劉心皇, 앞의 책, p.348.

會)의 중국어 기관지 『예문지(藝文志)』의 편집을 맡았던 이력도 언급하지 않았다.

한편 부역소설 「소생(甦生)」을 창작하고 시국에 영합하는 다수의 글을 발표한 또 다른 작가 톈랑에 대해서는 다음과 같이 소개하고 있다.

> 톈랑의 본명은 위밍런(于明仁)이며 동북 적(籍)의 일본 유학생 출신이다. 반월간(半月刊)『화문매일(華文每日)』에 작품을 응모한 적이 있으며 장편연재소설『대지의 약동(大地的波動)』이 있다. 문체가 좋은 편이다.[8]

'뤄수이 작가'에 대해 이와 같이 기술하고 있는 것은 애초의 취지와는 다소 모순되는 듯하다. 그러나 이러한 표현 방식은 어떤 측면에서는 더욱 실사구시(實事求是)적이라 할 수 있다. 왜냐하면 분석 대상은 작가이고, 류신황이 기술하고자 했던 것은 항일전쟁시기의 문학사이기 때문이다. 문학사는 사(史)적 영역 안에서의 문학에 대해 서술하는 것이다. 따라서 『항일전쟁시기 윤함구 문학사』에서 '뤄수이 작가'에 대한 설명은 재고되어야 할 부분이 많으며 상황 또한 상당히 복잡했던 것으로 확인된다. 일부 작가들은 '부역작품' 외에 토속적인 작품, 순문학작품, 항일작품도 창작하였고 일부 작가들은 '부역작품'들을 창작하기는 하였지만 만주국 관리직을 맡은 적은 없으며 또 일부 작가들은 만주국 관리직에 있었지만 그가 창작한 작품들은 모두 순수문학이었다. 따라서 상당히 정밀한 작업이 필요하며 일률적으로 '뤄수이 문인'이라고 규정하는 것은 적절하지 않다.

---

8 劉心皇, 위의 책, p.351.

저자는 개별 작가를 소개할 때 최대한 많은 1차 자료를 수집하여
비교적 정확한 평가를 내리고 있는데 이것이 이 책의 범상치 않은
부분이다. 책의 편집자였던 저우진(周錦)은 "개인적으로 '뤄수이 작가'
란 칭호는 썩 적절하지 않다고 생각한다. 한간 중에는 진심으로 원했
던 대악(大惡)적인 존재가 있는가 하면 그런 환경에서 태어나 성장했어
도 작품에는 아무런 정치적인 의도가 없었던 작가들도 있기 때문이다.
최소한 일률적으로 규정지어서는 안 된다고 생각한다. 다만 쉽게 그
경중을 판단하기 어려운 상황에서는 잠정적인 결론을 내리되 최대한
과격한 언사를 피하는 것이 좋다. …(중략)… 그러나 이 책에서 제공하
고 있는 자료들은 다수가 쉽게 구할 수 없는 상당히 귀중한 자료들인
것은 사실이다."[9]라고 말했다. 필자 역시 이 분야의 연구를 시작했던
초기에는 이 책에서 제공한 자료들에 많이 의지했었다.

2. 표면적으로는 '부역작품'의 존재 여부 문제를 회피하면서도 구
체적인 연구 과정에 있어서는 부역 여부에 따라 작가와 작품들을 선
정하고 있다.

1980년대 동북삼성에서 한때 동북윤함기 문학 연구 전성기를 맞
은 적이 있다. 당시 중국은 혼란을 바로잡고 정상으로 회복하던 시기
였던 터라 우파(右派)로 분류되었던 수많은 지식인들이 막 복권된 뒤
였다. 당시 복권된 지식인들 중 적지 않은 사람들이 만주국 시기의
작가들이었다. 그들은 당시의 동북윤함시기 문학 연구가 그들의 만주
국 시기의 작품에 대해 새롭게 연구하고 다시 평가해 주기를 바랐다.
각고의 노력 끝에 동북삼성의 사회과학원과 일부 대학들, 그리고 만

---

9   周錦, 「編后記」, 『抗戰時期淪陷區文學史』, 台北成文出版社, 1980, p.369.

주국 시기의 노작가들이 함께 결성한 연구팀이 구성되었다. 특히 샤
오쥔(蕭軍), 뤄빈지(駱賓基) 등과 같은 동북작가군 작가들의 참여는 이
연구를 추동하는 역할을 하였다. 동북문학 연구 비정기 간행물인『동
북현대문학사료(東北現代文學史料)』[10]와 『동북문학연구총간(東北文學硏
究叢刊)』[11]의 발행은 당시의 직접적인 연구 성과로 이어졌다. 1987년

---

10 『동북현대문학사료』는 1980년에 창간된 부정기 내부 교류용 간행물이다. 랴오닝성
(遼寧省) 사회과학원 문학연구소와 헤이룽장성(黑龍江省) 사회과학원 문학소가 교대
로 편집을 맡았고 1984년 6월 제9집을 마지막으로 휴간하였다가 후에 랴오닝성(遼寧
省) 사회과학원 문학소에서『동북현대문학연구』로 개칭하여 복간하였다. 1989년에
정간되었고 총 11기를 발행하였다. 구체적인 발행 상황은 다음과 같다. 遼寧社會科學
院文學硏究所 編,『東北現代文學史料』第一輯, 1980.3; 黑龍江省社會科學院文學硏
究所 編,『東北現代文學史料』第二輯, 1980.4; 遼寧社會科學院文學硏究所 編,『東北
現代文學史料』第三輯, 1981.4; 黑龍江省社會科學院文學硏究所 編,『東北現代文學
史料』第四輯, 1982.3; 遼寧社會科學院文學硏究所 編,『東北現代文學史料』第五輯,
1982.8; 黑龍江省社會科學院文學硏究所 編,『東北現代文學史料』第六輯, 1983.4; 遼
寧社會科學院文學硏究所 編,『東北現代文學史料』第七輯, 1982.12; 遼寧社會科學院
文學硏究所 編,『東北現代文學史料』第八輯, 1984.3; 黑龍江省社會科學院文學硏究
所 編,『東北現代文學史料』第九輯, 1984.6; 遼寧社會科學院文學硏究所 編,『東北現
代文學硏究』, 1986.1; 遼寧社會科學院文學硏究所 編,『東北現代文學硏究』, 1989.1.
11 『동북현대문학연구총간』은 1984년 8월에 창간된 부정기 내부 교류용 간행물이다. 하얼
빈여가문학원(哈爾濱業餘文學院)에서 편찬하였고 제3집부터『동북문학연구사료』로
개제되었다. 1988년에 정간되었고 총 7기를 발행하였다.『동북문학연구총간』제1집
(1984.6)에 수록된 작품들로는 관모난(關沫南)「어느 도시의 하루 밤(某城某夜)」, 왕추
잉(王秋瑩)의「도라꾸」, 량산딩(梁山丁)의「장애자(殘缺者)」, 단디(但娣)의『수혈자(售
血者)』, 천디의「솜옷(棉袍)」이 있다.『동북현대문학연구총간』제2집(1985.10)에 수록
된 작품으로는 싱(星)의「길(路)」, 이츠(疑遲)의「장연(長煙)」, 톈빙(田兵)의「보리고개
(麥春)」, 즈위안(支援)의「하얀 등나무꽃(白藤花)」, 리차오(李喬)의「다섯 밤(五個夜)」,
추잉(秋瑩)의「이산(離散)」, 천디의「꿈을 쫓는 여인(一個憧憬着夢的女人)」, 관모난(關
沫南)의「라오류의 고민(老劉的苦悶)」, 산딩(山丁)의「산바람(山風)」, 단디의「나무하
는 아낙네(砍柴婦)」 등이 있다.『동북문학연구사료』제3집(1986.9)에는 작품이 수록되
지 않았고『동북문학연구사료』제4집(1986.11)에 수록된 작품으로는 산딩의「연무
속에서(臭霧中)」,「좁은 골목(狹街)」, 샤오메이(小梅)의「바오샹형의 승리(寶祥哥的勝
利)」, 왕추잉의「혈채(血債)」, 톈빙의「T촌의 그믐(T村的年暮)」,「아료식(阿了式)」,
리차오의「라일락(紫丁香)」(단막극), 단디의「늪지대의 야적(沼地里的夜笛)」(소설),
천디의「윈즈 아가씨(雲子姑娘)」,「원단날 밤(元旦之夜)」,「원단날 아침(元旦之晨)」,

에는 하얼빈시도서관에서 동북윤함시기문학연구회 회의 자료집으로
『동북윤함기 작품선(東北淪陷時期作品選)』을 편찬함과 동시에 동북윤
함시기 문학 국제학술회의를 개최하고 회의 자료집 『동북윤함시기
문학 국제학술포럼 논문집(東北淪陷時期文學國際學術研討會論文集)』을 간
행하였다. 이를 시작으로 동북윤함시기 문학 연구자들이 대거 등장하
였고 연구기관에도 전문 연구 인력들을 배치하기 시작하였다. 대표적
인 연구자들로는 장위마오(張毓茂), 펑웨이췬, 리춘엔, 루샹(盧湘), 톄
펑, 황완화, 선뎬허, 둥싱취안(董興泉), 뤼위안밍(呂元明), 왕졘중(王建
中), 바이창칭(白長靑), 가오샹(高翔), 옌즈훙(閻志宏), 류후이쥐안(劉慧娟)
등이 있었고 노작가들 중에서 연구에 몰두한 이들로 산딩, 추잉(秋螢),
전티, 톈빙, 톈린(田琳), 메이냥(梅娘), 류단화(劉丹華), 리정중(李正中), 주
티(朱媞), 류수성(劉樹聲) 등이 있었다. 그리고 해외 연구자들로 일본의
오카다 히데키(岡田英樹), 무라타 유코(村田裕子), 야마다 게이조(山田敬

「엄마가 떠났다(媽媽走了)」, 「이혼(離婚)」, 「결혼(結婚)」, 「속 이혼(續離婚)」, 「가(家)」,
「영혼의 헌신(靈魂之獻)」, 「미친개에 대한 기록(風狗記)」, 「무중행(霧中行)」, 「귀(鬼)」,
「새집(新居)」, 진인(金音)의 「목장에서의 혈연(牧場的血緣)」, 가오야오(杲杳)의 「내적
구하기(立点積)」, 톄한(鐵漢)의 「목축용 회초리(生之牧鞭)」, 양쉬의 「상봉의 마음 의구
하며(相逢心依舊)」, 메이링(梅陵)의 「신도(一個信徒)」, 류단화(劉丹華)의 「옥중 편지
(獄中之書)」 등이 있다. 『동북문학연구사료』 제5집(1987.11)에는 량산딩의 「진산바오
의 사람들(金山堡的人們)」, 「투얼츠하의 작은 도시에서(在土爾池哈小鎭上)」, 톈빙의
「동승자(同車者)」, 관모난의 「취부(醉婦)」, 「빚받이(討債)」, 「길에서(途中)」, 「먀오후
이(廟會)」, 빙뤼(冰旅)의 「고요한 요하(靜靜的遼河)」, 렁거(冷歌)의 「자선시 그리고
그 설명(自選詩及其說明)」, 천디의 「생의 풍경선(生之風景線)」, 추잉의 「누추한 골목
(陋巷)」, 칭위(靑楡)의 「황취안다이(黃泉代)에게 보내는 글: 〈차가운 샴페인〉序(寄語黃
泉代〈冷香檳序〉)」, 커쥐(柯炬)의 「산문시 6수(散文詩六首)」, 썬충(森叢)의 「영혼의 상
처와 아픔(靈魂的創痛)」, 자오셴원(趙鮮文)의 「묘지기(看墳人)」, 란링(藍苓)의 「거품
(泡沫)」, 진룬(金倫)·천쥐안(陳涓)의 「흰구름 흘러가는(白雲飛了)」 등이 있다. 『동북문
학연구사료』 제6집(1987.12)에는 황쉬(黃旭)의 「모르겠소(不明白)」, 리지펑(李季風)의
「목장에서(在牧場上)」, 단디의 「일기초(日記抄)」, 추잉의 「비바람(風雨)」 등이 게재되
었다. 『동북현대문학연구사료』 제7집은 1988년 12월에 발행되었다.

三)와 미국의 사쉰저(沙洵澤), 하워드 골드블랫(葛浩文, Howard Goldblatt), 그리고 캐나다의 노먼 스미스(Norman Smith)가 있었다.

이 시기의 대표적인 연구 경향은 만주국 시기에 창작활동을 했던 작가들의 '한간문인(漢奸文人)'이라는 죄명을 벗기고 그들의 작품 중에서 좌익적인 요소와 반만항일(反滿抗日)적인 경향을 찾아내는 것이었다. 구체적인 '부역작품'이나 부역문인의 사적을 직접 언급하는 연구자는 거의 없었다. 이 시기의 연구는 '부역작품' 존재 여부의 문제를 기본적으로 회피하고 있었지만 구체적인 연구 과정에 있어서는 부역 여부의 기준에 따라 작가를 선별하고 작품을 선택했다. 당시 학계의 주목을 받았던 작가, 작품들은 아래와 같다. 1. 샤오쥔, 샤오홍 등과 같이 관내로 망명한 동북작가군의 작가와 작품들이다. 『동북현대문학사료』는 '샤오쥔 연구특집'과 '샤오홍 연구특집'으로 특별호를 발행한 바 있다. 기타 동북문학 연구 간행물과 각종 작품선집들에서도 이들 작가·작품에 대한 연구가 절대다수를 차지했다. 2. 북만좌익작가군(北滿左翼作家群)의 작가와 작품들이다. 만주사변 후 중국공산당 만주성위원회는 하얼빈으로 근거지를 이전하고 하얼빈을 중심으로 좌익문예 활동을 전개했다. 이 작가군은 진젠샤오(金劍嘯), 수쥔(舒群), 뤄펑(羅烽), 장춘팡(姜椿芳) 등과 같은 공산당 작가들이 중심이었고 여기에 샤오쥔, 샤오홍, 바이랑(白郎), 린랑(林郎), 사이커(塞克), 샤오구(小古), 진런(金人), 모난, 산딩 등과 같은 문학청년들이 적극적으로 합세하였다. 당시의 연구는 이 단체의 전체적인 연구를 중시하는 외에 여전히 동북에 남아있던 모난, 진젠샤오 등과 같은 작가의 작품을 중요한 연구 대상으로 삼았다. 이로부터 하얼빈 문단 연구를 중요시하게 되면서 천디, 즈위안(支援) 등과 같은 작가들이 빈번하게 언급되었다.

3. 만주국 시기에 비교적 독립적인 경향을 보여주었던 문선(文選), 문총(文叢), 작풍(作風) 등의 동인들에 대한 연구이다. 왕추잉, 위안시, 톈랑, 산딩, 메이냥, 톈빙, 스쥔 같은 작가와 작품들이 연구 대상으로 부상하였다.

4. 당시에 여전히 건재하고 있던 작가와 작품들에 대한 연구이다.

1980년대의 작품선집과 연구 과제들을 고찰해 보면 대체적으로 앞에서 언급한 네 가지 범주를 벗어나지 않는다. 이는 당시 일본인들과 비교적 밀접한 관계를 맺고 있었던 『예문지』 동인들인 구딩, 줴칭, 샤오쑹 등 작가들과 그들의 작품이 연구자들에 의해 의도적으로 배제된 결과였다. 또한 뚜렷한 부역 경향을 가지고 있는 작품들과 위의 네 범주에 들었던 작가들의 작품 중 분명한 '부역작품'들도 함께 지워진 결과였다. 마치 만주국 시기에는 반항하고 저항한 작가들만 존재한 것처럼 말이다. 『동북문학연구총간』의 가장 큰 특징은 만주국 시기의 작품들을 게재하는 것이었지만 구딩, 줴칭, 샤오쑹의 작품들은 여기에 단 한 편도 게재되지 않았고, 1987년 하얼빈시도서관에서 편찬한 내부 자료집인 『동북윤함시기 작품선』에도 이들의 작품은 수록되지 않았다. 구딩, 줴칭, 샤오쑹은 만주국 시기를 대표하는 유명 작가들이었고 만주국 문학을 연구하는 연구자라면 반드시 이들의 작품을 접하게 되어 있다. 특히 줴칭과 같이 다작인 작가는 당시의 거의 모든 문학 관련 신문, 잡지에서 그의 작품을 발견할 수 있다. 이에서 알 수 있듯이 이들의 작품은 연구자들에 의해 의도적으로 배제되었던 것이다.

'부역작품'은 전혀 언급되지 않았고 다수의 노작가들도 과거 자신의 작품 중 문제적인 작품은 회피하거나 덮어두었다. 심지어 전혀 문제가 없는 작품들까지도 재출간 시에는 저항적인 색채를 덧칠했다. 현재 우리가 접하고 있는『동북문학연구총간』,『동북현대문학사료』, 그리고『동북윤함시기 작품선집』에 실린 일부 작품들에서는 만주국 시기의 표현이 전혀 등장하지 않고 있으며 심지어 일부 작품들은 최초 발표지를 밝히지 않고 있다. 한 가지 예를 들면『동북문학연구총간』제2집(1985.10)에 수록된 추잉의 단편소설「이산(離散)」은 최초 게재지를 공개하지 않았다.「이산」의 최초 발표지는 필자가 잡지『신만주(新滿洲)』를 연구하는 과정에서 발견하였다. 이 작품은 무거(牧歌)라는 필명으로『신만주』제2권 4월호(1940.4)에 처음으로 발표되었고, 후에 추잉의 단편소설집『도라꾸(小工車)』(文選刊行會, 益智書店, 1941.9)에 수록되었다. 세 개의 판본을 자세히 대조해 보면『신만주』와『도라꾸』의 판본은 대체적으로 동일하고『동북문학연구총간』의 판본은 최초의 판본과 다른 곳이 여러 군데 발견된다. 기본적인 구성에는 변화가 없지만 거의 모든 문장이 수정되었음을 알 수 있다. 그중의 일부를 예로 들면 다음과 같다.

"아가야, 엄마 곧 나온다."
사이렌이 귀찮다는 듯이 멈추자 그의 마음도 한결 가벼워졌다. 그는 아이에게 이렇게 일러두고는 두 눈으로 철문이 열려있는 울안을 주시했다. 남녀 일꾼들이 두 줄로 서있었고 대여섯 명의 공장 감독들이 일꾼들의 옷을 수색하기 시작했다.
그는 괴롭게 생각했다. "저것은 내 처에 대한 모욕이지!"[12]

---

12 牧歌,「离散」,『新滿洲』第2卷 4月号, 1941.4, p.78.

돌연 공장 안으로부터 둔중한 사이렌 소리가 울려 퍼지기 시작하더니 곧 귀청을 찢는 듯한 소리가 공중에 맴돌았다. 두 짝의 거대한 철문이 서서히 열리기 시작했고 공장 안에는 즉시 눈부신 전등불이 켜졌다. 수많은 남녀 일꾼들이 이미 여러 줄로 열을 지어 서있었고 열 몇 명의 공장 감독들이 줄 사이를 오가며 사람들의 몸을 수색하기 시작했다. 철문의 양 쪽에는 무장한 경찰이 서있었고 총검에서는 냉랭하고 섬뜩한 빛이 발산되고 있었다.

"이 얼마나 큰 치욕인가!" 그는 고통스러워하며 아이를 안아 올리고는 몸을 돌렸다. 아내가 수색당하는 거북한 광경을 차마 볼 자신이 없었던 것이다.[13]

그는 더 이상 뒤를 돌아보지 않고 눈앞에 구불구불 뻗어있는 작은 길을 따라 걷기 시작했다. 더 이상 집(아니, 이제 그에게 집은 존재하지 않았다.)으로 돌아가고 싶지 않았고 다시 도시로 돌아가고 싶지도 않았다. 이 번화한 도시에 더 이상의 미련은 없었다. 도시에서 멀어지는 길을 따라 묵묵히 열심히 걸었다.

봄날의 아침 해가 그의 얼굴을 비추었고 그는 다시 살아갈 힘을 얻었다.[14]

중천의 해가 기울어지기 시작하자 그는 묘지를 떠나 앞에 구불구불 뻗어있는 작은 길을 따라 걷기 시작했다. 그렇다! 그에게 이제 집은 없다. 다시 번화한 도시로 돌아가고 싶지도 않았다. 그저 그곳을 향해 걸어야 했다. 그러나 그는 다시 망연했다.[15]

서로 다른 두 판본의 두 단락을 살펴보았다. 단어 선택에서 많은 차이를 확인할 수 있다. '대여섯 명'의 공장 감독이 '열 몇 명'으로

13 秋螢, 「离散」, 哈爾濱業余文學院 編, 『東北文學研究叢刊』 第二輯, 1985.10, p.235.
14 牧歌, 「离散」, p.85.
15 秋螢, 「离散」, p.202.

늘어나 있었고 원래는 없었던 무장경찰이 '철문의 양쪽에 총검을 차고 서 있었고', '귀찮다는 듯한' 사이렌 소리가 '둔중하고', '귀청을 찢는 듯한' 소리고 바뀌어 있다. 또한 사이렌 소리와 함께 '눈부신 전등불'이 등장하고 있으며 '옷 수색'이 '몸 수색'으로 변해 있다. 이는 다만 단어 선택의 문제가 아닌 바뀐 단어들이 가져오는 분위기의 차이이며 단어 선택 이면에 놓인 작가의 정서적인 차이의 문제이기도 하다. 『동북문학연구총간』의 판본은 공장의 참혹한 환경과 비인간적인 면, 그리고 생활의 망연함과 희망 없음을 더욱 강조하고 있다. 필자는 『동북문학연구총간』의 판본을 먼저 접했고 "총검에서는 냉랭하고 섬뜩한 빛이 발산되고 있었다."라는 문장을 보면서 당시의 작품들이 이렇게 직접적일 수 있었을까 하는 의구심을 품게 되었다. 사실 『신만주』에 수록된 「이산」은 그 어떤 면에서도 부역적인 요소는 발견할 수 없었지만 적어도 만주국의 암흑면을 폭로한 작품으로 평가할 수 있는 단편이었다. 그러나 『동북문학연구총간』에 수록된 작품은 일부 수정을 거침으로써 연구자들에게 장벽을 친 격이 되었고, 특히 만주국 시기의 간행물들을 수집 열람하기 어려운 상황에서는 더욱 높은 벽이 되고 말았다.

1980년대 연구 환경의 제약을 받아 일부 연구자들은 사상해방운동이 이미 상당히 보편화되었음에도 불구하고 여전히 저항이냐 협력이냐는 이분법적인 방식으로 복잡한 만주국 시기의 작가, 작품을 재단했고 옳고 그름, 적(敵)과 아(我)의 기준을 유일한 비판적인 준거로 삼았다. 심지어 일본인들과 교류가 있었던 문인들에게는 누구나 쉽게 공론화할 수 없는 문제가 있을 것이라는 단순한 생각을 하기도 했다. 말하자면 연구자들은 평가를 하지 않는 냉정한 방식으로 이 시기의 작가, 작품들을 대하고 있었던 것이다. 그중에는 물론 1차적인 기본 자료가 많이 부족하다는 원인도 있겠지만 가장 근본적인 원인은 아마도 당시의 연구자들 대부분이 '부역 여부'의 문제를 동북윤함시기문학 연구의 출발점으로 삼으면서 문제가 있다고 의심되는 작가들은 일단 연구 대상에서 배제하고 시작했기 때문이 아닌가 한다.

1990년대 전후에 이르러서야 일부 연구자들이 구딩, 줴칭 등 예문지 동인 작가들을 조심스럽게 연구하기 시작하였다. 펑웨이친, 리춘옌 공저의 『동북윤함시기 문학 신론』에 비로소 「구딩에 관하여」란 글이 수록되었고 선덴허와 황완화가 함께 저술한 『동북윤함시기 문학사론』에는 「예문지파의 문학 창작에 대한 시론」이 수록되었다. 구딩, 샤오쑹, 줴칭의 창작에 대해 언급하고 있는 이 글을 계기로 그들과 작가 톄펑의 논쟁이 시작되기도 하였는데 논쟁의 초점은 여전히 '부역 여부'의 문제였다.

3. 만주국 시기에 활동한 작가와 발표된 작품은 대부분 저항작가, 저항작품이었지만 그중에는 여전히 일부 부역문인과 '부역작품'이 존재했다. 그런데 그들을 똑같이 '한간문인', '한간문학'으로 지칭한 점이다.

동북현대문학사편찬소조에서 편찬한 『동북현대문학사』가 이러한 관점을 드러내고 있다. 이 문학사의 가장 큰 공헌은 처음으로 동북윤함시기의 문학을 독립 파트로 분리하여 서술한 점이다. 많은 저항작가와 저항 작품을 소개한 후에 작은 편폭을 이용해 '한간문인'들을 통렬하게 비난하고 있다. "일제 통치 말기에 이르면 정샤오쉬와 같은 전형적인 '한간문인' 외에 일부 의지가 굳건하지 못한 작가들이 일제의 통치 취지에 맞추어 그들의 반동정책에 봉사하는 한간문학을 창작하였다."[16]라고 하면서 '한간문학'의 사상과 내용적인 측면을 다음과 같이 범주화하고 있다.

1. 일본의 괴뢰정권을 미화하고 '왕도낙토'를 찬양하면서 염치없이 일본 파시스트 강도들을 치켜세운다. 2. 파시스트의 침략전쟁을 찬양하고 일제의 침략전쟁을 위해 견마지로(犬馬之勞)를 다한다. 3. 중국 인민의 저항투쟁을 악독하게 저주하고 중국공산당과 중국동북항일연군을 공격한다.[17]

이 책의 '한간문인'에 대한 서술은 아주 독특하다. 이 책이 지칭하는 전형적인 '한간문인' 대다수는 정샤오쉬, 뤄전위(羅振玉), 바오시(寶熙) 등과 같이 이름 있는 유명 인사들이며 "일부 의지가 굳건하지 못한 작가들"에 대해서는 실명을 거론하지 않는 대신에 「견문이삼(見聞二三)」, 「국토송(國土頌)」, 「발해국 궁전을 지나(過渤海國宮殿)」, 「경박호를 거닐며(游鏡泊湖)」, 「송화강(松花江)」, 「서(曙)」, 「적개와 동심(敵愾和童心)」, 「광산의 여관(鑛山的旅館)」, 「소생」, 「영귀(榮歸)」, 『서남기행(西南紀行)』, 「수(手)」, 「흑수병(黑穗病)」, 「젊고 웅건한 자무스(年輕而雄健的佳木斯)」 등과 같은 작품들을 언급하고 있다. 필자가 확인한 바에 의하면 이 작품들의 작가는 각각 샤오쑹(小松), 청셴(成弦), 스쥔(石軍), 스쥔(石軍), 렁거, 이츠(疑遲), 이츠(疑遲), 톈랑, 상줴성(尚覺生)[18]이다. 한편 『서남기행』은 흥농증산운동(興農增産運動)을 찬양한 일련의 글들을 묶어낸 단행본이었고 여기에는 진인의 「서남행 외기(西南行外記)」, 톈빙의 「서남답사기(西南踏查記)」, 이츠의 「열하에 대한 축복(祝福熱河)」, 구딩의 「서남잡감(西南雜感)」, 톈랑의 「서남 지역과 결전문예(西南地區

16 東北現代文學史·小組 編, 『東北現代文學史』, 沈陽出版社, 1989, p.130.
17 東北現代文学史. 小组 編, 위의 책, pp.130~131.
18 「年輕而雄健的佳木斯」, 「手」, 「黑穗病」. 이상 세 작품 작가 미상.

與決戰文藝)」, 샤오쑹의 「견문이삼」이 포함되어 있다.

　구체적인 이름을 선택적으로 기술한 데에는 여러 가지 원인이 있다. 예를 들면 일부 작품들은 실제로 어느 작가의 작품인지 확인하지 못한 경우이다. 그러나 더 직접적인 원인은 정샤오쉬, 뤄전위, 바오시와 같은 전형적인 '한간문인'의 경우 당시의 역사적인 서술에서도 사실로 확인되었기 때문에 그들의 이름을 직접 거론하여도 문제될 것이 없었지만 샤오쑹, 청셴, 스쥔, 렁거, 이츠, 톈랑, 구딩, 진인, 톈빙 등과 같은 "일부 의지가 굳건하지 못한 작가들"로 분류된 작가들은 비교적 상황이 복잡했기 때문이다. 그들은 비록 위에서 언급한 작품들을 창작하였지만 그 외에 엄숙한 작품들도 다수 창작했고 일부 항일적인 작품들도 발표했다. 게다가 이들에 대해서는 당시의 역사 서술에서 아직 명확한 언급이 없었고 그들 중에는 복권된 지 얼마 되지 않는 작가들도 일부 포함되어 있었다. 또 하나의 더욱 직접적인 원인이라면 이 책을 저술하는 과정에서 샤오쑹, 이츠, 톈빙, 청셴 등과 같은 작가들이 아직 생존해 있었을 뿐만 아니라 그들은 동북현대문학편찬소조에 자료를 제공하고 문제를 해결해 주는 등 적극적인 도움을 주고 있는 사람들이었기 때문이다. 따라서 저술자들은 심리적으로 이들 구세대 작가에 대한 존경과 동정의 감정을 가지고 있었고 그들의 이름을 '한간문인'과 연결 짓고 싶지 않았던 것이다. 이러한 다양한 원인에 의해 일부 '부역작품' 작가들의 실명을 의도적으로 누락시켰던 것이다. 또한 이 책은 '부역작품'에 대해 상당히 간략하게 취급하고 있어 이러한 작품들의 구성이나 영향 등에 대해서는 언급하지 못하고 있다.

2. '부역문학'으로서의 '헌납시(獻納詩)'

일본 연구자 오카다 히데키는 산딩의 영미격멸시(擊滅英美詩)「신세기의 새벽종이 울렸다(新時代的曉鐘响了)」를 논평하면서 상당히 조심스럽고 신중한 태도를 보이고 있다. 오우치 다카오(大內隆雄)에 의해 일본어로 번역된 이 시에 오카다 히데키는 길고 긴 설명을 덧붙이고 있다.

> 이는 출처가 불분명한 한 편의 번역시이다. 산딩의 작품이 확실한지, 번역에는 오류가 없는지 등의 문제를 포함하여 확인할 사항이 여럿 있다. 그럼에도 망설임을 멈추고 오늘 이 문제를 거론하는 것은 개인적인 생각이지만 여기에는 화려한 수사로는 해결할 수 없는 당시의 상황이 얽혀있을 가능성이 있다고 판단하기 때문이다. 나는 이 시가 실제로 산딩의 작품이라고 해도 결코 그가 자발적으로 창작한 작품이라고 생각하지는 않는다. 어쩌면 하달된 제목에 맞추어 창작한 시편일지도 모른다. 앞서 언급한 수도비밀경찰 측의 자료를 보면 1942년 6월에 산딩은 이미 비밀경찰들의 주목의 대상이 되어 있었고, 그의 신변 안전은 위협을 받고 있는 상황이었다. 이 시는 그저 사상 조사를 위한 하나의 수단일 가능성이 높다. 정성들여 설계된 사상 통제와 그 통제 상황은 반드시 확인이 필요한 법이다. 이것이 바로 내가 감히 이 시를 공개하는 이유다.[19]

당시 아직 생존해 있던 작가 산딩은 1989년 12월 7일에 오카다 히데키에게 서신을 보내 그의 이 긴 설명에 응답했다.

---

19 岡田英树,「"滿洲"的乡土文学: 以山丁〈绿色的谷〉为中心」,『野草』第44号, 1989, p.131; 岡田英树, 靳丛林 译,『伪满洲国文学』, 吉林大学出版社, 2001, pp.262~263에서 인용.

영미격멸시는 제가 쓴 시가 맞습니다. 만주문예가협회의 호소에 응하여 쓴 시였지요. 그런데 시구들을 찬찬히 살펴보시기를 바랍니다. 저는 영미와 일본 제국주의를 동류(同類)로 처리했습니다. …(중략)… 저의 시혼(詩魂)을 믿어주시기를 바랍니다. 아시아는 중국을 지칭할 뿐만 아니라 제국주의의 침략을 받고 있는 약소민족을 지칭하기도 합니다.[20]

후에 오카다 히데키는 『성경시보(盛京時報)』에서 이 시의 원문을 발견하였고 같은 지면에서 기타 작가들의 '헌납시' 15편[21]도 함께 발견하였다. 사실 오카다 히데키로 하여금 재삼 고심하고 표현에 신중을 기하게 하였던 '영미격멸시'는 1942년 이후의 만주국에서는 흔히 발견되는 문학의 한 장르였다. 당시의 신문잡지를 펼쳐보면 이런 시를 쉽게 접할 수 있다. 순수문학을 표방했던 만주문예가협회의 중국어 기관지 『예문지』에서부터 대중잡지 『신만주』에 이르기까지, 심지어는 초등학생의 독서물(讀書物)이었던 『만주학동(滿洲學童)』에도 이런 유형의 시들이 게재되어 있었다. 일부 신문, 잡지들에서는 특별히 '영미격멸시' 특집란을 상설하고 있었다. 뿐만 아니라 이 시를 창작한 작가들도 다양했던 것으로 확인된다. 만주국의 일류 작가들이라고 할 수 있는 구딩, 산딩, 샤오쑹, 진인, 와이원, 렁거, 스쥔 등이 있는가 하면 일본 문인들도 있었고 아직 이름이 알려지지 않은 신인(新人)도

---

20 冈田英树, 靳丛林 译, 앞의 책, p.263.
21 『성경시보(盛京時報)』에 발표된 15편의 '헌납시'는 협화회와 만주문예연맹이 공동으로 개최한 '헌납시' 응모활동에서 선정된 시편들로서 구체적으로 다음과 같다. 古丁, 「擊滅而后已」(1943.6.13), 金音, 「起來！我十亿的民衆」(1943.6.15), 山丁, 「新世紀的曉鐘響了」(1943.6.16), 外文, 「圣戰頌」(1943.6.17), 冷歌, 「東亞夏光明」(1943.6.18), 陳征丘, 「銘記呦! 十二月八日」(1943.6.19), 噩疋, 「征旗之歌」(1943.6.20), 石軍, 「擊滅美英」(1943.6.22), 方砂, 「長征曲」(1943.6.24), 金閃, 「沃土斗士歌謠」(1943.6.24), 杜白雨, 「粉碎英美」(1943.6.26).

있었으며 초중등학생들도 다수 있었다. 형식에 있어서도 다양성을 추구했는데 울부짖는 수준의 시가 있는가 하면 서정적인 시도 있었고 또 일명 계단시(階梯詩)라고 하는 유형도 있었다.

만주국의 문인과 일반 대중들은 한때 앞다투어 '헌납시' 창작에 뛰어들었다. 이에 대해서는 언급을 회피하거나 미화할 필요도 없으며 이에 대한 무조건적인 질타 역시 옳지 않다고 말할 수도 없다. 다만 이러한 무조건적인 부정은 사실을 단순화시키는 우려가 있으며 '헌납시' 창작과 같은 이러한 '집단적인 행동'의 앞뒤 맥락을 파악하는 데에는 도움이 되지 않는다. 핵심은 두 가지 사건의 사실관계를 제대로 정리하는 것이다. 하나는 이러한 시를 창작한 시인들이 자신의 시를 어떻게 보고 있는가 하는 문제이고 다른 하나는 시 텍스트에 대한 세밀한 독해를 통해 시인의 감정선과 무의식, 그리고 의도적인 노출 이면에 은폐되어 있는 동기를 짚어내는 일이다.

왜 그렇게 많은 문인들이 당시에 대동아전쟁을 찬양하는 '헌납시'를 다수 창작하였는가 하는 질문에는 여러 가지 답변을 할 수 있다.

1. 만주국 괴뢰정권의 창도(唱導)와 강제(强制)를 들 수 있다. 1942년 만주국은 전시상태 돌입을 선포하고 예술정책에서는 '전쟁 봉사' 위주의 '보국문학' 제창으로 방향을 튼다. 그 목적은 만주국의 언론문화기관과 그 구성원들의 활동을 전쟁 봉사의 길로 이끌기 위한 것이었다. 이를 기회로 협화회와 만주문예연맹은 공동으로 '헌납시' 공모 활동을 벌였고 만주국의 모든 문인들을 동원하여 참여하도록 했다. 그 강제성 여부에 있어서는 필자 역시 만주국이 그 어떤 구체적인 정책이나 규정을 반포한 자료를 확인하지는 못했다. 그러나 당시의 상황으로 미루어 봤을 때 문인들의 일거수일투족이 검찰의 감시 대

상이 될 수 있었던[22] 상황에서 '헌납시'를 요청받았을 때 거부의 결과
는 너무나 명약관화한 일이었다.

2. '헌납시'는 간단하고 쉬워서 쉽게 배우고 쉽게 쓸 수 있었다.
사실 '헌납시'는 시라고도 할 수 없는 장르다. 기껏해야 즉흥적인 노
랫가락에 '타도', '격멸', '필승', '전진' 등과 같은 고양된 유행어를 꿰
맞춘 수준일 뿐이다. 일정한 지식 기반을 갖춘 사람이라면 짧은 시간
에 습득할 수 있는 장르였고, 그 결과물은 다년간의 창작경력을 가지
고 있는 대가들의 작품들과 거의 구분되지 않았다. 다음의 두 편의
'헌납시'를 보면 알 수 있다.

> 영미를 분쇄하자[23]
> 　　　　　두바이위(杜白雨)
>
> 세상에는
> 흑인 노예가 있을 뿐 백인 노예는 없었다

22　《수도특비발 1414호「문예, 연극을 이용한 사상활동 정찰에 관한 보고」(首都特秘發
一四一四号《關于偵察利用文藝、演劇進行思想活動的報告》)」, 1943년(강덕 15) 5월
4일 보고서에는 산딩을 비롯한 일부 사람들의 근황에 관한 보고 내용이 포함되어
있다. "대동아문학자대회 이후의 산딩의 동정에 관한 내용이다. 작가의 신분으로 이와
같은 대회에 참석하는 일은 만계 작가들이 주목하는 일이다. 재신징(在新京) 작가들은
연속 2년 이 대회에 참석할 수 있는 영예를 얻은 『예문지』의 구딩파에 대해 비록
반감을 가지고 있지만 다른 한편으로는 구딩이 가지고 있는 잠재적인 능력을 두려워
하며 그에게 아부한다. 그중에서도 산딩은 재만 좌익작가 샤오쥔의 농민문학 전통을
이어갈 선봉장으로 칭송받은 바 있다. 최근에는 태도가 누그러져서 이번에 구딩이
책임을 맡은 잡지 『예문지』에 솔선해서 작품을 투고했다. 그 의도가 무엇인지에 대해
서는 현재 조사 중이다." "11월 1일부터 11월 30일까지 산딩은 결석계를 내고 출근하
지 않았다. 조사 결과 산딩은 신징에 있지 않았다." 이 내용은 「비밀문서(敵僞秘件)」
(于雷 옮김, 李喬 교열)에서도 확인되었다. 哈爾濱文學院 編, 『東北文學硏究史料』(內
部交流) 第6輯, 1987, p.153.
23　杜白雨, 「粉碎英美」, 『盛京時報』 1943.6.26.

역사에는
'황화(黃禍)'가 있을 뿐 '백화(白禍)'는 없었다
눈부신 태양이 솟아오르면
대동아민족 대단결하여
한마음 한뜻, 하나의 총으로
영미의 악마를 무찌르리

대동아전쟁의 승리[24]

장셴저우(姜顯周)

동아성전 2주년
황군장병 진실로 용맹하여라
창검이 두려울까 포탄이 무서울까
나가자, 나가자, 나아가자!
돌격하여 앞으로 나아가
공영권을 건설하자
뉴기니섬에 초연이 자욱하고
중추함대 위풍당당하니
연합국 혼비백산이로구나
추격, 추격, 추격하여
악마를 일거에 쓸어버려라
영미는 송곳 하나 꽂을 곳이 없구나
일만덕화(日滿德華) 한마음 한뜻으로
동고동락하는 한집안일세
함께 노력하고, 같이 분발하여
돌격, 돌격, 돌격하여

---

24 姜顯周,「大東亞戰爭胜利」,『滿洲學童』第4期, 优級一二年級用, 1944, p.38.

영미들을 타도하고
요사스런 기운을 쓸어버려라

이 두 시의 작가는 각각 만주국의 유명한 시인이자 극작가인 두바
이위(杜白雨)와 수이더현(綏德縣) 다링촌(大嶺村) 공립국민우급학교(公立
國民優級學校) 학생 장셴저우(張顯周)이다. 두 편의 '헌납시'만을 놓고
볼 때 이들의 문학 수준 차이를 분별하기는 쉽지 않다. 이렇게 쉽게
쓸 수 있는 시를 만주국의 신문과 잡지들은 각자 서로 다른 목적으로
앞다투어 게재하고 있었고 발표 또한 상당히 수월했다. 이처럼 '헌납
시'는 쉽게 배우고 쉽게 쓸 수 있었을 뿐만 아니라 발표도 수월했고
게다가 만주국 정부가 제창하는 사업이다 보니 세계관이나 정체성이
아직 제대로 형성되지 않은 어린 학생층까지 창작에 참여하면서 '헌
납시'의 창작자들을 증가시켰고 사람들에게는 실속 없는 번영의 허
상만 보여주었다.

3. 창작자 자신의 문제도 있다. 일부 사람들은 결코 "어쩔 수 없어
서"가 아니었다. 그들은 권력자의 의지를 떠받드는 대신 민족국가의
대의를 무시하고 정권자들에게 협조하는 방식을 통하여 이익을 얻고
자 했고 일부 사람들은 욕심도 원하는 바도 없이 대세에 휩쓸리면서
그저 살아만 있으면 된다는 마음가짐으로 아무래도 좋다는 식이었
다. 일부 사람들에게 있어서 '헌납시'는 게임의 일종이었고 그저 놀이
에 지나지 않았다. 목숨을 잃을 수 있는 위험에서 벗어나는 하나의
생존수단일 뿐이었기 때문이다. 또 일부는 '헌납시' 창작을 통해 은폐
된 항일적인 정조를 드러내고자 했다. 그러나 창작자들이 어떤 목적
으로 창작했는지와는 별개로 '헌납시'는 실제로 전쟁을 부추기는 수

단이 되었고 그들의 인생에 하나의 오점이 되었다. 다만 언급해 두고 싶은 것은 만주국 통속작가들의 '헌납시'가 상대적으로 적게 발견된 다는 점이다.

공적으로 발표된 '헌납시'는 대체로 당시 중국 동북에 거주하고 있었던 일본 문인들과 비교적 영향력 있는 중국 작가들, 그리고 초중 등학생들에 의해 창작되었다. 그들은 '헌납시' 창작 행위와 창작한 '헌납시'에 대해서 어떻게 생각하고 있었을까? 이 질문에 대한 답변 은 쉽지 않으며 현존하는 자료를 토대로 시론적인 해석을 제시할 수 있을 뿐이다. 또한 당시 동북에 거주했던 일본 문인들은 본고의 대상 이 아니니 잠시 미뤄두겠다. 초중등학생들의 경우는 상당히 적극적 이었고 『만주학동』, 『어린이(小朋友)』를 비롯한 각종 학교 간행물에 다수의 '헌납시'를 발표하고 있었다. 이러한 소년 작가들의 대부분은 상당 기간 식민지교육을 받았고 주체 의식이 아직 확립되지 않은 상 태에서 만주국의 관념이 강제적으로 그들에게 주입되었던 것이다. 일부 어린이들은 대동아공영권[25]과 같은 설교를 받아들이고 적극적, 자발적으로 '헌납시'를 창작했을 것이다. 그러나 더 많은 학생들은 '헌납시' 창작을 일종의 유희이자 오락이며 학습의 일환으로 받아들 였을 가능성이 높다. 왜냐하면 '헌납시' 창작이 실제로는 '두이롄(對 聯) 맞추기', '톈츠(填詞)' 등과 같은 시작 연습과 크게 차이가 나지 않 았기 때문이다. 게다가 '헌납시'는 실제로 지면에 발표되었기 때문에

---

25 필자는 창춘(長春)에서 나고 자란 한 노인(1926년생)을 인터뷰한 바 있다. 노인은 당시 를 추억하면서 "일본이 패전을 선포한 후 푸이는 퇴위조서(退位詔書)를 반포하였고 그때 나는 상당히 실망스러웠다. 이제 우리나라가 없어졌다고 생각했으니까. 하기사 그 시절 나에게 우리나라는 중국이라고 가르쳐준 사람은 아무도 없었으니까."라고 말하였다. 이 노인의 상황이 어쩌면 하나의 전형일 수도 있다. 이로부터도 동북 식민지 교육의 강박적인 한 측면을 확인할 수 있다.

어린이다운 적극성이 발동되었던 것이다. 그들은 이 게임을 새롭고 다양하게 변조시키려고 노력했는데『만주학동』에는 다음과 같은 계단시 「성전 글자탑(聖戰字塔)」[26]이 발표되기도 하였다.

성전 글자탑

축
성전
제3년
영국이 전패하고
미국도 곧 멸망하리
황군이 천지에 위세를 떨치고
식음을 전폐하며 전장에서 지키니
감사하노라, 황군의 군공이 작지 않음에
영미 타도가 이제 정녕 코앞으로 다가왔으니
어서 빨리 대동아 성전을 마치고 공영권을 확대해야지[27]

---

26 저자 미상, 「圣戰字塔」, 『滿洲學童』 新年号(优級一二年級用), 1944.1, p.42.

27 역주: 원문의 형식을 살려 번역하면 아래와 같다. 참조를 위해 원문을 함께 제시한다.

성전 글자탑	圣戰字塔
축	祝
전성	戰 圣
년3제	年 三 第
고하패전 이국영	戰 敗 英 狄
리하망멸 곧 도국미	完 要 也 國 美
고치떨 를세위 에지천 이군황	乾 坤 震 威 軍 皇
니키지 서에장전 며하폐전 을음식	前 陣 在 食 忘 寢 廢
에음않 지작 이공군 의군황, 라노하사감	淺 非 功 軍 皇 謝 感 我
니으왔가다 로으앞코 녕정 제이 가도타 미영	前 眼 在 要 就 英 美 倒 打
지야해대확 을권영공 고치마 을전성 아동대 리빨 서어	圈 榮 共 大 擴 戰 亞 東 成 完

치기 어린 오락의 결과물이지만 결코 용서할 수는 없다. 어리고 여린 동심에 더러운 먼지가 쌓였기 때문이다. 이 소년들이 성장하여 성인이 되었을 때 그들은 이 지울 수 없는 놀이의 흔적을 어떻게 받아들여야 할까? 후회, 치욕, 공포 등과 같은 감정들이 즐거운 추억으로 가득해야 할 어린 시절의 기억을 지배할 것이다. 후배와 친구들 앞에서도 거짓말로 이 사실을 감추어야 할 것이다. 필자와 같은 연구자들 앞에서도 '헌납시'를 창작했던 사실에 대해서는 최대한 언급을 피해야 할 것이다. 일본이 중국 동북을 통치했던 14년간, 그들의 헤아릴 수 없는 죄행과 그것이 사람들의 몸과 마음에 남긴 고통은 한 사람 한 사람의 일생을 관통하고 있다.

상대적으로 순진했던 소년 창작자와 달리 '헌납시'를 직접 창작했던 중국 문인들의 '헌납시' 창작 행위와 시 작품을 대하는 감정은 훨씬 더 복잡했다. 그들 작품에서 유희적인 요소는 발견되지 않는다. 오히려 더 많은 사람들을 사로잡았던 것은 공포였을 것이다. 감시받고 있는 상황에서의 글쓰기, 마음대로 쓸 수 없는 글쓰기, '헌납시' 창작을 직접적으로 명령 받았을 때[28]에는 황송하고 황공한 마음이었을 것이다. 이러한 마음은 만주국의 위협에서 오는 것이었고 중국 지식인이라는 그들의 양심에서 우러나는 것이기도 했다. 만주국의 문인들은 대부분 5.4신문화운동의 세례를 받은 세대이고 직접 만주국의 건국 과정을 목도한 세대이며 일본 괴뢰정부의 성격을 간파하

---

28 필자는 당시의 문인작가들이 '헌납시(獻納詩)' 창작을 직접적으로 강요받았을 것이라고 추정할 뿐 확실한 증거를 가지고 있지는 않다. 그러나 협화회와 만주문예연맹이 공동으로 '헌납시' 응모활동을 전개하면서 만주국의 전체 문인들을 동원시켰을 것이라는 점은 추측 가능하다. 만주문예연맹의 위원이었던 구딩, 우랑, 줴칭 등은 더욱 솔선수범하여 나서지 않으면 안 되었을 것이다.

고 있는 세대였다. 그들은 대동아공영권이라는 것이 실제로는 중국을 넘어 전 아시아를 점령하려는 계략임을 알고 있었고 그래서 전쟁을 부추기는 '헌납시'를 창작하는 것은 곧 일본의 야심을 선전하는 길이고 중화민족의 죄인이 되는 길이라는 것을 알고 있었다. 여기에는 또 미래에 대한 불안한 심리도 은폐되어 있었다. 문인들은 당시의 전쟁 상황에 대해 알고 있고 만주국이 오래가지 못할 것이라는 사실을 알고 있을 가능성이 높았다.

구딩은 자신의 일본인 친구 오타키 시게나오(大瀧重直)에게 다음과 같은 생각을 드러낸 바 있다. "관리직에 있지 않았더라면 좋았을 것이다. 관리직에 있는 것은 물론 좋지만 일단 정부가 무너지면 화를 면하지 못할 것이다. 오늘날과 같은 중국에서 만약 편안한 생활을 원한다면 멀리 변경 지역으로 이주하여 농민으로 살아가는 길뿐이다."[29] 구딩의 이러한 냉철한 인식은, 흰 종이 위의 검은 글씨처럼 명백하게 남아있을 결과물이 훗날 그에게 어떤 결과를 가져오게 될지를 누구보다 잘 알고 있었음을 말해준다. 이러한 여러 가지의 심리적인 요인들이 써서는 안 되는 '헌납시'를 창작할 때 그들을 더욱 조심스럽게 하였다. 만주국 괴뢰정부의 취지에 부응하면서 자신의 양심을 어기지 말아야 했고 나중의 일까지 고려해야 했기 때문이다. 그 과정에서 그들은 '영미 규탄'이라는 하나의 접합점을 발견하게 된다. 원청징(文曾經)의 말과 같이 "당시 임칙서(林則徐)를 모델로 하는 문학작품이 상당히 많았고, 마하트마 간디에 대한 소식도 여러 신문잡지에서 다수 발견되었다. 이러한 현상은 만주국이 추앙했던 영웅인물

---

29 大瀧重直, 『人們的星座――回憶中的文學家們』, 國書刊行會, 1985, pp.113~115; 冈田英树, 靳丛林 译, 앞의 책, p.67.

이 이들 외에도 다수였던 것과 관련해서 보아야 한다. 임칙서와 간디 외에도 노기(乃木) 대장, 히틀러, 왕징웨이(汪精衛) 등이 있었지만 중국 지식인들이 인정하는 진정한 영웅은 임칙서와 간디뿐이었다. 그들은 임칙서와 간디 같은 인물을 영웅으로 형상화하는 작업을 하면서 내적으로는 반일과 반영반미(反英反美)의 정서를 지니고 있었다. 중국에 있어서 일본은 죄인이며 영미 역시 죄인이다. 그들의 필봉은 일제히 영미를 향했고 반영반미의 구호를 높이 외쳤으며 영미 통치하의 아시아인의 고통을 읊었다.

> 비상하여라, 우리의 아시아여![30]
> 　　　　　　　우랑(吳郎)

> 우리는 아시아의 총아
> 우리는 아시아의 영웅
> 일어서라, 아시아의 소생을 위하여
> 우리의 쾌검을 휘둘러
> 영미의 요사한 무리를 징벌하여라
> 너는, 지난날의 너는, 탐욕이라는 철삭으로
> 우리의 질고를 숨 막히게 속박하였지
> 이제, 백 년 동안의 굴레에서 벗어났구나
> 태평양 사방에서 들려오는 흥겨운 노랫가락에 귀를 기울여라
> 아, 아시아여, 해와 달이 다시 아시아를 비추는구나

　만주국 중국인 문인들의 '헌납시'와 세상물정 모르는 소년들이 창작한 '헌납시'는 창작 수준에 있어서는 큰 차이를 드러내지 않고 있

30　吳郎,「鷹揚吧! 我們的亞細亞」,『藝文志』第1卷 第7号, 1944.5, p.13.

으나 구체적인 내용과 어휘 선택에 있어서는 그래도 차이를 지닌다. 문인들의 '헌납시'에서는 일본군을 직접적으로 찬양하는 문구가 적게 등장하며 '우방'이나 '황군' 등과 같은 단어도 많지 않다. 그들은 주로 영미의 폭력적인 행위를 규탄하는 것을 주요 내용으로 삼고 미얀마, 인도, 필리핀을 비롯한 아시아 민족의 해방운동을 찬양하고 있다. 이 부류의 시들로는 산딩의 「새 시대의 새벽종이 울렸다」[31]와 진인의 「일어나라, 우리의 십억 민중이여」[32]가 있다. 오랜 후에 산딩은 "저는 영미와 일본 제국주의를 동류(同類)로 처리했습니다. …(중략)… 저의 시혼을 믿어주십시오. 아시아는 중국을 지칭할 뿐만 아니라 제국주의 침략을 받고 있는 모든 약소민족을 지칭하기도 합니다."[33]라고 술회한 바 있다. 이는 사후적인 자기변명이지만 그중에 진심이 포함되어 있었다.

당시 만주국 정부 역시 문인들의 '헌납시'가 보인 이러한 경향을 어느 정도는 감지하고 있었던 것 같다. 1943년 수도경찰이 작성한 「문예, 연극을 이용한 사상활동에 대한 정찰 보고(關與偵察利用文藝, 연극진(演劇進行思想活動的報告)」에서는 당시의 '헌납시'의 경향에 대해 다음과 같이 분석하고 있었다.

영미 제국주의가 끝내 아시아를 정복하고 중화민족을 극력 압박하는 것을 소리 높여 노래한다. '반영미'라는 구호를 내걸고 중화민족이 압박

31 "일어서라, 일어서라, 일어서거라/아, 아시아여! 우리의 아시아여!/신세기의 새벽종이 울렸다/타올라라, 분노의 횃불이여!"(山丁, 「新世紀的曉鐘響了」, 『盛京時報』, 1943. 6.16.)
32 金音, 「起來！我十亿的民衆」, 『盛京時報』, 1943.6.15.
33 산딩이 오카다 히데키에게 보낸 서신.(冈田英树, 靳丛林 译, 앞의 책, p.263.)

받고 있는 고통을 기교적으로 묘사하고 있다. 사실 이는 결국 일본을 제국주의의 침략자로 보고 있는 것이며 이를 통해 반만항일(反滿抗日) 사상을 조장하고 있는 것이다.

대동아전쟁 발발 이래 그들은 미얀마, 인도, 필리핀 등 각 민족의 독립운동을 이용하여 영미의 폭압적인 행적을 통렬하게 비난하고 있으나 이역시 실제로는 이러한 환경을 부각시키고 환기시킴으로써 대중의 민족의식을 반만항일로 이끌고 있는 것이다.[34]

비록 '헌납시'에 대한 분석이라고 명시하고 있지는 않지만 문인들의 '헌납시'의 주요 내용으로 볼 때 이는 '헌납시'에 대한 직접적인 언급일 가능성이 높으며 적어도 '헌납시'와 관련된 언급임은 분명하다.

1941년 이후의 만주국에서 '헌납시'는 흔히 볼 수 있는 문학의 한 장르였고 신문과 잡지에서도 빈번하게 발견되었다. 창작자들은 각자 다른 의도와 목표를 가지고 강제 또는 자발적으로 '헌납시'를 창작하였지만 그것을 문학작품이라 생각하고 창작하는 경우는 거의 없었다. 따라서 이 시기의 '헌납시'들은 거의 모두 같은 모습을 하고 있고 하나의 목소리를 내고 있다.

일부 '헌납시'는 정서적인 측면이 다소 복잡하게 드러나는 경우도 있지만 이럴 때에는 산딩의 말처럼 "영미와 일본 제국주의를 동류(同類)로 묶어서 처리"할 수 있다. 그러나 기타의 '부역작품'에서는 이러한 복잡성을 찾아볼 수 없으며 오히려 상당히 직접적으로 당시의 시국을 찬양하고 있는 것이 확인된다. 이 작품들은 명확하게 만주국 정부를 위해 봉사하는 작품들이다. 이들 작품은 만주국의 국민들이 어떻게 적극적으로 증산에 참여하고 국가에 협력하며 성전을 위해

---

34 《首都特秘發一四一四号〈關于偵察利用文藝、演劇進行思想活動的報告〉》, 1943.5.4.

밤낮으로 분투하고 있는지를 그려내면서 작품 속에 시국적인 기호를 최대한 많이 기입하고 있다. 문학작품을 창작하고자 하는 자세란 찾아볼 수 없으며 그저 단순하고 가소로울 뿐이다. 그중에서 독자들을 위로할 수 있는 작품들을 찾아내기란 쉽지 않다.

3. '부역문학'으로서의 '시국소설(時局小說)'

왕팅이(王廷義)의 「근로증산수기(勤勞增產手記)」는 대학생인 주인공이 직접 근로봉사대 대원이 되어 농촌에서 모기에 물려가며 잡초를 베는 일상을 그려낸 작품이다. 흥미롭게도 이 작품은 모기의 용감성을 대대적으로 찬양하고 있다. 저자는 작은 몸으로 자신보다 몇천만 배 큰 상대를 공격하고, 성공하지 않으면 절대로 멈추지 않으며 심지어 피를 흘리며 죽을지언정 도망하지 않는 모기의 견결함을 극구 칭찬하면서 다음과 같은 논조를 펼친다.

> 그들은 단지 자기 한 몸의 생존을 위해서 그처럼 대단한 무의의 정신을 발휘할 수 있는 것이다. 그러나 우리 인간들은 어떤가? 우리는 동아시아의 한 사람이다. 우리는 동아시아인의 동아시아를 건설해야 하며 이를 위해 온몸의 피가 땀으로 화하여 한껏 흘러나오게 해야 하지 않겠는가? 보라, 대동아전쟁을! 우방의 수만 명 생명의 희생은 모두 우리 동아시아를 위한 것이 아니겠는가? 포화의 불길이 온 하늘을 뒤덮어 성전을 끝내가는 오늘, 이 기회에 모두 협력하여 우리 동아시아를 침략하고 있는 영미를 구축해야 하지 않겠는가? 이 기회에 백 년의 치욕을 씻어버리고 우리 영광의 한 페이지를 역사에 기록해야 하지 않겠는가? 우리의 생명은 모기, 등에에 비기면 몇천만 배는 크지 않은가? 하물며 우리의 투지와

희생정신도 그들보다 몇만 배는 커야 되지 않겠는가?[35]

　　이 황당무계한 논리는 대학생 왕팅이의 진실된 체험에서 나온 것
일지도 모른다. 식민지교육에 의해 이화(異化)된 학생들은 "우리의 팔
다리는 상처로 뒤덮이고 크고 작은 물집들이 잡혔지만 우리의 어깨
에 짊어진 사명은 모든 고민을 잊고 즐겁게 땀 흘리면서 증산에 매진
하게 한다."라고 소리 높여 외치고 있다.

　　이 작품은 1944년 6월에 완성되었다. 역사의 페이지가 넘겨지고
중국을 침략한 일본이 중국에서 저지른 전무후무한 대죄가 온 천하
에 드러난 오늘, 이 작가는 그 시기의 근로봉사의 날들을 어떻게 기억
하고 있을까? 그 당시 자신이 작성한 이 글을 어떻게 대면할까? 세월
속에 만들어진 이 회한에 대해서는 누가 책임을 져야 한단 말인가?

　　만주국 대작가들의 견해는 학생들과 달라야 했다. 그러나 그들과
상기의 무지한 대학생들의 '부역작품'을 비교했을 때 별반 나은 구석
이 없었다. 대작가들 역시 학생들과 똑같이 일본의 침략을 찬양, 선전
하고 있었기 때문이다. 그들은 비록 "대동아전쟁만 보더라도 우방은
수만 명의 생명을 희생해 가고 있는데 이는 모두 우리 동아시아를
위한 것이 아닌가?"라고 직접적으로 외치면서 만주국의 정책을 노골
적으로 미화, 해석하고 있지는 않지만 '지식인'이라는 점에서 그들은
더욱 용서받을 수 없는 것이다.

　　구딩은 "문예의 새로운 출발, 새로운 돌출은 이미 그 맹아를 드러
내고 있다. 스쥔의 「새 부락(新部落)」과 이츠의 『개가(凱歌)』가 그 증거
이다."[36]라고 말한 바 있다. 구딩이 찬양하고 있는 '신문예'란 어떤 형

35　王廷義,「勤勞增産手記」,『藝文志』第1卷 第11号, 1944.9, pp.45~46.

태의 문예를 말하는 것인가? 『예문지』에 연재된 이츠의 『개가』는
「서(署)」, 「광(光)」, 「명(明)」[37] 3부로 구성되었고 이 세부분은 서사적
으로 관련을 맺으면서도 독립적으로 구분되어 있다. 사링툰(沙嶺屯)
마을을 중심으로 일심협력하며 국가를 위해, 성전을 위해, 근로증산
에 매진하는 일련의 사건들을 기록하고 있는 이 작품은 '민족협화',
'출하', '개척', '국병(國兵)' 등과 같은 시국적인 표현을 최대한 빈번하
게 노출시키고 있는, 말하자면 《문예지도요강(文藝指導要綱)》이 요구
하는 '우수한 국민성' 수립에 부응한 작품이다. 소설의 주인공은 근로
증산을 사명으로 하는 중국 농민 우하이팅(吳海亭)과 일본 개척단 단
원 고모리(古森)이다. 제1부 「서」에서 우하이팅과 고모리는 힘을 합
쳐 마을 사람들을 이끌어 황무지를 개간하고 근로 증산에 힘쓰며 마
을의 아편쟁이와 좀도둑을 개화시키는 데에 성공할 뿐만 아니라 그
들을 친형제처럼 대한다. 제3부 「명」의 중심 서사는 우하팅의 동생
우하이산(吳海山)이 국병(國兵)으로 있다가 퇴역한 후 형 우하팅, 고모
리와 함께 근로증산에 참여하는 내용이다. 작품 속에는 우하이산의
전시(戰時) 생활에 대한 그리움뿐만 아니라 일본인과 함께 어깨를 나
란히 겨루고 전투하는 장면이 그려지기도 한다.

　「산정화(山丁花)」, 「설령지제(雪嶺之祭)」는 이츠의 작품들이다. 이에
대해 샤오쑹은 다음과 같이 평가를 내린 바 있다.

　　펜 한 대로 사회를 꿰뚫고 있었고, 흘러내린 것은 미주(美酒)가 아닌
　쓴 위액이었다. …(중략)… 강경한 필치와 굵은 선, 선명한 윤곽으로 한

36　古丁, 「文藝之建設的協議」, 『藝文志』 第1卷 第11号, 1944.9, p.3.
37　『凱歌』(「署」, 「光」, 「明」) 3부작은 각각 『예문지(藝文志)』 제1권 9호, 10호, 11호에
　게재되었다.

폭의 황야의 유민도(流民圖)를 그려냈으며 냉정과 열정이 직조해낸 혈류
가 산림 개간의 군상(群像)을 물들이고 있다.[38]

과장되지 않고 선정적이지도 않으며 화려하지도 않은 소재를 즐겨 사
용하였고 그것을 무채색의 펜으로 종이 위에 덧칠해 냈다. 그는 늘 자신
이 직접 찾아낸 순박한 이야기를 소재로 채택했으며 낭비라고 판단되는
일체 화려한 모든 수사를 쳐냈다.[39]

그러나 이러한 평가와는 달리『개가』3부작에서는 이츠가 작품
속에 즐겨 삽입하는 북만의 자연풍경 묘사가 발견되지 않으며 힘 있고
살아있는 필체 역시 그저 "화려한 낭비"에 불과했다. 작품의 구성이나
인물 형상은 도식적이고 생동감이 없으며 오직 시국을 위해 존재할
뿐이었다. 작품 속에 등장하는 인물들의 대화를 보면 알 수 있다.

우하이팅: 오늘과 같은 시국에서 우리 국민들은 고생이라는 말을 언급
해서는 안 됩니다. 대동아민족의 필승을 위해 이보다 더 많은 근로가 필
요하다고 하더라도 우리는 당연히 즐거운 마음으로 임해야 합니다. 전쟁
은 이제 결전상태에 돌입했습니다. 우리는 단 한순간의 지체도 없이 증산
에 임해야 합니다.
우하이산: 이번에 돌아와서 저는 온힘을 다해 농업증산에 종사할 것입
니다. 총을 들고 보국(報國)하던 시기는 이미 지나갔습니다. 앞으로의 보
국은 곡괭이와 낫을 드는 일입니다.
라오마터우(老馬頭): 목숨이 붙어있는 한 제 몫의 힘을 보태야지요. 모
든 악의 근원인 영미를 격퇴시켜 끝장을 봐야 합니다.[40]

---

38 小松,「夷馳及其作品」, 陳因編,『滿洲作家論集』, 大連: 實業印書館, 1943.6, p.321.
39 小松, 위의 글, p.319.
40 疑遲,「明」,『藝文志』第1期 第11号, 1944.9, p.99, p.108, p.117.

농민 우하이팅은 황무지를 열심히 개간하여 근로증산에 힘쓰는, 땅을 사랑하는 인물이다. 이는 물론 이해할 수 있는 일이다. 그러나 그의 발언은 정치가 수준이다. 그는 자신의 모든 행동에 대해 그 정치적 이유를 설명하고 있는데 이는 인물 우하이팅을 통해 전달되는 작가의 목소리인 것으로 그 어떤 리얼리티도 획득하지 못하고 있다. 퇴역 군인인 우하이산은 군대 생활을 그리워한다. 이 역시 이해할 수 있는 일이다. 그러나 그가 그리워하는 것은 다음과 같은 것이었다. "그날 밤 그는 마침 척후병으로 파견되었다. 어둠 속에서 포복 전진하던 그는 곧 비적들에 의해 포위될 것임을 발견한다. 그 상황에 행운스럽게도 4명의 일본 토벌대원들에 의해 구원된다. 한 시간 남짓한 격전 끝에 포위를 뚫을 수 있었다. 뿐만 아니라 일본군의 선의의 지도 아래 비적 소굴을 소탕하여 놈들을 잡을 수 있었다." 여기서의 비적은 물론 팔로군을 지칭하는 말이다.

1944년의 작가 이츠가 중국의 항일전쟁에 대해 모를 리 없다. 그런데 어찌하여 우하이산으로 하여금 인용문과 같은 장면을 추억하게 한단 말인가? 빈둥거리면서 놀고만 먹기만 하던 아편쟁이 라오마터우의 말은 흡사 '헌납시'를 방불케 한다. 문제는 이러한 인물들 모두가 성숙한 작가 이츠의 펜 밑에서 만들어졌다는 사실이다. 여기서 이츠 작품의 격차를 언급하는 것은 결코 '부역작품'을 위해 변명하려는 것이 아니다. 그보다는 한 작가가 어찌하여 그렇게 쉽게 변할 수 있는지, 어떻게 동시에 여러 개의 작품을 창작할 수 있었는지에 대해 탐구하기 위해서다. 물론 이츠의 『개가』 3부작은 명제에 따른 글쓰기이기는 했다.

1943년 말, 신징에서는 결전문예가대회(決戰文藝家大會)와 전국문예가협회(全國文藝家協會)를 소집하고는 전시 증산 환경에 적응하기 위하여 문예가들을 공장, 광산, 개척단, 근로봉사대, 군경부대에 파견하여 현지 시찰을 진행하고 그곳의 생활을 반영하는 리포트를 제출해야 한다는 결의를 통과시켰다. 이츠 역시 그중의 한 명이었고 리포트를 제출해야 했다. 이츠는 리포트를 10만 자에 달하는 『개가』 3부작으로 완성했고, 이는 리포트 중 최장편인 것으로 확인되었다. 만약 "쓰지 않으면 안 되었다"가 이유라면 사람들을 설득할 수 없을 것이다. 내적인 원동력이 없었다면 어찌 10만 자에 달하는 결과보고서를 제출할 수 있었겠는가.

구딩은 신문예(新文藝)를 주창했고 솔선수범으로 그 실천에 참여했다. 작품 「농촌으로(下鄕)」가 그중의 한편이다. 이 소설 역시 명제에 따른 글쓰기로서 농촌의 출하를 그린 보고문학이다. 그러나 이 작품은 도식적이고 졸렬한 구성을 선보인 이츠의 『개가』와는 구별되었다. 「농촌으로」에는 구딩의 창작 수법이 반영되어 있었고 독자들이 진심을 다해 끝까지 읽게 하는 힘이 있었다.

「농촌으로」는 출하독려반(出荷督勵班)이 농촌으로 내려가 출하를 독려하는 이야기이다. 성공서, 협화회 수도 본부, 흥농합작사, 교화단체 등 일행이 서링커우쯔(奢嶺口子)에 도착하여 그곳의 농민 소조장(班組長)과 간담회를 가지고 있으며 작품 속에는 "출하협력성전(出荷協力聖戰)", "일본의 흥망은 곧 만주의 흥망", "낱알 한 알 한 알이 영미를 격멸하는 탄환으로 화하여 우리 대동아 최후의 승리를 쟁취하자" 등과 같은 시국적인 구호가 넘쳐난다. 그러나 소설이 부각시키고자 했던 것은 간담회에서 농민들과 출하독려반이 나눈 대화, 작가가 번거로움을 마다하지 않고 세세히 묘사하고 있는 이틀에 걸쳐 대접 닫은 식사 메뉴, 그리고 현지인들의 풍속 습관 등과 같은 것이었다.

간담회는 국민학교의 교실에서 개최되었다. 소조장들이 교실 하나를 그득 메우고 있었고 모두 하나같이 순박한 농민들이었다. 자오(趙) 구장(區長)이 먼저 간담회의 의의에 대해 설명하였고 이어 '나'가 전련 (全聯)[41]을 대표하여 농산물 출하에 대한 협의건에 대해 설명하고, 국무 총리 겸 협화회장인 장징후이(張景惠)의 격려사와 황제폐하의 취지를 대신 전달하였다. 그리고 시공서(市公署)의 후속관(後屬官)이 시공서의 방침에 대해 소개하고 특별히 농민들의 출하 협력이 성전에 미치는 중요성에 대해 강조했다. 흥농합작사(興農合作社) 하오(郝) 주사(主事)가 모두에게 '집단 출하'와 '자체 출하'를 요구하였다. 관료들이 각자의 발언을 마치자 다음으로 농민 소조장들의 발언이 이어졌다. 잠시의 침묵이 흐른 뒤 농민들은 다섯 가지의 요구사항을 제기하였다.

"비가 어찌나 세게 퍼붓는지 낫을 들 수가 있어야지요."

"라오왕(老王)네 보배 같은 땅 여덟 상(晌)에는 낫도 못 댔지요. 노인네 가 그저 울기만 하는데 ……"

"집단 출하는, 제가 보기에는 아무래도 어렵지 싶어요. 모자라는 사람 은 …… 누가 그걸 메꿔주겠어요."

"가을바람만 불면 아주 곤란하지요. 농사짓는 사람들은요, 포목은 ……"

"마대자루가 없는데 어떡합니까? 산꼭대기에서 차가 엎어지거나 하면 그걸 누가 수습하나요?"

"술이요? 제 생각에는 술보다는 콩기름이 낫지요. 자동차도 기름을 넣 어주지 않으면 검은 연기만 뿜어내는구먼요."

---

41 '전련(全聯)'은 협화회 전국연합회를 축약한 말이다. 구딩은 문예가의 신분으로 이러 한 연합협의회에 여러 차례 참석한 바 있다. 본 텍스트의 실제 배경은 "얼마 전 구딩은 1944년의 제12차 전련회의에 참석하였다."일 것이다. 물론 여기서의 '나'가 곧 '구딩' 이라고 확신할 수는 없으나 '나'의 행동과 시선 속에는 반드시 구딩의 시선이 포함되어 있다고 보아야 한다.

농민들은 농민다운 말을 하고 있고, 작가는 그들을 인형화하지 않았으며 허황된 말들은 모두 만주국 관료들과 작가에게 맡겨졌다. 작가는 갑작스럽게 개입해서는 "건국에 감사하고", "태평성세에 감사하며", "이는 우리 만주국 협화 정치의 위대한 성과다."라고 하며 한 번씩 크게 감탄을 늘어놓곤 한다. 농민들의 발화는 언어적 표현이 인물의 신분에 부합하는가의 형식상의 문제만은 아니다. 농민들의 이야기는 성전에 협력하기 위한 출하 상황에서 농민들이 감수해야 하는 생존의 고단함을 전달해준다. 노인은 울고 있고, 농민들은 입을 옷이 없고 곡식을 담을 마대자루가 없으며 식용유가 없는 상황이다. 그리고 작품의 후반부에서 언급하고 있는 "만약 식당에서 올해도 작년처럼 식사 같지 않은 식사를 제공하면 분소에 보고하고 경제보안과와 연결하여 엄격히 취체하십시오."라는 상황은 기본적인 생존마저 보장받지 못하는 생활환경에서 성전을 위해 출하를 감당해야 하는 농민들의 고담함을 전해준다. 작품 말미에서 작가는 감개무량하게 말한다. "이제 날씨가 추워지기 시작하면 신징에는 또 다시 꼬리에 꼬리를 문 트럭들이 1년 동안의 피땀의 결실을 그득 싣고 교역장에 나타날 것이다." 일부 독자들은 이 격양된 문구에서 그 무한한 비참함을 느끼게 될 것이다.

한편 구딩은 「농촌으로」에서 출하독려반이 대접 받은 네 끼의 식사 메뉴에 대해 귀찮을 정도로 세세히 묘사하고 있다.

첫날 점심 : 정미로 갓 지은 밥, 감자 고추 볶음, 당면 두부면 볶음, 따뜻한 소주(이 지나친 총애 앞에서 우리는 몸 둘 바를 몰랐다. 그럼에도 자오 구장은 돼지라도 한 마리 잡는 것인데 사전에 연락하지 않았다고 연신 우리를 나무랐다.)

첫날 저녁: 닭볶음(이 역시 우리가 자주 맛볼 수 있는 음식은 아니다.)

둘째 날 아침: 뽕나무버섯 닭찜, 계란 볶음, 두부 볶음, 목이버섯 볶음, 무쉬탕(木須湯)[42], 아침 반주

둘째 날 점심: 진수성찬(八碟八碗)[43], (돼지 한 마리를 잡았고 상당히 풍성했다. 특히 그중에서도 바이러우셰창(白肉血腸)[44]은 우리들의 미각을 만족시켰다.)

메뉴에 대한 자세한 묘사는 명제에 의한 글쓰기라는 차원이나 소설적 구성이라는 차원에서 모두 불필요한 부분이다. 어쩌면 구딩이 붓 가는 대로 작성한, 본인조차 의식하지 못한 체험의 한 부분일 수 있다. 구미에 맞는 맛있는 요리들이 그에게 깊은 인상을 남겼던 것이다. 모든 자원이 전쟁에 집중되었던 당시의 만주국에서 구딩과 같은 지위에 있었던 사람들도 겨우 살아가는 상황이었고, 농촌에서의 가장 인상 깊은 추억은 맛있는 음식이었던 것이다. 시간이 오래 지난 후에도 구딩은 집안의 보물을 일일이 기억해내듯이 메뉴들을 되뇌었다. 또 어쩌면 구딩의 의도적인 기록일 수도 있다. 만주국 관료들의 풍성한 밥상과 농민들의 생활이 대조를 이루면서 강렬한 차이를 만들어내는데, 이는 곧 작가가 의도했던 효과일 것이다. 한번은 대취한 구딩이 경찰서 앞에서 국제가를 높이 부르기도 했는데[45] 어쩌면 이

---

42 역주: 계란국의 일종.

43 역주: 원문에는 팔접팔완(八碟八碗)으로 되어있다. 이는 만족의 전통적인 음식 풍습이다. 차가운 요리를 지칭하는 량차이(凉菜) 8종과 더운 요리를 지칭하는 탕겅(湯羹) 8종으로 구성된 16가지의 요리가 한 상에 오른다. 탕겅은 볶음, 튀김, 조림, 찜 등 각자 다른 8가지 방식으로 취사되는 것이 특징이다. 오늘날에는 전국적으로 확산되었으며 식재료의 선택이나 취사 방법에서도 날로 새로워지고 있다.

44 만족 전통 음식의 일종으로 손님 접대 시 메인으로 올려지는 요리이다. 껍질달린 삼겹살과 피순대, 절인 배추인 쏸차이(酸白菜)가 주재료이며 국물을 자작하게 끓여서 완성한다.

역시 구딩의 의도적인 행동일 수 있다. 그러나 설령 의도적인 설정이라고 해도 이 작품이 명제에 의한 글쓰기였고 농촌의 출하 문제를 반영한 보고문학이라는 사실은 변하지 않는다. 또한 작품 속에서는 소설적 구성에 영향을 끼치면서까지 초등학생들이 자주 등장하여 만주국을 찬양하는 노래를 부른다. 아무도 그들에게 반드시 그렇게 해야 한다고 강요한 적이 없지만 그럼에도 아이들은 자각적으로 시국에 협력하고 있다. 이것을 어쩔 수 없는 강요에 의한 순응이라고 말할 수는 없다.

이외에도 「농촌으로」는 농촌의 풍습에 대해 빈번하게 묘사하고 있다. 약 팔러 다니는 승려와 시장의 수많은 행상인들과 현금 없이 진행되는 그들의 거래 방식 등이다. 만약 작품 속에서 시국과 관련된 수사와 작가의 터무니없는 감탄을 제거한다면 이 작품은 그래도 읽을 만하다. 그러나 그렇다고 독자들이 작품을 개작할 수는 없는 노릇이다. 작품은 작가의 응집된 감정의 기록이고 거기에는 작가의 그 당시의 생각과 희망이 응축되어 있기 때문이다. 비록 이 작품에 응축되어 있는 작가의 생각과 희망이 어느 정도 진실된 것인지를 확인할 수는 없지만 이를 통해 '부역작품'에도 다양한 표현방식이 존재한다는 것을 확인할 수 있었다. '부역작품'은 협력을 위해 거짓으로 찬양할 수 있고 협력 상황에서의 생활을 사실적으로 그려낼 수도 있다. 그러나 이 작품들의 효과가 어떠한지와 무관하게 이러한 '부역작품'들은 모두 권력자의 의지에 따라 그들을 위해 봉사하는 작품이므로 그에 대해서는 비판적인 태도를 취해야 한다.

---

45 『武藏大學中國語通信』 No3, p.13. 冈田英树, 앞의 책, p.269에 인용.

4. 맺으며

필자는 「'신만주' 구축과 문학의 무의지」에서 '부역작품'에도 우수한 작품이 있을 수 있는가 질문 한 적이 있다. 이제 그 질문에 답할 수 있을 것 같다.

만주국은 장장 14년 동안 존속했다. 그사이 수많은 문인들이 자의 혹은 타의에 의해 국책과 시국에 부응하는 '부역작품'을 창작하였다. 『만주제국 국민문고총서(滿洲帝國國民文庫叢書)』에는 다수의 부역작품 집이 존재한다. 『신소설(新小說)』(제1~2집), 『신극본(新劇本)』, 『신시집 (新詩集)』 등이 그것이다. 『신만주』, 『기린(麒麟)』, 『청년문화(靑年文化)』 등과 같은 잡지에도 '부역작품'이 간혹 게재되었다. 당시의 학생 잡지였던 『만주학동』에도 허즈광(仒志光)의 소설 「퇀산(團山)촌의 일본인」과 「아시아의 빛(亞細亞之光)」, 런칭(任情)의 동화 「꼬마 손오공 (小孫悟空)」 등과 같이 상당히 노골적인 국책 작품이 다수 발표되기도 하였다. 이러한 작품들은 대체로 직접적으로 주제를 드러내고 있어 문학성을 운운할 여지가 없다. 그럼에도 몇몇의 작품들은 수사와 가독성에 신경을 쓰고 있다. 예를 들면 구딩의 소설 「농촌으로」와 런칭의 동화 「꼬마 손오공」 등과 같은 작품들이다.

그렇다면 이 작품들을 수작이라고 할 수 있는가? 수작이란 무엇인가? 수작이 수작인 것은 장르적 양식과 수사가 뛰어나서라기보다는 독자들의 공감을 불러일으키고 깊은 감동과 이치를 전달하기 때문이다. '부역작품'이 만약 수작이라면 그 '부역'이 인지상정에 부합해야 하고 절절해야 한다. 그러나 '부역작품'이 선동하고 있는 것은 대죄대악(大罪大惡)이기 때문에 작가가 아무리 절절하다고 하더라도 '정의'와 '선'의 입장에 서있는 독자들의 공감을 끌어내는 것은 불가능하다.

'부역작품'은 정서적인 측면에서부터 벌써 반감을 자아내고 있는데 어찌 공감과 감동을 전달할 수 있겠는가? 공감과 감동이 불가능한 작품을 두고 또 어찌 수작을 운운하겠는가? 문학을 평가함에 있어서 내용을 배제한 유미주의 평가는 불가능하다. '미(美)'는 항상 '선(善)'과 함께하기 때문에 만주국 시기의 '부역작품'에는 수작이 있을 수 없다.

역자 후기

　박사학위논문 준비를 시작하던 무렵, 한동안 닥치는 대로 만주 관련 자료들을 사 모으던 시절이 있었다. 2009년으로 기억한다. 상하이 남경로의 신화서점(新華書店)에서 류샤오리 선생님의 저서 『이질적인 시공간의 정신세계(異態時空中的精神世界: 僞滿洲國文學硏究)』(2008)를 처음 구입했다. 서가에 꽂혀있는 선생님의 저서를 발견했을 때 가슴 두근거리던 기억이 지금도 너무 생생하다. 진심 반가웠다. 왜냐하면 '만주국 문학' 연구서를 거의 찾아볼 수 없었던 시절이었기 때문이다. 나와 선생님의 첫 만남은 그렇게 책을 통해서였다.

　물론 당시에는 '만주국 문학 연구'라는 '이름'이 가지는 무게와 의미에 대해 전혀 몰랐다. 당시의 나의 수준이란, 그저 동북현대문학은 '동북윤함기문학(東北淪陷期文學)'이라고도 불리며 그중에서도 '동북작가군(東北作家群)'이 대표적이라는 것 정도였다. 후에 식민지시기 문학을 공부하면서 '만주국 문학'에 대해 더 깊이 고민할 수 있었고, 류샤오리 선생님의 연구에 대해서도 더 이해할 수 있었다. 그러던 차 선생님을 직접 만났으니 내가 얼마나 흥분했겠는가? 선생님께서 내가 당신의 책을 번역할 것이라고 생각했던 것도 무리는 아니다. 언젠가는 선생님의 저서를 번역할 기회가 있기를 바란다. 특히 선생님의 저서 『이질적인 시공간의 정신세계』는 2010년 상하이시 제10회 철학사회과학저술분야 2등상을 수상한 우수저서이다.

　번역 작업에 대해서는 오래전부터 관심을 가져왔다. 다만 무엇을 번역할 지는 정하지 못한 채, 언젠가는 할 것이라는 막연한 생각만 품고서였다. 지금 돌이켜보면 자신이 없어서 그랬던 것 같다. 졸업하고 논문을 조금씩 써가기 시작하면서 그제야 이제는 할 수 있겠다는 생각이 들었고, 관심을 가지고 있었던 '만주국 문학'을 택했다. 식민지시기 문학을 공부하면서 느꼈던 것은 일본과의 관련성에 대해서는 자주, 많이, 풍성하게 논의가 이루어지고 있지만 중국과의 관련성에 대해서는 거의 이야기되지 않는다는 점이었다. 이 책이 그런 빈자리를 조금이나마 메울 수 있기를 바란다.

　이 책에는 류샤오리 선생님이 2006년부터 2019년 사이에 발표한 논문 10편을 수록했다. 그리고 목차에서 보시는 바와 같이 10편의 논문을 다시 4부로 나누었다. 제1부는 총론 성격의 글로서 만주국 문학을 어떻게 바라볼 것인가에 대한 해답이라고 할 수 있다. 제1부에서 언급할 만한 부분은 '해식문학' 개념이다. '해식문학'은 '탈식민'과 구분하기 위하여 류샤오리 교수가 제안한 개념이며, 이에 대해서는 세 번째 논문인 「식민지 문학의 '식민성'과 '해식성'」에서 상세히 소개하고 있다. 제2부는 작가론이다. 만주국의 대표 작가 구딩(古丁)과 줴칭(爵青), 그리고 여성작가 양쉬(楊絮)에 대한 글이 실려 있다. 2부에서는 식민지 상황에 대한 지식인들의 각자 다른 대응방식을 살펴볼 수 있다. 제3부는 잡지 연구이다. 만주국 시기에 최장기간 간행되었던 잡지 『신만주(新滿洲)』와 대표적인 대중통속잡지 『기린(麒麟)』에 대한 고찰을 통해 식민지 프로파간다와 문학의 길항 관계를 살펴볼 수 있다. 제4부는 만주국의 협력문학에 대한 일고찰이다. 만주국 문학의 다양한 모습과 표정에 대해서는 류샤오리 선생님의 글을 통해 직접 느낄 수 있기를 바란다.

번역에 있어서는 최대한 원 저자의 용어를 살리고자 했다. 구딩론의 키워드이기도 한 '착치(錯置)'는 '제 자리가 아닌 다른 장소나 공간에 잘못 놓였음'을 의미하는 중국어 표현이다. '착종'이나 '도착' 등과 같은 비슷한 표현이 존재하나 논문이 말하고자 하는 의미와는 거리가 있어 '착치'라는 단어를 그대로 사용했다. 양쉬(楊絮)론에서도 마찬가지이다. '위약성(危弱性)의 미학'이라는 실험적인 개념을 제안하고 있는데, 이 역시 '취약성'으로 번역이 가능했다. 그러나 양쉬론이 강조하고자 했던 것은 '취약함'만이 아닌, '취약하면서도 불안하고 위험적인 요소'였다. 하여 '취약성'보다는 '위약성'을 선택했다. 모두 다소 낯선 표현들이지만 이 책을 통해 독자들에게 조금 더 친숙해 질 수 있기를 바란다.

논문의 형식에 있어서는 중국과 한국이 약간의 차이가 있어 개입할 수밖에 없었다. 하지만 말이 개입이지 사실은 '서언', '결어' 등과 같은 표제어의 짝을 맞추는 정도였음을 밝혀두고자 한다. 또 하나 말씀드리고 싶은 것은 일부 작가와 작품이 중복하여 등장하는 점이다. 얼핏 보면 똑같은 내용이 중복되는 것처럼 보이지만 해석에 있어서는 조금씩 차이가 있음을 말씀드린다. 물론 이는 전체를 통독할 경우에만 발견되는 문제이다. 단편적인 논문만 읽을 경우 이런 문제는 존재하지 않는다. 마지막으로 일부 역주들도 중복 표기되었음을 말씀드린다. 이는 오로지 독자들을 위한 배려 차원에서였다.

이상의 10편의 논문을 추려서 번역을 확정한 것은 2019년 봄이었다. 그러나 번역 작업을 바로 시작하지는 못했다. 한동안 손도 못 대고 있다가 '만주문학연구회' 세미나를 시작하면서 조금씩 번역을 시작할 수 있었다. 만약 세미나를 함께 하지 못했더라면 아마 더 많이 늦어졌을 것이다. 세미나 덕분에 초벌 번역을 완성할 수 있었고, 그것을 토대로 마무리 작업을 할 수 있었다. '만주문학연구회' 세미나를 이끌어주셨던 김재용 교수님과 세미나를 함께 했던 선생님들께 고마움을 전한다. 그리고 번역을 채근하고 번역서 출간을 적극 지지해주신 윤영실 선생님이 아니었더라면 이 책은 완성되지 못했을 것이다. 선생님께 특별히 감사드린다.

무엇보다 이 책에 관심을 가져주시고 숭실대학교 HK+사업단의 메타모포시스 번역총서로 출간을 허락해 주신 사업단장 장경남 선생님께 감사드린다. 또한 빠듯한 일정 속에서도 훌륭한 총서로 완성시켜준 박현정 부장님을 비롯한 보고사 편집부에도 깊이 감사드린다. 특히 여러 차례의 수정 작업 과정에 누구보다 고생이 많았던 이경민 대리에게는 거듭 고마움을 전한다. 번역 원고를 처음부터 끝까지 꼼꼼하게 통독해주시고 적극적인 조언을 아끼지 않으신 사업단의 윤영실, 방원일 두 분 선생님에 대한 고마움은 앞으로 천천히 갚아가겠다. 애써 주신 모든 분들에게 진심을 담아 감사드린다. 여전히 곳곳에 남아있을 번역의 부족함과 미진함에 대해서는 앞으로 다시 보완할 수 있는 기회가 있기를 바란다.

2024년 2월 숭실대 연구실에서

천춘화

초출알림

동아시아 식민주의와 문학 - 만주국 문단을 중심으로
刘晓丽,「东亚殖民主义与文学: 以伪满洲国文坛为中心的考察」,『学术月刊』2015年 10期, 上海市社会科学界联合会, 2015.

'반식문학', '항일문학', '해식문학'
刘晓丽,「反殖文学·抗日文学·解殖文学: 以伪满洲国文坛为例」,『现代中国文化与 文学』2015年 第2期, 四川大学文学与新闻学院, 2015.

식민지 문학의 '식민성'과 '해식성'
刘晓丽,「解殖性内在于殖民地文学」,『探索与争鸣』2017年 01期, 上海市社会科学界 联合会, 2017.

착치(錯置)된 계몽주의 - 구딩론
刘晓丽,「错置的启蒙主义者: 伪满洲国时期作家古丁论」,『现代中国文化与文学』 2018年 第2期, 四川大学文学与新闻学院, 2018.

국토의 함락, 문인의 행보 - 줴칭론
刘晓丽,「国土沦陷 文人何为:以伪满洲国作家爵青为个案」,『中国东北文化研究の广 场』第3号, 满洲国文化研究会, 2012.

식민지 '위약성(危弱性)의 미학' - 양쉬론
刘晓丽,「"玻璃缸里的鱼"与"飘落的杨絮": 殖民地的弱危美学」,『学术月刊』2019年 3期, 上海市社会科学界联合会, 2019.

'신만주' 구축과 문학의 무의지 - 잡지 『신만주』 고찰
刘晓丽,「文学无意构建"新满洲":《新满洲》杂志考述」,『人文中国学报』第12期, 香港 浸会大学, 上海古籍出版社, 2006.

'신만주'의 수사(修辭) - 잡지 『신만주』 재론
刘晓丽,「"新满洲"的修辞: 以伪满洲国时期的《新满洲》杂志为中心的考察」,『文艺理 论研究』, 2013年 1期, 华东师范大学中国文艺李璐你学会, 2013.

잡지 『기린(麒麟)』을 통해 보는 만주국의 통속문학
刘晓丽,「从《麒麟》杂志看伪满洲国时期的通俗文学」,『中国现代文学丛刊』2015年 第3期, 2015.

만주국 문학의 '부역작품' 시론
刘晓丽,「试论伪满洲国文学中的"附和作品"」,『文艺理论研究』2008年 第6期.

류샤오리(劉曉麗)

문학박사, 화둥사범대학(華東師範大學) 중문학과 교수로 재직 중이며 중국 교육부 선정 신세기우수인재(新世紀優秀人才), 상하이시 선정 푸장인재(浦江人才)이다. 중국현대문학, 문학이론, 미학 등 다양한 분야의 공부를 이어가고 있으며 특히 '동아시아와 식민지 문학', '만주국 문학 연구' 영역에서 독보적인 영향력을 지니고 있다. 대형총서『위만주국시기 문학자료와 연구총서(僞滿洲國時期文學資料與硏究叢書)』(34권)의 책임편집을 맡았다. 주요 저서로『이질적인 시공간의 정신세계: 위만주국 문학 연구(異態時空中的精神世界: 僞滿洲國文學硏究)』,『위만주국 문학과 문학잡지(僞滿洲國文學與文學雜志)』,『사상의 동북, 문학의 동아시아: 1931~1945년의 동북문학 연구(思想東北, 文學東亞: 1931~1945年的東北文學硏究)』 등이 있으며 대표 편저로는『중국현대문학잡지목록 신편(中國現代文學期刊目錄新編)』,『위만주국문학 연구자료 집성(僞滿洲國文學硏究資料匯編)』,『위만주국 노작가 서한집(僞滿洲國老作家書簡)』,『위만주국의 문학잡지(僞滿洲國的文學雜志)』,『트라우마: 동아시아 식민주의와 문학(創傷: 東亞殖民主義與文學)』 등이 있다.

천춘화(千春花)

중국 중앙민족대학교 및 서울대학교 대학원을 졸업했고 현재 숭실대학교 한국기독교문화연구원 HK+연구교수로 재직 중이다. 주요 논저로 「붉은 용정(龍井)': 1920년대 용정 사회주의 사상의 지리」, 「디아스포라 노마드와 모빌리티의 정치학: 금희 문학의 '조선족 서사'를 중심으로」, 「해방기 염상섭 문학의 '안동(安東) 기억'의 지형도」, 『횡보, 분단을 가로지르다』(공저), 『동아시아 식민지문학 비교연구』(공저), 『심훈 문학의 전환』(공저), 『김유정 문학 다시 읽기』(공저) 등이 있다. 식민지시기의 한국문학, 동아시아 식민지 문학, 중국 조선족문학에 대한 탐구를 이어가고 있다.

메타모포시스 번역총서 06

국토의 함락, 문인의 행보
― 만주국 문학론

2024년 3월 25일 초판 1쇄 펴냄

지은이 류샤오리
편역인 천춘화
발행인 김흥국
발행처 보고사

책임편집 이경민
표지디자인 김규범

등록 1990년 12월 13일 제6-0429호
주소 경기도 파주시 회동길 337-15 보고사
전화 031-955-9797
팩스 02-922-6990
메일 bogosabooks@naver.com
http://www.bogosabooks.co.kr

ISBN 979-11-6587-687-6 94800
　　　979-11-6587-145-1 (세트)
ⓒ 천춘화, 2024

정가 28,000원
사전 동의 없는 무단 전재 및 복제를 금합니다.
잘못 만들어진 책은 바꾸어 드립니다.

이 저서는 2018년 대한민국 교육부와 한국연구재단의 지원을 받아
수행된 연구임(KRF-2018S1A6A3A01042723)